ANNA JACOBS

Die Australien-Töchter – Wo die Hoffnung dich findet

Weitere Titel der Autorin:

Träume im Glanz der Morgenröte: Töchter des Horizonts
Sehnsucht unter weitem Himmel: Töchter des Horizonts
Goldene Stunde in der Ferne: Töchter des Horizonts
Hoffnung unter dem Südstern: Töchter des Horizonts
Silberstreif des Glücks: Töchter des Horizonts

Über die Autorin:

Anna Jacobs hat bereits über siebzig Bücher verfasst. Sie wurde in Lancashire geboren und wanderte 1970 nach Australien aus. Sie hat zwei erwachsene Töchter und wohnt mit ihrem Mann in einem Haus am Meer.

1.–

Anna Jacobs

DIE AUSTRALIEN-TÖCHTER

Wo die Hoffnung dich findet

Roman

Aus dem Englischen von
Nina Restemeier

lübbe

Dieser Titel ist auch als E-Book erschienen

MIX
Papier aus verantwortungsvollen Quellen
FSC® C014496

Vollständige Taschenbuchausgabe
der bei Bastei Lübbe erschienenen E-Book-Ausgabe

Titel der britischen Originalausgabe: »Farewell to Lancashire«
Originalverlag: Hodder & Stoughton, Hachette UK

Textredaktion: Clarissa Czöppan
Umschlaggestaltung: Guter Punkt, München
Unter Verwendung von Motiven von © shutterstock: Nejron Photo | bmphotographer und © LifeofRileyDesign/gettyImage
Satz: 3w+p GmbH, Rimpar (www.3wplusp.de)
Druck und Verarbeitung: GGP Media GmbH, Pößneck
Printed in Germany
ISBN 978-3-404-18076-9

2 4 5 3 1

Sie finden uns im Internet unter luebbe.de
Bitte beachten Sie auch: lesejury.de

Widmung

In liebevollem Gedenken an meine Mutter,
Lucy Sheridan, die im Jahr 2008 verstarb. Ich hoffe, dass sie und Dad nun, da sie wieder zusammen sind, »dort oben« tanzen.

Und Dank an meine wunderbare Schwester Carol,
die sich hingebungsvoll um Mum gekümmert hat, als ich es nicht konnte.

Für euch beide, in Liebe
Anna

Prolog

1861 – Outham, Lancashire

Es war ein kühler Samstagnachmittag im Mai. Edwin Blake ließ die Zeitung sinken und legte sie auf seinem Schoß ab. Eine oder zwei Minuten lang schaute er ins Leere, dann sah er sich im Zimmer um, und beim Anblick seiner vier Töchter wurde sein Ausdruck unwillkürlich milder. Er konnte sich wirklich glücklich schätzen, mit solchen Kindern gesegnet zu sein. Wenngleich sie keine Kinder mehr waren. Seine Mädchen waren erwachsene Frauen, und er wusste nicht, ob er es begrüßen oder bedauern sollte, dass noch keine von ihnen verheiratet war und sie alle noch bei ihm lebten.

»Geht es dir gut, Dad?«, fragte Cassandra.

Er hätte es wissen müssen, dass sie seine Unruhe bemerken würde. Als Älteste versuchte sie, für sie alle zu sorgen; das tat sie, seit sie im Alter von vierzehn Jahren ihre Mutter verloren hatte.

»Ich habe gerade etwas über diesen Krieg in Amerika gelesen.«

»Aber es ist doch gut, dass sie die Sklaven befreien wollen, oder nicht?«

Er nickte. »Natürlich ist das gut. Nur … wenn der Norden und der Süden damit beschäftigt sind, sich gegenseitig zu bekriegen, was wird dann aus der Baumwolle? Wer pflanzt und erntet sie ohne die Sklaven?«

»Sie werden eben Leute dafür bezahlen müssen.«

»Und woher sollen sie das Geld nehmen? Ein Krieg ist teuer, mein Mädchen. Schau doch, was gerade erst vor ein paar Jahren auf der Krim geschehen ist.«

Er schwieg einen Augenblick, bevor er seine größte Sorge aussprach: »Und selbst wenn sie weiterhin Baumwolle produzieren, wie wollen sie die über das Meer zu uns nach Lancashire transportieren? Im Krieg gibt es Blockaden, dann kommt kein Schiff durch.«

»Es hat schon früher Zeiten gegeben, in denen weniger gearbeitet wurde«, sagte Xanthe. »Das werden wir schon überstehen.«

»Weniger Arbeit ist eine Sache. Ich habe darüber nachgedacht, und so wie ich es sehe, werden wir überhaupt keine Arbeit mehr haben, wenn keine Baumwolle mehr in Lancashire ankommt.«

Stille trat ein, und er konnte sehen, dass sie über seine Worte nachdachten. Er hatte seine Töchter stets dazu ermuntert, sich ihre eigenen Gedanken zu machen. Nur weil sie einfache Arbeiterinnen waren, brauchten sie sich noch lange nicht wie Schafe zu benehmen und sich von anderen beeinflussen zu lassen.

»Der Krieg wird doch sicher nicht länger als ein paar Monate dauern?«, fragte die sanftmütige Maia. »Da kämpfen Brüder gegen Brüder. Ich mag gar nicht darüber nachdenken. Die Vorstellung, dass eine meiner Schwestern plötzlich mein Feind sein könnte …« Beim bloßen Gedanken daran stiegen ihr Tränen in die Augen.

»Seit Anbeginn der Zeit kämpfen Brüder gegeneinander«, erwiderte Edwin. »Denk an Kain und Abel in der Bibel. Und euer Onkel Joseph hat seit über zwanzig Jahren kein Wort mit mir gesprochen. Nicht einmal zur Beerdigung eurer Mutter ist er gekommen. Er läuft auf der Straße an mir vorbei, als wären wir Fremde, als hätten wir als Kinder nicht im gleichen Bett geschlafen und zusammen gespielt. Er behauptet, es liege daran, dass ich Methodist geworden bin, aber das scheint mir ein schwaches Argument zu sein.«

»Ich glaube, es liegt an seiner Frau«, seufzte Cassandra. »Sie schaut uns an, als würde sie uns hassen. Als Kind habe ich mich immer gefürchtet, wenn ich auf der Straße an ihr vorbeigehen musste.«

»Ich mag diese Frau auch nicht, aber sie würde euch niemals etwas antun.«

»Sie schaut uns aber so an, als wollte sie es.«

»Sie und Joseph haben nie Kinder bekommen, wahrscheinlich kann sie euch deshalb nicht leiden.«

»Aber das ist doch nicht unsere Schuld.«

Er erwiderte nichts. Es tat noch immer weh, dass sein Bruder ihn mied. Hin und wieder musste er darüber reden, um seiner Bitterkeit ein wenig Luft zu machen. Seine Schwägerin war eine gehässige Person, die ihnen mit keinem Handschlag geholfen hatte, als seine Frau so schwer krank geworden war. Er hatte versucht, ihr zu verzeihen, denn so lehrte man es in der Kirche, trotzdem wollte er nichts mit ihr zu tun haben. Normalerweise war er nicht abergläubisch, aber irgendetwas an ihr war einfach … böse. Das war das einzige Wort, das ihm zu ihr einfiel.

»Du brauchst niemanden sonst, du hast doch uns.« Pandora beugte sich vor und legte eine Hand auf seine krummen Finger.

Er blickte hinab auf ihre glatte junge Haut. Seine Hand war rau vom Leben und von harter Arbeit, morgens waren die Gelenke steif und schmerzten. Mit ihren zweiundzwanzig Jahren waren Pandoras Hände zart und hübsch, wenn auch gerötet von der Arbeit. »Aber ihr dürftet gar nicht mehr bei mir sein. Ihr solltet inzwischen alle verheiratet sein und euer eigenes Heim und eure eigene Familie haben.«

Abrupt stand sie auf und trat an den Herd, um das Stew umzurühren. Sie drehte sich erst wieder um, als sie sich ein wenig gefasst hatte. Edwin war wütend auf sich selbst, weil er Pandora mit seinen unbedachten Worten verletzt hatte. Sie war die einzige seiner vier Töchter, die schon einmal verlobt gewesen war, mit einem anständigen, aufgeweckten Burschen. Sie wäre inzwischen längst verheiratet, wenn der arme Bill nicht im letzten Jahr unerwartet an einer Lungenentzündung gestorben wäre.

Doch so schmerzhaft das Thema auch war, beim Anblick seiner ältesten Tochter musste er sagen, was er zu sagen hatte: »Du bist jetzt achtundzwanzig, Cassandra. Warte nicht zu lange damit, dir einen Mann zu suchen, meine Liebe. Es wäre zu traurig, wenn du ohne Kinder alt werden müsstest. Ihr vier seid die Freude meines Lebens.«

»Wen sollte ich schon heiraten? Ich werde niemals einen Mann finden, der auch nur halb so klug ist wie du«, erwiderte sie leichthin.

Er sah sie stirnrunzelnd an. »Das ist es, was dir bei einem Mann am wichtigsten ist? Dass er klug ist?«

Sie nickte. »Und dass er freundlich ist, so wie du. Einen dummen oder langweiligen Mann könnte ich nicht ertragen. Ich habe es einmal versucht, als Tom Dorring mir den Hof machte, weil er so nett war. Aber das hat nicht gereicht. Er hat von nichts anderem geredet als von der Arbeit und den Nachbarn.«

Edwin rang sich ein Lächeln ab, doch das war auch so eine Sache, die ihm Sorgen bereitete. Alle seine Mädchen waren klug, aber Cassandra hatte den schärfsten Verstand von allen. Das war der einzige Grund, weshalb er sich manchmal wünschte, reich zu sein. Dann hätte er ihnen bessere Möglichkeiten bieten können, ihren Verstand auch zu benutzen. Er hatte ihnen die beste Schulbildung verschafft, die er sich hatte leisten können, damit sie, wenn sie erst arbeiteten, gut genug lesen konnten, um sich selbst fortzubilden, so wie er es getan hatte.

Die ganze Familie lieh regelmäßig Bücher aus der Bibliothek aus. Ach ja, diese Leihbücherei war schon eine wunderbare Sache! Er wünschte, es hätte sie schon gegeben, als er noch jünger gewesen war. Sie war erst 1852 eröffnet worden, denn das Gesetz besagte, dass die Steuerzahler darüber abstimmen mussten und das Geld erst bei einer Mehrheit von zwei Dritteln ausgegeben werden durfte. Es war eine knappe Entscheidung gewesen, ob Outham eine Bibliothek bekommen sollte, aber glücklicherweise hatten genug Menschen dafür gestimmt.

Doch vielleicht hätten seine Töchter ihre Klugheit manchmal ein bisschen weniger zeigen sollen, einfach weil sie Mädchen waren. Die meisten Männer mochten es nicht, wenn das Weibsvolk schlauer war als sie.

Nein, Cassandra tat gut daran, auf einen Mann zu bestehen, dessen Verstand es mit dem ihren aufnehmen konnte. Er wollte seine Mädchen nicht an einfältige Männer verlieren, die an nichts anderes dachten als daran, woher die nächste Mahlzeit kommen werde und ob ihr Arbeitsplatz sicher sei.

»Das Stew ist fertig. Wollen wir jetzt essen?«, fragte Pandora.

Edwin ging voraus zum Tisch, doch schon nach ein paar Bissen legte er sein Besteck nieder und schnitt das nächste Thema an, das er auf dem Herzen hatte. »Ich kann keine Griechischstunden mehr nehmen.«

»Aber du lernst doch so gern Griechisch«, warf Cassandra ein.

»Ich kann eine Zeit lang allein weiterlernen.«

»Aber warum willst du aufhören?«

»Wegen dieses Krieges. Ich glaube, wir sollten alle anfangen, auf unser Geld zu achten, jeden Penny zweimal umdrehen und so viel sparen, wie wir können. Schwere Zeiten stehen uns bevor, schwerere, als wir jemals erlebt haben.«

So. Nun hatte er alles ausgesprochen, was ihn beschäftigte.

Er brach ein Stück Brot ab, nahm seinen Löffel wieder auf und aß langsam sein Stew.

Die Mädchen schwiegen, während sie über die Worte ihres Vaters nachdachten, und er versuchte nicht, eine Unterhaltung zu erzwingen. Wenn schwere Zeiten bevorstanden, dann war es am besten, wenn sie den Tatsachen ins Auge blickten, darüber nachdachten, Vorkehrungen trafen.

Kapitel 1

Anfang November verlor Cassandra ihre Arbeit, als die kleine Baumwollfabrik, in der sie arbeitete, geschlossen wurde. Nachdem ihre Mutter gestorben war, hatte sie einige Jahre mit der Arbeit ausgesetzt, um den Haushalt zu führen und für die jüngeren Mädchen zu sorgen, deshalb hatte man sie als Erste entlassen. Ihre Schwestern arbeiteten seit einiger Zeit nur noch halbtags, und nun war ihr Vater der Einzige mit einer Vollzeitstelle.

Keine Arbeit mehr zu haben war ihr schrecklich unangenehm. »Ich übernehme den Haushalt und die Einkäufe, und ihr könnt sicher sein, dass ich auf jeden Penny achten werde«, erklärte sie ihren Schwestern. »Es hat keinen Sinn, mir eine neue Stelle zu suchen. In der ganzen Stadt gibt es keine Arbeit.«

Als sie sich am nächsten Morgen von den anderen verabschiedete, lächelte sie, doch kaum war sie allein, konnte sie die Tränen nicht mehr zurückhalten und gestattete sich einen Augenblick der Schwäche. Dann wischte sie sich über die Augen und beschloss, das ganze Haus von oben bis unten zu putzen. Vom Frühstück war noch warmes Wasser übrig, aber sie würde keine Kohle verschwenden, um noch mehr zu erhitzen. Wasser gab es umsonst, also konnte man putzen, auch wenn man es sich nicht leisten konnte, es zu erwärmen.

Kaum hatte sie den Eimer gefüllt, klopfte es an der Hintertür, und als sie öffnete, stand der kleine Junge vor ihr, der zwei Häuser weiter wohnte.

»Ich habe Hunger, Miss«, sagte Timmy.

Sie rang mit sich und verlor, also gab sie ihm den Brotkanten, den sie sich fürs Mittagessen aufgespart hatte. Er war in Schande geboren, und obwohl der Mann seiner Mutter ihr uneheliches Kind angenommen hatte, wussten doch alle, dass der arme Junge nicht geliebt wurde und nicht so gut versorgt wurde wie die anderen Kinder.

Cassandra seufzte und schloss die Tür wieder. Timmys Traurigkeit stand ihm deutlich ins Gesicht geschrieben. Seine drei jüngeren Halbbrüder waren größer und stämmiger als er. Wie konnte man ein Kind nur so schlecht behandeln?

Sie machte sich an die Arbeit und schrubbte den Küchenboden, doch immer wieder hielt sie nachdenklich inne. Ihr Vater hatte recht gehabt vor all den Monaten. Wegen des Krieges erreichten kaum noch Baumwolllieferungen das Land, und in der Kleinstadt waren düstere Zeiten angebrochen. Die Leute sagten immer, bevor es besser werde, müsse es erst noch schlimmer werden, und das war ein erschreckender Gedanke.

Einige Familien erhielten bereits Unterstützung von der Armenfürsorge, andere verkauften nach und nach ihre Möbel oder überzählige Kleidungsstücke, um nur nicht auf Almosen angewiesen zu sein. Wenn man Unterstützung erhielt, verlor man alle Unabhängigkeit, denn die Beamten der Fürsorge schnüffelten im ganzen Haus herum und zwangen einen, alles zu verkaufen, was man besaß, bevor sie einem etwas gaben.

Cassandra und ihre Familie kamen über die Runden – dank der Weitsicht ihres Vaters. In der Blechbüchse in seinem Kleiderschrank war immer noch Geld. Doch die Ersparnisse schmolzen schneller dahin, als sie sollten, denn Edwin konnte es nicht lassen, Nachbarn mit kleinen Kindern, die vor Hunger weinten, etwas abzugeben. Es war eine Sache, wenn Erwachsene hungerten, aber den Anblick eines hungrigen Kindes konnte er nicht ertragen. Und obwohl er jedes Mal nur ein paar Pennys gab, leerte sich die Sparbüchse zusehends.

Und sie hatte gerade dem Nachbarskind das Brot gegeben,

das sie fürs Mittagessen vorgesehen hatte. Heute würde sie hungrig bleiben. Aber wenigstens der arme Timmy nicht.

Als Edwin einige Abende später von der Arbeit heimkam, war er erschöpft und traurig.

»Der Besitzer der Spinnerei hat mir heute Morgen gesagt, dass er nur noch für drei Monate Baumwolle hat«, erzählte er beim Abendessen, das in letzter Zeit kärglich ausfiel, meistens Brot oder Kartoffeln mit ein wenig Butter. »Und um überhaupt so lange durchzuhalten, wird er noch mehr Arbeiter entlassen müssen.« Er blickte die Zwillinge an. »Ihr werdet nächste Woche eure Arbeit verlieren, Xanthe und Maia. Mr Darston versucht, wenigstens eine Person aus jeder Familie in Lohn und Brot zu halten, solange er es kann, und das wäre in unserem Falle ich. Er ist ein guter Mann, der sein Bestes tut, um die wenige Arbeit, die es noch gibt, gerecht zu verteilen.«

»Was werden die Leute machen, wenn dieser Krieg immer weitergeht und es überhaupt keine Arbeit mehr gibt?«, fragte Maia. »Manche sehen jetzt schon halb verhungert aus. Ich fühle mich schuldig, weil wir noch immer jeden Tag etwas zu essen haben.«

»Die Königin wird nicht zulassen, dass die Bevölkerung von Lancashire verhungert«, erklärte Edwin entschieden. »Wenn ihr bewusst wird, wie schlimm es steht, wird sie die Regierung anweisen, uns zu helfen, da bin ich mir sicher.« Er hatte großes Vertrauen in Ihre Majestät, die mit ihrem Gatten und ihren Kindern ein gutes Leben führte und für ihre Untertanen sorgte.

Xanthe drückte ihrer Zwillingsschwester die Hand. »Ich möchte niemals um Unterstützung bitten müssen. Was, wenn sie uns zwingen, ins Armenhaus zu ziehen? Da würde ich lieber verhungern. Es läuft mir eiskalt den Rücken runter, wenn ich nur daran vorbeigehe.«

Edwin konnte ihre Abneigung verstehen. Der Gemeindepfarrer, für das gemeinschaftliche Armenhaus dieser und fünf angrenzender Gemeinden verantwortlich war, war ein kaltherziger Mann, der die Armen wie Verbrecher behandelte. Unter seiner Leitung wurden Almosen nur äußerst widerwillig verteilt.

Das Gesetz besagte, dass die Bedingungen in ihnen schlimmer sein mussten als außerhalb, doch während die wenigsten Armenhäuser in Nordengland diese Regel strikt befolgten, hielt sich das in Outham streng an das Gesetz. Die Bewohner waren kurz davor zu verhungern, während sich der Pfarrer zu Hause den Bauch vollschlug, bis er aussah, als würde ihm jeden Augenblick der Knopf von seinen Hosen springen. Er achtete außerdem streng darauf, Männer und Frauen voneinander zu trennen, um »Unzucht zu vermeiden«, sogar die Alten, die sich nichts mehr aus solchen Dingen machten.

Edwin hielt diesen Pfarrer für keinen aufrechten Gottesmann, und das war auch der Grund, weshalb er zu den Methodisten konvertiert war.

»Das Armenhaus bleibt unser letzter Ausweg, der allerletzte«, sagte er sanft. »Wir werden noch eine Weile unser Auskommen haben. Aber wenn es darum geht, ins Armenhaus zu gehen oder zu sterben, dann entscheidest du dich hoffentlich für das Leben, Xanthe, Liebes. Ich würde das jedenfalls.«

Cassandra hakte sich bei ihm unter. »Ich habe heute gehört, dass in der Pfarrkirche eine Suppenküche für die Arbeitslosen eingerichtet werden soll. Man braucht dafür kein Gemeindemitglied zu sein. Sie soll dreimal in der Woche stattfinden: Montag, Donnerstag und Samstag. An diesen Tagen könnten wir dort eine Mahlzeit bekommen, das wäre uns eine große Hilfe.«

Edwin war sich nicht sicher, ob es gut war, die Suppenküche in der Pfarrkirche unterzubringen. Er hatte gehofft, der Pastor seiner eigenen Gemeinde, ein barmherzigerer Mann, würde etwas organisieren. Doch der Stadtrat hatte in seiner

Weisheit beschlossen, dass alle Wohltätigkeitsbemühungen gebündelt werden sollten, um eine weitreichende Hilfe zu ermöglichen. Und da die Pfarrkirche über den mit Abstand größten Gemeindesaal verfügte, sollte die Suppenküche dort eingerichtet werden.

Was war das nur für eine Welt, in der seine Mädchen das magere Brot der Barmherzigkeit essen mussten?

Maia arbeitete immer noch zwei Tage die Woche, deshalb stellten sich am ersten Montag, an dem die Suppenküche öffnete, die drei anderen Schwestern an, um eine Essensmarke zu bekommen. Geduldig warteten die Leute in der Schlange vor dem Gemeindehaus, niemand redete viel. Es war beschämend, auf Almosen angewiesen zu sein, und sie spürten die Demütigung deutlich.

Baumwollarbeiter waren es vielleicht gewohnt, den Gürtel enger zu schnallen, wenn der Handel rückläufig war, aber fast ganz ohne Arbeit zu sein, das kannten sie nicht. Einige hatten die Stadt bereits verlassen und suchten Arbeit in der Wollindustrie im nahe gelegenen Yorkshire. Andere hatten sich in den Süden gewagt, wo die Menschen anders sprachen und die Landschaft sanfter war. Es hieß, dort sei noch Arbeit zu finden.

Die Männer, denen es zu schwerfiel fortzugehen, wanderten wie verlorene Seelen in Outham herum und wussten nicht, womit sie die Zeit totschlagen sollten. Für die Frauen war es einfacher: Sie hatten zumindest den Haushalt zu führen und ihre Kinder zu versorgen.

Als sie den Anfang der Schlange erreichten, mussten Cassandra und ihre Schwestern Fragen zu ihrer Situation beantworten, bevor man ihnen etwas gab.

Der Mann aus dem Komitee, ein Mitglied der Pfarrkirche, befragte sie mit scharfer, ungeduldiger Stimme und sagte dann knapp: »Ich hoffe, Sie danken dem Schöpfer auf Knien für diese Großzügigkeit.« Er winkte sie brüsk weiter. »Am nächsten Tisch bekommen Sie Ihre Essensmarken.«

Dort fragte wieder eine Frau: »Name?«

»Cassandra Blake.« Sie sah, wie die Frau »Cass Blake« aufschrieb.

»So heiße ich nicht.« Ihr Vater hatte sich immer geweigert, ihre Namen abzukürzen, weil es schöne Namen seien, die Namen griechischer Göttinnen, von denen er in den Büchern gelesen hatte, die sein Pastor ihm geliehen hatte.

Die Frau starrte sie empört an und wandte sich dann der Person neben ihr zu: »Wie unverschämt von dieser Kreatur! Bettelt hier um Essen und korrigiert dann, was ich schreibe.«

Der Pfarrer kam herüber. »Gibt es hier ein Problem, liebe Mrs Greaves?«

»In der Tat. Das junge Fräulein hat es tatsächlich gewagt zu korrigieren, was ich geschrieben habe.«

»Aber Sie haben mich nach meinem Namen gefragt und dann etwas anderes aufgeschrieben«, verteidigte sich Cassandra.

Der Pfarrer beugte sich über das große Buch, in das die Namen eingetragen wurden. »Cass Blake.«

»Mein Name ist Cassandra. In meinem ganzen Leben hat mich noch nie jemand Cass genannt.«

»Mein liebes junges Fräulein, Sie sollten dankbar sein, dass diese Dame Ihnen so großzügig ihre Zeit schenkt, um Ihnen zu helfen, also machen Sie jetzt keinen Aufstand wegen so unwichtiger Details.« Hochnäsig blickte er auf sie herab. »Auf jeden Fall ist Cassandra ein höchst unpassender Name für eine Person Ihres Standes. Ich weiß nicht, woher Ihre Eltern das haben, aber in *meiner* Kirche hätte ich Sie niemals auf einen solchen Namen getauft. Nehmen Sie Ihre Marken, und gehen Sie weiter, oder ich lasse Sie aus dem Saal entfernen. Das Essen ist da drüben. Eine Marke für jeden Tag, merken Sie sich das.«

Er sprach mit ihr, als wäre sie zu dumm, ihn zu verstehen. Sie zögerte, so empört war sie. Aber sie hatte schon seit mehr als einem Tag so gut wie nichts gegessen, denn gestern Abend hatte sie den größten Teil ihrer Portion ihrem Vater und Maia überlassen, weil die immer noch zur Arbeit gehen mussten und weil ihr Vater in letzter Zeit so müde aussah.

Als sie dorthin kam, wo die Suppe ausgegeben wurde, stand ihr auf der anderen Seite des Tisches die Frau ihres Onkels Joseph gegenüber.

Ohne sich etwas anmerken zu lassen, sagte ihre Tante: »Geben Sie mir Ihre Marke, und nehmen Sie sich eine Schüssel!«

Die nächste Dame schöpfte etwas Suppe in die Schüssel, und eine dritte gab Cassandra ein Stück trockenes Brot und einen verbogenen alten Löffel.

»Bitte sehr. Vergessen Sie nicht, die Schüssel und den Löffel auf dem Tisch dort drüben abzustellen, wenn Sie fertig sind.«

Cassandra brachte ein »Danke« heraus und hastete zu einem der aufgestellten Tische, so weit wie möglich von den missbilligenden Blicken ihrer Tante entfernt. Mit zitternden Händen stellte sie ihr Essen ab, erschüttert von der Begegnung. Was für ein Hass!

Wenig später kam Pandora dazu. Sie hatte rote Flecken auf den Wangen, und ihre Augen funkelten vor Wut. »Diese Frau hat mich als ›Dora‹ eingetragen. *Dora!* Und der Pfarrer hat mich zurechtgewiesen, als ich sie korrigieren wollte.«

Xanthe folgte ihr und stellte den Teller ab, wobei etwas Suppe auf den Tisch schwappte. »Bei *mir* hat sie ›Susan‹ eingetragen.«

Ein junger Mann kam an ihren Tisch. »Ich habe gehört, was diese Frau zu Ihnen gesagt hat. Ich finde es beschämend. Absolut beschämend. Mit welchem Recht ändern sie Ihre Namen?«

Cassandra sah, wie Pandora ihn anlächelte und er ihr zuzwinkerte. Schon wieder war ein Mann von ihrer jüngsten Schwester verzaubert, die sich ihrer Wirkung auf Männer nicht einmal bewusst war. Sie war definitiv die Schönheit in der Familie, mit Haaren, so dunkel, dass sie fast blauschwarz waren, und leuchtend blauen Augen.

»Darf ich Ihnen Gesellschaft leisten?«, fragte er. »Ich bin allein und kenne hier niemanden.«

»Sie können sich gerne zu uns setzen«, antwortete Cassandra.

Sie begannen zu essen. Das Brot war so alt und hart, dass sie es in die Suppe tunken mussten, um es aufzuweichen, was kein gutes Benehmen war und verächtliche Blicke des Pfarrers auf sich zog, als er an ihnen vorbeikam. Aber man durfte kein Essen verschwenden.

Bald war der Saal voll. Die Suppe war wenig schmackhaft und bestand hauptsächlich aus Kohl, Kartoffeln und Knochen, aber niemand ließ einen Tropfen übrig.

»Armseliges, dünnes Zeug ist das!«, murmelte Pandora. »Da hätte ich selbst etwas Besseres kochen können. Und das Brot ist mehrere Tage alt.«

»Wenigstens ist es nicht verschimmelt. Und es kostet nichts.« Xanthe seufzte. »Ich verstehe, warum Vater nicht mehr in diese Kirche geht, wenn man hier so behandelt wird. Glauben die, ärmere Menschen hätten keine Gefühle?«

Als sie nach draußen gingen, verabschiedeten sie sich von dem jungen Mann und machten sich langsam auf den Heimweg. *Früher sind alle immer schnell gegangen*, dachte Cassandra, als sie die anderen die Straße entlangschlendern sah. Nun mussten sie so viel Zeit totschlagen, dass sich niemand beeilte.

Wenn sie aufblickte, sah sie nur ein paar dünne Rauchschleier anstatt der dichten Rauchsäulen aus den Fabrikschornsteinen, die sonst in den Himmel stiegen. Es sah falsch aus, als wäre dies nicht mehr ihre Stadt, nur noch der Geist von Outham.

Erst als sie fast zu Hause waren, sprach Pandora aus, was alle dachten: »Unsere Tante sah aus, als würde sie uns hassen, oder?«

»Ja. Erzähl Vater nicht, dass wir sie gesehen haben. Es würde ihn nur aufregen.«

Pandora schwieg bis zum Ende der Straße, dann sagte sie nachdenklich: »Sie schaut uns immer so seltsam an.«

»Scher dich nicht um sie«, sagte Xanthe. »Ich will mir neue Bücher aus der Bibliothek ausleihen. Zumindest können wir das jetzt tun, wann immer wir möchten.«

»Ich glaube, wir werden noch sehr dankbar für diese Bibliothek sein«, sagte Cassandra. »Wenigstens kostet uns das Lesen nichts.«

Joseph Blake schloss seinen Lebensmittelladen wie jeden Abend um neun Uhr, verabschiedete sich von seinen Mitarbeitern und verriegelte die Tür. Widerwillig stieg er die Treppe hinauf zu den gemütlichen Zimmern, die er und seine Frau seit dem Tod ihrer Eltern bewohnten. Um sechs Uhr hatte er mit Isabel eine Mahlzeit eingenommen, ihre üble Laune bemerkt und behauptet, er habe im Laden noch etwas Dringendes zu erledigen. Während er seine Mitarbeiter unterwiesen und die wichtigeren Kunden persönlich bedient hatte, hatte er herauszufinden versucht, worüber sie jetzt schon wieder so wütend war.

Sie war in letzter Zeit oft schlecht gelaunt. Ihr armes Dienstmädchen war regelmäßig in Tränen aufgelöst, aber Dot brauchte die Arbeit, weil ihre Familie keine andere Einkommensquelle hatte, also musste sie sich damit abfinden. Wenn Joseph versucht hätte einzugreifen, wäre Isabel noch härter zu dem Mädchen gewesen, also hielt er den Mund und begnügte sich damit, Dot gelegentlich einen Leckerbissen aus dem Laden zuzustecken, einen zerbrochenen Keks oder die Schinkenreste. Er wusste, dass Isabel darauf achtete, wie viel ihr Dienstmädchen aß, und sie war nicht großzügig.

Vielleicht hatte seine Frau seine Nichten gesehen, als sie unterwegs gewesen war. Das versetzte sie immer in schlechte Laune. Sie waren hübsch, die Jüngste geradezu schön. Er bedauerte, dass er sie nicht näher kannte, aber Isabel hatte vor ihrer Heirat sehr deutlich gemacht, dass er, wenn er sie wollte, die Verbindung zu seinem Bruder abbrechen musste, und er hatte ihr sein Wort gegeben und geglaubt, er könne sie später dazu überreden, ihre Meinung zu ändern. Aber das hatte sie nie. Sie stammte aus einer ausgesprochen frommen Familie und war stolz darauf; mit den »scheinheiligen Methodisten«, wie sie sie nannte, wollte sie nichts zu tun haben.

Dabei war sie die Scheinheilige, fand Joseph, die leere religiöse Phrasen nachplapperte und genau das Gegenteil von dem lebte, was die Bibel lehrte. Sie war extrem eifersüchtig auf Catherine gewesen, die Frau seines Bruders Edwin, die zwar keine Schönheit gewesen war, aber mit ihrem Lächeln und ihrer freundlichen Art überall Freunde gefunden hatte. Isabel hatte nur wenige Freunde, und ihr unscheinbares Gesicht wurde durch seinen säuerlichen Ausdruck noch reizloser.

Es wäre vielleicht anders gewesen, wenn sie Kinder gehabt hätten. Kurz nach ihrer Heirat war Isabel schwanger geworden, und mit jedem Monat schien sie weicher und freundlicher zu werden. Aber nach sieben Monaten hatte sie das Baby verloren und wäre dabei fast selbst gestorben, hatte der Arzt gesagt. Er hatte hinzugefügt, dass sie nicht in der Lage sein werde, noch weitere Kinder zu bekommen, also solle sie es vermeiden, noch einmal schwanger zu werden. Sie war so lange krank gewesen, dass sie hier bei ihren Eltern eingezogen waren, wo ihre Mutter sich um sie gekümmert hatte. Und von diesem Tag an hatten sie nie wieder das Bett miteinander geteilt. Was eine Erleichterung war.

Er war bald dazu übergegangen, so viel Zeit wie möglich im Laden zu verbringen, und hatte schnell verstanden, warum sein Schwiegervater das auch tat. Man fand dort immer etwas zu tun, konnte die Regale überprüfen, sich vergewissern, dass der Laufbursche alle Lieferungen prompt erledigt hatte, die Handelsreisenden der verschiedenen Firmen treffen, von denen sie ihre Waren bezogen, oder einfach ruhig nach Ladenschluss dasitzen und so tun, als würde man die Geschäftsbücher prüfen, während man in Wirklichkeit eine Zeitung oder ein Buch las.

Nachdem seine Schwiegereltern gestorben waren, hatte er den Namen des Ladens in Blakes Gemischtwaren geändert, was seine Frau erzürnt hatte, aber ausnahmsweise hatte er ihr die Stirn geboten. Dennoch führte er den Laden größtenteils so weiter wie bisher, weil sein Schwiegervater ein guter Geschäftsmann gewesen war.

Seit dem Krieg in Amerika hatte sich vieles geändert. Heutzutage war es nicht mehr nötig, so viel Ware zu bestellen, da die Baumwollknappheit alle Schichten der Bevölkerung betraf. Die wohlhabenderen Leute würden vermutlich nicht aufhören, die Dinge für den täglichen Bedarf zu kaufen, anstatt wie ihre ärmeren Nachbarn Hunger zu leiden, was bedeutete, dass er weiterhin sein Auskommen haben würde. Aber fast alle in der Stadt hatten ihre Ausgaben reduzieren müssen, sodass seine Gewinne zurückgegangen waren.

Er konnte es nicht länger hinauszögern und öffnete die Tür. Isabel erwartete ihn in ihrem Sessel am Kamin, der Rücken steif, die Lippen fest zusammengepresst, die Hände auf dem Schoß gefaltet. »Wie lief das Geschäft heute?«

»Die Einnahmen sinken, aber wir verdienen immer noch ordentlich.«

»Du solltest den jüngsten Burschen entlassen, damit wir weiter Gewinn machen.«

»Es gibt keine Arbeit in der Stadt, und er ernährt seine Familie ganz allein, also werde ich ihn so lange behalten, wie es mir möglich ist.«

»Mein Vater hätte ihn schon längst entlassen.«

»Ich bin nicht dein Vater.«

Sie stieß ein wütendes Knurren aus, aber das war ihm egal, weil sie ohnehin nichts ausrichten konnte. Der Laden war ihm vermacht worden, nicht ihr, Gott sei Dank, denn Mr Horton war davon überzeugt gewesen, dass Frauen nichts vom Geschäft verstanden.

»Ich werde nach Kakao und Keksen schicken«, sagte sie unvermittelt.

Erst als sie vor dem Kamin saßen, verriet sie ihm den Grund für ihre schlechte Laune. »Ich habe heute *diese Mädchen* gesehen. Jedenfalls drei von ihnen, wo die Vierte steckte, weiß ich nicht. Sie kamen in die Suppenküche.« Ihre schmale Brust hob sich vor Entrüstung, als sie hinzufügte: »*Wie Bettler!* Es war mir so peinlich, dass ich nicht wusste, wo ich hinsehen sollte. Ich habe natürlich so getan, als hätte ich sie nicht erkannt.«

Er war überrascht. »Sind sie so knapp bei Kasse? Ich dachte, Edwin verdient immer noch etwas.«

»Sie müssen arbeitslos sein, sonst hätten sie keine Marken bekommen. Was werden die Leute hinter unserem Rücken tuscheln, wenn sie erfahren, dass unsere Verwandten auf Almosen angewiesen sind?«

»Viele Menschen in der Stadt brauchen jetzt Hilfe. Es ist nicht die Schuld meiner Nichten, dass es keine Arbeit für sie gibt.«

»Das hätte ich mir denken können, dass du sie in Schutz nimmst. Ich bin mir sicher, dass diese faulen Flittchen einfach nicht arbeiten wollen.«

Er widersprach nicht, nippte nur an seinem Kakao und blickte ungerührt drein, während sie nicht aufhörte zu lamentieren. Ihm blieb nichts anderes übrig, als abzuwarten, wenn

Isabel in einer solchen Stimmung war, Beleidigungen vermutete, wo es keine gab, und seine Nichten verleumdete, die anständige Mädchen waren.

Er hatte gewusst, dass sie keine einfache Frau war, aber nicht geahnt, wie schlimm das Leben mit ihr sein würde. Er hatte den Laden gewollt, den sie mit in die Ehe gebracht hatte, den Laden, in dem er zehn Jahre lang hart gearbeitet hatte, und als klar war, dass kein anderer Mann sie heiraten würde, wagte er es, seinen Arbeitgeber um die Erlaubnis zu bitten, seiner dreißigjährigen alleinstehenden Tochter den Hof zu machen.

Seinen Bruder Edwin dürstete es nach Wissen, aber Joseph dürstete es nach Geld und Annehmlichkeiten. Und vor allem nach einem eigenen Laden.

Er hatte geglaubt, Kinder würden Isabel milde stimmen. Jetzt wusste er, dass nichts sie je erweichen würde. Ihr Geist war so vergiftet von Bosheit und Zorn, dass er manchmal sogar an ihrem Verstand zweifelte.

Aber er würde das Versprechen halten, das er ihrem Vater gegeben hatte: Er würde sich immer um sie kümmern, so schwierig sie auch war, im Gegenzug dafür, dass er den Laden bekommen hatte.

Kapitel 2

Ende November empörte sich das ganze Land über die Trent-Affäre, als ein Schiff der US-Marine aus den Nordstaaten ein britisches Postschiff stoppte, das gerade seine Reise von Kuba nach England angetreten hatte. Mit vorgehaltener Waffe verhafteten sie zwei Passagiere, Gesandte der Konföderierten, die sich auf einer diplomatischen Mission nach London befunden hatten.

Die Nation geriet in Rage, und selbst diejenigen, die wegen der Baumwollknappheit Hunger litten, vergaßen für eine Weile ihr Elend und brachten ihre Empörung zum Ausdruck. Großbritannien befand sich nicht im Krieg mit Amerika, weder mit den Nordstaaten noch den Südstaaten, sondern hatte seine Neutralität erklärt. Die Amerikaner durften das nicht! Viele Menschen forderten eine Kriegserklärung gegen den Norden.

Edwin schüttelte den Kopf darüber. »Krieg ist eine schändliche Art, einen Streit beizulegen, und ich bin sicher, unsere liebe Königin wird es nicht zulassen.«

»Aber der Kapitän der Nordstaaten war im Unrecht«, protestierte Cassandra. »Er hatte kein Recht, ein britisches Schiff zu stoppen.«

»Überhaupt kein Recht.« Er lächelte sie an. Es gefiel ihm, wie sie verstand, was in der Welt vor sich ging, obwohl manche Leute behaupteten, Politik sei nichts für Frauen.

Wenn sich die Blake-Schwestern ärgerten, dass es keine Arbeit mehr gab, so bereiteten ihnen die Neuigkeiten über die lokale Baumwollindustrie, die ihr Vater Anfang Dezember mit nach Hause brachte, noch größere Sorgen. Sein Arbeitgeber hatte ihm erzählt, dass neunundzwanzig Baumwollfabriken in Lancashire die Produktion eingestellt hätten und mehr als hundert andere nur noch eingeschränkt arbeiteten.

»So viele Menschen sind arbeitslos, so viele hungern«, sagte Maia. »Warum gibt es keine richtigen Hilfsprogramme für uns statt dieser Suppenküchen?«

»Sie reden davon, direkt vor der Stadt ein Arbeitslager für Männer einzurichten«, sagte Edwin. »Einen Steinbruch.«

»Aber das ist Sträflingsarbeit!«, rief Pandora aus.

»Das war die Idee des Pfarrers. Dieser Saunders ist ein strenger Mann, er sagt, die Leute sollten für jede Arbeit dankbar sein, und zumindest kann die Stadt mit den Steinen die alten Straßen ausbessern und neue bauen. Sie zahlen den Männern einen Schilling pro Tonne Steine, die sie abbauen.«

Einen Augenblick lang herrschte Stille, dann fragte Cassandra: »Und wie lange dauert es, eine Tonne Steine zu brechen?«

»Einen Tag, haben sie gesagt, vielleicht etwas weniger, wenn ein Mann stark ist.«

»Sechs Schilling pro Woche reichen nicht aus, um eine Familie vernünftig zu ernähren!«

»Nein.«

»Nun, ich würde alles tun, um wieder Geld zu verdienen«, sagte Xanthe, »sogar im Steinbruch arbeiten. Aber Frauen lassen sie nicht. *Wir* sind immer von unseren Männern abhängig.«

»Und ihr habt nur mich«, fügte Edwin hinzu. »Ich wünschte, ihr hättet geheiratet, meine lieben Mädchen, oder zumindest eine oder zwei von euch, damit ihr euch auf junge Männer verlassen könntet und nicht auf einen alten Kerl wie mich.«

»Ich werde nicht heiraten, bevor ich einen Mann kennenlerne, den ich lieben und bewundern kann«, beteuerte Xanthe, »und der erkennt, dass ich genauso klug bin wie er.«

»Ich frage mich manchmal, ob es solche Männer für Frauen unserer Klasse überhaupt gibt«, sagte Maia traurig.

Cassandra sorgte sich mehr darum, dass ihr Vater sich als »alt« bezeichnete. Er hatte in letzter Zeit ein paar Mal so geredet. Bekam er sein Alter zu spüren?

Und er hatte recht. Was würden sie tun, wenn ihm etwas zustieße, vor allem in diesen Zeiten?

Der Dezember war ein sehr milder Monat, und das war ein Segen für all diejenigen, die sich keinen Brennstoff zum Heizen ihrer Häuser leisten konnten. Aber dann erschütterte ein schwerer Schicksalsschlag die ganze Nation, denn am Vierzehnten starb der Prinzgemahl. In allen Kirchen und Kapellen beteten die Menschen für ihre Königin. Alle hatten schon einmal den Verlust eines geliebten Menschen erlebt und wussten, wie schmerzhaft es war.

Doch in den Zeitungen hieß es, die Königin sei untröstlich, ihre Trauer gehe über das normale Maß hinaus.

»Die arme Frau trägt eine schwere Last als Monarchin«, sagte Edwin. »Sie brauchte Prinz Alberts Unterstützung noch mehr, als andere Frauen ihre Männer brauchen. Und letzten März hat sie schon ihre Mutter verloren, also war es ein wirklich trauriges Jahr für sie. Aber wenigstens hat sie ihre Kinder. Kinder sind ein wunderbarer Trost, ein Zeichen, dass das Leben weitergeht.«

Er sah sich um und lächelte seine Töchter an. »Ich weiß nicht, was ich ohne euch getan hätte, als eure Mutter starb.« Dann wandte er sich an Cassandra und bewies, dass seine Augen noch genauso scharf waren wie eh und je. »Nimm sofort das Stück Kartoffel zurück, das du mir gerade auf den Teller geschoben hast. Alles, was wir haben, wird gerecht geteilt. Ich will nicht, dass du für mich hungerst.«

»Du siehst in letzter Zeit so müde aus.« Außerdem hatte er seine griechischen Bücher kaum angerührt.

»Ich werde alt. Ich bin immerhin schon sechzig.«

Sie sagte es nicht, aber ihr Onkel war zwei Jahre älter als er und sah trotzdem rosig und kräftig aus. Vielleicht würde ihr Vater durch gutes Essen wieder zu Kräften kommen? Nur wusste sie nicht, wo sie es herbekommen sollte. »Du würdest uns doch sagen, wenn es dir nicht gut gehen würde, oder?«

»Ich bin nur müde, das ist alles, mein liebes Mädchen. Mach dir um mich keine Sorgen. Und Mr Darston sagt, ich kann weiter arbeiten, zumindest halbtags. Mein Arbeitgeber ist wirklich ein guter Mann.«

Da es ein schöner Sonntag war, ging Reece Gregory die fünf Meilen von der Farm, wo er Arbeit und einen Platz zum Schlafen gefunden hatte, zu Fuß nach Outham. Die Dobsons, Verwandte von ihm, zahlten ihm nicht viel, aber er bekam anständige Mahlzeiten, und wenn sie konnten, gaben sie ihm einen Schilling oder zwei, was in Zeiten wie diesen viel wert war. Weitaus besser, als auf die Armenfürsorge angewiesen zu sein.

Er machte sich auf den Weg zum Friedhof, wo er sich auf die Steinbank neben dem Grab seiner Frau und seines Kindes setzen wollte. Es war nun zwei Jahre her, seit sie gestorben waren, und der schlimmste Schmerz hatte inzwischen nachgelassen, trotzdem fand er es tröstlich, von Zeit zu Zeit hier bei ihnen zu sitzen. Der Himmel wusste, er war nicht der Einzige, der seine Frau im Kindbett verloren oder ein Baby bekommen hatte, das nur wenige Tage gelebt hatte.

An diesem friedlichen Ort dachte er über sein Leben nach, versuchte Pläne zu schmieden, und wenn er sie gemacht hatte, verwarf er sie wieder und machte neue. Er hatte sich schon eine Weile treiben lassen, das wusste er. Nun war es Zeit, sein Leben wieder in die Hand zu nehmen.

Heute saß zu seiner Enttäuschung bereits jemand auf der Bank, eine junge Frau mit einem Buch in der Hand, obwohl sie mehr in die Ferne zu starren und zu seufzen schien, als zu lesen.

Er trat ein Stück zurück und wollte einen anderen Platz zum Sitzen finden, aber seine Schritte knirschten auf dem Kies, und sie sah sich um.

»Verzeihung. Ich wollte Sie nicht stören«, sagte er.

Die Rathausuhr begann die Stunde zu läuten, und sie stand auf. »Es ist gut, dass Sie das getan haben. Es wird Zeit, dass ich nach Hause gehe.«

Sie ließ ihr Buch fallen, und als er sich bückte, um es aufzuheben, fiel sein Blick unwillkürlich auf den Titel: *Eine Reise nach Ägypten.* Es war ein schwerer Wälzer für eine junge Frau, aber er hätte alles gelesen, was er in die Finger bekam. Er hatte schon immer gerne gelesen, aber auf dem Hof gab es keine Bücher, außer den wenigen, die er mitgebracht hatte, und die hatte er wieder und wieder gelesen, bis er sie beinahe auswendig kannte.

Er lächelte, als er den Titel erkannte. »Ich gehe regelmäßig in die Bibliothek, seit sie eröffnet wurde. Dieses Buch habe ich vor einigen Jahren gelesen. Seitdem habe ich den Wunsch, nach Ägypten zu reisen.«

Sie lächelte, als sie es ihm abnahm. »Ich auch. Ich war noch nie irgendwo anders als in Outham, und das werde ich wohl auch nie. Aber wenn wir nicht reisen können, können wir diese Orte wenigstens durch die Augen derer sehen, die mehr Glück hatten als wir selbst.«

Es platzte aus ihm heraus, bevor ihm bewusst wurde, was er da sagte: »Die wenigsten Frauen haben das Verlangen zu reisen.«

Sie hob das Kinn. »Nun, ich bin nicht wie andere Frauen. Ich habe das Glück, von einem Vater erzogen zu werden, der seine Töchter dazu ermutigt, etwas über die Welt zu lernen.

Haben Sie das Buch desselben Autors über Griechenland gelesen?«

»Nein. Und ich bezweifle, dass ich das jemals werde. Seit die Baumwollfabrik geschlossen wurde, arbeite ich auf der Farm meines Vetters, und ich schaffe es nicht, in die Stadt zu kommen, wenn die Bibliothek geöffnet hat. Ich komme nur manchmal sonntags, um das Grab meiner Frau zu besuchen.«

»Sie muss sehr jung gestorben sein.«

»Vierundzwanzig. Kindbett.«

»Mein herzliches Beileid.«

»Es ist jetzt zwei Jahre her. Der schlimmste Schmerz hat inzwischen nachgelassen.« Er lächelte, denn er fand die Klugheit, die ihr Gesicht erstrahlen ließ, sehr attraktiv.

Sie nickte und wandte sich zum Gehen, doch dann drehte sie sich um und kam zurück. »Hören Sie … Wenn Sie möchten, könnte ich für Sie Bücher aus der Bibliothek ausleihen und sie Ihnen am Sonntag geben. Ich kann den Gedanken nicht ertragen, dass sich jemand nach etwas zu lesen verzehrt.«

Ihr Angebot überraschte ihn, denn sie hatte es ihm gemacht, als wären sie einander ebenbürtig. »Vertrauen Sie mir denn, dass ich die Bücher wieder zurückbringe?«

»Sie sehen mir nicht wie ein Dieb aus. Ich brauche allerdings Ihren Namen und Ihre Adresse für den Bibliothekar, und vielleicht könnten Sie ein Papier unterschreiben, in dem Sie mich bitten, in Ihrem Namen Bücher auszuleihen. Warum kommen Sie nicht mit zu mir nach Hause und erledigen das, dann habe ich nächste Woche schon ein Buch für Sie hier.« Sie streckte ihm die Hand entgegen, wie es ein Mann getan hätte. »Ich bin Cassandra Blake.«

Er nahm ihre Hand und schüttelte sie. »Reece Gregory. Ich nehme an, Sie sind mit Edwin Blake verwandt?«

»Ja, das ist mein Vater.«

Das erklärte ihre offene Art. Jeder wusste, dass Blake seinen Töchtern beigebracht hatte, zu lesen und frei zu denken. Zu frei, behaupteten manche, aber Reece war der Meinung, dass die Gedanken frei sein sollten.

»Ich habe Ihren Vater bei einem Vortrag kennengelernt und seitdem ein- oder zweimal in der Bibliothek getroffen. Er ist ein interessanter Gesprächspartner.« Er sah, wie ihr Lächeln ihr schmales Gesicht erstrahlen ließ, dass es beinahe schön war.

»Er ist der allerbeste Vater. Er lässt mich die Welt mit anderen Augen sehen, so wie ich sie selbst niemals wahrgenommen hätte.«

»Wie kommen Sie zurecht?« Er brauchte nicht zu erklären, was er damit meinte. Das war heutzutage eine oft gestellte Frage.

Sie zuckte mit den Achseln. »Dad arbeitet immer noch weniger als früher. Meine Schwestern und ich gehen drei Tage die Woche in die Suppenküche.«

Im Hause der Familie Blake traf Reece auch Edwin wieder, und er war schockiert, wie sehr dieser in den letzten Monaten gealtert war. Sie verabredeten, dass er am nächsten Sonntag wieder herkommen würde, um das Buch abzuholen, das sie für ihn aussuchen würden. Dann ging er langsam zurück zur Farm, genoss den schönen, aber kühlen Tag und wünschte sich, er müsse nicht im Haus eines anderen Mannes leben und sich so benehmen, als wäre er wieder ein Junge. Vor diesem verdammten Krieg in Amerika war er ein Mann gewesen, der seine Angelegenheiten im Griff gehabt hatte.

Mehrmals in dieser Woche dachte er an Cassandra Blake. Sie war eine seltsame junge Frau, ganz anders als alle, die er jemals kennengelernt hatte. Sie äußerte ihre Meinung so freimütig wie ein Mann – und ihre Meinung war vernünftiger als die der meisten Männer, die er kannte. Sie war nicht unbedingt schön, aber ihre Augen funkelten klug, wenn sie sprach. Er wollte mehr Zeit mit ihr verbringen.

Er versuchte, solche Gedanken nicht zuzulassen. Ein Mann ohne Erwerbsmöglichkeiten hatte kein Recht, sich zu einer jungen Frau hingezogen zu fühlen.

Im Januar 1862 richtete die Stadt Wigan ein Hilfskomitee ein, das sich mit den Folgen der Baumwollknappheit beschäftigen sollte, die erste Stadt in Lancashire, die dies ernsthaft tat.

Es dauerte noch bis Ende März, bis die Armenfürsorge in Outham auf die Idee kam, dasselbe zu tun, und selbst dann wurde erst wochenlang darüber diskutiert, bevor tatsächlich etwas unternommen wurde. Sie hätten schon längst damit anfangen sollen, dachte Cassandra verärgert, anstatt hier und da kleine Hilfsleistungen an Einzelpersonen zu verteilen und diejenigen zu vergessen, die zu stolz waren, um um Hilfe zu bitten. Die beiden bestehenden Suppenküchen, die eine in der Pfarrkirche, die andere in der römisch-katholischen Kirche, waren nicht annähernd ausreichend. Niemand konnte mit ein paar Tellern dünner Suppe pro Woche stark und gesund bleiben.

Von nun an sollte jeden Tag Essen zur Verfügung gestellt werden, und eine Sammlung von Kinder- und Babybekleidung wurde organisiert, denn auch in Zeiten wie diesen kam immer wieder neues Leben in die Welt. Mehr Männer sollten zur Arbeit in den Steinbruch geschickt werden, und die Arbeit besser organisiert werden – was auch dringend nötig war. Der Verantwortliche war Küster in der Pfarrkirche und verstand nichts von der Aufgabe. Der neue Vorarbeiter war erfahrener – und auch freundlicher, munkelte man.

Für die Frauen und Mädchen sollten Nähkurse organisiert werden, und wer daran teilnahm, sollte dafür bezahlt werden. Cassandra und ihre Schwestern warteten ungeduldig darauf, dass es losging. Was glaubten die, was die Leute in der Zwischenzeit tun würden? *Ihre Besitztümer verkaufen*, dachte sie wütend. Manche Leute besaßen nur noch die Kleider, die sie am Leib trugen.

Sie war froh, dass sie nie geheiratet hatte, denn obwohl es ihr wehtat zu sehen, wie unglücklich ihre Schwestern waren, wie viel schlimmer musste es erst sein, die Kinder leiden zu sehen, die man selbst geboren hatte? Oder sie sogar sterben zu sehen? Die Zahl der Armenbegräbnisse nahm stetig zu, und die winzigen Särge trieben ihr stets Tränen in die Augen. Der kleine Nachbarsjunge Timmy war dünner als je zuvor, aber sie hatte nichts übrig, das sie ihm hätte abgeben können.

Seufzend schob sie ein wenig mehr Essen auf den Teller ihres Vaters, bevor sie das einfache Mahl servierte. Sie selbst begnügte sich mit dem, was übrig blieb, und verteilte es auf ihrem Teller, damit es nach mehr aussah. Aber als sie auf ihre Hand hinabblickte, war sie plötzlich erstaunt, wie dünn sie geworden war. Zwei karge Mahlzeiten am Tag reichten eben nicht aus. Sie warf ihren Schwestern einen verstohlenen Blick zu. Sie sahen genauso aus, waren viel dünner als früher, die Kleider hingen schlaff an ihnen herab, ihre Haut war blass und die Haare stumpf.

Wie lange sollte dieser Krieg noch dauern? Wussten die Menschen, die ihn ausfochten, wie stark Lancashire betroffen war? Wusste der Rest Englands davon?

Livia Southerham war immer froh, wenn sie aus dem Haus ihrer Schwiegereltern fliehen und mit ihrem frisch angetrauten Ehemann einen flotten Spaziergang durch das Moor machen konnte. Sie schritt neben Francis her, froh, dass der Tag mild war und sie nicht mit den anderen Frauen der Familie, die längst nicht so lebhaft waren wie sie, im Haus bleiben musste.

»Hast du heute Morgen schon mit deinem Vater gesprochen? Weißt du inzwischen, wie lange wir bei deinen Eltern bleiben werden?«, fragte sie, als sie eine Verschnaufpause auf den Hügeln einlegten, wo die Steinmauern endeten und das Farmland ins Moor überging.

Er legte ihr einen Arm um die Schultern und seufzte. »Es ist mir noch nicht gelungen, Vater zu überreden, uns für den Umzug nach Australien seinen Segen zu geben. Ich bitte ihn ja nicht um ein Vermögen, aber wir brauchen etwas Geld von ihm, um uns dort etwas aufzubauen. Er könnte es sich locker leisten, mir schon jetzt einen Teil meines Erbes auszuzahlen, anstatt es mir erst zu überlassen, wenn er stirbt.«

Sie erwiderte nicht, dass sein Vater vermutlich deshalb so zurückhaltend war, weil er schon früher erlebt hatte, wie die Begeisterung seines Sohnes für verschiedene Projekte rasch wieder nachließ. Aber Francis war begierig darauf auszuwandern, seit ihm sein Cousin von der Swan River Colony berichtet hatte, und er ging die ganze Sache sehr gezielt an. Nun, zumindest so gezielt, wie man es von einem so unbekümmerten Mann erwarten konnte.

»Ich glaube nicht, dass es einfach werden wird, ein Vermögen zu machen«, fuhr Francis fort. »Warum sollte es dort anders sein als hier? Aber Paul schreibt, für tatkräftige Männer gibt es dort ausgezeichnete Möglichkeiten, und solange wir ein anständiges Leben führen können, genügt mir das.«

»Mir auch. Ich dachte, dein Vater hätte seine Meinung geändert, so wie er gestern Abend beim Essen sprach.«

»Das dachte ich auch. Aber meine Mutter kann sich mit der Idee, dass ich England verlassen könnte, nicht anfreunden. Sie hat ihn angefleht, uns nicht zu unterstützen.«

»Sie wird dich vermissen.«

»Du meinst wohl, sie wird es vermissen, mich zu kontrollieren.«

Sie hörte die Bitterkeit in seiner Stimme und drückte ihm mitfühlend den Arm. Francis war ein kränkliches Kind gewesen und vielleicht ein wenig zu sehr verwöhnt worden. Er war zu Hause unterrichtet worden und hatte nie gelernt, zu arbeiten oder Geld zu verdienen. Aber er war der jüngste Sohn, und wenn seine Eltern starben, wäre es unwahrscheinlich, dass sein Bruder ihn finanzieren würde.

»Ich will lernen, wie man sich um Schafe und Kühe kümmert«, sagte er unvermittelt. »Ich werde so tun, als würde ich morgens reiten gehen, aber stattdessen werde ich auf einer Farm mithelfen. Neulich, als ich in den Hügeln spazieren ging, habe ich einen Mann namens Reece Gregory kennengelernt. Er arbeitet für seinen Vetter, einen Farmer, und er hat mir angeboten, für sie zu arbeiten, wenn ich will. Er würde mir sogar Kleidung leihen, damit Mutter keinen Verdacht schöpft, wie ich meine Tage verbringe.«

Na also. Das war sinnvoll, fand Livia. Erkannte sein Vater wirklich nicht, dass das hier keine vorübergehende Laune war? »Ich wünschte, ich käme auch aus dem Haus und hätte etwas, womit ich mich beschäftigen kann.«

»Warum bietest du nicht dem Hilfsprogramm für die Arbeitslosen deine Unterstützung an?«

Sie verzog das Gesicht. »Dann müsste ich mit diesem Pfarrer zusammenarbeiten. Ich mag weder Mr Saunders noch seine Helferinnen.«

Doch schließlich war sie so verzweifelt, aus dem überhitzten Haus und vor den Belanglosigkeiten ihrer Schwiegermutter zu fliehen, dass sie sich freiwillig beim Frauenausschuss meldete. Und natürlich nahmen sie ihr Angebot nur zu gern an, denn in der Regel mischte sich der Landadel nicht unter die Stadtbevölkerung.

Vielleicht konnte sie etwas Gutes tun, bis sie England verließen, so wie sie vor ihrer Heirat ihrem Vater bei seinen Pflichten in der Gemeinde geholfen hatte. Sie hoffte es.

Als Reece in der folgenden Woche wieder zum Haus der Blakes kam, fand er Edwin in Plauderlaune vor, und ein Buch über Australien wartete auf ihn: *Unsere Antipoden* von einem gewissen Mr Mundy.

»Das hat Cassandra ausgesucht. Sie sagte, Sie mögen Bücher über Reisen.«

»Das stimmt.« Reece schlug es auf und blickte gierig auf die Seiten, bis ihm aufging, wie unhöflich das war, und er es entschlossen wieder zuklappte. »Ist sie heute gar nicht da?«

»Sie ist mit ihren Schwestern spazieren gegangen. Aber sie werden bald zurück sein, um uns eine Tasse Tee zu kochen.«

Offenbar erwartete Edwin, dass Reece bleiben und mit ihm plaudern würde, und das tat er, denn er fand Edwins ironische Bemerkungen über die Welt unterhaltsam. Doch in Wirklichkeit wollte er nichts lieber, als Cassandra wiederzusehen, auch wenn sein Interesse an ihr im Augenblick völlig aussichtslos war.

Als die vier Schwestern zurückkamen, nahm er die Einladung zu einer Tasse Tee an, doch er aß nichts, weil er wusste, wie knapp das Essen bei vielen Leuten war. »Ich bekomme auf der Farm mehr zu essen als die meisten anderen hier, auch wenn mir meine Verwandten keinen hohen Lohn zahlen können.«

»Werden Sie dort bleiben?«, fragte Cassandra.

»Bis ich klarer sehe, wohin mein Weg mich führt. Mir ist klar geworden, dass ich nicht noch einmal in einer Baumwollfabrik arbeiten möchte. Mir tut es gut, an der frischen Luft zu sein, und es gefällt mir, für die Tiere zu sorgen. Mein Vetter Sam verarbeitet Holz, und er bringt mir alles bei, was er weiß. Ginny macht Käse, den sie auf dem Markt verkauft, und das ist auch interessant.«

Als er zurückging, das kostbare Buch zum Schutz unter seiner Jacke verborgen, war Reece so glücklich wie schon lange nicht mehr. Er hatte neue Freunde gefunden und … Ein Bild von Cassandra tauchte vor seinem inneren Auge auf, und er wusste, es war mehr als das. Er hatte eine intelligente Frau mit einem lebhaften Interesse an der Welt kennengelernt, die ihn in vielerlei Hinsicht anzog.

Bis bessere Zeiten kamen, konnten sie wenigstens Freunde sein, oder nicht?

Er dachte an das Buch. Er freute sich darauf, über Australien zu lesen und herauszufinden, warum Francis Southerham ohne Unterlass von diesem fernen Land sprach.

»Das ist ein anständiger junger Mann«, sagte Edwin, nachdem Reece gegangen war.

Seine Töchter sahen ihn misstrauisch an.

»Willst du uns etwa verkuppeln, Dad?«, fragte Xanthe.

Er zuckte mit den Achseln. »Es kann nichts schaden, einen Mann kennenzulernen. Wie wollt ihr sonst heiraten?«

»Ein Mann ohne richtige Beschäftigung kann sich keine Heirat leisten«, protestierte Pandora. »Und außerdem ist Reece zu alt für mich.«

»Und zu ernst für mich«, sagte Xanthe.

»Er ist überhaupt nicht nach meinem Geschmack. Viel zu dunkel und nachdenklich.« Maia wandte sich neckend an Cassandra. »Also bleibst nur du übrig. Hast du Interesse an Reece, Liebes?«

Ihre Schwester errötete und überraschte damit nicht nur alle anderen, sondern vor allem sich selbst. Sie versuchte es zu überspielen und sagte laut: »Seid nicht albern!« Dann räumte sie die Teetassen ab, doch sie war sich der hochgezogenen Augenbrauen und der vielsagenden Blicke ihrer Familie nur allzu bewusst.

Zu ihrer Erleichterung sagten sie nichts weiter über Reece Gregory. Sie selbst auch nicht.

Aber als sie in dieser Nacht im Bett lag, musste sie sich eingestehen, dass er … interessanter war als andere Männer. Sie hatte die Unterhaltung mit ihm wirklich genossen, fühlte sich auch wohl, wenn sie neben ihm ging, denn im Gegensatz zu den meisten Männern war er größer als sie. Und was hatte Maia mit »zu dunkel« gemeint? Sie liebte seine dunklen Haare und seine dunkelbraunen Augen. Er war wirklich sehr gut aussehend, kein hübscher Junge, sondern ein erwachsener Mann.

Im Juni 1862 hatten die Blakes nur noch wenig Geld in ihrer Sparbüchse.

»Dad, du darfst den anderen nichts mehr geben«, warnte Cassandra. »Nicht einen Penny. Wir brauchen alles, was du nach Hause bringst, für uns selbst.«

»Ich kann es nicht mit ansehen, wenn ein Baby verhungert.«

»Kannst du stattdessen mit ansehen, wenn wir verhungern?«

Der Schmerz auf seinem Gesicht tat ihr weh, aber er musste den Tatsachen ins Auge sehen. Ohne seine Freigiebigkeit hätten ihre Ersparnisse viel länger gereicht.

Als bekannt gegeben wurde, dass endlich die Nähstunden für die Frauen, die wegen des Baumwollmangels keine Arbeit mehr hatten, beginnen sollten, war es für die Schwestern wie ein Geschenk des Himmels. Es hieß, sie würden sechs Pennys pro Person erhalten, wenn sie vier Stunden lang teilnehmen und hart arbeiten würden.

»Andere Hilfskomitees bezahlen neun Pennys«, meckerte Pandora. »Zumindest bekommt Marys Cousine so viel, dort wo sie wohnt.«

»Wir müssen dankbar sein für alles, was wir verdienen können«, sagte Maia, wie immer die Schlichterin.

»Ich verstehe nicht, warum sie uns nicht anständiger behandeln können.« Xanthe ärgerte sich am meisten von ihnen über ihre derzeitige Lage, im Gegensatz zu ihrer sanftmütigen Zwillingsschwester, und beklagte sich über den Mangel an sinnvollen Tätigkeiten. Sie freute sich nicht auf den Unterricht, wusste, dass sie wegen ihrer schlechten Nähkünste vorgeführt werden würde. Genau wie ihre Schwestern las sie lieber, anstatt zu nähen oder zu kochen. Ihre Mutter hatte Cassandra die Grundlagen der Handarbeit beigebracht, doch nach der Geburt der Zwillinge war sie gesundheitlich angeschlagen und nicht mehr in der Lage gewesen, sich mit ihren anderen Töchtern die gleiche Mühe zu machen.

Nach dem Tod ihrer Mutter war Cassandra zu Hause geblieben, um den Haushalt zu führen, und nachdem die drei jüngeren Schwestern angefangen hatten zu arbeiten, war nach den langen Stunden in der Baumwollfabrik nicht mehr viel Zeit zum Nähen geblieben. Abgesehen davon waren sie mit fünf arbeitenden Erwachsenen als Familie relativ gut gestellt gewesen und hatten genug Geld gehabt, um andere dafür zu bezahlen, ihre Kleidung zu nähen oder zu ändern.

»Nun, zumindest darf ich hin und wieder schrubben«, sagte Maia. »Ich weiß nicht, ob Mrs Matterley aus der Kirche mich wirklich braucht oder ob sie uns bloß helfen will, aber ich sorge dafür, dass sie auch etwas für ihr Geld bekommt. Sie hat gesagt, sie will mich ihren Freundinnen empfehlen, damit ich ihnen an den Waschtagen helfen kann. Nur dann und wann einen Tag, aber jedes bisschen hilft. Obwohl ich nicht gerne wasche. Es macht meine Hände so rot und wund.«

»Ich würde jederzeit mit dir tauschen«, seufzte Xanthe. Mrs Matterley war sehr freundlich zu ihrer Schwester. Maia bekam dort nicht nur eine herzhafte Mahlzeit, sondern für ihren langen Arbeitstag sogar einen ganzen Schilling.

Sie half Cassandra, das schmutzige Geschirr wegzuräumen, und löschte das Feuer im Ofen, um Kohle zu sparen. Es war merkwürdig, dass sie die meiste Zeit über keinen Hunger hatte, oder falls sie hungrig war, bemerkte sie es nicht. Man gewöhnte sich einfach an das leere Gefühl und daran, viel weniger Energie zu haben als sonst. Aber es gab ja auch nicht so viel zu tun, und solange sie wenigstens einmal am Tag etwas zu essen bekäme, würde sie schon zurechtkommen.

Zu ihrem Entsetzen stellte Cassandra fest, dass ihre Tante die Nähstunde leitete. Abgesehen von empört aufgerissenen Augen ließ sich Isabel Blake nicht anmerken, dass sie ihre Nichten erkannt hatte.

Sie sollten grobe Schürzen für das Waisenhaus nähen, und der Stoff, mit dem sie arbeiteten, fühlte sich unangenehm rau an und weigerte sich, ordentlich zu liegen. Den Anfängern wurde beigebracht, wie man gerade Säume nähte, anschließend wurden sie mit dieser einfachen Aufgabe betraut. Diejenigen mit mehr Erfahrung sollten die einzelnen Stoffstücke aneinanderheften und sie zusammennähen, sobald man ihre Arbeit für gut befunden hatte.

Ihre Tante wanderte im Raum herum und beobachtete die Mädchen bei der Arbeit. Doch immer wieder kehrte sie zu ihren Nichten zurück, kritisierte ihre Arbeit und ließ sie das, was sie schon mehrmals zusammengenäht hatten, wieder auftrennen. Irgendwann schaute die andere Dame, die sie beim Unterrichten unterstützte, sie verwundert an. Isabel warf ihren Nichten einen verächtlichen Blick zu und ging dann zu ihrer Kollegin, um ihr etwas zuzuflüstern.

Danach hackte auch die andere Dame auf ihnen herum, und Cassandra fragte sich, was ihre Tante wohl über sie erzählt haben mochte. In diesem Tempo kamen sie nicht weiter, sondern arbeiteten immer wieder an den gleichen Nähten, trennten sie erneut auf und fingen dann wieder mit demselben zerknitterten Stück Stoff an.

Nach der Nähstunde kam ein Mädchen, das sie aus der Kirche kannten, zu ihnen. »Ich habe gehört, was diese alte Hexe über euch gesagt hat.«

Sie blieben stehen.

»Was hat sie gesagt?«, fragte Cassandra.

»Sie sagte, ihr wärt alle bekanntermaßen lasterhaft und solltet nicht mit anständigen Mädchen zusammen unterrichtet werden.«

Vor Schreck keuchten sie auf. »Bist du dir sicher?«, fragte Pandora.

Das Mädchen lächelte bitter. »Ganz sicher. Ich habe Lippenlesen gelernt, wegen der lauten Maschinen in der Fabrik. Warum erzählt sie solche Lügen über euch? Sie ist doch eure Tante, nicht wahr?«

Nachdem die andere weitergegangen war, wandte sich Cassandra an ihre Schwestern. »Ihr zwei geht nach Hause. Ich muss noch etwas erledigen.«

»Was denn erledigen?«, fragte Xanthe. »Wir haben kein Geld, um heute noch etwas anderes zu kaufen als Brot.«

»Ich muss mit jemandem sprechen.«

»Hat es etwas mit dem zu tun, was unsere Tante gesagt hat?« Pandora hielt ihre Schwester am Arm fest, um sie am Weggehen zu hindern. »So ist es doch, oder?«

Cassandra zuckte mit den Achseln.

»Du kannst nichts dagegen tun, und es spielt wirklich keine Rolle. *Wir* kennen die Wahrheit und unsere Freunde auch.«

»Ich lasse nicht zu, dass sie so über uns redet. Die Gerüchte werden die Runde machen, und einige Leute werden ihr glauben. Also gehe ich jetzt zu unserem Onkel und bitte ihn, ihr das auszureden.«

Nach einer verblüfften Pause ließ Pandora sie los. »Wird er überhaupt mit dir reden?«

»Es gibt nur eine Möglichkeit, das herauszufinden.«

»Wir kommen mit. Du solltest ihm nicht alleine gegenübertreten.«

Als sie den Laden ihres Onkels erreicht hatten, zögerte Cassandra. Sie war noch nie drin gewesen. Der Name BLAKES GEMISCHTWAREN stand in großen goldenen Lettern auf der riesigen Schaufensterscheibe. Draußen wartete eine Kutsche. Beinahe verließ sie der Mut. Dieser Ort war nichts für Leute wie sie.

Aber der Gedanke, dass ihre Tante weiterhin schlecht über sie reden würde, machte ihr Mut einzutreten. Alle starrten sie an, aber sie gestattete sich lediglich ein kurzes Innehalten auf der Türschwelle, um sich umzusehen. Zwei große Mahagonitresen standen an den Seiten, neben einem saß eine hübsch gekleidete Dame auf einem Stuhl. An den Wänden standen Regale, die mit Waren aller Art bestückt waren, ganz im Gegensatz zum Eckladen in der Nähe ihres Hauses, wo die Regale fast leer waren und nur noch das Nötigste verkauft wurde.

Ihr Onkel stand neben einer Tür, die offensichtlich nach hinten führte. Sein erschrockener Gesichtsausdruck verriet ihr, dass er sie erkannt hatte. Schnell ging sie zu ihm hinüber, bevor er sich ins Hinterzimmer zurückziehen konnte, um ihnen auszuweichen, und fragte ruhig: »Kann ich bitte mit Ihnen sprechen, Mr Blake? Es ist sehr wichtig.« Sie nannte ihn nicht »Onkel«, weil er sich nicht wie einer verhielt und weil sie ihn nicht mehr als nötig verärgern wollte.

Eine Dame, die in der Nähe stand, blickte sie hochnäsig an, also reckte Cassandra das Kinn vor und erwiderte den Blick, bis die andere sich abwandte und so tat, als spielte sie mit etwas auf dem Tresen.

Ihr Onkel zögerte.

»Ich gehe nicht eher, als bis ich mit Ihnen gesprochen habe«, sagte Cassandra leise.

»Kommt zum Seiteneingang in der Gasse.« Er deutete nach rechts.

Sie nickte und verließ den Laden, ihre Schwestern folgten. Sie fanden die Tür und warteten.

Nachdem einige Minuten verstrichen waren, sagte Xanthe: »Ich glaube nicht, dass er kommt.«

»Wenn nicht, gehe ich zurück in den Laden.«

»Ist es das wert?«, fragte Pandora.

»Ja, das ist es. Wir haben nicht mehr viel, aber wir haben immer noch unseren guten Namen, und ich lasse nicht zu, dass sie uns das mit ihren Lügen wegnimmt.« Sie machte drei Schritte in die eine Richtung und kam dann zurück. »Wie lange will er uns noch warten lassen?«

Gerade als sie gegen die Tür hämmern wollte, ging diese auf, und ihr Onkel kam mit einem schweren und unförmigen Leinensack heraus.

»Bitte. Deswegen seid ihr doch hier, oder?«

Sie nahm an, dass der Sack Essen enthielt, und war einen Moment lang versucht, ihn einfach zu nehmen und zu gehen. Aber das würde das Problem, das sie hierhergeführt hatte, nicht lösen. »Ich bitte dich nicht um Almosen, sondern darum, uns bei etwas anderem zu helfen.«

Er runzelte die Stirn und blickte über die Schulter, wie um sicherzugehen, dass niemand sie belauschte. »Was?«

»Es geht um deine Frau.« Cassandra sah, wie er sich versteifte, und beeilte sich weiterzusprechen, bevor er hineingehen und die Tür schließen konnte. »Sie erzählt den Leuten, wir seien lasterhaft. Aber das sind wir nicht. Ich will, dass sie damit aufhört. Wir legen Wert auf unseren guten Namen.« Sein erstaunter Blick zeigte ihr, dass er davon nichts gewusst hatte.

Er sah von einem Mädchen zum anderen. »Seid ihr euch da sicher?«

Cassandra nickte. »Ganz sicher.«

Er seufzte. »Nein, ich weiß, dass ihr nicht lasterhaft seid. Wenn es so wäre, hätte ich davon gehört. Wer einen Laden besitzt, erfährt früher oder später alles, was in einer Stadt geschieht. Ich werde mit meiner Frau sprechen.«

»Danke.« Cassandra wandte sich zum Gehen.

Seine Stimme folgte ihr, leise, als hätte er immer noch Angst, belauscht zu werden. »Nimm das Essen trotzdem.«

Sie drehte sich um. »Wenn du nicht einmal mit deinem Bruder reden kannst, wie können wir dann deine Almosen annehmen?«

Wieder folgte Stille, während er sie anstarrte, als hätte er sie noch nie zuvor gesehen. »Für Leute, die am Verhungern sind, seid ihr sehr stolz.«

»Wir verhungern nicht.«

»Ihr verhungert vielleicht nicht, aber ihr seid alle sehr dünn und habt diesen hohlwangigen Blick, den die Leute bekommen, wenn sie nicht genug essen.«

Trotzdem zögerte Cassandra. Sie hasste es, auf Barmherzigkeit angewiesen zu sein, vor allem auf solch widerwillige Barmherzigkeit, sie hasste es absolut.

Xanthe trat vor. »Ich nehme den Sack, Onkel, und danke auch dafür. Wir verhungern nicht, aber wir haben oft Hunger.«

Cassandra ignorierte den Sack und marschierte davon. Xanthe hob ihn auf und folgte ihr.

Als sie außer Hörweite waren, zischte Cassandra wütend: »Warum hast du ihn genommen?«

»Weil Papa krank aussieht und besseres Essen braucht. Er ist genauso schlimm wie du, immer versucht er, uns seine Portion zuzuschieben.«

»Wir werden ihm sagen müssen, woher wir das Essen haben.«

»Es wird ihn freuen. Er ist traurig darüber, dass sein Bruder nicht mit ihm redet.«

Cassandra spürte, wie ihr Tränen in die Augen stiegen. Xanthe hatte recht. Mit jedem Monat, der verging, wirkte ihr Vater älter und schwächer. Stolz würde ihm nicht helfen, aber vielleicht gutes Essen. »Ich helfe dir beim Tragen.«

Für ihren Vater würden sie alles tun.

Kapitel 3

In der folgenden Woche war ihre Tante nicht bei der Nähstunde. Diesmal wurde Mrs Burnham von einer völlig Fremden unterstützt, die man ihnen als Mrs Southerham vorstellte.

Den Namen hatte Cassandra schon einmal gehört. Die Southerhams waren reiche Leute, die auf einem großen Anwesen außerhalb der Stadt lebten, und Reece war mit einem ihrer Söhne bekannt. Die neue Dame blickte nicht geringschätzig auf die jungen Frauen herab, die nacheinander in den großen Raum strömten; heute waren es mehr als zuvor.

Mrs Burnham hakte die Namen der Teilnehmerinnen ab und schrieb die neuen dazu, während Mrs Southerham die gleiche Arbeit verteilte wie beim letzten Mal.

Cassandra nahm die Stoffstücke, aus denen einmal eine Schürze werden sollte, und beugte sich über ihre Näharbeit. Sie versuchte, das Beste aus diesem minderwertigen Material zu machen.

»Dieser Stoff lässt sich schwer nähen, nicht wahr?«

Als sie aufblickte, stand Mrs Southerham neben ihr. »Ja, Ma'am. Aber ich tue mein Bestes, wirklich.«

»Das sehe ich. Ihre Arbeit ist bei Weitem die ordentlichste. Haben Sie schon früher genäht?«

»Hauptsächlich ausgebessert. Meine Mutter hat es mir beigebracht. Sie starb, als ich vierzehn war, und von da an musste ich das Nähen für die Familie übernehmen – und alles andere auch.«

»Ich war noch nie in einer Baumwollfabrik. Die Schichten sind dort sehr lang, nehme ich an.«

»Ja, und es ist sehr harte Arbeit. Aber trotz allem wünschte ich, ich könnte wieder dort arbeiten und meinen Lebensunterhalt verdienen.«

Mrs Burnham kam auf sie zu und bedachte Cassandra mit einem unfreundlichen Blick. »Gibt es hier ein Problem?«

»Ganz und gar nicht. Ich habe diese junge Frau bloß für ihre saubere Näharbeit gelobt. Dieser Stoff lässt sich so schwer bearbeiten, und er trägt sich auch nicht gut. Ich frage mich, wer ihn ausgewählt hat.«

»Der Gemeindepfarrer. Er hält nichts davon, die mittellosen Gören zu verhätscheln.«

»Ist es Verhätscheln, wenn man sie mit brauchbaren Kleidungsstücken versorgt?«

»Er ist in dieser Stadt für die Wohltätigkeitsarbeit verantwortlich, und ich bin mir sicher, er weiß, was das Beste ist.«

Mrs Southerham lächelte. »Nun, ich fürchte, ich bin von seiner Allwissenheit nicht so überzeugt wie Sie. Ich habe noch keinen Mann kennengelernt, der wirklich etwas vom Nähen und von Stoffen verstanden hatte.«

Als Antwort erhielt sie bloß einen entsetzten Blick.

»Da diese junge Frau hier bereits recht gut nähen kann, dachte ich mir, ich könnte sie vielleicht mitnehmen, damit sie mir mit den Babysachen helfen kann. Viele Stücke müssten geflickt werden.«

Nach einer kurzen Pause sagte Mrs Burnham: »Wenn ich vorher mit Ihnen sprechen dürfte?« Ohne Cassandra eines weiteren Blickes zu würdigen, durchquerte die Frau des Kurzwarenhändlers den Raum, und die beiden Damen verschwanden durch die Seitentür.

Xanthe drückte ihrer Schwester aufmunternd den Arm. Cassandra wollte zurücklächeln, aber es gelang ihr nicht. Ihre Tante war zwar heute nicht hier, aber ganz offensichtlich hatte sie ihre Gerüchte schon weit genug verbreitet. Zorn stieg in ihr auf, weil sie so behandelt wurde, aber sie schluckte ihn hinunter. Sie konnte es sich nicht leisten, ihren Platz in diesem Kurs zu verlieren, denn bei jedem Besuch gab es ein Glas Milch und ein Stück Brot sowie sechs Pennys.

Aber es war so ungerecht, so behandelt zu werden!

In dem kleinen Zimmer außerhalb von den Räumlichkeiten der Sonntagsschule sah Livia Mrs Burnham an. »Stimmt etwas nicht?« Sie versuchte, einen freundlichen Gesichtsausdruck beizubehalten, aber ehrlich gesagt mochte sie diese Clique von Kaufmannsgattinnen nicht besonders.

Als Tochter eines Klerikers, der über kein üppiges Einkommen verfügt und keinen reichen Lebensstil gepflegt hatte, hatte sie ihr ganzes Leben lang aufs Geld achten müssen. Und selbst nach ihrer Heirat hatte sie kein Geld übrig und war manchmal entsetzt darüber, wie sorglos ihr Mann ihre begrenzten Mittel ausgab. Aber nachdem sie mit eigenen Augen gesehen hatte, welches Leid der Krieg in Amerika verursachte, war es Livia ein aufrichtiges Bedürfnis zu helfen.

»Sie sind neu in der Stadt, meine Liebe«, sagte ihre Gesprächspartnerin. »Aber Sie werden bald herausfinden, dass *diese Kreatur* in einer Nähstunde mit anständigen jungen Frauen nichts verloren hat.«

Livia sah sie erstaunt an. »Meinen Sie die junge Frau, mit der ich eben gesprochen habe?«

»Ja. Eines der Blake-Mädchen. Sie nennt sich selbst Cassandra.«

»Ist das denn nicht ihr richtiger Name?«

»Er sollte es zumindest nicht sein, nicht für ein Mädchen dieser Klasse. Wir nennen sie Cass, was viel besser zu ihrer Stellung passt. Sie ist nicht nur Methodistin, ihr Vater ist auch ein seltsamer Kauz, der seit Jahren sein Geld für Griechischunterricht verschwendet. Wofür muss ein Arbeiter Griechisch können, frage ich Sie? Und er lässt diesen Mädchen zu viele Freiheiten, die sie schändlich missbrauchen.«

»Woher wissen Sie das?«

»Meine Freundin Isabel Blake ist leider durch Heirat mit ihnen verwandt, und sie hat mir alles über ihre Situation erzählt.« Sie schauderte. »Eine Schande, dass ich hier mit ihnen in Verbindung gebracht werde. Wenn mein Mann nicht darauf bestünde, dass ich helfe, würde ich nicht hierbleiben, das sage ich Ihnen. Hoffentlich merken diese Kreaturen bald, dass sie hier nicht erwünscht sind, und nehmen nicht länger teil.«

»Sie haben Hunger. Sie müssen hierherkommen.«

»Sie sollen sich woanders Unterstützung suchen, am besten in einer anderen Stadt.«

Livia verkniff sich eine bissige Antwort und blickte durch die angelehnte Tür auf den Grund für diese Abscheu. »Cassandra Blake ist nicht vorlaut, und sie sieht auch nicht lasterhaft aus. Ihre Kleidung ist bescheiden und sauber.«

»Sie ist zu gerissen, um sich schlecht zu benehmen, wenn sie mit anständigen Leuten zusammen ist. Die beiden neben ihr sind zwei ihrer drei Schwestern – sie nennen sich Pandora und Xanthe. Können Sie sich vorstellen, dass Leute dieser Klasse ihren Kindern solche Namen geben? *Wir* nennen sie Dora und Susan.«

Livia verkniff sich die Frage, mit welchem Recht sie einfach die Namen anderer Leute änderten, denn sie wusste, dass sie auf taube Ohren stoßen würde.

»Ich verstehe. Also auf mich wirkt Cassandra nicht vorlaut, und falls sie in der Vergangenheit gesündigt hat … Nun, der Herr hat den Sündern vergeben, also werde ich das auch.« Sie wartete keine Antwort ab, sondern ging zurück in den Raum, durchquerte ihn und blieb bei den drei Schwestern stehen. »Cassandra?«

»Ja, Mrs Southerham?«

»Möchten Sie mir vielleicht mit der Babykleidung helfen? Wir haben einen großen Haufen davon, gespendet von wohltätigen Frauen. Die Sachen müssen sortiert und sorgfältig geflickt werden. Ihre Handarbeit ist besser als die der anderen hier, also wären Sie besser für feine Arbeiten geeignet.«

Sie bemerkte die Überraschung auf dem Gesicht der jungen Frau, erkannte, wie klug sie war. Kein Zweifel, dass auch das den anderen Damen ein Dorn im Auge war. »Die Babykleidung ist in einem anderen Raum. Legen Sie die unfertige Schürze da vorne ab, damit jemand anderes daran weiterarbeiten kann, aber bringen Sie die Nähutensilien mit, die Sie bekommen haben.«

Sie lächelte die beiden anderen Schwestern an und führte Cassandra aus dem Zimmer, ohne dem empörten Blick der anderen Frau Beachtung zu schenken.

Cassandra fragte sich, wie es wohl zu diesem Vorschlag gekommen sein mochte, während sie Mrs Southerhams wippenden Reifröcken folgte. Wie wäre es wohl, solche Kleider zu tragen? Glatte Hände zu haben, die niemals rau vom Schrubben wären? Wie jede junge Frau gab sich Cassandra Mühe, sich so gut wie möglich zu kleiden, aber sie wusste, so würde sie niemals aussehen.

»Hier herein.«

Sie war so in Gedanken versunken, dass sie beinahe an der offenen Tür vorbeigelaufen wäre, und sie errötete über ihre eigene Dummheit und Unaufmerksamkeit. Sie durfte ihnen keinen Anlass geben, sie zu kritisieren. War dieses Gerede über Babykleidung nur ein Vorwand? Würde man ihr nun sagen, dass sie nicht mehr an der Nähstunde teilnehmen durfte? Wenn ja, würde sie sich etwas einfallen lassen müssen. Sie würde sich nicht vertreiben lassen.

Mit vor Angst pochendem Herzen folgte sie Mrs Southerham in das Zimmer.

»Setzen Sie sich, ich erkläre Ihnen, was wir tun müssen.«

Als Cassandra weiterging, fiel ihr plötzlich auf, dass ihr Gegenüber nicht älter war als sie und sogar ein bisschen kleiner. Manchmal vergaß man bald, dass sich unter den schönen Kleidern echte Menschen verbargen.

Und was für schöne Kleider! Der riesige Glockenrock war mit mehreren Reihen von Volants gesäumt, und sogar die Oberärmel zierten zwei kleinere Volants, unter denen weiße, spitzenbesetzte Unterärmel hervorlugten. Das Mieder war vorne ordentlich geknöpft und gab den Blick auf einen weißen Spitzenkragen frei. Auf dem Kopf trug Mrs Southerham eine kleine, mit Spitze besetzte Haube in einem satten Violett, wahrscheinlich einer dieser neuen Anilinfarbstoffe.

Cassandra blickte wehmütig an ihrer eigenen Kleidung hinab, die schlicht und zweckmäßig war. Ein marineblauer Rock, knöchellang zum leichteren Gehen, mit zwei Unterröcken. Eine helle blaue Bluse unter einer kurzen braunen Jacke. Und wenn sie das Haus verließ, bedeckte sie den Kopf mit einem Tuch. Die Kleidung hing jetzt locker an ihrem Körper, und die Jacke war fadenscheinig und abgetragen. Unter normalen Umständen hätte sie sich beim Gebrauchtwarenhändler eine neue gekauft.

»Meine Liebe, haben Sie heute überhaupt schon etwas gegessen?«

Cassandra schüttelte den Kopf.

»Es muss schlimm sein zu hungern.«

»Das Hungergefühl spürt man irgendwann nicht mehr, aber man fühlt sich einfach neben der Spur. Man wird langsam und kann sich nicht so gut konzentrieren, wie man es sollte. Es tut mir leid, wenn ich nicht schnell genug gearbeitet habe. Ich …«

»Ich hole Ihnen etwas zu essen, bevor wir anfangen.«

»Das ist nicht nötig. Ich kann so lange warten, bis die anderen Pause machen.«

»Ich hatte gehofft, dass Sie heute etwas länger bleiben und mir bei dieser Aufgabe helfen würden, also können Sie auch jetzt schon etwas essen. Babys werden geboren, die nichts zum

Anziehen haben, also müssen wir diese Sachen so schnell wie möglich sortieren. Es sei denn, Sie haben heute Nachmittag etwas anderes zu tun?«

Cassandra konnte sich ein bitteres Lachen nicht verkneifen. »Nein. Das ist ja eines der Probleme, wenn man arbeitslos ist: Man hat nichts zu tun. Bei vier Frauen in der Familie dauert die Hausarbeit auch nicht den ganzen Tag.«

»Dann warten Sie einen Augenblick.«

Cassandra lehnte sich auf ihrem Stuhl zurück und betrachtete das kleine Zimmer und die mit glänzenden Holzpaneelen vertäfelten Wände. Auf dem Boden lagen überall Kleiderbündel. Wofür wurde dieses Zimmer sonst benutzt? Es schien viele Räume in dieser Kirche zu geben, weit mehr als in der kleinen Methodistenkapelle, die sie mit ihrer Familie besuchte.

Mrs Southerham kam mit einem Teller und einem vollen Glas Milch zurück. Als sie den Teller und das Glas vor ihr abstellte, gab Cassandras Magen plötzlich ein lautes Knurren von sich, und ihre Hand zitterte, als sie nach dem Stück Brot griff, das dünn mit Butter bestrichen war. Sie musste ihre ganze Willenskraft aufbringen, um sich nicht alles auf einmal in den Mund zu stopfen.

»Lassen Sie sich Zeit. Sie arbeiten besser, wenn Sie keinen Hunger haben.« Mrs Southerham trat ans Fenster und schaute hinaus.

Wenn sie das tut, damit ich ungestört essen kann, dachte Cassandra, während sie kleine Bissen aß, *dann ist sie viel aufmerksamer als die anderen.* Sie kaute vorsichtig und langsam und nahm gelegentlich einen Schluck Milch, um das Essen hinunterzuspülen.

Als sie fertig war, räusperte sie sich, und Mrs Southerham drehte sich um und sah sie mitfühlend an, kein Zeichen von Verachtung lag in ihrem Blick.

»Haben sie es Ihnen nicht gesagt?«, fragte Cassandra und war überrascht, wie schroff es klang.

»Was sollen sie mir gesagt haben?«

»Sie erzählen allen anderen, meine Schwestern und ich seien lasterhaft, also dachte ich, sie hätten es Ihnen gegenüber auch erwähnt.«

»Ach das. Ich gebe nichts auf Klatsch, und von Ihnen hätte ich das ohnehin nicht geglaubt. Ich habe genug junge Frauen von zweifelhafter Moral gesehen, um eine zu erkennen.«

»Haben Sie das?«

»Ja. Ich bin die Tochter eines Landpfarrers. Ich habe mit meinem Vater und meiner Mutter oft die ärmeren Gemeindemitglieder besucht. Meine Mutter hat immer versucht, den Mädchen, die in dieser Art von Schwierigkeiten steckten, zu helfen, anstatt die Dinge für sie noch schlimmer zu machen, da sie die Last der Schande trugen und die Männer, mit denen sie verkehrt hatten, normalerweise ungeschoren davonkamen.«

Cassandra zögerte, dann fragte sie: »Sie sprechen anders als die Leute hier. Ich nehme an, Sie kommen aus einem anderen Teil des Landes?«

»Ja. Aus Hertfordshire.«

»Wie ist es dort?«

Mrs Southerham lächelte. »Viel milder als hier, und es gibt dort keine Moore.«

»Das kann ich mir nicht vorstellen.« Cassandra bemerkte, dass sie mit ihr sprach wie mit einer Freundin, und sie verkniff sich weitere Fragen, um sie nicht in Verlegenheit zu bringen.

»Wir sollten jetzt die Bündel öffnen und anfangen, die Kleider zu sortieren, aber es gibt keinen Grund, warum wir dabei nicht plaudern sollten, um uns die Zeit zu vertreiben.«

»Warum tun Sie das? Mir helfen, meine ich.«

Mrs Southerham wusste, was ihre Gesprächspartnerin eigentlich fragen wollte. »Weil ich Ungerechtigkeit nicht ertrage. Sie haben sogar versucht, Ihre Namen zu ändern. Ich finde, das ist eine Schande.«

Cassandra konnte nicht verhindern, dass ihr ein paar Tränen in die Augen stiegen. Mitgefühl und Freundlichkeit waren das Letzte, was sie erwartet hatte.

»Erzählen Sie mir von Ihrem Vater«, bat Mrs Southerham, als sie sich wieder gefasst hatte. »Er muss ein außergewöhnlicher Mann sein, wenn er Griechisch lernt.«

»Das ist er auch. Und er ist der beste Vater der Welt.«

»Das war meiner auch. Ich vermisse ihn schrecklich. Er starb vor zwei Jahren, und mir fallen immer noch Dinge ein, die ich ihm gern erzählen würde.«

»Und Ihre Mutter?«

»Sie folgte ihm ein paar Monate später ins Grab, schien einfach den Lebenswillen verloren zu haben, nachdem er gegangen war.«

Als die Glocke läutete, um das Ende der Vormittagssitzung zu verkünden, legte Mrs Southerham ihre Arbeit nieder. »Wir sollten Ihren Schwestern sagen, dass Sie hierbleiben, um mir zu helfen. Ich komme mit, falls die anderen Damen irgendwelche … ähm, Fragen haben. Und Sie sollten besser noch etwas essen, denn wir haben noch ein oder zwei Stunden harte Arbeit vor uns. Ich werde Ihnen etwas holen, während Sie mit Ihren Schwestern sprechen.«

Als Livia sich dem Bereich näherte, wo das Brot und die Milch ausgegeben wurden, kam der Pfarrer auf sie zu.

»Darf ich Sie kurz sprechen, gute Frau?«

»Natürlich.«

»Mir scheint, Sie haben eine gewisse junge Person aus der Gruppe herausgeholt, um mit ihr zusammenzuarbeiten. Ich kann Ihnen davon nur abraten, da ich ihren Hintergrund kenne. Erlauben Sie mir, Sie bei der Wahl Ihrer Helferinnen zu unterstützen.«

»Ich bin sehr zufrieden mit Cassandras Hilfe, vielen Dank. Sie kann nicht nur hart arbeiten, sondern ist auch sehr intelligent und lernfähig.«

Sein Gesicht wurde dunkelrot. Bevor er etwas erwidern konnte, fügte sie hinzu: »Ich glaube, die Leute irren sich, was ihre Moral angeht.«

»Die Dame, die uns informiert hat, kennt die Familie.«

»Die Dame, die Sie informiert hat, hegt einen Groll gegen diese Familie, wie ich gehört habe. Und ich möchte hinzufügen, dass *meine* Familie sehr überrascht sein wird, dass Sie mein Urteilsvermögen derart infrage stellen.« Sie betonte nicht oft den hohen Stand der Southerhams, aber sie war so wütend darüber, wie man die Blake-Schwestern behandelte, dass sie es diesmal, ohne zu zögern, tat.

Sie beobachtete, wie in ihm der Wunsch, seinen Willen durchzusetzen, gegen den Wunsch kämpfte, sich mit der Familie ihres Mannes gutzustellen, und offensichtlich hatte letzterer gewonnen.

»Nun, wenn Sie darauf bestehen. Ich bete nur, dass Ihr Vertrauen nicht missbraucht wird.« Mit einem Kopfnicken ging er weiter.

Was hatten bloß alle gegen diese Mädchen? Lag es nur an den Worten einer boshaften Frau, oder gab es einen anderen Grund? Vielleicht lag es an der Art, wie sie sprachen; sie verwendeten lange Wörter und äußerten Gedanken, die ihr Interesse an Dingen jenseits der Haushaltsführung verrieten. Livia ging zum Tisch und griff nach etwas zu essen und einem Glas Milch.

Die Dame blickte sie scharf an, protestierte aber nicht, und Livia ging zurück in den kleinen Raum, in dem Cassandra sich schon wieder an die Arbeit gemacht hatte.

Es dauerte weitere zwei Stunden, bis sie alle Kleidungsstücke sortiert und jedes Stück sorgfältig geprüft hatten, um zu sehen, welche ausgebessert werden mussten und welche nicht, und sie bildeten Stapel um Stapel.

Irgendwann bemerkte Livia, wie Cassandra über ein besticktes Jäckchen strich.

»Das ist hübsch, nicht wahr?«

»Ja. So etwas habe ich noch nie gesehen.« Cassandra lächelte. »Unsere Babys tragen normalerweise nicht so schöne Sachen.«

Livia biss sich auf die Lippe, konnte aber nicht verhindern, dass ihr Blick ihre Traurigkeit verriet. Sie bemerkte, dass Cassandra sie besorgt ansah. »Ich habe letztes Jahr ein Kind verloren, und manchmal werde ich traurig, wenn ich Babykleidung sehe.«

»Warum überlassen Sie diese Aufgabe dann nicht den anderen Damen?«

»Weil das etwas ist, was ich ohne die Hilfe der anderen tun kann.« Sie sah in den Augen ihrer Helferin, dass diese sofort verstand, und fügte hinzu: »Ich mache mir nichts aus Klatsch, und die Skandale in der Stadt, ob echt oder nur erfunden, interessieren mich nicht.«

»Sie sind freundlich, und das ist viel wichtiger.«

»Ich gebe mein Bestes. Für heute haben wir genug gearbeitet. Alle Bündel sind ordnungsgemäß beschriftet. Darf ich Sie in meiner Kutsche nach Hause bringen?«

»Besser nicht. Ich habe die Verantwortlichen heute schon genug gegen mich aufgebracht.«

Livia kicherte. »Es hat mir Spaß gemacht, mit Ihnen zu arbeiten, Cassandra. Kommen Sie morgen wieder?«

»Ja. Was immer die anderen sagen oder tun, ich brauche das Geld und das Essen.«

»Dann komme ich auch wieder. Und ich werde dafür sorgen, dass Sie weiter mit mir arbeiten dürfen.«

Als Cassandra ihrer Familie von Mrs Southerham erzählte

und davon, wie offen sie miteinander gesprochen hatten, runzelte Edwin die Stirn.

»Sei vorsichtig, Mädchen. Die Adeligen haben manchmal so ihre Launen, und genauso schnell ändern sich diese auch wieder.«

»Ich glaube nicht, dass Mrs Southerham so ist, und selbst wenn, dann stehe ich auch nicht schlechter da. Sie ist schließlich nicht meine Arbeitgeberin, sondern lässt mich bloß bei einer bestimmten Aufgabe helfen.«

»Ihre Kleider sind so schön«, bemerkte Pandora sehnsüchtig. »Es muss wunderbar sein, solche Kleider zu tragen.«

»Besser ist es, einen ordentlichen Verstand zu haben«, erwiderte ihr Vater scharf.

Sie lächelten einander flüchtig an und wechselten das Thema. Ihr Vater konnte die »weibliche Eitelkeit«, wie er es nannte, nicht verstehen, und das würde er auch nie. Aber selbst die klugen Blake-Schwestern interessierten sich für hübsche Kleider.

An den Tagen, an denen sie nicht putzte oder beim Waschen half, begleitete Maia ihre Schwestern in die Nähstunde. Das Geld, das sie für die Teilnahme erhielten, war ein Segen, denn wenn sie in ihrem Haus bleiben wollten, musste die Miete bezahlt werden.

Wenn die Schwestern am Ende jeder Woche ihr Geld bekamen, behielt Cassandra es und legte es nicht in die Büchse, damit ihr Vater es nicht verschenken konnte.

»Haben sie dich nicht bezahlt?«, fragte er an diesem Abend.

»Doch.«

»Du hast es nicht in die Büchse gelegt.«

»Es reicht gerade für unser Essen.«

»Eine Straße weiter gibt es eine Familie mit einem Neugeborenen, und sie haben nichts zu essen«, erzählte er. »Könnten wir nicht ein paar Pennys entbehren? Ich verzichte gerne einen Abend auf mein Essen, um es wieder auszugleichen.«

»Haben sie einen Antrag auf Unterstützung gestellt?«

Er zögerte.

»Haben sie nicht, oder?«

»Der junge Mann sagt, er würde lieber verhungern, ehe er Almosen annimmt.«

»Sind es keine Almosen, wenn du ihm Geld gibst?«

»Ich wollte es seiner Frau geben.«

»Du hilfst ihnen am meisten, wenn du sie überredest, Hilfe anzunehmen, und ihn in den Steinbruch schickst.«

»Er ist im Augenblick nicht stark genug für diese Arbeit.«

»Und wenn schon, *wir* können es uns nicht leisten, ihnen zu helfen.«

Er bedachte sie mit einem enttäuschten Blick, aber sie änderte ihre Meinung nicht. Manchmal musste sie ihren Vater vor sich selbst beschützen.

Ein paar Abende später, nach Einbruch der Dunkelheit, klopfte es an der Tür, und als Edwin öffnete, stand ein großer junger Mann mit einem Sack in der Hand davor.

»Mr Blake?«

»Ja.«

»Das ist für Sie.« Er stellte den Sack auf dem Boden ab und verschwand eilig die Straße hinunter.

Edwin brachte den Sack in die Küche. »Ich weiß nicht, was das ist oder warum es hierhergebracht wurde, aber der junge Mann hat meinen Namen gesagt, also wird es schon richtig sein.«

Sie versammelten sich um den Sack.

»Das sieht aus wie der Sack, den uns Onkel Joseph gegeben hat«, bemerkte Xanthe.

Und tatsächlich, er enthielt Mehl und Zucker, Kartoffeln

und Zwiebeln und sogar kleine Päckchen mit Käse und Schinken.

Edwin sagte nichts, aber seine Töchter konnten sehen, wie sehr er sich über dieses Geschenk freute. Als er Cassandra flehentlich ansah, verstand sie, was er sie fragen wollte, und sie seufzte. »Ich werde etwas Essen für die Familie einpacken, die du erwähnt hast, aber den Rest brauchen wir selbst, Dad. Die Miete beträgt immer noch sechs Schilling pro Woche.«

Er lächelte. »Ich wusste, du würdest geben, so viel du kannst.«

Nach dem Abendessen schlief er ein, so übermüdet war er. In der Fabrik half er nun bei den Wartungsarbeiten, um alles für die Zeit sauber und bereit zu halten, wenn die Baumwolllieferungen wieder eintreffen würden. Manchmal bedeutete es harte körperliche Arbeit. Gelegentlich half er auch im Büro, denn er hatte eine ordentliche Handschrift, und es gab noch immer Briefe zu schreiben. Der frühere Schreiber hatte mittlerweile eine Stelle in London gefunden.

Aber trotz allem gab es für ihn nur die Hälfte der Woche Arbeit, und am Ende auch nur einen halben Wochenlohn.

Im Laufe der Wochen wuchs Cassandras Sorge um ihren Vater. Er verlor stetig an Gewicht, und obwohl er mehr zu essen bekam als die meisten ihrer Nachbarn, war er nur noch Haut und Knochen. Abends versuchte er, seine Erschöpfung zu verbergen, doch es gelang ihm nicht.

Dabei war er gerade erst einundsechzig geworden, und er war bis zum Vorjahr gesund und munter gewesen. Was sollten sie tun, wenn er …? Nein, daran durfte sie nicht denken. Sobald dieser schreckliche Krieg vorbei wäre, sobald die Rohbaumwolle wieder in Lancashire ankäme, würde es ihm sicher besser gehen. Das musste es.

Reece Gregorys Besuche waren nun der Lichtblick in Cassandras Woche. Sie lieh für ihn Bücher aus der Bibliothek aus, diskutierte mit ihm über das, was er gelesen hatte, da sie es in der Regel auch gelesen hatte, und manchmal stritten sie darüber, was die Autoren meinten.

Anfangs saß ihr Vater mit ihnen in der guten Stube, aber nach ein paar Besuchen ließ er sie allein, und auch ihre Schwestern fanden immer etwas anderes zu tun.

Sie war sich nicht sicher, ob Reece sie umwarb, aber sie machte sich Hoffnung. Dann legte er eines Tages eine Hand auf ihre und blickte sie traurig an.

»Wir müssen etwas klarstellen. Ich kann nicht um deine Hand anhalten, sosehr ich es auch möchte. Ich habe kein Geld, um eine Frau zu ernähren, und ich werde keine Kinder in die Welt setzen, nur damit sie verhungern. Also wenn meine Besuche hier andere Männer von dir fernhalten, dann höre ich besser damit auf.«

Einen Augenblick lang wusste sie nicht, was sie sagen sollte. Sie war froh, weil er sie wollte, aber traurig, weil die Zeiten gegen sie waren. »Andere Männer werben nicht um mich, weil ich für die meisten zu scharfzüngig bin, also brauchst du nicht damit aufzuhören.«

Er sah sie an, und sein Blick wurde sanfter. »Dann sind es Narren. Und wenn wieder bessere Zeiten kommen, dann werde ich um deine Hand anhalten, wenn du gestattest.«

»Das wäre schön.« Ihr wurde ganz warm ums Herz, und Hoffnung keimte in ihr auf, dass eines Tages, wenn diese schreckliche Baumwollknappheit vorüber war, eines Tages … Aber sie führte diesen Gedanken nicht zu Ende. Es war zwecklos, sich auf etwas zu freuen, was nie passieren würde. Sie brauchte nur daran zu denken, wie traurig Pandora gewesen war, als ihr Verlobter gestorben war.

Erst als Reece gehen wollte, wagte sie es, ihn zu fragen: »Du wirst doch weiterhin kommen – als Freund?«

Er nickte. »Ja. Aber bitte mich nicht um mehr.«

Nachdem er gegangen war, gestattete sie sich ein paar Tränen, aber was nützte das Weinen? Man konnte die Welt nicht ändern, sosehr man es auch wollte, und dieser Krieg und die Not in Lancashire schienen ewig andauern zu wollen.

Aber sie spürte eine Wärme in sich, weil Reece sie wollte, und Erstaunen darüber, dass sie einen Mann gefunden hatte, den sie lieben konnte, als sie die Hoffnung schon aufgegeben hatte. Der Gedanke an ihn gab ihr die Kraft, weiterzumachen und auf bessere Zeiten zu hoffen.

Kapitel 4

Francis Southerham sah dabei zu, wie Reece' Cousine Ginny die erste Kuh melkte. »Ich glaube, ich sollte lernen, wie man das macht«, sagte er, als sie fertig war und sich anschickte, zum nächsten Tier zu gehen.

»Kühe melken, Sir?«, fragte Reece ungläubig. »Wollen Sie in Australien denn keinen Stallknecht oder ein Milchmädchen einstellen?«

»Ich weiß es nicht. Mein Freund schreibt, dass es dort an erfahrenen Arbeitskräften mangelt, also scheint es mir, ich sollte alles über die Landwirtschaft wissen, wenn ich dort Erfolg haben will. Vielleicht muss ich ungelernte Arbeiter einstellen und ihnen beibringen, was zu tun ist.« Er wandte sich an Ginny. »Würden Sie es mir beibringen, Mrs Dobson?«

Während der nun folgenden praktischen Lehrstunde brach Ginny mehrmals in lautes Lachen aus, aber Francis verbesserte sich stetig, und am Ende floss die Milch mehr oder weniger gleichmäßig aus dem Euter der Kuh. Reece machte sich wieder an seine eigene Arbeit, behielt die beiden aber im Auge. Er war noch nie einem Gentleman wie diesem begegnet. Sie hatten sich zufällig im Moor kennengelernt, Mr Southerham hatte ihn angesprochen, und sie hatten miteinander geplaudert. Wenn ihre Leben nicht so unterschiedlich gewesen wären, hätten sie vielleicht Freunde sein können, weil sie viele Ansichten über die Welt teilten.

»Ich werde wiederkommen und üben, wenn ich darf«, sagte Francis, als er sein Pferd bestieg.

»Warum will ein Gentleman Kühe melken?«, fragte Ginny, nachdem er gegangen war.

»Er will lernen, wie man Landwirtschaft betreibt, bevor er nach Australien auswandert.«

»Ein seltsamer Kerl. Er hat es sicher bald satt.« Sie gab Reece einen Stoß in die Rippen. »Wie geht es deinem Mädchen?«

Er erstarrte. »Ich habe kein Mädchen.«

Sie verdrehte die Augen und stieß ein ungläubiges Geräusch aus.

»Wie könnte ich einer Frau den Hof machen, wenn ich keine Arbeit finde?«

Ginny klopfte ihm auf die Schulter. »Dieser Krieg wird nicht ewig dauern, mein Junge. Du kannst sie umwerben – nur eben jetzt noch nicht heiraten.«

Er lächelte sie an. Sie war älter als er und behandelte ihn mütterlich. »Mir kommt es langsam vor, als würde er nie enden.« Er zögerte. »Ich glaube, ich sollte von hier fortgehen, Ginny, nach Süden reisen und sehen, ob es dort richtige Arbeit gibt. Ich würde alles tun. Ich dachte, ich würde nur vorübergehend bei euch bleiben, für ein paar Monate, bis zur nächsten Baumwollernte aus Amerika, aber …« Er zuckte die Achseln.

Ihre Stimme wurde sanfter. »Du brauchst nicht zu gehen. Du fällst uns nicht zur Last, im Gegenteil.«

Das wusste er, aber es reichte ihm nicht, einfach nur sein Dasein zu fristen. Der Wunsch, sein Leben zu ändern, wurde mit jedem Tag größer. Wenn er wegginge, würde Cassandra dann auf ihn warten? Sollte er sie überhaupt darum bitten?

Nein, das wäre nicht fair. Ihr Vater hatte einmal erzählt, wie sehr er sich wünsche, seine älteste Tochter möge heiraten und Kinder bekommen, bevor es zu spät sei. Reece hatte sich in sie verliebt. Die Liebe hatte sich angeschlichen, und er wollte nur das Beste für Cassandra. Aber wenn dieser Krieg noch Jahre dauerte, hatte er kein Recht, sie um ihre Chance auf eine Familie zu bringen. Männer konnten auch im fortgeschrittenen Alter noch Kinder zeugen, aber Frauen waren schon lange vor den Männern nicht mehr dazu in der Lage.

In einer schlaflosen Nacht beschloss er, Mr Southerham um Hilfe bei der Arbeitssuche zu bitten, denn einer Sache war Reece sich sicher: Unter den aktuellen Umständen durfte er Cassandra nicht mehr treffen. Es war, als würde er Salz in eine Wunde streuen.

Er wollte sie heiraten, das wusste er nun, nicht nur ihres Körpers wegen, sondern auch wegen ihrer Klugheit, ihres Selbst. Für seine erste Frau hatte er so nicht empfunden, und er hatte auf die harte Tour gelernt, was er bei einer Frau brauchte, um glücklich zu sein. Verdammt sollte diese Baumwollknappheit sein! Sie zerstörte die Träume eines Mannes, nahm ihm seine Hoffnungen, ließ ihn an der Zukunft zweifeln.

Als Francis nach Hause kam, saß Livia in ihrem Schlafzimmer, obwohl es dort sehr kühl war. »Gehst du schon wieder meiner Familie aus dem Weg?«, fragte er, als er sich zu ihr hinabbeugte, um sie auf die Wange zu küssen.

»Ja, aber ich hoffe, das merken sie nicht.«

»Nein, natürlich nicht. Aber ich kenne dich zu gut.«

Sie zögerte und fragte dann: »Wie geht es dir heute?«

Er wich ihrem Blick aus. »Etwas besser, glaube ich. Die frische Luft tut mir gut.«

Sie warf ihm einen langen Blick zu, der ihm verriet, dass sie ihm nicht glaubte. Er wechselte das Thema. »Wie war es heute mit deinem Schützling?«

»Cassandra interessiert sich für alles, was ich ihr beibringen kann. Ich habe noch nie jemanden mit einer so schnellen Auffassungsgabe kennengelernt. Sie lernt jetzt Sticken und macht sich gut. Ich musste ihr nur ein paar Tipps geben, und schon konnte sie die Verzierungen an einigen Kleidungsstücken ausbessern. Sie hat sie mit nach Hause genommen, um etwas zu tun zu haben. Sie langweilt sich, weil sie arbeitslos ist, und die Geldsorgen tun ihr Übriges.«

»Du sprichst so gut von ihr, dass ich sie irgendwann einmal kennenlernen muss.«

»Ich bezweifle, dass sie mit dir so frei sprechen würde. Es hat eine Weile gedauert, bis sie mir vertraut hat.«

»Meinem Bekannten aus dem Moor geht es auch so, und er leidet genauso unter seiner Armut wie deine Cassandra.« Um Livia auf andere Gedanken zu bringen, fügte er mit einem flüchtigen Lächeln hinzu: »Möchtest du lernen, wie man Kühe melkt?«

Sie starrte ihn an und brach dann in Gelächter aus.

»Ich meine es ernst. Das war es, was ich heute gemacht habe. Ich weiß, wie man mit Pferden umgeht, habe mich mein ganzes Leben lang in Ställen wohlgefühlt. Und wir könnten auch lernen, wie man Käse macht – die Bäuerin ist berühmt für ihren Käse. Irgendjemand muss auch wissen, wie man sich um Hühner kümmert, eine Aufgabe, die normalerweise die Frauen übernehmen. Ich finde, wir sollten beide mehr wissen, nur für den Fall, dass wir niemanden finden, der für uns in Australien die Farm verwaltet. Würdest du das tun?«

»Warum nicht? Zumindest komme ich dann öfter aus dem Haus. Was meinst du, was deine Mutter dazu sagt?«

»Ich werde es ihr nicht verraten. Sie würde bloß wütend werden.«

»Wenn dein Vater doch nur seine Meinung ändern und dir helfen würde, nach Australien zu gehen. Ich sehne mich nach einem eigenen Zuhause, so klein es auch sein mag.«

Francis nahm sie fest in die Arme und genoss es, ihren Kopf an seiner Schulter zu spüren. Er hatte sich bei ihrer ersten Begegnung in sie verliebt, aber seine Eltern waren gegen eine Heirat gewesen, weil sie sehr wenig Geld mit in die Ehe gebracht hatte, nur ein paar Hundert Pfund. »Er wird schon noch einlenken. Ich werde so lange auf ihn einreden, bis er versteht, dass ich es mir diesmal nicht anders überlege, wie bei all den anderen Dingen, die ich angefangen habe.«

Francis war sich bei Weitem nicht so sicher, wie er behauptete, dass sein Vater nachgeben würde. Er schämte sich, in seinem Alter bei seinen Eltern wohnen zu müssen, abhängig von seinem Vater, mit nur einer winzigen Jahresrente, die er von einer Tante geerbt hatte. In der letzten Zeit ging es ihm nicht gut, er hustete häufig und hatte abgenommen. Wenn es sich nicht besserte, würde er den Arzt der Familie konsultieren müssen.

Wäre Australien ein besserer Ort für einen Mann wie ihn? Er hatte keine Zweifel daran, dass es eine Menge zu bieten hatte. Schließlich lebte sein Cousin Paul in der Swan River Colony, die auch Westaustralien genannt wurde, und er hatte in glühenden Worten beschrieben, welche Möglichkeiten dort einem Mann wie Francis offenstanden. Warum hätte Paul lügen sollen?

Joseph Blake ließ die Predigt über sich ergehen und hoffte, dass man ihm nicht ansah, wie sehr er sich langweilte. Er fragte sich, ob die Gottesdienste bei den Methodisten interessanter seien. Sie hatten auf jeden Fall einige mitreißende Kirchenlieder – das hatte er gehört, als er einmal an ihrer Kapelle vorbeigekommen und stehen geblieben war, um zu lauschen. Und die Gemeindemitglieder schienen freundlicher miteinander umzugehen als die meisten Menschen in dieser Kirche. Hier saßen sie sogar streng nach sozialem Rang getrennt, die Diener und Arbeiter in den hintersten Reihen.

Pfarrer Saunders war ein ausgesprochen schlechter Prediger: Er verlor sich in althergebrachten Anspielungen, und was er sagte, war für den Großteil seiner Gemeinde nicht von Bedeutung. Joseph kam nicht jede Woche zum Gottesdienst, er ertrug es einfach nicht.

Als sie die Kirche verließen, stand der Pfarrer in der Vorhalle, um sich von den wichtigsten Gemeindemitgliedern persönlich zu verabschieden. Er beugte sich vor und sagte leise: »Könnten Sie bitte noch einen Augenblick hierbleiben, Mr Blake? Ich möchte etwas mit Ihnen besprechen.«

Joseph ging zu seiner Frau zurück und bat sie, gemeinsam mit ihren Nachbarn nach Hause zu gehen. »Der Pfarrer möchte mir etwas sagen.«

Als sie wegging, blickte er ihr stirnrunzelnd nach. Für einen winzigen Moment war etwas in ihren Augen aufgeflackert, war es Triumph gewesen? Was hatte sie nun schon wieder ausgeheckt? Ihr Verhalten wurde immer unberechenbarer und boshafter. Ärger zu machen schien ihr weitaus größere Freude zu bereiten, als Menschen zu helfen, und mit ihrer Feindseligkeit gegenüber seiner Familie war sie mehr als nur ein wenig … unausgeglichen.

Saunders kam zu ihm herüber, sein Chorhemd blähte sich im Wind. »Kühl heute, was? Sollen wir in mein Amtszimmer gehen?« Er wartete die Antwort nicht ab, sondern ging voraus. »Nehmen Sie Platz. Ich ziehe das hier eben aus.« Er zog sich das Chorhemd über den Kopf und warf es nachlässig über eine Stuhllehne, dann setzte er sich an seinen Schreibtisch, runzelte die Stirn und spielte an seinem Federhalter herum, als wüsste er nicht, wie er anfangen sollte.

»Warum wollten Sie mich sprechen?«, fragte Joseph, als das Schweigen andauerte.

»Es hat keinen Sinn, es in beschönigende Worte zu kleiden – es geht um Ihre Nichten. Die Helferinnen sind besorgt darüber, dass sie im Nähkurs mit den anderen Mädchen verkehren und Ärger machen. Ich habe mich gefragt, ob wir einen Weg finden könnten, sie … nun ja, aus Outham fortzuschicken. Ich weiß von einem Programm, um junge Frauen von zweifelhafter Moral zu rehabilitieren und …«

»Die Mädchen sind nicht von zweifelhafter Moral!«

Saunders senkte die Stimme, sein Gesichtsausdruck war

mitfühlend. »Mein lieber Freund, Ihre Frau weiß alles über diese Mädchen, hat mir ihre Sorgen anvertraut. Sie sagt, Sie weigern sich, den Tatsachen ins Auge zu sehen, und als ich mit den Mädchen gesprochen habe, wurde mir klar, dass sie recht hat. Sie haben keinen Respekt vor Autoritäten. Selbst die Art, wie sie einen ansehen, ist unverschämt. Und sie geben mir Widerworte, als hielten sie sich für ebenbürtig. Das geht einfach nicht.«

»Meine Frau lü… Sie irrt sich. Meine Nichten sind anständige junge Frauen, alle vier. Fragen Sie den Pfarrer der Methodistengemeinde, wenn Sie an meinem Wort zweifeln.« Er sah seinem Gegenüber an, dass er ihm nicht glaubte, und er verstand, dass die beiden Kirchenmänner nicht viel füreinander übrig hatten, also lehnte er sich vor und sagte nachdrücklich: »Und wenn Sie versuchen, diese Mädchen wegzuschicken, Herr Pfarrer, dann werde ich nicht nur nie wieder einen Fuß in diese Kirche setzen, sondern auch ein paar andere Veränderungen in meinem Leben vornehmen, unter anderem meine regelmäßigen Spenden für Ihre verschiedenen wohltätigen Zwecke einstellen.«

Mr Saunders atmete tief ein. »Verstehe.«

»Das hoffe ich doch.« Joseph stand auf und verließ den Raum ohne ein Wort des Abschieds. Er ging nicht direkt nach Hause, weil er vor Wut kaum klar denken konnte. Er musste zwei Runden durch den Park marschieren, bis er ruhig genug war, um Isabel gegenüberzutreten. Man sollte meinen, er hätte sich inzwischen an ihre Art gewöhnt. Aber nie zuvor hatte sie seine Familie angegriffen, nicht so.

Als er ins Haus kam, traf er auf Dot, die das Mittagessen servieren wollte, aber er schickte das Hausmädchen weg, »bis ich läute«.

Isabel stand im Salon am Fenster, und nach einem flüchtigen Blick drehte sie ihm den Rücken zu und verharrte so.

Der Zorn, den Joseph jahrelang unterdrückt hatte, kochte

plötzlich über und trieb ihn quer durchs Zimmer. Er packte sie an der Schulter und drehte sie zu sich um. »Du hast es wieder getan, nicht wahr? Deinen giftigen Klatsch verbreitet, diesmal über meine Nichten? Trotz allem, was ich dir gesagt habe.«

»Ich sage nur die Wahrheit.«

»Die Wahrheit ist das Letzte, worum es dir geht. Du sagst, was deinen Zwecken dienlich ist, und es kümmert dich nicht, ob deine Lügen andere verletzen. Wusstest du, dass du in dieser Stadt für deine boshafte Zunge berühmt bist?«

»Und du bist berühmt für deine Leichtgläubigkeit, wenn es um deine Familie geht.«

»Ich weiß, wie mein Bruder ist *und* wie seine Töchter sind: allesamt anständige, ehrliche Menschen. Du bist hier diejenige, die nicht anständig ist, und vor allem bist du nicht ehrlich. Ich hätte dich nie heiraten sollen. Das war es nicht wert.«

Sie starrten einander einen Moment lang an, dann läutete die kunstvoll verzierte Uhr auf dem Kaminsims die Viertelstunde, und auf Isabels Gesicht erschien wieder ihre übliche undurchdringliche Maske.

»Ich muss dem Mädchen sagen, dass sie das Mittagessen servieren soll, sonst wird es kalt.«

Doch er packte sie erneut am Arm und zog sie zurück, als sie die Hand nach der Klingelschnur ausstreckte. »Du hörst mir nicht zu.« Er schüttelte sie noch einmal, um seine Worte zu unterstreichen.

Ihr ruhiger Gesichtsausdruck wich einer hässlichen Fratze. »Wie kannst du es wagen, mich anzufassen? Lass sofort los.«

»Ich lasse los, wenn ich gesagt habe, was ich sagen muss. Wenn du nicht aufhörst, diese Lügen zu verbreiten, dann werde ich …«

Sie legte den Kopf in den Nacken und lachte, ein schrilles Lachen, das keinen Hauch von Fröhlichkeit enthielt. »Dann tust du was? Du *kannst* mich nicht davon abhalten, deine Familie loszuwerden. Es ist demütigend, mit ihnen in derselben Stadt leben zu müssen, und ich werde das nicht länger zulassen. Du musst mich schon einsperren, wenn du mich aufhalten willst, aber dafür bist du zu feige. Du hast das Geld meiner Familie gestohlen, meinen Vater dazu gebracht, dir alles zu vererben, aber du kannst mir nicht auch noch meine Selbstachtung nehmen.« Sie befreite sich aus seinem Griff, läutete die Glocke und setzte sich an den Esstisch.

Er brachte es nicht über sich, mit ihr zu speisen, also stieg er die Treppe hinunter und wanderte in dem langen, schmalen Raum hinter dem Laden auf und ab, wo seine Mitarbeiter Waren wie Zucker und Mehl in Papiertüten zu einem Pfund abfüllten. Die Erkenntnis, dass Isabel recht hatte, machte ihn krank. Er würde seine Frau niemals schlagen, und natürlich konnte er sie nicht einsperren. In letzter Zeit schien nichts, was er sagte oder tat, einen Eindruck auf sie zu machen.

Wie konnte er seine Nichten vor ihrer Boshaftigkeit schützen?

Und warum sorgte er sich um sie, wenn er doch seinen Bruder seit Jahren nicht gesehen und nur ein einziges Mal mit seinen Nichten gesprochen hatte? Er wusste es nicht, er wusste nur, dass er nicht zulassen durfte, dass Isabel ihr Leben ruinierte. Es wäre falsch. Die Mädchen gehörten zur Familie.

Nachdem er sich beruhigt hatte, ging er in die Küche und bat Dot um einen Teller mit Essen, den er mit ins Packzimmer nahm.

Danach griff er nach einem Buch und versuchte zu lesen. Aber die Kisten und die Regale voller Essen schienen ihn zu verspotten, und seine Gedanken ließen sich nicht zum Schweigen bringen.

Er hatte die simple Wahrheit ausgesprochen. Es war es nicht wert gewesen, diesen alten Drachen da oben zu heiraten. Jahrelang hatte er ein elendes Leben mit ihr geführt, und jetzt hatte er niemanden mehr, keine Familie, nicht einmal einen guten Freund, weil sie alle vertrieb, die ihm ihrer Meinung nach zu nahekamen.

Und noch etwas machte ihm seit einiger Zeit zu schaffen: Was würde nach seinem Tod aus dem Geschäft werden? Der Laden war sein einziges Kind, und seit er ihn übernommen hatte, war er ein noch viel besserer Laden geworden, zumindest darauf konnte er stolz sein.

Für einen Mann von dreiundsechzig Jahren erfreute er sich bester Gesundheit, aber trotzdem konnte er nicht erwarten, noch viele Jahre zu leben. Vielleicht zwanzig, wenn er großes Glück hatte, aber vermutlich weitaus weniger.

Was sollte er mit diesen Jahren anfangen? Und was sollte aus dem Laden werden? Darüber musste er sehr gründlich nachdenken.

Im August rumpelte ein Karren die Straße hinunter und hielt ganz in der Nähe. Als es an der Tür klopfte, öffnete Cassandra und sah zwei Männer. In einem von ihnen erkannte sie den Stallburschen aus der Baumwollfabrik. Hinter ihnen stand ein Karren, auf dem ein Mann lag.

»Es tut mir leid, meine Liebe. Ihr Vater ist bei der Arbeit zusammengebrochen. Mr Darston vermutet, dass er einen Schlafanfall hatte, also haben wir ihn nach Hause gebracht. Der Vorarbeiter hat schon jemanden zu Dr. Turner geschickt.«

Vor Schreck fehlten ihr die Worte.

»Sollen wir ihn ins Haus bringen?«, fragte er.

»Ja, bitte.« Sie rief ihren Schwestern zu: »Papa ist krank. Sie tragen ihn jetzt ins Schlafzimmer.« Sie ging voraus nach oben, während sich die anderen im hinteren Bereich des schmalen Flurs zusammendrängten.

»Hier. Legen Sie ihn aufs Bett.« Sie blickte auf das schlaffe, verzerrte Gesicht hinab. Er hatte die Augen geschlossen und sah überhaupt nicht wie ihr Vater aus.

»Wir ziehen ihn aus, in Ordnung?«, sagte einer der Männer leise. »Könnten Sie uns ein Nachthemd besorgen?«

Sie nickte und trat hinaus auf den Flur. Während sie dort wartete, machte sie sich nicht nur Sorgen um ihren Vater, sondern um sie alle. Wenn er nicht arbeiten konnte, wer sollte dann das Geld nach Hause bringen? Wie würden sie über die Runden kommen? Sie schob den Gedanken beiseite. Ihre Mutter hatte immer gesagt: »Es hat keinen Sinn, sich Sorgen zu machen, bevor es so weit ist.«

Als die beiden Männer gegangen waren, kam Maia nach oben und setzte sich zu ihrem Vater, und Cassandra ließ sie allein, denn die Jüngere der Zwillinge konnte am besten damit umgehen, wenn jemand krank war. Den anderen blieb nichts weiter übrig, als sich an den Küchentisch zu setzen.

Niemand sagte »Was, wenn er stirbt?«, aber sie war sich sicher, dass sie es alle dachten – oder versuchten, es nicht zu denken. Eine Welt ohne ihn konnten sie sich einfach nicht vorstellen.

Es dauerte eine volle Stunde, bis der Arzt kam. Beim Geräusch des Klopfers eilte Cassandra zu Tür, um ihn einzulassen. Sie kannte ihn nur vom Sehen, weil es nicht der Arzt war, der sich um ihre Mutter gekümmert hatte. Und da sie insgesamt eine gesunde Familie waren, hatte sie bisher noch nie mit dem jungen Dr. Turner gesprochen. Sie erklärte ihm rasch, was passiert war, und führte ihn nach oben.

Maia wartete auf dem Flur, die anderen warteten unten.

Als sie schließlich hörten, wie sich die Schlafzimmertür öffnete und Schritte die Treppe hinunterkamen, ging Cassandra dem Arzt entgegen.

Er schaute die Treppe hinauf und flüsterte: »Können wir irgendwo ungestört reden?«

Sie führte ihn in die gute Stube.

»Ihr Vater hatte einen Schlaganfall, wie Sie sicher bemerkt haben, und zwar einen schlimmen. Ihm wird wahrscheinlich für ein oder zwei Tage schwindelig sein, und er wird verwirrt sein. Seine rechte Körperhälfte ist betroffen und wird vermutlich nicht mehr richtig funktionieren. Die ersten Tage sind die gefährlichste Zeit, in der er einen weiteren Anfall haben könnte. Das passiert manchmal.«

»Und wenn er keinen weiteren hat? Wird es ihm dann bald besser gehen?«

»Ein wenig. Ich nehme an, er ist nicht nur Ihr Vater sondern auch Ihr Ernährer, aber ich fürchte, er wird nicht mehr arbeiten können.« Er zückte seine Taschenuhr. »Ich muss gehen. Die Patienten auf der Krankenstation warten auf mich.«

Sie schluckte schwer, ehe sie etwas sagen konnte. »Was schulden wir Ihnen?«

»Hat sonst noch jemand aus Ihrer Familie Arbeit?«

Sie schüttelte den Kopf.

»Dann werde ich für meinen Besuch nichts berechnen.«

Sie spürte, wie sie vor Scham rot anlief, lehnte sein freundliches Angebot aber nicht ab. Sie wusste, dass die Zeiten für sie nur noch schlimmer werden würden, und es kam auf jeden Penny an. »Danke.«

Er tätschelte ihr die Hand. »Machen Sie es ihm bequem, und sorgen Sie dafür, dass er so viel trinkt wie möglich. Ich komme morgen wieder.«

Im Laufe des Tages setzten sie sich abwechselnd zu ihrem Vater. Immerhin schien es ihm nicht schlechter zu gehen.

Cassandra dachte darüber nach, wie sie von nun an zurechtkommen sollten, stellte im Kopf Berechnungen an, überprüfte zuerst eine Idee, dann die nächste auf ihre Zweckmäßigkeit. Eines Abends bat sie Maia, ihren Vater für ein paar Minuten allein zu lassen, damit sie über ihre Zukunft sprechen konnten.

»Wir werden sehr knapp bei Kasse sein, also müssen diejenigen von uns, die es können, weiter zum Nähkurs gehen. Das ist das einzige Geld, das wir verdienen können.«

»Ich bleibe bei ihm«, sagte Maia sofort.

»Kannst du ihn alleine heben?«

»Ich denke schon. Mir war gar nicht aufgefallen, wie dünn er geworden ist, bis ich ihm einen Schluck Wasser gegeben habe, als ihr alle beschäftigt wart.«

»Wird Dad sterben?«, fragte Pandora mit zitternder Stimme.

Cassandra wiederholte, was der Arzt ihr nach seinem zweiten Besuch gesagt hatte, was sich nicht sonderlich von dem unterschied, was er beim ersten Mal gesagt hatte, außer dass sich Dr. Turner etwas optimistischer über die Überlebenschancen seines Patienten geäußert hatte. »Es wird nicht einfach werden, aber wir werden es irgendwie schaffen und uns um ihn kümmern. Ich lasse nicht zu, dass sie ihn auf die Krankenstation bringen.«

»Ganz sicher nicht«, stimmte Xanthe zu. »Ich würde keinen Hund zum Sterben dorthin schicken.« Die Krankenstation gehörte zum Armenhaus und war ein dunkler, elender Ort.

»Er soll zu Hause sterben, wo es annehmlich für ihn ist. Und falls er überlebt, dann wird er das auch hier, koste es, was es wolle.«

Nur, wie sollten sie das schaffen? Wie sollten sie weiterhin die Miete bezahlen, ihm nahrhaftes Essen kaufen?

»Hast du irgendeine Idee?«, fragte Maia.

»Ich überlege mir etwas.«

Am nächsten Tag nahm Pfarrer Saunders sie beiseite, um zu fragen, wo Maia sei, warum sie nicht mehr an der Nähstunde teilnehme. Cassandra missfiel sein herablassender Ton, und sie erzählte ihm von ihrem Vater.

»Das sagen Sie.«

Entsetzt starrten sie den Mann an. »Was meinen Sie damit?«

»Woher weiß ich, dass Sie die Wahrheit sagen? Wer weiß, wo sich Ihre Schwester im Moment herumtreibt?«

Xanthe trat vor, den Mund schon geöffnet, um diese Unterstellung zurückzuweisen, doch Cassandra zog sie an ihrem Rock zurück. »Nicht.«

Sie wandte sich an den Pfarrer und sagte ruhig: »Dr. Turner, der meinen Vater behandelt, wird Ihnen sicherlich bestätigen, dass ich die Wahrheit gesagt habe. Nun, wenn Sie uns bitte entschuldigen würden, wir müssen mit dem Nähen fortfahren.«

»Ich werde das definitiv überprüfen, Cass. Ich lasse mich nicht anlügen.«

Als er wegging, sah sie zu ihrer Enttäuschung, dass Mrs Southerham nicht da war und eine andere Dame ihren Platz vor der Klasse eingenommen hatte.

»Beeilung, Cass Blake«, rief die Frau des Kurzwarenhändlers. »Sie arbeiten heute mit den anderen Mädchen an den Schürzen. Und achten Sie darauf, dass Ihre Nähte ordentlich sind.«

Cassandra nahm das Stück Stoff, das ihr jemand wortlos reichte, ging zu einem Platz in der Nähe ihrer Schwestern und beugte sich über ihre Näharbeit. Der Morgen kam ihr endlos lang vor, und was immer sie tat, jedes Mal kam eine der Damen zu ihr, kritisierte ihre Arbeit und bestand darauf, dass sie die Fäden zog und noch einmal von vorne anfing … und noch einmal.

Nur weil sie es als die beste Möglichkeit ansah, sich zu wehren, gelang es ihr, sich alle zornigen Widerworte zu verkneifen und zu tun, was man ihr auftrug.

Aber durch die Reihen der anderen jungen Frauen ging ein Raunen, und am Ende blickte die zweite Frau sich nervös um und ging ohne weitere Schelte davon.

Nach der Stunde aßen sie, was man austeilte, tranken ihre Milch und verließen den Saal.

Auf der Straße umringten einige der anderen Mädchen die Blake-Schwestern.

»Warum behandeln sie dich so, Cassandra, meine Liebe?«

»Du solltest dich wehren, nicht so sanftmütig sein«, sagte eine andere. »Sie lügen. Deine Arbeit ist viel ordentlicher als die der anderen.«

»Ich würde mir eine solche Behandlung von niemandem gefallen lassen«, erklärte eine dritte. »Hast du gehört, was sie über dich tuscheln? Woher haben sie diese Lügen?«

Cassandra sagte leise: »Sie wollen, dass ich Widerworte gebe, damit sie einen Grund haben, mich aus dem Unterricht zu werfen. Aber ich brauche das Geld, also werde ich es nicht tun.«

Als sie nach Hause kamen, saß sie eine Weile bei ihrem Vater. Er lag still und war blass, und es erschreckte sie, ihn so zu sehen, aber seine Augen wirkten heute lebhafter. »Möchtest du, dass ich dir etwas vorlese?«, fragte sie.

Er schloss kurz die Augen und öffnete sie wieder, was sie für ein Zeichen der Zustimmung hielt, also ging sie nach unten, um ihr Bibliotheksbuch zu holen, und dann saß sie fünfzehn Minuten lang bei ihm und las ihm vor. Dann fielen ihm irgendwann die Augen zu, und sie bemerkte, dass er eingeschlafen war.

Sie hörte auf, laut vorzulesen, konnte überhaupt nicht mehr weiterlesen, denn die Tränen, die sie sich nicht erlaubte, wenn ihr Vater wach war, ließen die Wörter vor ihren Augen verschwimmen.

Als Maia übernahm, ging Cassandra nach unten. Sie hatte nichts zu tun, weil sie heute keine Näharbeiten mit nach Hause genommen hatte, also sagte sie unvermittelt: »Ich gehe spazieren.«

»Soll ich mitkommen?«, fragte Pandora.

»Nein. Ich muss allein sein und nachdenken.«

Während sie spazieren ging, fragte sich Cassandra, was mit Mrs Southerham passiert sein mochte. Hoffentlich war sie nicht krank. Die Sonne schien, die Blumen wiegten sich in einer leichten Brise, die Vögel sangen. Der herrliche Tag schien ihr eigenes Unglück nur zu unterstreichen.

Auf dem Weg durch den Park begegnete ihr die Frau ihres Pastors. Sie begrüßte sie mit einem Nicken und blieb stehen, als auch Mrs Rainey innehielt.

»Ist es wahr, Cassandra, meine Liebe?«

»Ist was wahr?«

»Dass der Gemeindepfarrer und seine Damen auf Ihnen herumhacken?«

»Ich schenke ihnen gar keine Beachtung.«

»Es wurde vereinbart, dass die Leute von der Pfarrkirche die Suppenküche und die Nähkurse leiten, während wir von den Methodisten die Hausbesuche machen, also kann ich nicht wirklich helfen. Aber ich finde, es ist eine Schande, dass Ihre Tante die Situation ausnutzt, um solche schrecklichen Dinge über Sie zu verbreiten.« Sie hob eine Hand. »Sie brauchen es nicht abzustreiten. Jeder weiß, dass sie es ist.«

Cassandra spürte, wie ihre Wangen brannten. »Ich weiß, dass es nicht die Wahrheit ist, und meine Familie auch. Das ist das Einzige, was zählt.«

»Und Ihre Freunde auch. Aber ich werde sehen, ob ich etwas dagegen tun kann.«

»Bitte verärgern Sie sie nicht, Mrs Rainey. Das Geld, das ich bei der Nähstunde verdiene, ist zu wichtig. Ich weiß nicht, wovon wir sonst leben sollten.« Sie dachte ohnehin schon darüber nach, welches ihrer Besitztümer sie als Nächstes verkaufen und wie sie den besten Preis dafür erzielen könnten.

»Ich werde mit meinem Mann sprechen. Diese Ungerechtigkeit muss ein Ende haben.«

Als sie am Freitag auf der Farm fertig waren, bat Francis Reece, ihn bis zum Ende der Straße zu begleiten. Er führte sein Pferd, und Reece ging neben ihm her, bis sie den Weg erreichten, der durch das Moor führte. »Lassen Sie uns hier anhalten. Wir können uns auf den Milchstein setzen.«

Er band das Pferd an, und als es zu grasen anfing, setzten sich die beiden Männer auf den großen flachen Stein, von dem jeden Tag die Milchkannen von einem Ladenbesitzer aus der Stadt abgeholt wurden.

»Sie haben mich um Rat bei der Arbeitssuche gebeten, und ich habe darüber nachgedacht. Ich frage mich, ob Sie wohl Interesse daran hätten, mit mir nach Australien zu gehen?« Er hielt inne, als versuchte er, die Reaktion des anderen abzuschätzen.

Reece blickte ihn überrascht an.

»Ich würde Sie finanziell unterstützen, was auch nötig sein wird, und Ihnen nach unserer Ankunft eine Anstellung bieten.«

»Warum wäre das besser, als hier Arbeit zu finden?«, fragte Reece.

»Mein Cousin lebt schon dort. Er schwärmt in den höchsten Tönen von Australien und hat mich schon mehrmals gebeten, ihm zu folgen. Land ist dort viel billiger, und man kann es ganz einfach kaufen oder pachten. Wenn Sie Ihren Lohn sparen, könnten Sie eines Tages eine eigene Farm haben oder einen Laden eröffnen oder … nun ja, alles.«

Reece spürte, wie Interesse in ihm aufkam, doch er schüttelte den Kopf. »Ich habe kein Geld, um nach Australien zu reisen, Mr Southerham. Die Überfahrt kostet sicher eine Menge.« Er hatte ein wenig Geld beiseitegelegt, weil er seit dem Tod seiner Frau sehr sparsam lebte, aber das würde er nicht zugeben. Außerdem wollte er nicht seine ganzen Ersparnisse für die Überfahrt ausgeben, um am Ende seiner Reise mittellos und abhängig zu sein.

»Ich würde Ihnen die Überfahrt bezahlen und Sie im Gegenzug darum bitten, zwei Jahre lang für mich zu arbeiten, ab dem Zeitpunkt, an dem wir England verlassen.«

Reece runzelte die Stirn. Das klang für ihn nicht nach einem guten Geschäft. Am Ende dieser zwei Jahre wäre er immer noch arm. Und es wären zwei weitere Jahre ohne Cassandra. Nein, das ging nicht. »Was ist mit dem Lohn? Wenn ich nichts sparen kann, komme ich nicht weiter.«

»Ich würde Ihnen in diesen Jahren natürlich auch Lohn zahlen, aber ich verschweige Ihnen nicht, dass es harte Arbeit sein wird. Ich nehme an, dass man das Land roden muss, bevor man es bewirtschaften kann, und da sich das Klima dort sehr von dem hiesigen unterschiedet, bin ich mir nicht sicher, wie die Bedingungen genau sein werden. Mein Cousin kann manchmal etwas vage sein, und er ist kein Farmer.«

Das sind Sie auch nicht, dachte Reece. Genau wie seine Verwandten hatte auch er den Eindruck, dass die Southerhams nur ein bisschen Farm spielten. Wie würde es diesem Mann ergehen, wenn er jeden Morgen früh aufstehen müsste, bei jedem Wetter, um seine Kühe zu melken? Die einzigen Tiere, an denen ihm wirklich etwas zu liegen schien, waren Pferde. Und wie würde Francis harte körperliche Arbeit über Tage, Monate und Jahre ertragen? Reece hatte nicht den Eindruck, dass er die dafür notwendige Ausdauer und Willenskraft besaß. In der Tat gab es Tage, an denen Mr Southerham geradezu krank aussah.

Was Mrs Southerham anging, so war sie eine sehr nette Dame, die zu allen höflich war, aber ihre Hände waren weich und weiß, und sie verstand nicht einmal die Hälfte von all dem, was seine Cousin Ginny tat, selbst wenn sie die Hühner gefüttert und dabei geholfen hatte, die Eier einzusammeln.

Er dehnte sein Schweigen aus, während er die Sache durchdachte, und sagte dann langsam: »Ich nehme an, die Menschen brauchen etwas zu essen, ganz egal wo auf der Welt sie leben. Und auch die Versorgung der Tiere wird sich nicht allzu sehr von der hier unterschieden. Ich habe über Australien gelesen. In welchen Teil des Landes gehen Sie?«

»Die Swan River Colony im Westen. Es ist die mit Abstand kleinste Kolonie, aber mein Cousin schreibt, dass ein Mann mit Verstand, der hart arbeitet, dort ein gutes Leben führen kann. Ich hatte daran gedacht, nach Sydney zu gehen, aber es wird von Vorteil sein, jemanden zu kennen, der mir zeigen kann, wie alles funktioniert. Und außerdem mag ich meinen Cousin. Wir haben uns immer gut verstanden.«

»Ich muss darüber nachdenken.«

»Ja. Natürlich.«

»Wissen Sie, es gibt hier eine junge Frau, für die ich mich interessiere.«

»Sie könnten Sie nachholen, sobald Sie sich niedergelassen haben. Sie kann doch sicher ein oder zwei Jahre warten?«

Reece gefiel die herablassende Art nicht, in der sein Gegenüber von Cassandra sprach, also sagte er scharf: »Wird Ihre Frau hier auf Sie warten?«

»Nein. Aber das ist etwas anders. Wir sind bereits verheiratet.«

»Wie gesagt, ich muss darüber nachdenken.«

Francis nickte, stand auf und griff nach den Zügeln des Pferdes. »Dann sprechen wir noch einmal darüber.«

Er ritt davon, und als er sich noch einmal umdrehte, sah er, wie Reece immer noch dastand und gegen eine Grassode trat, die Hände in den Taschen vergraben.

Wer war die Frau, an der Reece so viel lag? Wäre sie ein Gewinn oder eine Belastung? Sollte er ihm anbieten, auch ihre Überfahrt zu bezahlen? Nein, er war doch kein Goldesel.

Zu Cassandras Erleichterung war Mrs Southerham am nächsten Tag wieder bei der Nähstunde, aber es bedurfte eines scharfen Wortwechsels zwischen ihr und dem Pfarrer, bevor Cassandra wieder mit ihr arbeiten durfte.

»War es schlimm gestern?«, fragte sie, kaum dass sie in dem gemütlichen kleinen Zimmer allein waren.

Cassandra zuckte die Achseln. »Sie wissen doch, wie sie sind.«

»Ja. Es tut mir sehr leid, aber ich werde von jetzt an nur noch montags, mittwochs und freitags hier sein.« Livia lächelte verschwörerisch. »Erzählen Sie es niemandem, aber mein Mann und ich lernen etwas über Landwirtschaft. Ich habe versucht, Kühe zu melken, aber ich fürchte, ich bin nicht besonders gut darin. Wir wandern nächstes Jahr nach Australien aus und wollen dort eine Farm betreiben, also lernen wir so viel wie möglich.«

Cassandra versuchte, sich für sie zu freuen, dennoch sagte sie: »Ich werde Sie vermissen. Nicht nur, weil Sie mich beschützen, sondern weil ich Ihre Gesellschaft genieße.«

»Ich werde Sie auch vermissen. Aber jetzt fangen wir besser mit der Arbeit an. Ich habe eine Liste von Familien, die dringend Kleidung für ihre Kinder benötigen. Wir werden sie ab nächster Woche besuchen.«

»Ich hatte gedacht, die anderen Kirchen übernehmen die Besuche.«

»Der Pfarrer möchte, dass ich die Mitglieder seiner Gemeinde besuche.«

»Darf ich mitkommen?«

»Das dürfen Sie, wenn ich das sage.«

Cassandra dachte darüber nach und sagte dann zögernd: »Ich glaube nicht, dass das klug wäre. Es würde die anderen Damen nur noch wütender machen.«

Livia zuckte die Achseln. »Man kann nicht immer vernünftig sein. Aber wenn Sie lieber nicht mitkommen möchten, finde ich sicher jemand anderen.«

Plötzlich konnte Cassandra der Idee nicht mehr widerstehen, von diesem Ort wegzukommen. Vielleicht war es nicht vernünftig, aber die ungerechte Behandlung war mit jedem Tag schwerer zu ertragen. Auf ihr hackten sie noch mehr herum als auf ihren Schwestern, und sie verstand nicht, warum, aber allen fiel es schwer, ruhig zu bleiben.

»Ich würde gerne mitkommen.«

Kapitel 5

Am Sonntagnachmittag tauchte Reece früher als sonst bei den Blakes auf. »Ich habe von deinem Vater gehört. Wie geht es ihm?«

»Nicht gut. Aber komm doch herein. Es regnet ja den ganzen Morgen schon.«

Cassandra führte ihn in die gute Stube und deutete auf einen Sessel.

»Ist er in der Lage, Besuch zu empfangen?«

»Noch nicht.« Ihr Vater war immer noch desorientiert und schwach, unfähig zu sprechen. Sie mussten alles für ihn übernehmen, es war beschämend. Aber sie erkannte in seinen Augen noch immer einen Funken seiner alten Intelligenz und seines Lebenswillens, also las sie ihm unermüdlich weiter vor und sprach mit ihm.

Reece saß da und blickte auf seine gefalteten Hände hinab, dann seufzte er und schaute sie an. »Ich denke darüber nach, nach Australien zu gehen. Mr Southerham hat mir angeboten, mich zu unterstützen. Er wird meine Überfahrt bezahlen, wenn ich bereit bin, zwei Jahre für ihn zu arbeiten. Anscheinend ist es dort einfacher, Land zu pachten oder zu kaufen. Wenn ich hart arbeite, kann ich vielleicht eine eigene kleine Farm aufbauen.«

Sie versuchte, sich ihre Bestürzung nicht anmerken zu lassen. Wenn er fortginge, würde sie nicht nur ihn, sondern auch Mrs Southerham verlieren. Aber angesichts der begrenzten Möglichkeiten hier in Lancashire wäre es nicht fair, ihn davon abzuhalten. Mit großer Anstrengung gelang es ihr, ruhig zu antworten: »Klingt, als wäre das eine große Chance für dich.«

»Ja. Es gibt keinerlei Anzeichen dafür, dass in naher Zukunft wieder Baumwolle ins Land kommt. Und ganz davon abgesehen, glaube ich nicht, dass ich es ertragen könnte, wieder in eine Fabrik zurückzukehren, nachdem ich so lange im Freien gearbeitet habe.«

So hatte er schon früher gesprochen, und ihr ging es genauso. Sie wollte etwas sagen, konnte aber nur daran denken, wie sehr sie ihn vermissen würde, und kämpfte mit den Tränen.

»Ich hätte dich gefragt, ob du mitkommen möchtest, aber wir reisen schon bald ab, und …«

Sie beendete den Satz für ihn: »Ich könnte meinen Vater nicht verlassen.«

»Ich schreibe dir, wenn das in Ordnung ist?«

Sie nickte, denn der Kloß in ihrem Hals verschlug ihr die Sprache.

Reece nahm ihre Hand. »Cassandra … wenn es dort für mich gut läuft … wenn du dann noch ungebunden bist … könntest du vielleicht eines Tages nachkommen.«

»Nach Australien?«

Er nickte und errötete. »Ich wollte sagen, du könntest nachkommen und mich heiraten. Du weißt, was ich für dich empfinde.« Er lächelte sie an, hielt ihre Hand immer noch fest. »Und ich glaube, du empfindest das Gleiche.«

Sie versuchte nicht, ihm etwas vorzuspielen. »Ja, das tue ich.«

»Also würdest du später, sofern du nicht jemand anderen kennenlernst – und das würde ich dir nicht verübeln –, würdest du nachkommen zu mir, wenn ich dir das Geld für die Überfahrt schicke?«

Die Vorstellung war aufregend, aber es gab noch andere Schwierigkeiten. Alles schien sich gegen sie und diesen Mann, den sie so schnell so sehr ins Herz geschlossen hatte, verschworen zu haben. »Wenn ich so weit fortgehe, sehe ich meine Schwestern vielleicht nie wieder.«

»Ich weiß. Auch deshalb habe ich gezögert, dich zu fragen. Ich weiß, wie nah ihr euch steht. Und ich fände es nicht fair, dich …« Er zögerte, dann sagte er: »… mit Versprechungen an mich zu binden.«

»Könntest du nicht … in irgendeinem anderen Teil Englands Arbeit finden?«

»Ich glaube, das hier ist eine bessere Gelegenheit für mich, und ich kenne niemanden außerhalb von Lancashire, also kann ich genauso gut nach Australien gehen. Ich habe gehört, dass es da drüben mehr Möglichkeiten für Männer wie mich gibt. Außerdem wollte ich immer die Welt sehen, genau wie du.«

»Ich habe aber nie erwartet, sie tatsächlich zu sehen.«

»Nein. Das Leben gibt uns selten genau das, was wir erwarten, oder?« Noch immer hielt er ihre Hand und legte ihr den anderen Arm um die Schulter. »Wenn ich hierbleibe, kann ich dich nicht haben, und auch wenn ich fortgehe, werde ich dich für eine lange Zeit nicht haben. Aber ich will dich, Cassandra, mein Liebling. Und es gibt eine Chance, dass ich in Australien ein Leben für uns aufbauen kann – die einzige Chance, die ich für unser gemeinsames Glück sehe.«

Sie sah auf ihre ineinander verschränkten Hände hinunter und rang sich die Worte ab: »Du solltest auf jeden Fall gehen, Reece. Vertue diese Chance nicht. Aber schreib mir … und denk hin und wieder an mich. Und wenn es möglich ist … nun, im Augenblick kann ich nicht so weit vorausschauen … aber wenn ich kann, dann komme ich nach zu dir.«

Er zog sie an sich und küsste sie, erst sanft, dann hungrig. Sie gab sich seinen Küssen hin, brauchte seine Zärtlichkeit genauso sehr, wie er ihre zu brauchen schien. Sie hatte vorher nicht gewusst, wie stark das Bedürfnis nach der Berührung eines Mannes sein konnte, wie sehr sie ihn streicheln und küssen wollte – vielleicht war sie immer zu kopflastig gewesen.

Als er sich von ihr losriss, atmeten beide schwer.

Er ließ sie los, und sie spürte den Drang, ihn wieder an sich zu ziehen, aber sie tat es nicht. Solange ihr Vater sie brauchte, solange ihre Schwestern sie brauchten, musste sie hierbleiben, auch wenn es ihr das Herz brach. »Wann … werdet ihr aufbrechen?«

»Erst in einem oder zwei Monaten. Ich weiß nicht, ob es das einfacher oder schwerer macht.«

Sie empfand es genauso.

Als er gegangen war, blieb sie allein in der guten Stube sitzen, wo Pandora sie schließlich fand. Sie weinte nicht mehr und konnte doch an nichts anderes denken als an ihn, und sie verfluchte stumm das Schicksal für das, was es ihnen antat.

»Ach, da bist du. Ist alles in Ordnung, Cassandra? Du siehst … traurig aus.«

Sie durfte ihnen nicht noch mehr Anlass zur Sorge geben, und außerdem war der Abschied von Reece *ihr* Problem. Es gab genug andere Sorgen, die sie sich teilen konnten. »Ich dachte bloß gerade an Dad.«

»Es geht ihm heute etwas besser, findest du nicht?«

»Möglich. Aber er wird wahrscheinlich nicht wieder arbeiten können. Wir müssen Vorkehrungen treffen. Ich habe ein wenig gerechnet, und wir können uns die Miete für dieses Haus einfach nicht mehr leisten.«

»Du meinst, wir sollten umziehen?«

»Entweder das oder Untermieter aufnehmen. Viele Menschen teilen sich mittlerweile ihre Häuser, um Kosten zu sparen.«

»Dann nehmen wir Untermieter auf.«

»Wenn wir das tun, müssen wir unsere Herzen verschließen. Wir dürfen nur Leute aufnehmen, die ihre Miete für die Zimmer auch bezahlen können.«

Diese Warnung wiederholte Cassandra am Abend auch gegenüber den beiden anderen.

Sie verbreiteten die Nachricht, dass in ihrem Haus, das größer war als die meisten anderen Häuser in der Straße, Zimmer zu vermieten seien, und noch am selben Tag kamen mehrere Leute, um zu fragen, ob sie einziehen könnten.

Cassandra befragte sie in Anwesenheit von Pandora. Sie wagten es nicht, der großherzigen Maia diese Aufgabe anzuvertrauen, denn sie hätte die Zimmer an Leute gegeben, die kein Geld hatten, um die Miete zu bezahlen, und Xanthe war so impulsiv, dass man nie ganz sicher sein konnte, was sie tun würde.

Sie hatten sich darauf geeinigt, zwei Zimmer zu vermieten. Zuerst vergaben sie das große Zimmer im Erdgeschoss an einen Mann, der mit ihrem Vater zusammengearbeitet hatte. Er brachte seine Frau, seinen Sohn und seine Schwiegertochter sowie ein Neugeborenes mit. Sie alle sollten sich die Küche mit den anderen teilen.

Aber Cassandra wusste, dass Harry Grant seine Miete zuverlässiger zahlen würde als manche andere, mit denen sie gesprochen hatte, weil er nicht gewartet hatte, bis ihm das Geld ausgegangen war, bevor er sich etwas Billigeres gesucht hatte. Außerdem arbeiteten er und sein Sohn beide im Steinbruch.

Sie erzählte ihrem Vater, was sie vorhatten, und er brachte ein winziges Nicken zustande. Er war jetzt so gebrechlich, und er akzeptierte das Geschehen so schicksalsergeben, dass es ihr schien, als hätte ihm der Anfall seinen letzten Kampfgeist geraubt, als wartete er nur darauf zu sterben, um seinen Töchtern nicht länger zur Last zu fallen.

Aber sie wollte ihn nicht verlieren. Er war mehr als ein Vater für sie, er war ihr bester Freund gewesen … bis sie Reece kennengelernt hatte.

Auch für das große Schlafzimmer zur Straße hinaus, das

sie sich mit Pandora geteilt hatte, fanden sie Mieter: ein älteres Paar mit zwei Jungen von fünfzehn und siebzehn Jahren. Wieder waren die Männer kräftig genug, um im Steinbruch zu arbeiten. Das machte einen großen Unterschied.

Ihr Vater wurde in das kleinste Schlafzimmer verlegt, während sich die Töchter zu viert in das mittlere Schlafzimmer quetschten.

Die Frau ihres Pastors machte einen Plan, welche Leute abwechselnd bei Edwin sitzen oder ihm vorlesen konnten, sodass alle vier zu den Nähkursen gehen und ihre sechs Pennys verdienen konnten. Mrs Rainey war ein Organisationstalent, was praktische Hilfe anging. Auch Mr Rainey besuchte Edwin ein- oder zweimal die Woche, plauderte leise mit ihm oder betete für ihn.

Jeden Sonntag kam Reece, und seit es Edwin etwas besser ging, setzte er sich zu ihm und erzählte ihm, was die Woche über auf der Farm geschehen war, oder von den Büchern, die er gelesen hatte. Cassandra leistete ihnen zumindest für einen Teil des Besuchs Gesellschaft, aber es machte sie traurig, dass Reece sich nicht mehr darum bemühte, ein privates Gespräch mit ihr zu führen.

Doch wenn er sie ansah, verschlang er sie förmlich mit Blicken. Sie bildete sich das nicht ein. Seine Augen verrieten seine Gefühle, obwohl er die Worte zurückhielt.

Immer wieder redete sie sich ein, dass es richtig war, wenn er fortging. Und unter praktischen Gesichtspunkten war es das sicher auch. Aber bei einer Reise ans andere Ende der Welt konnte viel passieren. Und wer wusste schon, wie lange es dauern würde, bis sie sich wiedersahen – wenn überhaupt?

Sie wollte nicht, dass er ging!

Während der Nähstunden hielt sie weiterhin ihren Ärger im Zaum, aber an den Tagen, an denen Mrs Southerham nicht da war, fiel es ihr besonders schwer.

Und eine Sache machte ihr große Sorgen: Nicht einmal in

diesen Zeiten kam ihr Onkel, um seinen Bruder zu besuchen. Er würde doch sicher Frieden mit ihm schließen wollen, bevor Edwin starb? Ein weiterer Sack mit Essen wurde ins Haus geliefert, aber kein Brief. Er hätte doch wenigstens eine nette Nachricht mitschicken können!

Sie überlegte, ob sie in den Laden gehen und ihren Onkel anflehen sollte, seinen Bruder zu besuchen, aber sie befürchtete, dass er ablehnen und sie wegschicken würde. Sie wollte nichts tun, womit sie die Essenslieferungen gefährden könnte. Sie waren so wichtig.

Und außerdem hätte ein Besuch ohnehin nichts bedeutet, solange ihr Onkel nicht aus freien Stücken kam.

Es gab noch einen weiteren Grund, weshalb sie nicht zu ihm ging: Sie wollte ihrer Tante nicht über den Weg laufen. Gelegentlich begegnete sie Isabel Blake auf der Straße, und die Art, wie sie sie ansah, der Hass in ihren Augen, erfüllte Cassandra mit einer unbeschreiblichen Angst.

Sie war sich ziemlich sicher, dass ihre Tante ihr – oder irgendjemandem aus ihrer Familie – etwas antun würde, sobald sich die Gelegenheit ergäbe.

Livia ging mit Cassandra die Straße entlang und studierte die Liste der Familien, die sie besuchen würden. »Ich habe gehört, hier gibt es eine Familie mit einem Neugeborenen.«

»Ja, die Wrights.«

»Kennen Sie sie?«

»Mein Vater kennt sie. Sie sind sehr stolz. Ich bin mir nicht sicher, ob sie Almosen annehmen werden, nicht einmal Babykleidung, obwohl sie gelegentlich ein wenig Essen von Freunden annehmen. Mr Wright hat sich vor einiger Zeit verletzt und kann nicht im Steinbruch arbeiten.«

Livia schüttelte traurig den Kopf. Die Leute aus Lancashire waren so stolz verglichen mit den Armen im Süden, wo sie aufgewachsen war. In Outham hatte es bereits einige alte

Menschen gegeben, die lieber verhungert waren, als ins Armenhaus zu gehen. Sie hatte mit ihrer Schwiegermutter darüber gesprochen, denn bislang hatte Mrs Southerham nicht auch nur das geringste Interesse an den aktuellen Problemen gezeigt oder einen Beitrag zur Unterstützung der Arbeiter geleistet.

»Das ist ihr Haus.« Cassandra klopfte an die Tür und nannte ihren Namen. »Ich habe Mrs Southerham mitgebracht. Sie und ich haben einige alte Babysachen geflickt, die niemand mehr braucht.«

Der Raum war so gut wie leer, die einzigen verbliebenen Möbel waren ein klappriger alter Stuhl und ein abgenutzter Holztisch. In einer Ecke lag ein Haufen Säcke, die als Bett dienten. Darauf lag eine junge Frau, sie war blass und sogar zu schwach, um aufzublicken. In den Armen hielt sie ein kränkliches Baby, dem sie sanft über den Kopf streichelte. Es war unruhig und greinte leise, als hätte es keine Kraft für mehr als ein Wimmern.

Der Vater des Neugeborenen blickte sie trotzig an. »Wenn Sie hier sind, um Almosen anzubieten, können Sie …«

Livia trat vor. »Nur ein paar Kleider für das Kind, Mr Wright.«

Jetzt sprach die Mutter. »Bitte, John.«

Er wandte sich an seine Frau. »Waren wir uns nicht einig? Keine Almosen.«

»Das war vor dem Baby. Ich habe meine Meinung geändert. Ich will, dass sie lebt.« Sie begann zu schluchzen, ein ebenso dünnes, klägliches Geräusch. Wie ihr Kind schien sie nicht die Kraft zu haben, richtig zu weinen.

Cassandra kniete sich neben sie, nahm ihre Hand und blickte den jungen Mann an. »John Wright, was fällt Ihnen ein, Ihre Frau so hungern zu lassen? Sie braucht Essen, und das Baby auch. Ist es Ihnen egal, dass Ihr Kind stirbt, wenn es nicht versorgt wird? Dass Annie kaum den Kopf heben kann und höchstwahrscheinlich auch sterben wird?«

Er hatte Tränen in den Augen, und Livia legte ihm eine Hand auf den Arm. »Bitte, lassen Sie uns Ihnen helfen, Mr Wright. Wir haben Kleidung für das Baby mitgebracht, und wir könnten Ihnen auch Essen und Marken für die Suppenküche bringen. Es ist doch keine Schande, die gleiche Hilfe anzunehmen wie Ihre Nachbarn?«

»Ich würde sie annehmen, wenn ich dafür arbeiten könnte. Aber so …«, er deutete auf seinen Fuß, »kann ich nicht im Steinbruch arbeiten wie die anderen.«

Cassandra wirbelte herum und fuhr ihn an: »Also haben Sie beschlossen, dass drei Menschen sterben müssen, nur weil Sie zu stolz sind! Das ist falsch, John.«

»Ich gehe nicht ins Armenhaus!«

»Wir wollen nicht, dass sie uns trennen«, sagte Annie. »Das tun sie dort immer.«

»Dann finden wir eine andere Möglichkeit, um Ihnen zu helfen«, versicherte Livia. »Aber Sie müssen versprechen, dass Sie annehmen, was wir anbieten. Bitte. Ich ertrage es nicht, Sie sterben zu sehen, wenn ich helfen kann.«

Mr Wright schwieg, und die Stille schien eine Ewigkeit andauern zu wollen. Er sah zuerst sie an, dann seine Frau und sein Kind.

Vom Bett aus flehte Annie: »John, John, tu, was sie sagt. Wenn dieses Baby stirbt wie das andere, bricht es mir das Herz, und ich sterbe auch.«

Livia ging zum Bett hinüber und hockte sich neben Cassandra, ihre weiten Röcke bauschten sich auf dem staubigen Boden. »Wie heißt die Kleine?«

Annie schüttelte den Kopf. »Sie hat noch keinen Namen. Es hat doch keinen Sinn. Sie wird sterben. Ich habe kaum Milch.«

»Wir werden sie nicht sterben lassen.« Livia stand auf.

»Ich habe Babykleidung mitgebracht, und ich werde etwas Ziegenmilch für die Kleine besorgen und für Sie etwas zu essen. Vielleicht haben Sie mehr Milch, wenn Sie besser essen.« Sie wandte sich an den Ehemann, und ihre Stimme wurde sanfter. »Ich weiß, es ist schwer, Hilfe anzunehmen, aber um Ihrer Familie willen müssen Sie es tun, Mr Wright. Wir sind in ein paar Minuten zurück.«

»Haben Sie einen Krug?«, fragte Cassandra.

Er nahm ihn aus dem Regal und betrachtete kurz den gesprungenen Rand. »Der war nicht gut genug, um ihn zu versetzen, aber für die Milch reicht er.« Er drückte ihn Cassandra in die Hand.

Als sie die Tür schlossen, hörten sie sein Schluchzen und das leise Murmeln seiner Frau.

Livia ging voraus zum Bäcker auf der Hauptstraße, wo sie einen Laib Brot kaufte, dann gingen sie zum Milchmann und kauften die Ziegenmilch, mit der auch andere ihre Babys fütterten. Sie war teurer als Kuhmilch, aber was machte das schon? Es waren trotzdem nur ein paar Pennys.

Als sie wieder herauskamen, sagte sie: »Wir könnten bei Blakes noch ein paar andere Sachen holen.«

»Nicht!«, warnte Cassandra. »Wenn Sie John zu viel geben, wird er es nicht annehmen.«

»Aber …«

»Wir müssen es langsam angehen lassen.«

Als sie zurückkamen, stand die Tür offen, also klopften sie an und traten direkt ein.

John warf ihnen einen Blick zu, dann senkte er beschämt den Kopf.

Cassandra ging zu ihm und nahm seine Hand. »Es ist bloß ein wenig Brot und Milch. Wir bringen Ihnen heute Nachmittag Marken für die Suppenküche. Wir alle brauchen in diesen schweren Zeiten Hilfe. Ich gehe zur Nähstunde, damit ich etwas Essen und Geld verdienen kann. Es ist nicht Ihre Schuld, dass Sie nicht arbeiten können.«

»Dieser Pfarrer hat gesagt …«

»*Dem* schenke ich überhaupt keine Beachtung. Sie sollten mal hören, was er über mich herumerzählt.«

Zum ersten Mal erschien der Anflug eines Lächelns auf seinem Gesicht. »Sie sind eine sehr entschlossene Frau, Cassandra Blake. Ihr Vater ist bestimmt stolz auf Sie.«

Tränen stiegen ihr in die Augen. »Das hoffe ich.«

Annie hatte sich aufgesetzt. »Wir haben uns entschieden, das Baby nach Ihnen zu benennen, Mrs Southerham, wenn Sie erlauben. Um Ihnen zu danken.«

»Es wäre mir eine Ehre. Noch nie hat jemand ein Kind nach mir benannt. Mein Name ist Livia.«

»Livia. Das gefällt mir.« Annie lächelte und drückte das Baby an sich. Aber ihr Blick war jetzt auf den Brotlaib gerichtet.

Sie verabschiedeten sich, um die Wrights in Ruhe essen zu lassen.

Die anderen Leute, die sie besuchten, waren nicht so stolz, aber vor allem die Wrights blieben den beiden Frauen in Erinnerung.

Zurück im Gemeindesaal, ging Livia direkt zum Pfarrer. »Wir müssen für Neugeborene, deren Mütter sie nicht ernähren können, Ziegenmilch zur Verfügung stellen.«

Er blickte sie entsetzt an. »Machen Sie sich nicht lächerlich! Besondere Milch? Dafür haben wir kein Geld.«

»Ich werde dafür aufkommen. Der Milchmann kennt einen Bauern, der jeden Tag Ziegenmilch in die Stadt liefert. Ich werde eine Liste derer führen, die die Milch brauchen, und Cassandra kann sie jeden Tag zu ihnen bringen.«

»Das ist wirklich nicht nötig. Diese Leute vermehren sich wie Kaninchen. Wenn ein Baby stirbt, ist das die Art und

Weise der Natur, die Schwachen auszusortieren. Sie empfinden nicht das Gleiche für ihre Kinder wie wir, das kann ich Ihnen sagen.«

Livia schloss für einen Moment die Augen, dachte an alles, was sie heute Morgen erlebt hatte, und betete um Geduld, denn wenn sie ausspräche, was sie wirklich dachte, würde er sie davon abhalten, den Armen zu helfen.

Offensichtlich hielt er ihr Schweigen für Zustimmung, denn er fügte hinzu: »Und wie können wir darauf vertrauen, dass diese Blake-Göre das Richtige tut? Wahrscheinlich verkauft sie die Milch einfach.«

Jetzt reichte es Livia. Sie richtete sich zu ihrer vollen Größe auf und funkelte ihn zornig an. »Wollen Sie mir unterstellen, ich wäre zu dumm, um eine gute Frau von einer schlechten zu unterscheiden, nachdem ich wochenlang mit ihr zusammengearbeitet habe?«

»Sie lassen sich täuschen. Sie kommen aus einem anderen Teil des Landes und kennen die Arbeiter hier nicht so gut wie ich.«

»Ich habe einiges an Erfahrung darin, den Armen zu helfen. Wahrscheinlich mehr als Sie.«

Er richtete sich ebenfalls auf und starrte sie an: »Gute Frau, ich leite mehrere Hilfsprogramme für Bedürftige. Und ich kann Ihren Plan einfach nicht gutheißen.«

»Dann werde ich ihn eben ohne Sie umsetzen. Das Gebot unseres Herrn lautet, unsere Nächsten zu lieben, alle unsere Nächsten, nicht nur die, die Sie für anständig halten.« Sie fragte sich, ob er sie hinauswerfen würde, aber er sagte nichts.

Wieder einmal, so vermutete sie, hatte ihr das Ansehen der Southerhams in der Grafschaft geholfen.

Doch wer würde den Ärmsten der Armen noch helfen, wenn sie nach Australien ging?

Cassandra beobachtete sie von der einen Ecke des Raums aus,

wirbelte aber herum, als die Leiterin der Nähstunde sie anfuhr: »Was stehen Sie da so untätig herum, Cass? Sie sind hier, um sich Ihr Brot zu verdienen, nicht um Höhergestellte zu belauschen.« Sie sprach langsam und deutlich, als wäre Cassandra schwer von Begriff.

»Ich warte darauf, dass Mrs Southerham mir sagt, was ich als Nächstes tun soll.«

Livia kam zu ihnen. Offenbar spürte sie, dass wieder einmal jemand nach einem Vorwand suchte, um an ihrem Schützling herumzumäkeln. »Danke, dass Sie auf mich gewartet haben, Cassandra. Ich möchte, dass Sie als Nächstes die Kleider für die älteren Kinder sortieren. Kommen Sie mit.«

Als Cassandra ihr folgte, sah sie, wie die Dame zum Pfarrer hinüberging und die beiden die Köpfe zusammensteckten. Sie fragte sich, was sie vorhatten.

Sicherlich nichts Gutes.

Als das Jahr 1862 dem Ende entgegenging, konnte Edwin Blake wieder ein wenig sprechen, aber er konnte sich noch immer nur sehr eingeschränkt bewegen und auch nicht ohne Hilfe Treppen steigen. Einmal war er gestürzt und hatte Xanthe mitgerissen, sodass sie beide schwere Prellungen erlitten hatten, also blieb er jetzt meistens in seinem Zimmer. Er aß wenig, und sie machten sich Sorgen um ihn, wünschten, sie könnten ihm besseres Essen bieten als Brot, Kartoffeln und Kohl.

Reece brachte ihnen gelegentlich eine Kleinigkeit mit, meistens ein Ei, ein Stück unförmigen Käse, den seine Cousine hergestellt hatte, ein Fläschchen Milch, etwas Schinkenfett, das sie zum Braten benutzen konnten, und einmal sogar ein Huhn, einen dürren alten Vogel, der im Stew landete. Sie aßen davon mehrere Tage.

Natürlich wollte Edwin diese Großzügigkeit mit den anderen Hausbewohnern teilen, aber Cassandra weigerte sich. Er bestand darauf, und sie weinte, als sie ihn zurückweisen musste.

»Das werde ich nicht, Dad. Wir brauchen das Essen selbst.«

»Aber die anderen brauchen es genauso dringend.«

»Wenn wir mehr hätten, würde ich teilen, aber wir haben nicht einmal genug für uns.«

»Ich bin enttäuscht von dir.«

Beinahe hätte sie nachgegeben, aber beim Anblick seines schwachen Körpers blieb sie standhaft.

Sie fühlte sich noch schuldiger, als er sie später um Verzeihung bat, weil er ihr nicht zugetraut hatte, verantwortungsvoll mit dem Essen umzugehen.

Kapitel 6

Am 1. Januar 1863 erklärte Präsident Lincoln die Sklaven in Amerika für frei. Im Laufe des Monats las ein alter Freund, der Edwin regelmäßig besuchte, davon in der Zeitung und überbrachte ihm die Nachricht. Als Cassandra nach Hause kam, strahlte ihr Vater vor Freude.

»Also hat sich das Elend gelohnt«, sagte er immer wieder. »Ich weiß, wie wir hier in Lancashire gelitten haben, aber das ist nichts gegen die Leiden, die die Sklaven ertragen mussten. Da bin ich mir ganz sicher.«

Cassandra war sich da nicht so sicher, sagte aber nichts, um ihm die Freude nicht zu verderben. Seit er seine Tage abgeschieden in seinem Schlafzimmer verbrachte und nur von Leuten besucht wurde, die ihm zur Aufmunterung nur die besten Nachrichten überbrachten, war er sehr weltfremd geworden. Gelegentlich warf er einen Blick in seine Griechischbücher, murmelte die Worte vor sich hin, während er mit dem Zeigefinger über die Seite fuhr. Sein einziger anderer Lesestoff war die Bibel.

Er verbrachte viel Zeit damit, mit glasigen Augen ins Leere zu blicken, was sie auch schon bei anderen Menschen am Ende ihres Lebens bemerkt hatte. Dieser Gedanke bereitete ihr großen Kummer.

Während der kalten Wintermonate fiel es allen schwer, sich warm zu halten. Da sie sich keine zusätzliche Kohle leisten konnten, gingen die Schwestern oft früh ins Bett, wo sie leise miteinander plauderten. Sie hörten Stimmen aus den vermieteten Zimmern, aber dort gingen die Lichter genauso früh aus.

Niemand konnte es sich leisten, verschwenderisch mit Lampenöl oder Kerzen umzugehen. Niemand konnte Fett entbehren, um altmodische Binsenlichter herzustellen. Sie brauchten alles, was sie hatten, zum Essen.

Wenn alle anderen eingeschlafen waren, lag Cassandra oft wach und machte sich Sorgen. Sie fühlte sich sowohl für ihre Schwestern als auch für ihren Vater verantwortlich. Manchmal war es schwer, die Älteste zu sein. Und sie fragte sich besorgt, was sie als Nächstes verkaufen sollte.

Eines nach dem anderen verschwanden die Möbelstücke, auf die sie verzichten konnten; anfangs machte es ihnen nichts aus, denn seit die Untermieter im Haus wohnten, hatten sie ihre Sachen in der Küche gestapelt. Die Möbel brachten weitaus weniger ein, als sie vor der Baumwollknappheit wert gewesen wären, und das brach ihnen das Herz, aber wenigstens kam Edwin nicht nach unten, sodass er die Lücken nicht bemerkte.

Das Einzige, was sie nicht verkauften, war das Medaillon ihrer Mutter, das ihr Vater neben seinem Bett aufbewahrte und oft in der Hand hielt.

»Wenn ich sterbe, sollst du es bekommen, denn du bist die Älteste«, erklärte er Cassandra. »Das hätte sie so gewollt.«

Sie hoffte bloß, sie würde es nicht auch noch verkaufen müssen.

Am zehnten März heiratete der Prinz von Wales, und zur Feier des Ereignisses stimmte der Stadtrat dafür, allen bedürftigen Familien einen zusätzlichen Laib Brot zu gewähren. Es gab auch eine Kinderparade, die sich die Leute anschauten, da sie nichts anderes zu tun hatten, und anschließend gab es Essen für die ohnehin schon wohlgenährten Kinder, die an der Parade teilgenommen hatten, alle in schicken neuen Kleidern, trotz der harten Zeiten.

»Mit dem Geld, das für diese Parade ausgegeben wurde,

hätte man viele Bäuche füllen können«, bemerkte Pandora verächtlich, als sie sah, wie sich die dürren, ärmeren Kinder in der Nähe des Essens drängten, während ein properer Junge ihnen die Krusten hinwarf und lachte, als sie sich um diese Großzügigkeit prügelten.

Was in einer Stadt nach der anderen für die Hochzeitsfeierlichkeiten ausgegeben worden war, hätte ganz Lancashire monatelang ernährt, da war sie sich sicher.

Nach dem Frühstück wurde Francis zu einem Gespräch mit seinem Vater zitiert.

Als die beiden Männer das Esszimmer verlassen hatten, starrte seine Mutter Livia über den Tisch hinweg an. »Ich hoffe, du bist jetzt zufrieden.«

»Was meinst du damit?«

»Tu nicht so, als wüsstest du es nicht. Aber mein Francis hatte schon früher dumme Ideen, und nie hat er auch nur eine davon umgesetzt. Mit dieser hier wird es genauso enden, nur wird er zu weit weg sein, als dass wir ihm helfen könnten. Du wirst schon sehen. Ihr werdet auf der Straße betteln.«

»Es ist ihm ernst damit, nach Australien zu gehen. Und außerdem hat ihm der Arzt geraten, in ein wärmeres Klima zu ziehen.«

»Er hat den Arzt überredet, das zu sagen. Francis war schon immer empfindlich. Das ist ein Grund, um *hierzubleiben*, nicht zu gehen. Er ist kein Mann, der erfolgreich Landwirtschaft betreibt. Er ist ein Träumer. Und *du* ermutigst ihn auch noch. Ich hasse dich! Ich hasse dich!« Sie brach in Tränen aus, stürzte aus dem Zimmer und drückte sich ihr Taschentuch auf die Augen.

Livia ging nach oben ins Schlafzimmer, um auf Francis zu warten. Das morgendliche Feuer im Kamin war heruntergebrannt, aber sie machte sich nicht die Mühe, mehr Kohle aufzulegen, sondern saß unruhig da. Ihre Schwiegermutter weigerte sich, die Wahrheit zu sehen. Francis war eindeutig krank.

Er kam strahlend ins Zimmer, zog sie in seine Arme und tanzte mit ihr ums Bett. »Der Arzt hat meinen Vater überredet, uns zu helfen, also wird er mir etwas Geld geben, damit ich mir eine eigene Farm aufbauen kann. Ist das nicht wunderbar?«

»Ja, das ist es. Aber deine Mutter ist sehr aufgebracht, Francis. Sie will nicht wahrhaben, dass du krank bist, und sie glaubt, sie würde dich nie wiedersehen.«

»Natürlich wird sie das. In ein paar Jahren, wenn wir erst einmal etabliert sind, werden wir zu Besuch kommen. Die Leute machen das ständig. Und ich bin auch nicht richtig krank, ich habe nur eine Lungenschwäche und gehe damit vernünftig um. Wenn wir nach der langen Seereise dann in einem wärmeren Klima leben, bin ich im Handumdrehen wieder kerngesund. Du wirst schon sehen.«

Sie hoffte bloß, dass er recht hatte, und wollte seine Hoffnungen nicht zunichtemachen – oder ihre eigenen. »Dann sollte ich nun wirklich besser anfangen zu packen, nicht wahr?«

»Ja, und ich sage Reece, er soll sich auch bereit machen.«

Nachdem er gegangen war, blieb sie reglos auf dem Bett sitzen. Francis war so begeistert, so glücklich. Das war doch sicher das Richtige, nicht wahr? Seine Mutter irrte sich. Die anderen Projekte waren gescheitert, weil sie nicht die Richtigen für ihn gewesen waren. Aber wenn er auf der Farm arbeitete, war er so glücklich. Nein, sie konnte nicht glauben, dass es falsch sein sollte, nach Australien zu gehen. Und Francis würde sich besser fühlen, vernünftiger handeln, wenn er sich erst einmal aus dem Dunstkreis seiner Mutter entfernt hätte, da war sich Livia ganz sicher.

Was Cassandra in diesen schweren Zeiten am meisten aufmunterte, waren die Besuche von Reece, der sich weiterhin jeden Sonntag bei Wind und Wetter in die Stadt schleppte.

Es war Mrs Southerham, die Cassandra die Nachricht als Erste überbrachte.

»Wir brechen bald auf«, erzählte sie eines Tages. »Wir haben eine Überfahrt auf einem Schiff namens *Eena* gebucht, das nach Fremantle in Westaustralien segeln wird. Ich nehme an, die Passagiere sind in erster Linie Siedler, die von anderen Leuten, die bereits dort leben, eingeladen wurden, sowie die Familien einiger Sträflinge, die ihre Zeit abgesessen und ihre Entlassungspapiere erhalten haben. Es muss schrecklich sein, voneinander getrennt zu sein, aber jetzt haben sie für ihre Verbrechen gebüßt.«

Cassandra fragte sich, welches Verbrechen sie begangen haben mochte, dass sie sich von dem Mann, den sie liebte, und von der Frau, die fast eine Freundin geworden war, trennen musste. Aber inzwischen war sie geübt darin, solche Gedanken für sich zu behalten, selbst wenn sie mit Reece zusammen war.

Livia blieb stehen. »Ich werde Sie vermissen.«

»Ich werde Sie auch vermissen, Mrs Southerham. Schade, dass Sie fortgehen.«

»Ich mache mir Sorgen, was ohne meine Unterstützung aus Ihnen wird.«

»Ich werde ertragen, was ich ertragen muss. Dieser Krieg kann nicht mehr ewig dauern. Eines Tages bekommen wir wieder Baumwolle und können arbeiten.«

»Es gibt noch keine Anzeichen für ein Ende, und mein Mann glaubt nicht, dass die Südstaaten gewinnen. Ich weiß nicht, was aus den Baumwolllieferungen werden soll, wenn sie verlieren.«

»Die Baumwolle wird wieder bis zu uns gelangen, weil sie auf das Geld angewiesen sind und weil die Menschen auf der ganzen Welt Baumwolle brauchen, um ihre Kleidung herzustellen.« Cassandra redete sich das selbst immer wieder ein. Sie musste einfach daran glauben, dass sich die Lage eines Tages bessern würde.

»Darf ich Ihnen etwas Geld hierlassen?«

»Bitte nicht. Wenn ich Sie richtig verstanden habe, brauchen Sie alles, was Sie haben, für Ihre Farm. Außerdem kommen wir zurecht.« Sie wollte nicht darüber nachdenken, was sie tun sollten, wenn ihnen keine Möbel zum Verkaufen mehr blieben. Selbst mit den Einnahmen aus den untervermieteten Zimmern und dem, was sie in der Nähstunde verdienten, war es schwierig, fünf Personen zu ernähren und die Miete zu bezahlen.

»Die Situation hat sich ein wenig geändert. Der alte Mr Southerham wird Francis unterstützen, deshalb bestehe ich darauf, Ihnen etwas Geld zu überlassen, nur ein wenig, für den Notfall.«

Cassandra senkte den Kopf und kämpfte mit ihrem Gewissen. Wie konnte sie anderen dazu raten, Almosen anzunehmen, wenn sie selbst dazu nicht bereit war? »Also gut. Aber ich werde es nur im Notfall ausgeben.«

»Schön. Ich fühle mich besser, wenn ich weiß, dass Sie versorgt sind. Da gibt es noch etwas: Reece Gregory begleitet uns. Ich habe gehört, dass Sie und er … Freunde sind.«

Cassandra konnte ihre Traurigkeit nicht verbergen. »Ja. Aber wir wissen beide, dass daraus nicht mehr werden kann. Ich muss mich um meinen Vater kümmern, meine Schwestern sind hier, und er hat ein neues Leben in Australien vor sich.«

»Und wenn er da drüben Erfolg hat?«

»Dann werden wir sehen, was passiert. Er ist am anderen Ende der Welt, und dort gibt es sicher viele junge Frauen, die ihm gefallen.«

»Wenn er Sie liebt, wird er auf Sie warten.«

Cassandra schüttelte den Kopf. »Darum würde ich ihn niemals bitten, und dasselbe hat er auch zu mir gesagt.«

»Sie sind beide so dumm und edelmütig.«

Für einen Augenblick wurde sie wütend. »Was ist daran edelmütig? Wir haben einfach nicht die *Freiheit*, um Versprechungen zu machen – keiner von uns.«

Edelmütig, in der Tat. Ihr Herz war kurz davor, vor Kummer zu brechen, und in letzter Zeit hatte sie nicht einmal die Privatsphäre, um sich deswegen in den Schlaf zu weinen.

Am Sonntag vor seiner Abreise besuchte Reece die Blakes noch einmal, um sich zu verabschieden. Cassandra hatte sich fest vorgenommen, ruhig zu bleiben und ihm alles Gute zu wünschen.

Nachdem Reece sich von ihrem Vater und ihren Schwestern verabschiedet hatte, wandte er sich an sie. »Würdest du einen Spaziergang mit mir machen? Es ist ein schöner Tag, fast wie im Frühling.«

»Das würde ich sehr gerne.« Sie holte ihr Umschlagtuch und ihre Haube heraus, schämte sich, dass sie so verwaschen aussahen, das Umschlagtuch war fadenscheinig und die Bänder der Haube schlaff und ausgefranst.

Er ging mit ihr auf den Friedhof, wie sie es vermutet hatte. »Du hast drei Schwestern«, sagte er, als sie auf das Grab seiner Frau und seines Kindes hinabblickten. »Können sie nicht für deinen Vater sorgen? Es ist vielleicht noch nicht zu spät, eine Reisegenehmigung für dich zu bekommen, damit du uns begleitest – als meine Frau.«

Eine verräterische Träne rann ihr die Wange hinunter, dann folgten weitere.

Er zog sie in seine Arme und hielt sie fest, während sie sich ihren Gefühlen hingab. Er küsste die Tränen fort und murmelte zärtliche Worte in ihr Haar.

Sie konnte das nicht länger ertragen. Besser war es, sich zu verabschieden und es hinter sich zu bringen. »Er war uns der beste Vater von allen. Ich *kann* ihn nicht einfach so zurücklassen, weil ich weiß, dass ich ihn nie wiedersehen würde. Und meine Schwestern brauchen mich auch. Ich bin diejenige, die die Dinge regelt, sich um alles kümmert, aufs Geld achtet. Später vielleicht … könnten wir alle nach Australien kommen. Nach allem, was du erzählst hast, werden dort Dienstmädchen gebraucht, und wir wären bereit, alles zu tun.«

Aber sie machte sich keine Hoffnungen. Als sie ihren Schwestern erzählt hatte, dass Reece und die Southerhams nach Australien auswandern würden, hatten sie es nicht verstanden und gesagt, sie würden ihre Heimat niemals einfach so verlassen. Vor allem Pandora missfiel der bloße Gedanke, aus Outham fortzugehen.

»Ich schreibe dir.« Er strich ihr mit einem Finger über die feuchte Wange.

Mit tränenerstickter Stimme antwortete sie: »Ich schreibe dir auch, sobald ich deine Anschrift habe.«

Er zog sie wieder in seine Arme, und für einige Augenblicke vergaßen sie den Rest der Welt, während sie sich umarmten, das Gesicht des anderen mit Küssen und Liebkosungen bedeckten und Worte der Liebe murmelten.

Ihre Stimme zitterte, als sie sich von ihm löste. »Wir müssen aufhören. Ich traue mich nicht … weiterzugehen.« Aber, ach, sie wollte es, verstand jetzt voll und ganz, was Männer und Frauen dazu brachte, sich ohne Rücksicht auf die Folgen einander hinzugeben.

Seine Stimme war bedeutungsschwer. »Ich weiß. Und ich würde nichts tun, was dich kompromittieren könnte, doch der Himmel weiß, wie sehr ich dich will.«

Genau in diesem Augenblick schlug die Rathausuhr, und er trat noch einen Schritt zurück und wartete, bis sie sich wieder hergerichtet hatte. »Komm, ich begleite dich nach Hause, dann muss ich zurück auf die Farm.«

Isabel Blake, die die beiden versteckt hinter einem marmornen Engel beobachtet hatte, lächelte triumphierend, sobald sie außer Sichtweite waren. »Ich wusste es. Sie ist *doch* lasterhaft. Es war richtig, ihnen heute nachzugehen.«

Ihr Lächeln verschwand, während sie dastand und nachdachte. Nun musste sie ihre Nichten noch dringender loswerden, alle vier, ehe sie den guten Namen der Familie beschmutzen konnten, den Namen, den sie mit ihnen teilte. Es musste eine Möglichkeit geben. Vor allem nun, da diese Mrs Southerham auswandern würde. Ohne ihre Beschützerin wäre Cassandra so viel verletzlicher.

Sie würde zur Tat schreiten, sobald sich eine gute Gelegenheit ergäbe. Oder sie würde für eine Gelegenheit sorgen. Ja, sie durfte kein Risiko eingehen und ja nicht zu lange warten.

Schon früher hatte sie in der Abenddämmerung Dirnen an Laternenmasten warten gesehen. Sie wusste, welche engen Gassen die Verbrecher der Stadt frequentierten. Nun, eine Lady wusste solche Straßen zu meiden.

Wenn sie jetzt eine dieser Straßen aufsuchte, würde sie sicher jemanden finden, der ihr helfen konnte. Sie hatte genug Geld, um gut dafür zu bezahlen.

Ohne Livia Southerham war die Nähstunde am nächsten Tag eine Lektion in Sachen Gleichmut. Aber Cassandra ließ sich von den Damen zu nichts provozieren, was sie eine »Unverschämtheit« genannt hätten. Sie durfte ihnen keinen Grund liefern, sie vom Unterricht auszuschließen und sie um die zweieinhalb Schilling zu bringen, die sie dort wöchentlich verdiente.

Wieder waren die anderen Mädchen empört und wollten sich im Namen der vier Schwestern beschweren, aber sie baten ihre Freundinnen inständig, keinen Ärger zu machen. Sie waren sich einig, dass ihre Tante gewonnen hätte, wenn sie ihrer Wut oder ihrem Groll nachgäben.

Einzig der Gedanke an ihren Vater gab ihnen die Kraft dazu. Ohne das Geld, das sie nach Hause brachten, hätte er ins Armenhaus gehen müssen, und dort wäre er sicher bald gestorben. Sie waren sich bewusst, dass sie ihn nicht retten konnten, aber wenigstens sollte er in seinen vertrauten vier Wänden sterben.

Als die Tage im Frühling wieder heller wurden, hörte Cassandra von einer Gruppe junger Leute, die nach Manchester gingen, um dort auf der Straße zu singen. Es hieß, sie kämen mit genug Geld zurück, um einen Monat lang die Miete und das Essen zu bezahlen. Sie beschloss, das ebenfalls zu versuchen. Die Leute sagten, betteln sei beschämend, und auch ihr missfiel der Gedanke, aber sie hatte keine Möbel mehr zu verkaufen, musste Miete zahlen und einen kranken alten Mann ernähren.

Als sie ihren Schwestern von ihrer Idee berichtete, waren sie entsetzt, doch für ihren Vater hätten sie alles getan.

»Schließlich singen wir seit Jahren zu unserem Vergnügen«, bekräftigte sie. »Und besser als manche andere. Wir haben vielleicht keine ausdrucksstarken Stimmen, aber sie harmonieren, und es haben schon viele Leute gesagt, dass ihnen unser Gesang gefällt.«

»Außer meinem. Ich treffe keinen Ton«, sagte Pandora.

»Das passt gut, dann kannst du hierbleiben und dich um Dad kümmern.«

»Was ist mit der Nähstunde?«

»Wir könnten sagen, dass wir etwas gegessen haben, das uns nicht bekommen ist.«

»Werden sie das glauben?«

»Nein. Andererseits werden sie uns überhaupt nichts glauben, egal was wir sagen. Aber erzähl niemandem, was wir vorhaben. Besser, wir behalten es für uns.«

Also machten sie sich lange vor dem Morgengrauen auf den Weg, um die zwölf Meilen nach Manchester zu marschieren, denn für die Zugfahrt hatten sie kein Geld. Sie hofften, dass sich die eine oder andere Mitfahrgelegenheit ergeben würde, und zu ihrer Erleichterung konnten sie für etwa drei Meilen auf dem Karren eines Bauern mitfahren, obwohl das bedeutete, dass sie einander anschließend Strohhalme von den Kleidern klauben mussten. Den Rest der Zeit gingen sie einfach, hungrig und frierend, aber fest entschlossen.

Kurz vor der Stadt hielt ein Fuhrmann an, der Gemüse vom Land brachte. »Baumwollmädchen?«, rief er.

Sie nickten. Sie hatten sich bewusst dafür entschieden, ihre Tücher und Arbeitsschürzen zu tragen, da sie wussten, dass zumindest einige Leute verstehen würden, warum sie das taten, wenn man ihnen ihren Beruf ansehen würde.

»Wir wollen für unser Abendessen singen«, erklärte Cassandra, als sich die Pferde wieder in Bewegung setzten.

»Wie wäre es, wenn ihr jetzt für mich singt, für euer Frühstück? Wenn wir da sind, kaufe ich euch eine Tasse Tee und ein Stück Brot und Butter.«

»Wir singen ein paar Lieder, aber wir müssen unsere Stimmen schonen.«

»Aye, Mädchen. Verstehe. Nur ein paar, um uns alle aufzuheitern.«

Also sangen sie und ließen ihre Stimmen erklingen. Nach ein paar Liedern stimmte er mit ein.

»Ihr singt gut«, sagte er lächelnd, als sie fertig waren.

»Sie auch.«

»Aye, ich liebe gute Musik. Wart ihr schon mal in einem Musiksalon?«

Sie schüttelten den Kopf. »Dafür ist Outham zu klein«, erklärte Cassandra. Und außerdem schien der Stadtrat entschlossen, die moderne Welt so lange wie möglich auf Abstand zu halten. Im Stadtrat saßen Leute wie der Pfarrer, die kein Interesse daran hatten, das Los der ärmeren Bevölkerung zu verbessern. Ihr Vater hatte erzählt, dass es anfangs sogar einen großen Wirbel um die Eisenbahn gegeben hatte und dass sich der Stadtrat geweigert hatte, einen Genossenschaftsladen einzurichten, weil die Kaufleute fürchteten, er würde ihnen das Geschäft ruinieren.

Manchester war in eine dichte Dunstwolke gehüllt und sah alles andere als einladend aus. Sie verstummten, als die Pferde durch Straßen voller Wohnhäuser, Fabriken und Lagerhallen klapperten. Einige der Gebäude waren so prunkvoll, dass es den Schwestern den Atem verschlug. Andere so baufällig, dass man sich fragte, ob ihre Bewohner bei Regen darin überhaupt trocken blieben.

Ihr Fahrer hielt an einem Straßenstand und rief: »Gib meinen drei Freundinnen etwas zu essen, in Ordnung, Nell? Ich bezahle dich, wenn ich nachher zum Frühstück komme. Gib ihnen dasselbe wie mir.« Als die Mädchen abgestiegen waren, deutete er auf die nächste Straßenecke. »Nach dem Essen geht ihr bis zum Ende der Straße, dann biegt ihr rechts ab und kommt auf die Deansgate.«

Das Frühstück war eine Wohltat für ihre Laune. Als sie sich an der Ecke der Deansgate, einer der Hauptverkehrsstraßen Manchesters, aufstellten, zog Cassandra das Schild heraus, das sie aus einem alten Laken ausgeschnitten hatte und auf dem stand: *Baumwollarbeiterinnen danken für Ihre Hilfe.*

Xanthe umklammerte die Hand ihrer Zwillingsschwester. »Ich glaube, ich kann das nicht.«

Maia überraschte sie alle, indem sie entschlossen erwiderte: »Du musst. Denk an Vater. Wir tun es für ihn.«

Also stimmten sie Lieder an, die alle gut kannten. Sie begannen mit *Home Sweet Home*, verfielen problemlos in die Harmonien, die sie im Laufe so vieler Jahre eingeübt hatten, und machten dann mit *Jeanie with the Light-Brown Hair* und *O for the Wings of a Dove!* weiter.

Wenn Leute stehen blieben und lauschten, beobachtete Cassandra sie besorgt. Würden sie etwas geben? Oder würden sie einfach weitergehen?

Erleichterung durchfuhr sie, als die ersten Münzen in die Schirmmütze ihres Vaters fielen. Das gab ihr das Selbstvertrauen, besser zu singen, und sie ließ ihre Stimme erklingen, um den Zuhörern für das Geld, das fortwährend in die Mütze klimperte, etwas Gutes zu bieten.

Auf einmal flitzte ein Junge aus einem Hauseingang, schnappte sich die Mütze mitsamt ihrem Inhalt und rannte davon.

Sofort hörten sie auf zu singen, und Xanthe war die Erste, die ihm mit wehenden Röcken nachlief und schrie: »Haltet ihn! Haltet den Dieb!«

Niemand rührte sich, und der Junge baute seinen Vorsprung aus. Plötzlich streckte ein junger Mann weiter unten auf der Straße seinen Fuß aus und brachte den Dieb zu Fall. Dann hielt er ihn am Hemd fest, woraufhin er die Mütze fallen ließ.

Münzen rollten in alle Richtungen, das Hemd des Jungen zerriss, er wand sich aus dem Griff des Mannes und rannte davon.

In dem verzweifelten Versuch, das Geld nicht zu verlieren, verfolgten sie ihn nicht weiter, sondern fielen auf die Knie und sammelten in rasender Eile die Münzen auf.

Einige Passanten, die gesehen hatten, was passiert war, bückten sich ebenfalls, und Cassandra fürchtete schon, sie würden die Münzen in ihre eigenen Taschen wandern lassen. Aber sie ließen sie in die Mütze fallen, manche gaben sogar noch etwas dazu und wünschten den Mädchen Glück.

Erst als alles aufgesammelt war, wandte sich Xanthe an den jungen Mann und bedankte sich aufrichtig.

»Es hat mich gefreut, dass ich helfen konnte, Miss. Ich habe andere Gruppen wie Ihre auf der Straße singen sehen und hatte Mitleid, weil ich weiß, warum sie so verzweifelt sind.«

Sie errötete, weil es ihr peinlich war, bemitleidet zu werden.

»In der nächsten Straße gibt es einen Pastetenstand«, sagte er. »Dürfte ich Ihnen allen vielleicht etwas zu essen kaufen?«

»Das ist sehr nett von Ihnen«, sagte Xanthe. »Vielen Dank.«

Beunruhigt stellte Cassandra fest, wie der junge Mann Xanthe bewundernd musterte.

»Ich bin Harry Needley.« Er sah sie erwartungsvoll an.

Sie mussten ihm ihre Namen nennen, das ließ sich nicht vermeiden, wenn er ihnen Pasteten kaufte. Das war ein Problem, das sie nicht bedacht hatte, als sie den Entschluss gefasst hatte, auf der Straße zu singen. Pandora war vielleicht die Schönste von ihnen, aber auch Xanthe war reizvoll.

»Wir haben nur ein paar Minuten Zeit«, antwortete sie brüsk. »Wir müssen so viel Geld wie möglich einnehmen, bevor wir wieder nach Hause gehen.«

»Woher kommen Sie?«

Xanthe verriet es ihm, bevor Cassandra sie davon abhalten konnte.

Sie rochen den Pastetenstand schon, bevor sie dort ankamen, und alle drei verstummten, weil es lange her war, seit sie Fleisch gegessen hatten. »Esst langsam«, warnte sie die anderen.

Er blickte sie erstaunt an.

»Wir sind so reichhaltiges Essen nicht gewöhnt, und heute Morgen hat uns schon ein Fuhrmann ein Frühstück spendiert. Normalerweise essen wir im Moment nur ein- bis zweimal am Tag.«

»Ich habe gehört, dass Menschen hungern, aber ich wollte es nicht glauben.«

»Ja, manche *verhungern* sogar, wenn sie zu stolz sind, um Almosen anzunehmen.« Sie fragte sich, was sonst er sich unter »hungern« vorgestellt hatte. Vielleicht wollten die Leute einfach nicht wahrhaben, dass es so etwas in Großbritannien tatsächlich gab, dass es vielen Tausend Menschen an Nahrung mangelte. »Bis jetzt sind wir über die Runden gekommen, aber unser Vater ist krank, und wir sind nicht zu stolz, jede Hilfe anzunehmen, die wir kriegen können.«

Seine Stimme wurde sanfter. »Trotzdem essen Sie bestimmt nicht genug. Sie sind alle sehr dünn.«

Sie zuckte die Achseln. In letzter Zeit hasste sie es, sich im Spiegel anzusehen. Ihre Nase war schon immer markant gewesen, aber mittlerweile wirkte sie wie ein Schnabel, ihre Wangen waren eingefallen, und die Augen lagen tief in ihren Höhlen, ihre Haut sah nicht mehr rosig aus, und ihr Hals war sehnig wie der einer alten Frau.

Er bestellte vier Pasteten und vier Tassen Tee, dann blieb er stehen und aß sein eigenes Essen mit offensichtlichem Genuss, obwohl er seiner Kleidung und der Art, wie er sprach, nach ein Gentleman war, kein Arbeiter.

Als sie fertig waren, sagte Cassandra bestimmt: »Vielen Dank, Mr Needley. Wir werden jetzt weitersingen.«

Er zögerte, doch sie alle verabschiedeten sich mit einem gemurmelten Dankeschön und gingen davon.

Die nächsten zwei Stunden brachten ihnen noch einmal so viel Geld ein.

»Was meinst du, könnten wir vielleicht mit dem Zug zurückfahren?«, fragte Xanthe. »Es sieht nach Regen aus, und ich bin so müde. Ich glaube nicht, dass ich den ganzen Weg laufen kann.«

Cassandra zögerte, dann nickte sie. »Damit schonen wir unsere Schuhe. Meine haben schon ein Loch.«

»Meine auch.«

»Jetzt haben wir genug Geld, um sie flicken zu lassen.«

Sie waren ganz still, als sie im Zug saßen. Sie mochten heute gutes Geld verdient haben, trotzdem hatte es ihnen nicht gefallen, auf der Straße zu singen. Wie man es auch drehte und wendete, es war eine Form des Bettelns.

Was hätte Mrs Southerham dazu gesagt? Und Reece?

Sie würden es nie erfahren. Vermutlich würde sie die beiden niemals wiedersehen. Damit musste sie sich abfinden, musste aufhören zu hoffen. Selbst wenn er es wollte, wäre Reece wahrscheinlich nicht in der Lage, sie nachzuholen.

Es war schon dunkel, als sie zurückkamen, aber im Licht der Straßenlaternen sahen sie, wie sich einige ihrer Nachbarn vor ihrem Haus versammelt hatten, so wie es die Leute normalerweise taten, wenn es Probleme gab.

Sofort rannte Cassandra los, weil sie an ihren Vater dachte. Er war doch hoffentlich nicht gestorben! *Bitte, lass ihn nicht tot sein*, betete sie. *Lass ihn noch eine Weile bei uns bleiben.* Sie befürchtete schon, sie müsse sich ihren Weg durch die Menge bahnen, aber die anderen traten rasch beiseite, während sie miteinander flüsterten.

Der Nachbar von gegenüber drückte ihr eine Laterne in die Hand. »Hier, Mädchen. Die wirst du brauchen.«

»Danke.«

Auf der Türschwelle blieb sie bestürzt stehen und hielt die Laterne hoch, um die Spuren an den Wänden zu inspizieren. Der untere Teil des Treppengeländers hing lose herunter und die Tür im hinteren Teil des Hauses, die zur Küche führte, war eingetreten. An der Tür zum vorderen Zimmer waren jedoch keine Spuren zu sehen.

»Dad! Pandora!«, rief sie, während sie die Treppe hinaufstürmte.

Im vorderen Schlafzimmer hörte sie jemanden weinen. Die

Tür war unversehrt, aber die Tür zum Zimmer der Mädchen war aus den Angeln gerissen.

Die Tür zum hinteren Schlafzimmer sah ebenfalls aus, als wäre mit einer Axt auf sie eingeschlagen worden. Sie ging auf, und dahinter erschien Pandora, ihr Gesicht war voller Schrammen, der Ärmel ihres Mieders abgerissen.

»Was ist passiert?«

»Gerade als es dunkel wurde, kamen ein paar Männer ins Haus gestürmt. Zum Glück war ich gerade oben. Sie fingen an, Dinge zu zertrümmern, also habe ich mich in Dads Schlafzimmer verbarrikadiert und aus dem Fenster um Hilfe gerufen. Aber sie haben die Schlafzimmertür aufgebrochen, bevor uns jemand zu Hilfe kommen konnte.« Sie fing an zu schluchzen. »Sie haben mich geschlagen und gesagt, wenn wir die Stadt nicht verlassen, würden sie das nächste Mal *ihm* etwas antun. Ich dachte schon, er würde sterben, er hat sich so aufgeregt, weil er nichts tun konnte.«

Cassandra legte einen Arm um ihre Schwester und ging mit ihr ins Schlafzimmer. Ihr Vater lag im Bett, der Ausdruck auf der Gesichtshälfte, die nicht gelähmt war, war düster und zornig. »Weißt du, wer das war, Pandora?«

»Nein. Ich habe sie noch nie zuvor gesehen.«

Als sie ihren Vater anblickte, schüttelte auch er den Kopf.

»Ich habe gehört, wie einige unserer Nachbarn zur Haustür kamen«, fuhr Pandora fort. »Sie haben sie angebrüllt, sie sollen verschwinden. Die Männer haben jedem gedroht, der sich ihnen in den Weg stellte, also hat niemand versucht, sie aufzuhalten. Der eine hatte eine Axt und der andere einen Knüppel.«

Maia setzte sich aufs Bett und nahm die Hand ihres Vaters. Tränen liefen ihr über die Wangen.

»Die Zimmer unserer Untermieter haben sie nicht angerührt«, bemerkte Xanthe. »An den Türen ist kein einziger Kratzer.«

Als ihnen bewusst wurde, was das bedeutete, schauten sie einander fassungslos an, und Cassandra sprach es aus: »Es gibt nur eine Person in dieser Stadt, die uns etwas Schlechtes wünscht und möchte, dass wir Outham verlassen.«

»Aber wo sollte unsere Tante Männer finden, die so etwas tun?«, fragte Pandora. »Und was verspricht sie sich davon? Wo sollen wir denn hin?«

Ärger kochte in Cassandra hoch. »Ich gehe zu unserem Onkel.«

Ihr Vater schüttelte den Kopf, aber sie trat an sein Bett und legte sich für einen Augenblick seine Hand an ihre Wange. »Ich muss es ihm sagen, Dad. Ich nehme an, er weiß von alledem nichts. Er hat uns Essen geschickt, er hat nicht versucht, uns zu schaden.«

Seine Worte waren noch undeutlicher als sonst. »Nicht … betteln.«

»Dad, wenn wir sie nicht aufhalten, tut sie uns beim nächsten Mal vielleicht noch Schlimmeres an. Ich bin sicher, unser Onkel wird uns helfen, wenn er kann. Er ist der Einzige, der sie stoppen kann.«

Eine Träne rann ihrem Vater über die Wange, dann noch eine. Sie wischte sie sanft ab, küsste ihn und verließ das Schlafzimmer ohne ein weiteres Wort.

Pandora und Xanthe folgten ihr die Treppe hinunter.

»Die Männer sind vielleicht immer noch da draußen. Wenn du allein gehst, könnten sie über dich herfallen«, sagte Pandora.

»Sollen sie es doch versuchen!« Cassandra fühlte Wut in sich auflodern, dass jemand einen kranken, hilflosen Mann angriff. Als sie aus dem Zug gestiegen war, war sie müde gewesen, aber nun durchströmte sie neue Energie.

Bevor sie ging, inspizierte sie die Küche, die auch etwas abbekommen hatte. Dann wandte sie sich an Pandora:

»Kommst du mit? Du warst dabei. Du kannst genau beschreiben, was passiert ist.«

»Ja, natürlich.«

Kapitel 7

Sie hielten vor Blakes Gemischtwarenladen, der bis neun Uhr geöffnet hatte. Die Waren im Schaufenster waren hell erleuchtet und draußen vor der Tür flackerten Gaslaternen.

»Es ist nur eine Kundin drin«, sagte Cassandra. »Warten wir, bis sie geht.«

Als die Dame aus dem Laden kam, marschierte Cassandra hinein, bevor der Bursche, der der Kundin die Tür aufhielt, sie wieder schließen konnte.

Ihr Onkel stand hinter dem Tresen und sprach mit einem eher klein gewachsenen jungen Mann, der die bei Verkäufern übliche lange weiße Schürze trug. Ein größerer junger Mann, mit einem etwas einfältigen, aber freundlichen Gesicht, staubte die Regale ab.

Als die Ladenglocke läutete, sah ihr Onkel sie überrascht an.

Sie wagte es nicht, ihn Onkel zu nennen. »Könnten wir bitte ungestört mit Ihnen sprechen, Mr Blake? Etwas Schreckliches ist passiert.«

Hinter ihm flog die Tür auf, und seine Frau stürmte herein. »Ich habe sie vor dem Laden herumlungern sehen. Schaff diese Kreaturen sofort hier raus, Joseph! *Sofort!*«

Die jungen Männer traten zur Seite, und der Bursche verzog sich in die gegenüberliegende Ecke, kehrte ihnen den Rücken zu und tat so, als würde er ein Regal aufräumen.

Ihr Onkel packte seine Frau am Arm, als die versuchte, sich an ihm vorbeizudrängen. Er blickte Cassandra an. »Bitte wartet draußen. Ich bin gleich bei euch.«

Isabel versuchte, sich von ihm loszumachen, was ihr nicht

gelang, und schrie: »Ihr Flittchen solltet besser von hier verschwinden, je weiter, desto besser! Wenn ihr noch einmal hierherkommt, hole ich die Polizei. Mich täuscht ihr nicht. Ich habe dich mit eigenen Augen mit einem Mann auf dem Friedhof herumhuren sehen.«

Mit einem Ausruf der Verärgerung zog Joseph seine Frau ins Hinterzimmer des Ladens. Sie wehrte sich gegen ihn, kreischte, zerkratzte ihm die Wange und versuchte, auch seine Augen zu erreichen. Offensichtlich hatte sie in ihrer Wut auf ihre Nichten jegliche Selbstbeherrschung verloren.

Pandora erschauerte, als sie nach draußen gingen und vor dem Laden im Dunkeln warteten. »Sie sah aus wie eine Irre.«

»Was meinte sie damit, dass sie dich auf dem Friedhof gesehen hat?«

Cassandra seufzte. »Ich habe Reece zum Abschied geküsst, aber das ist alles, was sie gesehen haben kann.«

»Oh. Es tut mir leid, dass er fort ist.«

Cassandra antwortete nicht. Ihr würden bloß die Tränen kommen, aber im Augenblick hing alles davon ab, dass sie sich zusammenriss.

Ein paar Minuten später kam der größere der beiden Verkäufer heraus. »Mr Blake sagt, es tut ihm leid, dass Sie warten mussten. Wenn Sie hinüber zum Seiteneingang gehen, lasse ich Sie in den Packraum.«

Er kehrte in den Laden zurück, ohne eine Antwort abzuwarten, aber er hatte freundlich mit ihnen gesprochen.

Die Schwestern taten, worum er sie gebeten hatte. Fast im selben Augenblick öffnete sich die Seitentür und er winkte sie hinein. »Bitte warten Sie hier.«

Sie befanden sich in einem langen, schmalen Raum mit Regalen voller Pakete, Kisten und Flaschen. An einem Ende befand sich ein weißes Spülbecken, eine Seite des Raumes wurde von einem langen Packtisch eingenommen, auf dem leere Flaschen darauf warteten, mit Essig oder anderen Flüssigkeiten gefüllt zu werden. Unter dem Tisch lagerten unförmige Säcke und Holzkisten. Es roch nach Tee, Zucker und Gewürzen. Alles war makellos sauber. *Wie schön muss es sein, hier zu arbeiten*, dachte Pandora wehmütig, viel angenehmer als in der lauten Fabrik.

Sie warteten mehrere Minuten lang, doch endlich ging eine Tür auf und ihr Onkel kam zu ihnen. Er sah derangiert und mitgenommen aus und tupfte sich das Blut von dem Kratzer auf seiner Wange. »Es tut mir leid, dass ihr warten musstet. Meine Frau ist … nun, ihr habt gesehen, dass sie … ähm, heute nicht ganz sie selbst ist. Was ist passiert? Seid ihr in Schwierigkeiten?«

»Während wir drei heute weg waren, sind zwei Männer in unser Haus eingebrochen«, berichtete Cassandra. »Sie haben unsere Möbel zertrümmert, Türen aufgebrochen und unseren Vater bedroht, der bettlägerig ist. Sie sagten, wenn wir die Stadt nicht verlassen, kommen sie zurück und töten uns.«

Während Joseph zuhörte, wich sein freundlicher Blick einem Ausdruck des Entsetzens. »Geht es meinem Bruder gut?«

»Sie haben ihn nicht angerührt, aber er ist schwer erschüttert. Weil er seit seinem Anfall halbseitig gelähmt ist, konnte er nur hilflos daliegen und sie nicht aufhalten, als sie über meine Schwester herfielen.«

»Die beiden Zimmer, die wir an andere Familien vermietet haben, haben sie nicht angerührt«, ergänzte Pandora. »Also muss jemand sorgfältig geplant haben, uns anzugreifen … und zwar nur uns.«

Einen Moment lang sagte er nichts und schloss gequält die Augen. Als er wieder aufblickte, sagte er leise: »Wartet hier. Ich schließe den Laden heute früher und hole meinen Mantel und den Hut. Ich will es mir selbst ansehen.«

Cassandra sah ihn überrascht an. »Du kommst zu uns nach Hause?«

»Es ist längst an der Zeit, dass ich mit meinem Bruder

Frieden schließe, findest du nicht auch?« Er blickte nach oben zu den Räumen über dem Laden und fügte eher zu sich selbst hinzu: »Und danach rede ich mit *ihr.* Ich werde sie irgendwie davon abhalten, euch noch einmal etwas anzutun.«

Bei ihrem Haus angekommen, schaute Joseph seine Nichten an. »Ich würde gerne allein mit Edwin sprechen, wenn das für euch in Ordnung ist.« Er hatte das Gefühl, dass all das, was sie einander nach all den Jahren der Entfremdung zu sagen hatten, am besten unter vier Augen gesagt wurde.

»Du wirst nichts tun, was ihn aufregt?«, fragte Cassandra.

»Das verspreche ich.«

Im Inneren des Hauses inspizierte er den Schaden mit einem Gefühl des Grauens, dann folgte er seiner ältesten Nichte die Treppe hinauf.

Sie öffnete die Schlafzimmertür, rief Maia zu sich und sagte: »Dad, hier ist jemand, der dich aufheitern möchte.«

Als Edwin sah, wer da hereinkam, leuchtete sein Gesicht auf, und Joseph versuchte, sein Erschrecken darüber zu verbergen, wie alt und erschöpft sein Bruder aussah. Zu seinem Entsetzen hatte sein Bruder diesen glasigen Blick, der oft bedeutete, dass eine Person dem Tode nahe war. Irgendwie wusste er, dass er gerade noch rechtzeitig gekommen war, um sich zu verabschieden.

Während er ans Bett trat, blickte er sich im Zimmer um. Es war nur mit einem schmalen Bett mit zerschlissenen Laken, einem harten Holzstuhl und einer ramponierten Kommode ausgestattet. »Ich war ein Narr, Edwin, ein gieriger Narr. Es war ein Fehler, Isabel zu heiraten und meine Familie im Stich zu lassen.«

»Das spielt … keine Rolle … mehr.«

Edwin streckte seinen gesunden Arm aus, und als Joseph ihn umarmte, erschrak er erneut darüber, wie gebrechlich sich der Körper seines Bruders anfühlte. Er setzte sich auf die Bettkante, hielt eine der abgemagerten Hände in den eigenen und hörte den undeutlichen, stockenden Worten zu.

»Ich bin so froh … dass du gekommen bist, Joseph. Ich wollte … schon oft … mit dir sprechen.«

»Und ich mit dir. Aber meine Frau wurde hysterisch, sobald ich nur deinen Namen erwähnte, und als ich sie heiratete, hatte ich versprochen, alle Verbindungen zu meiner Familie abzubrechen, also hielt ich mein Wort. Ich hatte gehofft, sie würde ihre Meinung irgendwann ändern, aber das hat sie nie.«

»Weiß sie … dass du hier bist?«

»Ja.« Er strich sich über die zerkratzte Wange. »Ich glaube, sie ist verrückt geworden. *Sie* muss diesen Angriff auf euch in Auftrag gegeben haben. Es kann niemand sonst gewesen sein, denn ihr seid in der Stadt sehr beliebt, und außerdem besitzt ihr nichts, was einen Dieb in Versuchung führen könnte. Es tut mir leid, so leid.«

»Wenn es dich dazu gebracht hat, mich zu besuchen, dann war es das wert.«

Sie schwiegen für einige Augenblicke, dann sagte Edwin: »Joseph, ich brauche … deine Hilfe.«

»Alles.«

»Ich mache mir Sorgen … was aus meinen Mädchen wird, wenn ich sterbe. Ein Ende dieses Krieges ist nicht in Sicht … und sie werden immer dünner.«

»Ich schicke euch mehr Essen. Vielleicht hilft *dir* das auch, gesund zu werden.«

»Machen wir uns nichts vor. Ich werde nicht mehr lange leben – und das wissen wir beide.« Er musterte das Gesicht seines Bruders und schien dort etwas zu sehen, das ihn beruhigte. »Du kümmerst dich um meine Mädchen?«

»Natürlich.«

Als Edwin ihn umarmte, konnte Joseph nicht verhindern,

dass ihm Tränen übers Gesicht liefen. Sie hielten einander lange fest, dann saßen sie noch eine Weile und redeten ruhig.

Als die Rathausuhr halb zehn schlug, zog Joseph seine Taschenuhr hervor und schaute sie im schwach beleuchteten Raum blinzelnd an. »Es ist schon später, als ich dachte. Ich muss jetzt gehen. Aber ich komme wieder, das verspreche ich.«

»Das weiß ich. Und du hast eine große Last von mir genommen. Ich bin froh, dass meine Mädchen dich haben … dass du ein Auge auf sie hast, wenn ich nicht mehr bin.«

Es dauerte über eine Stunde, bis Cassandra Schritte auf der Treppe hörte. Sie trat aus der Küche, um sich von ihrem Onkel zu verabschieden.

Er lächelte sie an und nahm eine ihrer Hände in seine. »Ich glaube, mein Bruder und ich haben wieder zueinander gefunden. Edwin hat mir vergeben, obwohl ich es nicht verdient habe.«

»Das freut mich. Jetzt wird er ruhiger schlafen können. Wirst du ihn wieder besuchen kommen?«

»Natürlich. Und ich werde euch noch mehr Essen schicken. Ähm … Ich nehme an, Isabels Freundinnen haben euch in der Nähstunde schikaniert?« Sie nickte, und Joseph seufzte. »Das ist noch so etwas, das sie nur tut, um euch zu treffen.«

»Das spielt keine Rolle.«

»Doch, das tut es, zumindest für mich. Mir war bis vor Kurzem nicht klar, dass sie immer noch herumerzählt, dass ihr lasterhaft seid … was natürlich nicht der Wahrheit entspricht.«

»Wir und unsere Freunde wissen, dass es nicht stimmt, und das ist das Wichtigste.«

Er tätschelte ihr die Hand. »Ich denke, es könnte eurem Ruf helfen, wenn ich am Sonntag nach der Kirche mit euch einen Spaziergang im Park mache. Das würde allen zeigen, dass ich viel von euch halte.«

Sie zögerte, sein Angebot anzunehmen. »Ist es das wert? Es würde deine Frau noch mehr verärgern, und du musst mit ihr zusammenleben.«

»Muss ich das? Auf dem Weg nach Hause werde ich beim Arzt vorbeischauen. Ich glaube, sie ist verrückt, und wenn es sein muss, lasse ich sie einsperren. Ich werde nach euch schicken lassen und ...«

Konnte es wirklich so einfach sein? Cassandra bezweifelte es. Er hatte seine Frau nicht davon abhalten können, sie zu verleumden, denn unter seinem wohlhabenden Äußeren war er genauso sanftmütig wie ihr Vater. »Wir sollten abwarten, bis du deine eigene Situation geklärt hast, bevor wir weitere Pläne machen. Solange deine Frau bei dir lebt, wird sie dir das Leben zur Hölle machen, wenn du dich mit uns blicken lässt.«

»Vielleicht hast du recht. Edwin sagte, ihr seid alle kluge Mädchen. Er ist sehr stolz auf euch. Ich schicke euch eine Nachricht, sobald ich weiß, wie die Dinge stehen.«

Sie nickte.

Nachdem er gegangen war, rannte sie leichtfüßig die Treppe hinauf zu ihrem Vater. Er wirkte so mit sich im Reinen wie schon lange nicht mehr.

Er lächelte sie an. »Danke, dass du Joseph hierhergebracht hast. Ich wollte nicht sterben, ohne ihn noch einmal gesehen zu haben.«

»Lass uns bitte nicht vom Sterben reden. Wir haben heute in Manchester etwas Geld mit Singen verdient, und zusammen mit dem Essen, das uns unser Onkel gibt, können wir dich von nun an vernünftig ernähren.«

Sein Lächeln verschwand. »Ihr habt auf der Straße gesungen *wie Bettler?* Ach, Cassandra, musste das sein?«

Sie hielt seinem Blick stand, ohne zu blinzeln. »Ja. Es gab keinen anderen Weg. Und wir haben schön gesungen, haben den Menschen für ihr Geld Freude bereitet. Ich bereue es nicht. Wir müssen alle essen. Wir haben unsere Möbel und andere Dinge verkauft, aber jetzt ist kaum noch etwas übrig, abgesehen von Mums Medaillon, und davon werde ich mich niemals trennen.«

Er schüttelte traurig den Kopf. »Nun, du musst tun, was du für richtig hältst, mein liebes Mädchen – wer bin ich, das zu verurteilen? Aber mir gefällt der Gedanke nicht, dass du so etwas tust.«

Sie wollte nicht weiter darüber diskutieren. »Ich hole dir jetzt etwas zu essen.«

»Ich habe keinen Hunger.«

»Du musst essen.«

Er seufzte. »Dann ein kleines Stück Brot.«

»Wie wäre es mit Brotstücken in heißer Milch mit Zucker? Von dem Geld, das wir gesammelt haben, haben wir Essen gekauft. Eine Schüssel mit Pobbies bekommst du bestimmt herunter.« Ihre Mutter hatte ihnen immer Pobbies gemacht, wenn sie krank gewesen waren.

»Na gut.«

Aber er aß nur die halbe Portion, bevor er die Schale wegschob und entschuldigend sagte: »Mehr schaffe ich einfach nicht, Liebes.«

Als Cassandra nach unten ging, spürte sie auf einmal die Erschöpfung, und sie konnte kaum noch einen Fuß vor den anderen setzen. Sofort eilten ihre Schwestern ihr zu Hilfe und überredeten sie, vor dem Schlafengehen den Rest des aufgeweichten Brotes, das er übrig gelassen hatte, aufzuessen, denn man durfte kein gutes Essen verschwenden.

Aber genau wie ihr Vater hatte sie keinen Hunger, sie wollte sich einfach nur hinlegen und schlafen. Stoisch schluckte sie den kalten Brei hinunter, dann überließ sie ihren Schwestern den Abwasch und ging ins Bett. Morgen würde sie wie üblich zur Nähstunde gehen.

Es war zu einer Ehrensache geworden, sich von den Freundinnen ihrer Tante nicht vertreiben zu lassen.

Und wenn ihr Onkel seine Frau davon abhalten konnte, ihnen etwas anzutun, und ihnen Essen für ihren Vater schickte, würden sich die Dinge sicher bald ein wenig zum Besseren wenden.

Auf dem Heimweg suchte Joseph Dr. Turner auf, erklärte ihm, was passiert war, und bat ihn, Isabel zu untersuchen. »Ich glaube wirklich, dass sie verrückt geworden ist.«

Aber als sie zu Hause ankamen, saß Isabel im Salon und nähte. Sie warf dem Arzt einen kurzen Blick zu und seufzte. »Es tut mir leid, dass ich die Beherrschung verloren habe, Joseph. Ich weiß nicht, was über mich gekommen ist.«

Seine Hoffnung schwand. Er wusste, dass sie sich nicht geändert hatte, aber wenn sie sich so sanft und damenhaft verhielt, würde niemand sie für verrückt genug halten, um sie einzusperren. »Ich habe Dr. Turner gebeten, nach dir zu sehen, ich habe mir solche Sorgen gemacht.«

Sie zog ein Taschentuch hervor und tupfte sich über die Augen. »Ich schäme mich, dass ich so hysterisch geworden bin. Ich glaube, ich brauche ein Stärkungsmittel, Herr Doktor. Dieser Krieg in Amerika belastet uns alle. Die Arbeiter so hungrig und hoffnungslos zu sehen – nun, wir alle sorgen uns, was aus unserer Stadt werden soll, nicht wahr?«

Joseph begleitete Dr. Turner nach unten und konnte sich nicht verkneifen zu sagen: »Sie spielt Theater. Die Arbeiter sind ihr völlig egal, und meine Nichten hasst sie so sehr, dass ich um ihre Sicherheit fürchte.« Er zögerte, doch er hatte keinerlei Beweise, dass Isabel für den Überfall verantwortlich war, also sagte er dazu nichts weiter.

»Ich glaube nicht, dass sie verrückt ist, aber sie ist in einem Alter, in dem Frauen sich leicht aufregen, sogar hysterisch werden. Ich schicke ihr ein Tonikum, und Sie müssen versuchen, sie, so gut Sie können, ruhig und zufrieden zu halten. Diese Irrationalität ist nur vorübergehend. In ein oder zwei Jahren ist diese Lebensphase vorbei, und sie wird wieder ruhiger sein.«

»Ich werde es versuchen.«

Doch an diesem Abend zog Joseph aus dem gemeinsamen Schlafzimmer aus, woraufhin sie keifte und ihn mit einer Porzellanfigur bewarf. Sicherheitshalber schloss er die Tür ab, bevor er ins Bett ging. Einige Zeit später schreckte er von einem leisen Quietschen auf, und er sah, wie sich der Türknauf drehte, erst in die eine Richtung, dann in die andere.

Er hatte gut daran getan, ihr nicht zu trauen. Und von jetzt an würde er sehr vorsichtig sein. Eines Tages würde sie sich verraten, und dann würde er sie einsperren lassen.

Bis dahin wäre es besser, sich nicht mit seinen Nichten in der Öffentlichkeit sehen zu lassen. Aber er würde seinen Bruder besuchen. Nichts würde ihn davon abhalten können. Er hatte eine Menge aufzuholen, und wenn er es richtig sah, blieb ihm dafür nur noch wenig Zeit.

Er schlief ein, noch während er darüber nachgrübelte, wie er seinen Nichten helfen sollte, ohne seine Frau zu einer Verzweiflungstat zu verleiten. Und er musste sicherstellen, dass sie versorgt sein würden, falls ihm etwas zustieße. In seinem Alter konnte man nie wissen, wie lange man noch lebte, egal wie gesund man war.

Im April ging es für die Schwestern plötzlich aufwärts. Da die Zahl der Arbeitslosen inzwischen so hoch war, beschloss das örtliche Hilfskomitee, dass die Damen der Methodistengemeinde für ihre Gemeindemitglieder eine eigene Suppenküche sowie Näh- und Lesekurse anbieten sollten.

Über eines waren sich die Anhänger aller Konfessionen einig: Niemand sollte untätig herumsitzen. Die jungen Leute sollten sich ihr Unterstützungsgeld durch die Teilnahme am

Unterricht verdienen, anstatt es einfach ausgezahlt zu bekommen.

Wer kräftig genug war, arbeitete im Steinbruch oder half dabei, bessere Straßen zwischen Outham und den angrenzenden Städten zu bauen. Männer in körperlich weniger guter Verfassung mussten an Lesestunden teilnehmen, und das taten sie gern, auch wenn die herablassende Haltung des Gemeindepfarrers ihnen missfiel.

»Er behandelt uns wie Kinder«, murrten einige. »Ungezogene Kinder. Dabei sind wir erwachsene Männer, erfahren in unseren Berufen, ob wir nun dieses verdammte Gekrakel in den Büchern lesen können oder nicht.«

»Ach, scher dich nicht um ihn. Es hilft, die Zeit zu vertreiben«, sagten andere. »Über diesen aufgeblasenen Narren kann ich nur lachen.«

Cassandra teilte diese Ansicht. Sie sah, wie ältere Männer wie verlorene Seelen durch die Straßen wanderten und versuchten, die leeren Stunden zu füllen. Wenn sie aus der Bibliothek kam, wo sie manchmal die Zeitungen las, fragten sie Männer, die nicht lesen konnten, was in der Welt vor sich gehe und ob der Krieg bald zu Ende sei.

Als sie zum ersten Mal zur Nähstunde in ihrer Gemeinde ging, freute sie sich beinahe darauf, weil sie nicht ständiger Kritik ausgesetzt sein würde. Und tatsächlich verlief der Morgen für alle sehr angenehm. In fröhlicher Atmosphäre erledigte man viel mehr Arbeit, und auch das Essen, das sie mittags bekamen, war deutlich besser.

Pandora meldete sich freiwillig, um beim Kochen zu helfen, damit sie nicht nähen musste, denn das mochte sie immer noch nicht. Aber Cassandra hatte Spaß am Nähen, und hier lobte man ihre sauberen Nähte. Kein einziges Mal musste sie ihre Arbeit wieder auftrennen.

Als ein Schneider kam, um den begabteren Mädchen Unterricht zu erteilen, lernten sie begeistert, wie man Stoff zuschnitt und Kleider zusammennähte.

Aber nichts konnte die Lücke füllen, die Reece in Cassandras Leben hinterließ, nichts würde es jemals, da war sie sich sicher. Sie vermisste ihn noch mehr, als sie erwartet hatte. Die beiden hatten geredet und geredet. Allein seine Nähe hatte sie glücklich gemacht. Sein bloßer Anblick hatte ihr gute Laune bereitet.

Jetzt hatte sie niemanden mehr für tiefgründige Gespräche, denn ihr Vater war rasch erschöpft und schlief die meiste Zeit.

Reece war inzwischen sicher schon fast in Australien, sie hatte gelesen, dass die Reise dorthin etwa drei Monate dauerte. Hoffentlich war er nicht seekrank. Und hoffentlich würde er in seinem neuen Leben erfolgreich sein. Und die Southerhams natürlich auch.

Hoffentlich würde er sie nicht vergessen … Sie hörte nicht auf, dafür zu beten.

Auch Reece dachte an Bord der *Eena* oft an Cassandra. Er vermisste sie schrecklich, weit mehr, als er erwartet hatte. Es war ein Fehler gewesen, auf diese Reise zu gehen, das wusste er jetzt, aber nun war es nicht mehr zu ändern. Mit ihr wäre es ein Abenteuer gewesen, ohne sie war es eine traurige Trennung von der Frau, die er liebte.

Er war so dumm gewesen! Aber er hatte verzweifelt nach Arbeit gesucht, hatte es gehasst, Almosen anzunehmen, selbst von seiner Familie.

Die Kabinenpassagiere logierten getrennt von Auswanderern wie ihm, und er war mit anderen Männern in überfüllten Quartieren unter Deck untergebracht. Dort gab es kaum frische Luft, und wenn es regnete, tropfte es durch die Luke. Er fühlte sich sehr einsam, weil er die Southerhams, die in einer der komfortableren Kabinen reisten, nicht besuchen konnte.

Doch wenn sie alle an Deck waren, kam Francis zum Plaudern zu ihm herüber, und manchmal brachte er auch seine Frau mit. Es war seltsam, was Reece für seinen Dienstherrn empfand. Je besser er ihn kennenlernte – denn wie viele andere verbrachten sie die langen Stunden mit Gesprächen –, umso deutlicher erkannte er, dass Francis praktische Anleitung brauchte, wenn seine Träume jemals wahr werden sollten. Sein Dienstherr schien wenig gesunden Menschenverstand zu besitzen, so freundlich er auch war. Nach einer Weile nannte Reece ihn sogar gedanklich bei seinem Vornamen, obwohl er ihn natürlich nicht damit ansprach.

Vielleicht war es nur der Reise geschuldet. Oder vielleicht war es ein Vorbote seines neuen Lebens, der erhofften Unabhängigkeit.

Eines Tages fragte Francis: »Stimmt etwas nicht? Manchmal sehen Sie so traurig aus.«

Reece zögerte, doch dann sprudelte es bei so viel unerwartetem Mitgefühl aus ihm hervor. »Ich vermisse Cassandra. Ich hätte nicht abreisen sollen, ohne mich zumindest mit ihr zu verloben, um ihr zu zeigen, dass ich sie nicht vergessen werde. Wie konnte ich nur so *dumm* sein?«

»Meine Frau hat mir viel von Ihrer jungen Dame erzählt. Sie schätzt sie sehr.«

»So wie jeder, der sie kennt. Ich habe sie und ihre Familie jeden Sonntag besucht, ich wollte, dass sie mich nach Australien begleitet. Aber ihr Vater liegt im Sterben, und sie hat drei jüngere Schwestern, die alle arbeitslos sind, so wie sie. Sie kann sie in Zeiten wie diesen nicht allein lassen. Sie steht ihrem Vater sehr nahe. Er ist sehr gebildet, hat Griechisch gelernt, bis er sich den Unterricht nicht mehr leisten konnte.«

Francis sah ihn überrascht an. »Ein Arbeiter, der Griechisch lernt?«

»Arbeiter sind nicht zwangsläufig dumm.«

»Verzeihung. Ich wollte nicht herablassend klingen. Ich fragte mich nur, wozu er das getan hat.«

»Er sagte immer, die Griechen hätten eine der bedeutendsten Zivilisationen der Welt geschaffen, und wir könnten viel von ihnen lernen.« Reece fand es tröstlich, Francis seine Gedanken mitzuteilen. »Ich hätte in England bleiben und versuchen können, im Süden des Landes Arbeit zu finden. Aber was für Arbeit? Dort gibt es keine Baumwollfabriken, also hätte ich mich vermutlich als Hilfsarbeiter verdingen müssen. Davon kann man sich keine anständige Zukunft aufbauen. Ich muss Cassandra etwas bieten können. Sie ist eine wunderbare Frau und hat einen ebenso wachen Verstand wie ihr Vater.«

Francis lachte. »Ich habe noch nie von einem Mann gehört, der an einer jungen Frau ihren Verstand bewundert.«

»Ich war einmal mit einer einfältigen Frau verheiratet. Ich mochte die arme Nan, sie war wirklich eine gute Seele, doch es war zuweilen anstrengend, mit ihr zu leben. Mit Cassandra wird es nie langweilig. Sobald ich sicher bin, dass ich in Australien meinen Lebensunterhalt verdienen kann, werde ich nach ihr schicken. Und nach ihren Schwestern, wenn sie sie nicht zurücklassen will. Ich tue alles, was nötig ist, um mit ihr zusammenleben zu können.«

Nachdem Francis gegangen war, unterhielt sich Reece mit einem der Männer aus seiner Kajüte. Sie waren alle in Gruppen eingeteilt worden, um ihren Alltag zu organisieren. Reece war in einer Gruppe von acht allein reisenden Männern, er war dort für die Verpflegung zuständig. Er musste die wöchentlichen Essensrationen für sie alle abholen, anschließend aßen sie gemeinsam. Und unter den wachsamen Augen des Schiffskochs, der nur die Hauptmahlzeiten zubereitete, musste er das kochen, was darüber hinaus gegessen wurde. Einige der Männer beschwerten sich über ihre Pflichten, aber Reece hatte Spaß an dieser neuen Aufgabe, die normalerweise als Frauenarbeit galt.

Diejenigen, die nicht zum Kochen eingeteilt waren, mussten die Kojen und das Zimmer putzen und regelmäßig die Bettwäsche lüften. An Bord des Schiffes herrschten strenge Regeln, was die Sauberkeit anging.

Er hatte Glück mit seiner Gruppe. Sie waren alle jung und freundlich, und keiner war auf Streit aus.

Um sich die restliche Zeit zu vertreiben, wurden Lesegruppen eingerichtet, eine Astronomiestunde, in der man ihnen die Sterne der Südhalbkugel beibrachte, sowie ein Kurs über Landwirtschaft in Westaustralien, den ein Farmer abhielt, der von einem Besuch bei seinen Verwandten in England zurückkehrte.

Dieser Kurs war einer der wenigen, die sowohl Auswanderer als auch Kabinenpassagiere besuchen durften, denn der Farmer, James Havercock, war nicht im Geringsten versnobt. Francis war jedoch der einzige Kabinenpassagier, der weiterhin daran teilnahm. Alle anderen stiegen aus, als sie erfuhren, dass sie mit James' Tieren arbeiten sollten, um praktische Erfahrungen zu sammeln. Einige der armen Tiere waren unter Deck eingesperrt, worüber sie sehr unglücklich schienen, während sich die kleineren in Käfigen an Deck befanden.

Reece fragte sich, was das für Farmer waren, die sich nicht die Hände schmutzig machen wollten. Dachten sie, die Arbeit würde sich von selbst erledigen? Wussten sie nicht, dass es in der Kolonie an Arbeitskräften fehlte? Ihm war es klar, er wusste, wo er stand, und dass Francis sich glücklich schätzen konnte, dass er zwei Jahre lang bei ihm bleiben würde.

Außer ihm besuchten einige der Auswanderer aus dem Zwischendeck jeden Vortrag über Landwirtschaft, und einige der Methoden, die sie dort lernten, waren anders als die in England. Aber als Reece den Farmer nach Käseherstellung fragte, lachte der Mann und sagte, damit befasse er sich nicht, dazu habe er weder die Zeit, noch wisse er, wie es gehe. Die

Leute in Australien aßen nicht viel Käse, wenn man so einfach Fleisch bekommen konnte.

Das stimmte Reece nachdenklich. Er hatte seiner Cousine geholfen, Käse zu machen, und es war gar nicht so schwer. Vielleicht wäre das etwas, womit er später Geld verdienen könnte.

Als er seine Mitreisenden besser kennenlernte, erfuhr er, dass die meisten Verwandte oder Bekannte in Westaustralien hatten, die sie finanziell unterstützten, denn man brauchte eine Genehmigung, um sich in der Kolonie niederzulassen. Sie waren überzeugt, dass er eine Genehmigung für Cassandra bekommen könnte, damit sie nachkommen und ihn heiraten konnte.

Einige Männer waren Verwandte von Häftlingen, die wegen der unterschiedlichsten Vergehen deportiert worden waren. Sie hatten ihre Strafarbeit abgeleistet und ihre Entlassungspapiere erhalten oder waren auf Bewährung freigelassen worden. Solange sie nicht wieder straffällig wurden, durften sie Lohnarbeit nachgehen oder sich mit einem Geschäft selbstständig machen. Und wenn sie es sich leisten konnten, dafür aufzukommen, konnten sie ihre Familien nachholen.

Was das Leben in Australien noch verkomplizierte, war die Tatsache, dass angesehene Leute offenbar nicht mit den ehemaligen Sträflingen und deren Familien verkehrten. Doch mit Reece wollten die Adeligen ebenfalls nicht verkehren. Aber wie ein junger Ire es ausdrückte: Solange er, seine Mutter und seine zwei Schwestern nur wieder mit ihrem Vater vereint wären, würden sie sich nicht darum scheren, was andere von ihnen hielten.

In einer mondhellen Nacht unterhielt sich Reece mit diesem Mann über Cassandra, denn Patrick wusste, wie es war, von einem geliebten Menschen getrennt zu sein, auch wenn ein Vater nicht dasselbe war wie die Frau, die man heiraten wollte.

»Du solltest auf jeden Fall nach ihr schicken«, riet ihm sein neuer Freund. »Warte nicht. Tu es, sobald du ihre Überfahrt bezahlen kannst. Wenn sie dich genauso liebt wie du sie, wird es ihr nichts ausmachen, an deiner Seite allen Schwierigkeiten zu trotzen.«

Im weiteren Verlauf der Reise wich das kühle Wetter des Ärmelkanals und des Golfes von Biskaya der Hitze der Tropen und schließlich erneut kühlerem Wetter. Je näher sie ihrem Ziel kamen, umso ungeduldiger wartete Reece darauf, endlich anzukommen und loszulegen.

Im Juni bemerkten die Schwestern, dass es zunehmend schlechter um ihren Vater stand. Gemeinsam weinten sie darüber, aber niemals dort, wo er sie hören konnte.

Eines Abends lehnte Edwin sich auf seinem Bett zurück und bedeutete Cassandra, die Schale wegzuräumen, aus der er nur ein paar Löffel gegessen hatte.

Als sie die Schale abstellte, versuchte sie, die Tränen wegzublinzeln, und hoffte, dass er es nicht bemerkt hatte. Aber natürlich hatte er das.

»Weine nicht, mein Mädchen.«

»Ich kann nicht anders, Dad. Ich will nicht, dass du uns verlässt.«

»Wir müssen alle sterben, Liebes. Niemand kann das verhindern.«

Ihr versagte die Stimme, und sie versuchte vergeblich, ihr Schluchzen zu unterdrücken.

»Wie oft habe ich dir gesagt, du sollst dich nicht um Dinge sorgen, die du ohnehin nicht ändern kannst?«, tadelte er sie liebevoll.

Sie lächelte schwach. »Öfter, als ich mich erinnern kann.«

»Meine Zeit ist gekommen – das spüre ich. Und wenn ich euch Mädchen nicht verlassen müsste – nun, dann wäre ich froh darüber. Das ist doch kein Leben, den ganzen Tag im

Bett zu liegen und euch und mir selbst zur Last zu fallen. Ich vermisse eure Mutter und freue mich darauf, sie wiederzusehen. Ich habe mich immer bemüht, ein gutes Leben zu führen – und für die, die ich liebe, zu sorgen, also glaube ich nicht, dass ich in die Hölle komme.«

Er blickte in die Ferne, als sähe er etwas, das Cassandra nicht sah. Das hatte er in den letzten Tagen oft getan, und er sah dabei so friedlich aus, dass sie einfach dasaß und ihn nicht aus seinen Träumen reißen wollte. Allmählich trockneten die Tränen auf ihren Wangen, und als er den Arm nach ihr ausstreckte, legte sie ihre Hand in seine.

»Ich habe mit meinem Bruder geredet, und Joseph hat mir versprochen, dass es euch Mädchen an nichts fehlen wird.«

»Das ist nett von ihm.« Sie blickte auf ihre verschränkten Hände hinab, sie waren dünn, und die Knochen zeichneten sich deutlich ab.

»Cassandra …«

»Ja, Dad.«

»Weißt du noch, wie glücklich du warst, als sie anfingen, in Amerika für die Befreiung der Sklaven zu kämpfen? Wie hoffnungsvoll für diese armen Seelen?«

»Ja.«

»Nun, das hat dieser Krieg erreicht, also war nicht alles schlecht. Jetzt musst du nur noch ein wenig Geduld haben, bis der Kampf zu Ende ist. Du warst so tapfer … hast dich nie beklagt. Ich bin stolz auf dich … und auch auf alle anderen in Lancashire.«

Nach einer kurzen Pause fügte er hinzu: »Und ich möchte dir für alles danken, was du seit dem Tod deiner Mutter für uns getan hast. Du hast besser für deine Schwestern gesorgt, als irgendjemand geahnt hätte, so jung wie du damals warst – allerdings auf Kosten deines eigenen Glücks, fürchte ich.«

»Ich liebe meine Schwestern. Ich bereue keine einzige meiner Entscheidungen.«

»Ich bin froh, eine solche Liebe zwischen meinen Kindern zu sehen. Doch nun … geh und finde dein eigenes Glück, wenn du die Chance dazu bekommst. Du hast es dir verdient. Reece ist ein guter Mann. Ich bin mir sicher, dass er der passende Gefährte für dich ist.«

»Wenn er nach mir schickt, werde ich gehen.« Sie wollte sich keine allzu großen Hoffnungen machen, doch sie glaubte nicht, dass sich ihre Gefühle für Reece jemals ändern würden. Das Leben hatte die Angewohnheit, alle Pläne auf den Kopf zu stellen.

Joseph machte sich weiterhin Sorgen um seine Frau und nahm sich vor ihr in Acht. Seit Neuestem murmelte sie vor sich hin, wenn sie glaubte, niemand könne sie hören. Und wenn er mit ihr sprach, starrte sie ihn manchmal so ausdruckslos an, als verstünde sie ihn nicht. Dann war sie plötzlich von einem Moment auf den anderen wieder aufmerksam und bat ihn, seine Worte zu wiederholen.

Doch wenn andere dabei waren, verhielt Isabel sich viel vorsichtiger, sprach leise und schmeichelte den Frauen, die sie ihre Freundinnen nannte. Sie besuchte sie regelmäßig, um den neuesten Klatsch zu erfahren. Offenbar belauschte sie auch, was man sich im Laden erzählte, denn sie schien über alles Bescheid zu wissen, was in der Stadt vor sich ging.

»Es dauert nicht mehr lange, bis dein dummer Bruder stirbt«, sagte sie eines Abends und strahlte ihn an, als wäre das eine gute Nachricht.

Joseph presste die Lippen zusammen und überging die Bemerkung, entschlossen, sich von ihr nicht provozieren zu lassen. Er blätterte die Seite seiner Zeitung um, obwohl er kein Wort gelesen hatte.

Sie schnappte sie ihm aus der Hand, riss sie in Fetzen und lachte dabei schrill. »Wenn ich mit dir rede, erwarte ich, dass du mir zuhörst. Ich habe dich mit diesem Laden gekauft …«, sie machte eine ausladende Handbewegung, »… und du musst den vereinbarten Preis zahlen, Joseph Blake, und der war, deine Familie zu verlassen. Du musst den Preis zahlen, und das wirst du auch.«

»Ich habe schon viel zu teuer bezahlt.«

»Genau wie ich. Und ich zahle immer noch. Glaubst du, ich wüsste nicht, dass du ihnen immer Essen schickst, das von *meinem* Geld bezahlt wurde? Ich habe dich nicht davon abgehalten, habe meine Freundinnen in dem Glauben gelassen, ich würde es gutheißen. Aber das tue ich nicht! Du bestiehlst mich!«

»Sollen sie etwa verhungern? Und mein kranker Bruder auch?«

»Ich würde sogar lachen, wenn sie verhungern. Lachen, sage ich dir.«

So plötzlich, wie sie zu schimpfen begonnen hatte, setzte sie sich wieder hin und griff nach ihrem Nähzeug. Aber sie machte keinen Stich, sondern starrte den Stoff die nächste Stunde reglos an.

Er fegte die Fetzen der Zeitung zusammen und nahm ein Buch zur Hand. Doch obwohl er hin und wieder eine Seite umblätterte, hatte er keine Ahnung, was er gelesen hatte.

Sie waren in eine Sackgasse geraten, überlegte er. Das war der passende Ausdruck. Eines Tages würde irgendetwas passieren, aber wer als Gewinner aus der Situation hervorgehen würde, er selbst oder seine Frau, das konnte er nicht sagen. Sie war ebenso gerissen wie bösartig.

Und er war es leid, sich mit ihr auseinandersetzen zu müssen.

Kapitel 8

Im Juli lief die *Eena* in Fremantle ein. Der Steward sagte, es sei der Hafen von Perth, der Hauptstadt Westaustraliens, die ein paar Meilen flussaufwärts am Swan River lag. Reece konnte das Land riechen, lange bevor sie es erreichten. Auch das Vieh merkte offenbar, dass sich etwas verändert hatte, denn Hähne begannen zu krähen, Schafe zu blöken und Rinder zu muhen. Das alles trug zu der Aufregung bei, die in Reece aufstieg.

Das erste Land, das in Sicht kam, war eine flache Insel namens Rottnest, die zuerst wie ein Fleck am Horizont erschien.

»Das ist Niederländisch und heißt Rattennest«, erklärte einer der Passagiere.

Reece konnte sich ein schiefes Grinsen nicht verkneifen. Während der gesamten Überfahrt hatte der Mann mit seinem Wissen geprahlt, bis die Leute ihn sattgehabt hatten.

»Auf der Insel gibt es Tiere, die wie Ratten aussehen, aber das sind sie nicht. Sie haben Beutel, in denen sie ihre Jungen tragen, wie Kängurus. Quokkas heißen sie.«

»Das glaube ich nicht«, murmelte ein anderer Passagier. »Wer würde einem Tier so einen dämlichen Namen geben?«

Reece blieb in der Nähe des Angebers stehen und fragte sich, ob alles stimmte, was er erzählte.

Zur Überraschung der Passagiere gab es in Fremantle gar keinen richtigen Hafen, und wegen einer Sandbank im Swan River ging das Schiff in Gage Roads vor Anker. Dort lag es nahe der Stadt, die, so fand Reece, eher wie eine Kinderzeichnung aussah. Die Häuser wirkten wie hier und da zufällig hingetupft. Das größte Bauwerk war das Gefängnis, ein langes weißes Gebäude auf einer Hügelkuppe, obwohl es nur ein niedriger Hügel war, nicht einmal so hoch wie die Moore in Lancashire. Genau genommen fand er überhaupt nichts Erhabenes oder Schönes an der Landschaft, und er war enttäuscht. Er war so weit gereist und hatte etwas anderes erwartet … etwas Exotisches, Besonderes.

Dass die gewöhnlichen Passagiere erst am nächsten Tag von Bord gehen durften, trug noch zur allgemeinen Enttäuschung bei. Sie drängten sich an die Reling, starrten sehnsüchtig aufs Land und spekulierten über das, was sie sahen.

Da er als Bediensteter der Southerhams eingereist war, gehörte Reece zu den ersten Auswanderern, die das Schiff verließen. Francis' Vetter Paul war gekommen, um sie zu begrüßen, und er gab Reece genauso die Hand wie seinen Verwandten. Das überraschte Reece, denn in England hätte ein Gentleman das nicht getan.

Sie machten einen kurzen Spaziergang, um sich daran zu gewöhnen, wieder an Land zu sein. Zuerst fühlte es sich an, als schwankte der Boden unter ihren Füßen noch immer wie ein Schiffsdeck, und Livia klammerte sich an den Arm ihres Mannes und lachte über sich selbst. Aber allmählich ließ das Gefühl nach.

Eine kurze Verbindungsstraße führte vom Wasser hinauf zur Hauptstraße, wo ein paar hübsche Villen direkt neben kleineren, gewöhnlicheren Häusern standen.

»Die meisten größeren Häuser gehören der Regierung«, erklärte Paul Southerham. »Oder den wenigen Männern, die hier ein Vermögen gemacht oder schon Geld in die Kolonie mitgebracht haben. Unser Haus ist leider nicht annähernd so großartig wie das hier. Es ist nur gemietet, aber zum Glück haben wir ein Gästezimmer für dich und Livia.« Er wandte sich an Reece. »Für Sie gibt es ein kleines Zimmer am Ende der Veranda, das Sie hoffentlich bequem finden werden.«

Sie kamen an ein paar Geschäften vorbei, und ein wenig

später hielten sie an, um eine Kirche zu besichtigen, die an einer Weggabelung stand. Reece fand das Gebäude überhaupt nicht schön, aber es war größer, als er es in einer so kleinen Stadt erwartet hätte.

»Die andere Kirche im Ort ist römisch-katholisch.« Paul rümpfte beim Sprechen verächtlich die Nase.

Reece verbarg sein Lächeln. Selbst hier, so schien es, gingen die Menschen ihrem Glauben an unterschiedlichen Orten nach, obwohl sie denselben Gott verehrten.

Fremantle wirkte auf ihn in erster Linie unfertig mit seinen unbefestigten Fußwegen und den Häusern, die vereinzelt an den Straßen standen, als warteten sie darauf, dass weitere Gebäude die Lücken füllten.

Sie schlenderten zurück zum Swan River und bestiegen einen kleinen Raddampfer, der sie auf dem Wasserweg ins etwa vierzehn Meilen entfernte Perth brachte. Bald schon verbreiterte sich der Fluss, und sie hatten einen herrlichen Ausblick auf bewaldetes Land und einige noch größere Wasserflächen, auf denen eine ganze Flotte Platz gefunden hätte. Es war ein Vergnügen, diese Landschaft zu betrachten.

Reece überließ die Southerhams sich selbst und kam mit einem Mann ins Gespräch, der in der Kolonie lebte. Dieser erklärte ihm, dass Perth am Nordufer des Flusses lag und dahinter, noch weiter flussaufwärts, eine kleine Stadt namens Guildford.

Als sie sich der Stadt näherten, sah er, dass sie äußerst attraktiv gelegen war. Es gab einige große Gebäude, und als er sich nach dem imposantesten von ihnen erkundigte, erfuhr er, dass es sich um die neue römisch-katholische Kathedrale handelte. Er freute sich, als man ihn auf die Feigenbäume aufmerksam machte, die so groß waren wie die Rosskastanien, unter denen er als Kind Kastanien gesammelt hatte. Die Sträucher mit den zahllosen rosa Blüten waren Oleander.

»Im Frühling ist hier alles voller Blumen«, erzählte ihm

sein Gesprächspartner. »Warten Sie, bis Sie es selbst sehen! Nirgendwo ist es so schön wie hier. Schauen Sie! Da ist ein Schwarm Kakadus.«

Eine Wolke der papageienähnlichen Vögel stob kreischend auf und flatterte um einige Bäume herum, dann verschwanden sie wieder, wobei es sich anhörte, als zankten sie.

Selbst die Luft war hier anders, frisch und unberührt von allem, außer einem gelegentlichen Hauch von brennendem Holz. Reece erinnerte sich an die rußige Luft von Outham und dachte an Cassandra, die diese Luft immer noch atmete. Was sie wohl gerade machte? Wahrscheinlich schlief sie. In Lancashire war es jetzt Nacht.

Der Rest der Hauptstadt war kaum mehr als eine wilde Ansammlung von Häusern. Die Straße, die vom Fluss heraufführte, war von feinem Sand bedeckt, was das Laufen erschwerte, besonders für die Damen.

»Daran wirst du dich gewöhnen«, sagte Paul. »Es ist sehr sandig hier, aber zumindest sorgt das dafür, dass der Winterregen schnell abfließt. Unser Haus liegt etwas außerhalb der Stadt, und es ist schon spät, also habe ich für heute Abend Zimmer in einem Hotel gebucht.«

»Ich freue mich schon darauf, wieder in einem richtigen Bett zu schlafen«, seufzte Livia. »Die Kojen auf dem Schiff waren furchtbar eng.«

Reece vermutete, er konnte sich glücklich schätzen, dass sie ihn von Zeit zu Zeit in ihre Gespräche miteinbezogen, aber er war sich bewusst, dass er nicht mehr als ein Bediensteter war.

Er war voller Tatendrang und wollte endlich sein eigenes Leben in die Hand nehmen, anstatt einem anderen Mann dabei zu helfen, seins zu gestalten.

Das Hotel, bei dem sie ankamen, wirkte auf Reece eher wie ein Haus, und nicht einmal ein besonders großes, obwohl draußen auf dem Schild eindeutig »Hotel« stand. Reece kam nicht in den Genuss eines richtigen Bettes, er wurde in einen Schlafsaal in einer Baracke hinter dem Haus verbannt. Hier schliefen die allein reisenden Männer, sowohl Gentlemen als auch Bedienstete, wie er zu seiner Überraschung feststellte.

Das Dach und die Wände der Hütte waren aus Blech, das stellenweise rostig war. Aber immerhin war es wasserdicht, und das war ein Glück, denn an diesem Abend regnete es in Strömen. Die Tropfen prallten dreißig Zentimeter hoch vom Boden ab und hüllten die Welt in einen grauen Schleier.

»Regnet es hier immer so stark?«, fragte er den Mann, der die Koje neben ihm belegt hatte.

»Nicht immer, keine Sorge. Normalerweise dauert es nicht lange. Also wenn es so stark schüttet, sucht man sich am besten einen Unterschlupf und wartet, bis es vorbei ist.«

Reece ging früh zu Bett, weil er sich nichts daraus machte, auszugehen und zu trinken. Aber er konnte nicht einschlafen und lag noch lange wach und dachte über seine Situation nach. Als Gegenleistung für die Bezahlung seiner Überfahrt hatte er versprochen, zwei Jahre bei Francis zu bleiben und alle notwendigen Arbeiten zu verrichten. Immerhin war er so verständig gewesen, die Reisezeit mit einzurechnen, aber trotzdem waren erst drei Monate vergangen. Es war frustrierend, auf diese Weise an einen anderen Mann gebunden zu sein, besonders an einen, der trotz all seiner freundlichen Worte nicht sonderlich praktisch veranlagt war.

Recce streckte seinen erschöpften Körper auf dem harten Bett aus und verzog das Gesicht, als er mit dem Kopf gegen die Wand stieß. Als er sich kurze Zeit später unvorsichtig umdrehte, wäre er beinahe von der engen Pritsche gefallen. So wie es sich anhörte, hatte der Regen nachgelassen, aber die Luftfeuchtigkeit war immer noch sehr hoch.

Sobald die Southerhams ein Zuhause gefunden und er eine richtige Adresse hätte, würde er Cassandra schreiben und ihr all seine Neuigkeiten berichten. Auf dem Schiff hatte er eine Art Tagebuch geführt, nur gelegentliche Notizen, aber es hatte ihm geholfen, sich die Zeit zu vertreiben. Vielleicht würde er etwas davon für sie abschreiben.

Aber die Kommunikation würde sehr mühsam werden. Mindestens drei Monate brauchte ein Brief, bis er mit dem Schiff in England ankam. Weitere drei Monate würde es dauern, eine Antwort zu erhalten. Nicht zum ersten Mal fragte er sich, warum er so dumm gewesen war, sie zu verlassen.

Lebte Edwin Blake noch? Er glaubte es nicht. Aber der Onkel der Mädchen würde sich doch um sie kümmern, wenn ihr Vater gestorben war? Wenn Cassandra Reece heiratete, würde Joseph seinen Nichten vielleicht das Geld für die Überfahrt leihen, und sie könnten alle hierherkommen. Das würde sie glücklicher machen, da war er sich sicher. Ihre Schwestern würden schon bald Ehemänner finden. Im Gespräch mit den Männern in dieser Schlafbaracke hatte Reece erfahren, wie wenige Frauen es hier in der Kolonie gab. Auf eine Frau kamen zehn Männer, hatte jemand gesagt, wenn man die Sträflinge mitzählte.

Man brachte sogar Frauen nach Westaustralien, auf Schiffen, die scherzhaft als »Brautschiffe« bezeichnet wurden. Das musste man sich einmal vorstellen.

Er war kurz davor einzudämmern, als er draußen im Garten Stimmen hörte. Er hätte ihnen keine Beachtung geschenkt, aber auf einmal war er wieder hellwach, als er erkannte, dass es Francis und Paul Southerham waren – und sie stritten.

Sollte er herausfinden, worum es ging? Es gehörte sich nicht, andere Leute zu belauschen, aber er war ganz allein in Australien, nur mit seinem Verstand, auf den er sich verlassen konnte, also wälzte er sich von der Pritsche. Er schlich über den Lehmboden zur Tür, öffnete sie leise und huschte hinaus auf die rauen Dielen der Veranda, setzte sich von einem

Strauch verdeckt auf eine Bank in der Ecke und lauschte den beiden Gentlemen, die auf der nahe gelegenen Veranda des Haupthauses standen.

Francis hatte seine Frau auf ihr Zimmer begleitet und sich unter dem Vorwand, er wolle vor dem Schlafengehen noch ein wenig frische Luft schnappen, noch einmal entschuldigt. Er unterdrückte seinen Ärger, bis er und sein Cousin Paul draußen am hinteren Ende der Hotelveranda angekommen waren. Doch dann konnte er die Worte nicht länger zurückhalten.

»Du hast uns über Westaustralien belogen!«

»Was meinst du damit?«

»Du weißt verdammt gut, was ich meine.«

Paul vergrub die Hände tief in seinen Hosentaschen und trat nach einem schwarzen Käfer, der an ihm vorbeikrabbelte. Er traf ihn nicht, trotzdem verschwand das Insekt hastig in einer Spalte. »Die Kolonie wird eines Tages ein florierender Ort sein, ganz sicher.«

»Nun, im Moment floriert er nicht! Ich würde das nicht einmal eine Stadt nennen. Wie viele Menschen leben hier in Westaustralien?«

Paul schwieg, dann sagte er: »Etwa fünfzehntausend, wenn man die Sträflinge mitzählt.«

»Lieber Gott! Weniger als ein Zehntel der Einwohner von Manchester.«

»Die Kolonie wird wachsen, und du und ich mit ihr. Die Sträflinge haben den Ort stark verändert, die Bevölkerung mehr als verdoppelt. Ich verstehe nicht, warum sie nicht von Anfang an Sträflinge in den Westen geschickt haben, so wie nach Sydney.«

»Inzwischen schicken sie in die anderen Teile Australiens überhaupt keine Sträflinge mehr, also war es wohl keine besonders gute Idee. Nach allem, was ich in Gesprächen mit anderen erfahren habe, ist diese Kolonie im Westen in jeder

Hinsicht rückständig. Und wenn der Mann nicht übertrieben hat, gibt es hier *genauso viele* Sträflinge wie freie Siedler. Machst du dir keine Sorgen, dass solche Männer eine Gefahr darstellen könnten?«

»Die meisten sind politische Gefangene, Iren, und ziemlich anständig, obwohl von den Siedlern natürlich niemand mit ihnen verkehrt.«

»Du hast mir immer noch nicht gesagt, warum du mich angelogen und an diesen gottverlassenen Ort gelockt hast. Wie soll ich es hier zu Geld und Ansehen bringen? Die Swan River Colony macht auf mich überhaupt keinen florierenden Eindruck.« Er wartete, dann wiederholte er ungeduldig: »Also, warum hast du es getan?«

»Charlotte hatte Heimweh, aber ich will nicht zurück, ich wage es nicht.« Paul klopfte sich auf die Brust. »Es geht mir so viel besser, seit ich hier bin. Das schreckliche Keuchen hat aufgehört, und ich werde immer kräftiger.«

»Du hast also meine Frau und mich als Gesellschaft hierhergeholt, ohne Rücksicht darauf, ob es gut für uns ist oder nicht? Du warst schon immer ein verdammter Egoist. Ich weiß nicht, warum ich geglaubt habe, du hättest dich geändert.«

»Man kann hier gutes Geld verdienen, wenn man hart arbeitet … und wenn man gutes Land zugeteilt bekommt. Und ich habe einen Freund, der dich in dieser Angelegenheit beraten kann.«

»Ich hoffe, du hast recht, denn im Gegensatz zu dir kann ich es mir nicht leisten zurückzukehren. Ich brauche ein wärmeres Klima für meine Gesundheit, und außerdem bin ich nicht nur der jüngste Sohn, auf den in der Heimat nichts wartet, sondern ich habe auch noch meine Eltern verärgert, indem ich darauf bestanden habe hierherzukommen. Ich habe ein wenig Geld von meinem Vater bekommen, aber das war's. Er sagt, noch mehr Geld, das ich verprassen kann, wird er mir nicht geben, und ich soll es als mein Erbe betrachten.« Er atmete tief ein. »Wenn du nicht gewesen wärst, wäre ich nach Sydney oder Kanada gegangen. Verdammt, Paul!«

Reece beobachtete, wie Francis sich umdrehte und ohne ein weiteres Wort wieder ins Haus ging. Der andere Mann stand mit hängenden Schultern und in den Hosentaschen vergrabenen Händen da und starrte auf den Boden. Dann begann es wieder zu regnen, zuerst nur ein leichtes Tröpfeln, das rasch stärker wurde. Paul folgte seinem Cousin ins Hotel.

Reece blieb auf der Veranda vor der Hütte sitzen und beobachtete, wie der prasselnde Regen die Pfützen wieder auffüllte. Es war nicht wirklich kalt, nicht wie ein Winter in England. Doch die Unterhaltung, die er belauscht hatte, ließ ihn frösteln. Nicht nur Francis war getäuscht worden. Auch Reece würde unter Paul Southerhams Egoismus zu leiden haben.

Der Schauer dauerte nur wenige Minuten, und er sah mit einiger Überraschung, wie das Wasser rasch im sandigen Boden versickerte. Wie sollte man einen solchen Boden bloß bestellen? Reiner Sand war unmöglich fruchtbar genug, um Getreide anzubauen. Es wäre, als wollte man am Strand Gemüse pflanzen.

Nachdem er in sein hartes, schmales Bett zurückgekehrt war, lag er noch einige Zeit wach und sorgte sich um seine Zukunft. Offenbar galt das, was er über Australien gelesen hatte, nicht unbedingt auch für diese Kolonie im Westen des Landes.

Aber sicher hätte ein fleißiger Mann auch hier die Möglichkeit, sich ein anständiges Leben aufzubauen. Schließlich brauchten die Menschen doch Nahrung.

Er würde einen Weg finden, Erfolg zu haben, schwor er sich grimmig, und wenn er den ganzen Tag und die halbe Nacht arbeiten müsste. Wenn nicht, hätte er Cassandras Liebe nicht verdient.

Aber nach allem, was er mit angehört hatte, wagte er es

nicht, sie sofort nachzuholen. Erst wenn er sicher wäre, dass er ihr eine Zukunft bieten könnte.

Männer weinten nicht, doch er spürte Feuchtigkeit auf seinen Wangen.

Was hatte er nur für einen Fehler gemacht!

Edwin starb an einem warmen Tag Ende August, nachdem er noch viel länger gelebt hatte, als alle erwartet hatten. Hinterher schien es ihnen, als hätte er darauf gewartet, bis alle von ihrer Nähstunde zurück waren, bevor er sein Leben losließ. Als er hörte, wie sich die Haustür öffnete, wandte er sich an Maia und sagte mit dünner Stimme: »Gut. Hol deine Schwestern hierher.«

Sie sah ihn besorgt an, aber er blickte mit einem schwachen Lächeln in die Ferne und wirkte in keiner Weise beunruhigt, also tat sie, worum er sie gebeten hatte.

Erst als alle vier um sein Bett versammelt waren, schien er den Raum um sich herum wieder wahrzunehmen.

»Da seid ihr ja. Ich habe eurer Mutter gerade gesagt, dass ich mich jetzt von euch verabschiede, bevor ich zu ihr zurückkehre. Gebt mir einen Kuss, meine Lieben.«

Eine nach der anderen beugten sie sich zu ihm hinab und gaben ihm einen Kuss auf die Wange. Tränen standen ihnen in den Augen.

»So reizende Töchter, nicht wahr, Catherine?« Er blickte auf die leere Stelle neben sich. »Wir können stolz auf sie sein.«

Und dann war er fort – so schnell, so leise, dass es ein oder zwei Minuten dauerte, bis sie es merkten.

Sie weinten ein wenig, dann riss sich Cassandra zusammen. »Wir dürfen nicht herumstehen und weinen. Wir haben viel zu tun, wir müssen ihn anständig beerdigen.«

»Ich möchte nicht, dass er in ein Armengrab gelegt wird, ohne einen Grabstein, der seine Ruhestätte markiert«, sagte Pandora.

»Wir könnten unseren Onkel um Hilfe bitten«, schlug Xanthe vor. »Wenn ihr möchtet, gehe ich zu ihm und frage ihn. Er ist immer freundlich zu uns.«

Cassandra runzelte die Stirn und überlegte, ob sie etwas von dem Geld, das Mrs Southerham ihr hinterlassen hatte, für eine bescheidene Beerdigung ausgeben sollte. Aber das fühlte sich irgendwie falsch an, wie Diebstahl. Sie hatte es nicht für das Begräbnis ihres Vaters bekommen, sondern für sich selbst, falls sie jemals in großer Not sein sollte, also hatte sie es versteckt und der Versuchung widerstanden, sich daran zu bedienen. Aus irgendeinem Grund, den sie selbst nicht verstand, hatte sie nicht einmal ihren Schwestern davon erzählt. »Ich komme mit.«

Wieder einmal gingen sie zum Laden, betraten ihn ungeniert und warteten, bis ihr Onkel einen Kunden bedient hatte, bevor sie vortraten.

»Ich kümmere mich um diese jungen Damen«, sagte er zu dem kleineren seiner beiden Mitarbeiter, der in der Nähe herumlungerte und Pandora begehrlich anschaute. Joseph hob die Stimme, sodass ihn jeder im Laden hören konnte. »Guten Abend, meine lieben Nichten, wie kann ich euch helfen?« Aber sein Lächeln verschwand, als sie näher kamen und er ihre geröteten Augen sah.

»Vater ist heute gestorben«, sagte Cassandra. »Ich dachte, das würdest du gern wissen.«

Joseph schloss einen Moment lang die Augen. Der Schmerz stand ihm ins Gesicht geschrieben, dann sagte er: »Kommt mit nach hinten.« Er öffnete die Luke im Tresen und führte sie in den gleichen Lagerraum wie beim letzten Mal.

Mit einer Kopfbewegung entließ er den Burschen, der gerade den Zucker abwog und ordentlich in spitze Tüten aus blauem Papier füllte.

Nachdem er die Tür hinter sich geschlossen hatte, fragte Joseph: »Wie ist es passiert?«

»Sehr friedlich«, berichtete Cassandra, dann zögerte sie, während sie nach den richtigen Worten suchte, um ihn um das Nötige zu bitten.

Er wartete nicht, bis sie fragte, sondern sagte sofort: »Natürlich werde ich für die Beerdigung aufkommen. Das wolltest du doch fragen, oder?«

»Ja.«

»Es wird mir eine Ehre sein, ihm diesen letzten Dienst zu erweisen. Ich könnte es nicht ertragen, wenn Edwin in einem anonymen Armengrab liegen müsste. Ich hole nur eben meinen Hut, und dann gehen wir zu Mr Studdard.«

»So ein teures Begräbnis würde Dad nicht erwarten!«, widersprach Cassandra. Bestatter Studdard zählte die gehobene Klasse zu seinen Kunden, keine Arbeiterfamilien.

»Nein, aber ich würde mich freuen, meinem Bruder einen angemessenen Abschied zu bereiten. Und natürlich bezahle ich auch den Grabstein. Ihr braucht nur zu entscheiden, was darauf geschrieben stehen soll.«

Sie gingen durch die Straßen, jede auf einer Seite ihres Onkels eingehakt, und scherten sich nicht um die verblüfften Blicke, die man ihnen zuwarf.

Isabel sah ihnen vom Fenster über dem Laden aus nach, ihre geballten Fäuste lagen auf dem Fensterbrett. Sie hatte gesehen, wie sie in den Laden gekommen waren, denn sie beobachtete alles, was unten auf der Straße vor sich ging. Wütend, dass *diese Kreaturen* sich noch einmal hierhergewagt hatten, war sie die Treppe hinuntergeschlichen, um ihr Gespräch zu belauschen.

Das war das Zeichen, auf das sie gewartet hatte. Zeit zum Handeln.

Sie freute sich, dass der alte Narr tot war, und sie klatschte in die Hände und tanzte vor Freude. Dann rannte sie leichtfüßig die Treppe hinunter und befahl Dot, ihr eine Kanne Tee und etwas Kuchen hinaufzubringen, denn auf einmal hatte sie Hunger. Immer noch voller Freude wirbelte sie herum und wäre am Fuß der Treppe beinahe mit dem Laufburschen zusammengestoßen, der gerade aus dem Packraum kam und sie erschrocken anstarrte. »Geh mir aus den Augen, Bengel!«, fuhr sie ihn an und gab ihm einen Schubs. Er stolperte über eine Kiste und fiel, und sie trat ihn ein paar Mal und lachte, während er hastig davonkroch.

Langsam ging sie zurück nach oben in ihre Wohnung und vergaß den Tee wieder, weil sie fieberhaft überlegte, wie sie *diese Kreaturen* am besten loswerden und aus der Stadt vertreiben könnte. Sie musste allerdings achtsam vorgehen, denn sie wollte nicht, dass Joseph dem Arzt noch mehr Lügen über sie erzählte.

Es war ihr Mann, der verrückt geworden war, nicht sie. Ein angesehener Ladenbesitzer, der sich mit Frauen abgab, die nicht nur arm, sondern auch lasterhaft waren. Der Friedhof fiel ihr wieder ein, wo sich die Älteste so wollüstig gegen einen Mann gedrückt hatte. Die anderen waren zweifellos genauso schlimm.

Isabel war es ihren lieben Eltern schuldig, dass Joseph ihren Namen nicht noch weiter in den Schmutz ziehen konnte. Sie war schließlich die einzige überlebende Horton. Und der Laden sollte immer noch Hortons Gemischtwaren heißen. Er hatte kein Recht gehabt, den Namen zu ändern, überhaupt kein Recht.

Sie würde es wieder rückgängig machen, sobald sie das Sagen hätte. Sie würde einiges verändern. Sie war sich nicht sicher, wie genau sie ans Ziel kommen sollte, aber sie würde einen Weg finden.

Sie würde sich an den Mann und die Frau wenden, die ihr schon einmal geholfen hatten. Grobe Gestalten, aber nützlich.

Die vier Schwestern färbten ihre Kleider schwarz, damit sie

sich so anständig wie möglich von ihrem Vater verabschieden konnten. Aber nach dem Färben sahen ihre schäbigen Kleider nur noch schäbiger aus.

Am Abend vor der Beerdigung klopfte es an der Haustür.

Als Pandora öffnete, stand der größere der beiden Gehilfen ihres Onkels vor ihr, zusammen mit dem Laufburschen. Beide hatten große Bündel in der Hand.

»Miss Blake?«, fragte der Ältere.

»Ja.«

»Das hier ist für Sie und Ihre Schwestern.«

»Aber wir haben nichts bestellt. Wir können es uns nicht leisten …«

»Sie sind von Ihrem Onkel. Und herzliches Beileid wegen Ihres Vaters.« Er drückte ihr ein Bündel in die Arme. Sein Begleiter legte das andere auf der Türschwelle ab.

»Schönen Abend, Miss.«

Sie sah ihnen nach, wie sie die Straße entlanggingen und miteinander plauderten. Der größere Mann hatte ein freundliches Gesicht. Er war ihr schon früher aufgefallen, wenn sie im Laden gewesen war. Seufzend schloss sie die Tür und eilte in die Küche. Als sie die Bündel öffneten, fanden sie darin Röcke, Mieder und Jacken in Schwarz, zusammen mit einfachen schwarzen Hauben mit breiten schwarzen Bändern.

Maia entdeckte einen Umschlag und öffnete ihn. »Bitte nehmt dieses Geschenk von mir an.« Unterschrieben war der Brief von ihrem Onkel.

Trotz ihrer Trauer waren sie begeistert von der Kleidung, die relativ schlicht war, ohne die weiten Röcke, wie man sie für Reifröcke brauchte, aber besser als alles, was sie je zuvor besessen hatten.

»Ich frage mich, ob *sie* davon weiß«, sagte Xanthe und reckte den Hals, um sich in dem zerbrochenen Stück Spiegel zu betrachten, der alles war, was sie noch hatten, um ihr Aussehen zu überprüfen.

»Hoffentlich nicht.« Cassandra schauderte und war plötzlich ängstlich. Ihre Tante wäre darüber sicherlich schrecklich wütend. Und sie fragte sich, was die Leute sagen würden, wenn sie so schöne Kleider trugen. Sie wollte gar nicht wissen, was die Frauen vom Hilfskomitee davon halten würden.

Dann hob sie trotzig das Kinn. Es spielte keine Rolle, was die Leute sagten. Sie taten es zu Ehren ihres Vaters.

Edwin Blakes Beerdigung sorgte für eine Menge Gesprächsstoff. Nicht nur weil sie so stilvoll abgehalten wurde, sondern weil die Leute, die ihn gekannt und geschätzt hatten, in Scharen daran teilnahmen. Einige kamen in zerlumpter Kleidung, andere in anständigem Gewand. Sein früherer Vorgesetzter war ebenso anwesend wie seine ehemaligen Arbeitskollegen. Niemand erinnerte sich, dass ein einfacher Arbeiter jemals eine so große Trauergemeinde gehabt hätte.

Der Pastor der Methodistengemeinde hielt eine rührende Trauerrede. Er sprach von Edwins großer Intelligenz und seiner Liebe zu allem, was mit Griechenland zu tun hatte. Er schloss mit ein paar Worten auf Griechisch, beim letzten Satz brach seine Stimme.

Einige standen in der Kapelle auf und erzählten, wie Edwin ihnen geholfen habe, wie sehr sie ihn gemocht hätten.

Joseph, der mit seinen Nichten in der ersten Reihe saß, hörte erstaunt zu. Wie beliebt sein Bruder gewesen war! Wie vielen Menschen er auf seine bescheidene Weise geholfen hatte. Scham erfüllte ihn, weil er so lange mit ihm zerstritten gewesen war, und mit jeder Minute wuchs seine Entschlossenheit, sich um seine Nichten zu kümmern.

Isabel nahm natürlich nicht an der Beerdigung teil. Er hätte sie davon abgehalten, wenn sie hätte mitkommen wollen, aber sie hatte es nicht einmal versucht. Sie hatte sich an diesem Tag in ihre leuchtendsten Farben gekleidet, fröhlich vor sich hin gesummt, während er sich bereit gemacht hatte, und immer wieder betont, was für ein schöner Morgen es sei und wie froh sie sei, am Leben zu sein.

Er erwiderte nichts. Sie würde noch früh genug herausfinden, was er vorhatte.

Nach der Beerdigung begleitete er seine Nichten nach Hause, und dort angekommen, nahm er ihre Einladung auf eine Tasse Tee an.

»Was werdet ihr jetzt tun?«

»Ich weiß nicht«, sagte Cassandra. »Wir denken immer noch darüber nach.«

»Ich habe ein Cottage am Nordende des Parks, eine äußerst gemütliche Unterkunft. Ich habe mich gefragt, ob ihr dort einziehen möchtet. Ich würde keine Miete verlangen und euch mit dem Essen aushelfen.« Als sie nicht antworteten, fügte er hinzu: »Ich habe eurem Vater versprochen, auf euch aufzupassen, und ich weiß, das würde ihn beruhigen. Ich möchte wirklich etwas tun, um euch das Leben leichter zu machen.«

»Was ist mit deiner Frau?«, fragte Cassandra. »Würde sie das nicht noch mehr aufregen?«

Er zuckte mit den Achseln. »In letzter Zeit regt sie sich über alles auf. Ich bin mir ziemlich sicher, dass sie verrückt ist, aber ich kann es nicht beweisen, weil sie so gerissen ist. Hütet euch vor ihr, nehmt nichts von ihr an. Sogar ich schließe nachts meine Schlafzimmertür ab.«

Sie sahen ihn entsetzt an, dann trat Maia zu ihm und gab ihm einen Kuss auf die Wange. »Du siehst manchmal so traurig aus, Onkel Joseph. Aber jetzt hast du ja uns. Wir ziehen gern in dein Cottage ein, und wir werden dich so oft wie möglich besuchen.«

Eine nach der anderen gab ihm einen Kuss.

Auf dem Heimweg spürte er ihre Küsse immer noch auf der Wange. Er wünschte, er hätte selbst ein Kind gehabt, das er lieben konnte. Aber wäre ein Kind seiner Frau überhaupt liebenswert gewesen? Er bezweifelte es, also war es vielleicht das Beste, dass ihr Baby nicht überlebt hatte. Die Wege des Herrn waren unergründlich.

Natürlich wartete Isabel zu Hause ungeduldig auf ihn, ihre Wangen glühten rot vor Zorn. »Sind wir ihn jetzt endlich los?«

»Wir haben meinen Bruder begraben, falls du das meinst.«

»Nicht schade darum. Vielleicht kannst du dich jetzt um den Laden kümmern und *mir* etwas Aufmerksamkeit schenken. Du hast mich in letzter Zeit vernachlässigt.«

Er war so ärgerlich, dass er ihr die Wahrheit ins Gesicht sagte: »Ich wünschte, ich müsste dich nie wiedersehen!«

Sie erstarrte, dann wurde ihr Gesicht noch zorniger. »Es wird dir noch leidtun, dass du das gesagt hast.«

»Es kann mir nicht mehr leidtun als ohnehin schon. Und übrigens, die Mädchen ziehen in ein paar Tagen ins Brook Cottage ein.«

»*Was?*«

»Ich werde ihnen keine Miete berechnen und ihnen von jetzt an auf jede erdenkliche Weise helfen. Du täuschst dich in ihnen so sehr. Es sind gute, anständige junge Frauen.«

Sie warf den Kopf zurück und lachte, lachte und lachte, bis der schrille Ton ihn nach unten in den Laden trieb.

Auf der Treppe begegnete er Dot und hielt sie auf. »An Ihrer Stelle würde ich noch eine Weile warten, bevor ich nach oben gehe.«

Sie nickte und ging wieder nach unten.

Es kam ihm vor, als hallte der Klang von Isabels Lachen noch eine Ewigkeit nach, denn offenbar war sie über irgendetwas sehr glücklich. Er hatte keine Ahnung, was das sein konnte. Und sie führte ständig Selbstgespräche. So schlimm war es noch nie gewesen, und er wusste, dass auch Dot das zunehmend seltsame Verhalten ihrer Herrin bemerkt hatte.

Sogar seinen Mitarbeitern im Laden war aufgefallen, dass etwas nicht stimmte, das sah er ihnen an. Aber sie hatte ihnen bisher keinen eindeutigen Beweis dafür geliefert, dass sie tatsächlich verrückt war. Dafür war sie zu gerissen. Sie besuchte ihre Freundinnen immer noch zum Tee oder lud sie zu sich ein, wobei sie sich stets ganz normal benahm.

Er glaubte nicht, dass er noch lange so weitermachen konnte.

Anfang September kam eine Gruppe ehrwürdiger Herren nach Outham und besuchte den Gemeindepfarrer, der die Kleriker der anderen Konfessionen zu einer Versammlung in den Gemeindesaal einlud.

Was dort besprochen wurde, blieb ein Geheimnis, aber es brachte die Frau des Pfarrers dazu, mit ihrer Freundin Isabel zu tuscheln, die sie daraufhin begeistert ansah.

»Würdest du mir helfen?«, bat sie. »Meine liebste Sylvia, würdest du mir helfen, diese Gelegenheit beim Schopf zu packen und diese Kreaturen loszuwerden? Ich kann die Schmach nicht länger ertragen, dass sie hier in der Stadt herumstolzieren. Ständig mache ich mir Sorgen, was sie als Nächstes tun werden. Und jetzt lässt Joseph sie auch noch in unserem Cottage am Park wohnen. Kannst du dir das vorstellen? Sie werden ihr Gift unter all den anständigen Menschen verspritzen.«

»Am Park? Dann wohnen sie ja gleich um die Ecke von uns! Solche Kreaturen! Du kannst ganz gewiss auf meine Hilfe zählen. Ich sorge dafür, dass mein Mann alles Nötige tut, um sie loszuwerden. Es wird aber ein oder zwei Wochen dauern, alles zu arrangieren.«

»Das ist in Ordnung. Ich muss vorher noch einige Dinge erledigen, um sie zum Gehen zu überreden.«

Als die Frau des Pfarrers gegangen war, blieb Isabel noch eine Weile sitzen und dachte nach, dann setzte sie ihre Haube auf. Sie ging durch den Laden hinaus, und als sie an ihrem Mann vorbeikam, sagte sie fröhlich: »Ich brauche ein wenig frische Luft.«

Joseph widersprach ihr nicht, obwohl es nach Regen aussah. Er blickte ihr nach, ein wenig beunruhigt durch das selbstgefällige Lächeln, das ihre Lippen umspielte, und durch die Andeutung eines leisen Triumphs, der sie umgab. Irgendetwas hatte sich seit heute Morgen geändert, das spürte er.

Was hat sie jetzt schon wieder vor? Er würde sie genau im Auge behalten müssen, um seiner Nichten willen.

Isabel ging zu der Frau, mit der sie schon beim letzten Mal gesprochen hatte, eine Frau von der Straße, die für Geld alles getan hätte. Sie stellte sicher, dass niemand in der Nähe war, der sie kannte, bevor sie die schäbige, schmale Gasse abseits der Hauptstraße betrat.

Als der Pförtner sie hereinließ und zu seiner Herrin brachte, verlangte sie, den Mann zu sehen, mit dem sie beim letzten Mal gesprochen hatte.

Die Frau runzelte die Stirn. »Warum?«

»Das geht dich nichts an.«

Als der Mann auftauchte, schickte Isabel die Frau weg, bevor sie ihm sagte, was sie von ihm wollte.

»Das kostet mehr als beim letzten Mal.«

»Ich bin bereit, großzügig zu zahlen.«

»Kommen Sie morgen mit fünfzig Pfund zurück. Sobald ich das Geld habe, werde ich mich darum kümmern.«

Isabel war froh, als sie *dieses Haus* verlassen konnte, und sie rümpfte die Nase über den Gestank in der Gasse. In den Ecken und Hauseingängen lungerten Gestalten herum, und sie eilte an ihnen vorüber, das Gesicht hinter dem Schleier ihrer Haube verborgen.

Es war *seine* Schuld, dass sie hierherkommen musste, aber bald war sie ihn los, sie alle.

Aber sie musste es richtig machen. Sie durfte sich nicht nur um *ihn* kümmern, auch seine Nichten mussten bestraft werden, vor allem die Älteste, die Unverschämteste und Unmoralischste von allen.

Sie lächelte. Sie hatte gerade eine äußerst passende Strafe arrangiert.

Die vier Schwestern besichtigten Brook Cottage und waren begeistert. Es hatte nur zwei kleine Schlafzimmer, aber es gab auch einen Dachboden, einen von der Art, wo früher alte Handwebstühle gestanden hatten, mit einer langen Reihe von kleinen Fenstern zu beiden Seiten, damit mehr Licht zum Weben hereinfiel. Sie entschieden, dass dies Cassandras Zimmer sein sollte und die Zwillinge sich das größere der beiden Schlafzimmer teilen würden.

Ihr Onkel beobachtete sie dabei, wie sie das Haus erkundeten. Auf seinem Gesicht lag ein liebevolles Lächeln, das ihn wie ihren Vater aussehen ließ. Es war schmerzhaft und brachte ihn ihnen zugleich näher.

»Wann soll ich einen Wagen schicken, um eure Sachen zu holen?«, fragte er.

»Sobald du willst«, antwortete Cassandra. »Eine der Familien, die ein Zimmer von uns mieten, übernimmt das Haus von uns. Sie können es sich leisten, wenn sie andere Untermieter für unsere Zimmer finden.« Sie sah ihn traurig an. »Wir mussten fast alle unsere Möbel verkaufen, also haben wir nicht mehr viel zu transportieren.«

»Ich kaufe euch neue. Ich kann doch nicht zulassen, dass es meinen Nichten an etwas mangelt.«

Es kam Cassandra vor, als wollte er sich ihre Zuneigung erkaufen. Sie musste ihm zeigen, dass das nicht nötig war.

Am nächsten Tag kamen zwei Männer mit einem Wagen und zwei hölzernen Teekisten voller Stroh. Sie trugen die ramponierten Möbel und die erbärmlichen, zerschlissenen Bündel Bettwäsche und Kleidung heraus, während die Schwestern das ihnen verbliebene Geschirr und die Kochtöpfe in die Teekisten mit Stroh packten.

Eine Stunde später verließen sie das Haus, in dem sie ihr ganzes Leben verbracht hatten.

»Es fühlt sich seltsam an fortzugehen«, sagte Maia, als sie dem Wagen durch die Stadt folgten.

Pandora tanzte beinahe, ihr Gesicht leuchtete. »Es wird wunderbar sein, so nah am Park zu wohnen! Ist unser Onkel nicht ein reizender Mann?«

»Ja. Aber er wirkt immer so traurig«, fügte Maia hinzu.

»Wer würde mit so einer Frau nicht traurig aussehen?«

»Glaubst du nicht, dass sie uns … etwas antun will? Mir macht sie Angst, sie sieht immer so grimmig aus.«

»Was könnte sie schon tun? Wir gehen nicht mal mehr zur Nähstunde in ihrer Kirche, und Mrs Rainey und die Damen aus unserer Gemeinde wissen, dass wir nicht lasterhaft sind.«

Dann hatten sie keine Zeit mehr zum Plaudern, denn sie mussten anfangen, das neue Haus einzurichten. Es sah noch ziemlich kahl aus, aber davon ließen sie sich nicht beirren. Das hier war ein Neuanfang, und sie wussten, dass ihr Vater sich darüber freuen würde.

Um neun Uhr machte sich Joseph bereit zum Ausgehen, nachdem er den Laden an diesem Abend etwas früher geschlossen hatte. Er freute sich auf einen Spaziergang durch die Stadt, denn es war ein schöner Tag gewesen, und sogar am späten Abend war es noch warm.

Gerade als er sich Hut und Mantel anzog, kam seine Frau und versperrte ihm den Weg.

»Ich weiß, was du vorhast«, sagte sie. »Du gehst diese Huren besuchen.«

»Meine Nichten sind keine Huren.«

»Ich habe eine von ihnen mit eigenen Augen mit einem Mann auf dem Friedhof gesehen.«

Er machte sich nicht die Mühe, etwas zu erwidern, sondern wollte an ihr vorbeigehen.

Sie hielt ihn am Arm fest. »Ich gebe dir eine letzte Chance. Ich bin deine Frau. Du solltest bei mir bleiben. Ich flehe dich an, Joseph, geh nicht.«

Er musste sich geradezu an ihr vorbeikämpfen.

Einen Augenblick lang stand Isabel keuchend da, dann strich sie sich die Kleider glatt und murmelte: »Er hat es nicht anders gewollt.« Bevor sie nach oben in ihre Wohnung zurückkehrte, wies sie das Dienstmädchen an, ins Bett zu gehen.

Dot freute sich so sehr über den frühen Feierabend, dass sie es nicht hinterfragte. Sie nickte nur und begann, das Kaminfeuer in der Küche zu löschen. »Was ist mit dem Herrn?«

»Ach, der kann sich selbst hereinlassen. Er hat einen Schlüssel. Ich werde nicht auf ihn warten. Ich bin müde.«

Ungeduldig wartete Isabel darauf, dass das Mädchen ins Bett ging. Es dauerte lange, bis Dot alle ihre Aufgaben erledigt hatte und gähnend nach oben ging.

Dann setzte Isabel sich hin. Sie versuchte nicht, zu sticken oder zu lesen, sondern saß nur da, wartete und war mit sich im Reinen.

Sie hatte versucht, ihn aufzuhalten. Was auch immer jetzt geschah, es war seine eigene Schuld, nicht ihre.

Als Joseph den Park durchquerte, brachen zwei Männer aus dem Gebüsch und griffen ihn mit Knüppeln und Messern an. Er schrie um Hilfe, dann spürte er einen stechenden Schmerz, und als er an sich hinunterblickte, sah er einen Messergriff, der aus seiner Brust ragte.

»Der wäre erledigt«, sagte einer der Männer und zog das Messer heraus.

Der Schmerz war unerträglich, aber Joseph konnte nicht einmal schreien, als er zu Boden stürzte.

»Das einfachste Geld, das ich je verdient habe«, sagte der andere Mann im Fortgehen.

Joseph lag da, unfähig, sich zu rühren. Der Schmerz war fort, nun fühlte es sich an, als schwebte er. Er war sich ziemlich sicher, dass seine Frau diesen Angriff arrangiert hatte, und auf einmal wurde ihm klar, dass er tödlich verletzt war.

Am meisten bedauerte er es, dass er nun nicht mehr da sein würde, um seinen Nichten zu helfen. Aber er würde sein Versprechen an seinen Bruder trotzdem halten, wie Isabel bald herausfinden würde. Er betete, sie möge ihnen nichts antun. Wenn es da oben einen Gott gab, würde er sich sicher um diese guten Mädchen kümmern.

Blut sickerte aus der Wunde und rann warm über seine Finger, die er sich instinktiv gegen die Brust gedrückt hatte. Die Nacht um ihn herum wurde dunkler, immer dunkler …

Kapitel 9

Als ihr Mann bis Mitternacht nicht nach Hause zurückgekehrt war, wusste Isabel, dass die Sache erledigt war. In aller Seelenruhe zog sie sich aus und legte sich ins Bett. Sie schlief tief und erwachte am nächsten Morgen zum Gesang der Vögel aus dem nahe gelegenen Park. Sie lächelte angesichts dessen, was der Tag bringen würde. Nämlich Freiheit. Von nun an wäre sie frei, alles zu tun, was ihr beliebte. Sie rief nach dem Dienstmädchen, und als Dot die Teetasse und den Krug mit heißem Wasser nach oben brachte, schlürfte Isabel genüsslich das warme, süße Getränk, ehe sie sich anzog. Als sie in die Küche ging, fragte sie beiläufig: »Ist mein Mann schon in den Laden gegangen?«

»Nein, Ma'am. Er hat noch nicht einmal nach seinem Tee und dem heißen Wasser geklingelt.«

Isabel schaute auf die Uhr. Zeit zum Handeln. »Das ist merkwürdig. Normalerweise ist er um diese Zeit schon wach. Geh hoch und schau in sein Zimmer, um sicherzugehen, dass er wohlauf ist.«

»Aber er schließt immer die Tür ab.«

»Dann klopf an, bis er antwortet, du dummes Ding.«

Dot trampelte die Hintertreppe hinauf. Innerhalb einer Minute war sie wieder unten, die Augen vor Überraschung weit aufgerissen. »Die Tür war nicht abgeschlossen, Ma'am. Der Herr ist nicht da, und er hat heute Nacht nicht in seinem Bett geschlafen.«

»*Was?*«

Isabel eilte nach oben und beschwerte sich nicht, dass das Hausmädchen hinter ihr herschlich. Sie betrat das Schlafzimmer ihres Mannes und sah sich um. Das Bett war unberührt. Er war eindeutig nicht nach Hause gekommen.

»Wo kann er sein?« Sie wartete. Wie dumm dieses Mädchen doch war! Warum schlug sie nicht vor, nach der Polizei zu schicken? Ungeduldig, es zu Ende zu bringen, schlug sich Isabel eine Hand an die Stirn und täuschte einen Schwindelanfall vor. »Ich weiß nicht, was ich tun soll. Ich fühle mich ganz schwach.«

»Lassen Sie mich Ihnen in den Salon helfen, Ma'am.«

Als sie dort saß, mit einem Fläschchen Riechsalz in der Hand und einem Taschentuch vor dem Gesicht, um das Lächeln zu verbergen, das sich immer wieder auf ihre Lippen stehlen wollte, sagte Isabel mit schwacher Stimme: »Geh zur Polizeiwache. Sag ihnen, dass Mr Blake gestern Abend nicht nach Hause gekommen ist. Sag ihnen, ich mache mir Sorgen um ihn. Dann geh zu Pfarrer Saunders und frage ihn, ob seine Frau mich besuchen kann. Erkläre ihm, warum. Ist das klar?« Sie ließ das Mädchen ihre Anweisungen wiederholen, um sicherzugehen.

Erst als die Hintertür zugeschlagen war, gestattete Isabel dem Lächeln, auf ihrem Gesicht zu verweilen. Nur für ein paar Minuten. Dies war schließlich ihr erster Tag in Freiheit.

Bevor das Dienstmädchen zurückkam, klopfte es an die Ladentür. Isabel trat ans Fenster und schaute hinaus. Unten standen der Bursche und die beiden jungen Männer, die im Laden arbeiteten. Sie konnte sie nicht draußen warten lassen. Es würde Gerede geben, und die Kunden würden ausbleiben. Sie ging nach unten und zog die Riegel zurück.

Sie sahen sie überrascht an, also sagte sie mit kläglicher Stimme: »Mr Blake ist gestern Abend spazieren gegangen und nicht nach Hause gekommen. Ich habe schon nach der Polizei geschickt. Sie machen besser den Laden auf und arbeiten wie üblich.«

Sie blickten sie mit großen Augen an, aber sie blieb nicht,

und auf dem Weg zurück durchs Haus tat sie so, als würde sie stolpern.

»Brauchen Sie Hilfe bei der Treppe, Mrs Blake?«

Es war einer der beiden jungen Männer, die im Laden arbeiteten. Prebble war ziemlich klein, ein Kerl mit schmalem Gesicht, und sie war sich nie ganz sicher, ob seine respektvolle Haltung echt war, aber er arbeitete lange genug im Laden, um zu wissen, wie die Dinge liefen. Wenn er sich gut benahm, würde sie ihn zum Geschäftsführer ernennen. Der andere Gehilfe war so groß, dass er sie überragte, und das gefiel ihr nicht. Außerdem hatte sie gesehen, dass Carr höflich zu *diesen Mädchen* gewesen war. Dafür würde er bezahlen.

»Danke. Ich fühle mich ganz schwach. Ich mache mir solche Sorgen um meinen Mann.« Sie erlaubte Prebble, ihr die Treppe hinaufzuhelfen, dann schickte sie ihn zurück in den Laden und trug ihm auf, sich ganz normal zu verhalten und den Kunden kein Wort darüber zu sagen, was passiert war.

Hochzufrieden setzte sie sich und wartete auf die Polizei.

Am Morgen nach ihrem Einzug ins Cottage gingen Cassandra und ihre Schwestern zur Nähstunde, weil sie ihrem Onkel nicht mehr zu Last fallen wollten als nötig. Hier verdienten sie nicht nur ein wenig Geld, es half ihnen auch, sich die Zeit zu vertreiben. Maia war seit der Erkrankung ihres Vaters nicht mehr bei der Nähstunde gewesen, wurde aber von der Frau des Methodistenpastors herzlich willkommen geheißen. Mrs Rainey war eine wunderbare Frau, freundlich zu allen und sehr beliebt in der Gemeinde ihres Mannes.

Am späten Vormittag kam ein junger Mann ins Zimmer und flüsterte den Damen, die an diesem Tag die Stunde leiteten, etwas zu. Ihren entsetzten Gesichtern nach zu urteilen waren es schlechte Nachrichten.

Inzwischen hatten alle im Raum die Arbeit eingestellt.

Mrs Rainey kam durch den Mittelgang zu den Plätzen, wo

die vier Schwestern arbeiteten. »Würden Sie bitte mitkommen? Ich habe leider schlechte Nachrichten für Sie.«

Sie blickten einander überrascht an und folgten ihr leise hinaus.

»Letzte Nacht wurde Ihr Onkel im Park angegriffen und getötet. Seine Leiche wurde heute Morgen unter den Büschen gefunden.«

Maia brach in Tränen aus, die anderen waren starr vor Schreck, dann brachte Cassandra die Frage heraus: »Sie meinen … er wurde ermordet?«

»So hat es der Bote gesagt. Möchten Sie zu Ihrer Tante gehen?«

Cassandra schüttelte den Kopf. »Sie will uns sicher nicht sehen. Ich weiß gar nicht, was ich jetzt tun soll, Mrs Rainey.«

»Warum nehmen Sie sich nicht etwas zu essen und gehen nach Hause? Die Nähstunde ist schließlich fast um. Vielleicht schickt sie Ihnen eine Nachricht dorthin.«

Sie taten, was Mrs Rainey vorgeschlagen hatte, und gingen schweigend durch die Straßen nach Hause. Sie blieben nicht stehen, um mit irgendjemandem zu reden, sprachen nicht einmal miteinander.

Zu Hause angekommen, begann Pandora zu weinen. »Unser armer Onkel! Gerade als wir ihn ein bisschen besser kennengelernt haben.«

»Wir haben keine Zeit zum Weinen«, wies Cassandra sie zurecht. »Sie wird uns hier rauswerfen, da bin ich mir ganz sicher.«

Alle starrten sie an.

»Ich glaube, wir sollten unsere Sachen packen und bereit sein, jeden Moment aufbrechen zu können.«

»Aber wo sollen wir denn hin?«, fragte Xanthe.

»Das weiß ich auch nicht. Ich finde, wir sollten Mr Rainey um Rat fragen.«

»Ich gehe nicht ins Armenhaus«, sagte Xanthe sofort.

»Vielleicht finden wir ein Zimmer zur Miete.«

Als Cassandra in ihrem Schlafzimmer ihre wenigen verbliebenen Habseligkeiten ordnete, blickte sie sich voller Bedauern um. Es war so ein schönes, helles Zimmer. Würde für sie niemals irgendetwas gut ausgehen? Ihre Gedanken wanderten immer wieder zurück zu ihrem Onkel. Einen solchen Tod hatte er nicht verdient, und sie verstand einfach nicht, warum jemand einen so netten Mann wie ihn tötete.

Sie hoffte, die Polizei würde den Mörder finden, bevor er noch jemanden angriff.

Sie zögerte, ob sie ihr Geld und das Medaillon aus ihrem Versteck holen sollte, entschied sich aber, beides dort zu lassen. Dort wäre es sicherer als in ihrer Tasche, davon war sie überzeugt.

Den Rest des Tages warteten sie auf eine Nachricht von ihrer Tante, doch erst nach Einbruch der Dunkelheit traf sie ein.

Ein Junge klopfte an die Tür und sagte: »Mrs Blake will mit Cassandra sprechen. Die anderen will sie nicht sehen.«

»Hat sie dir eine Nachricht mitgegeben?«

Er schüttelte den Kopf.

»Wann will sie mich sehen?«

»Jetzt sofort. Sie wartet im Laden auf Sie.« Er drehte sich um und rannte in die Dunkelheit.

Cassandra nahm ihr Tuch vom Haken im Flur.

»Du kannst nicht alleine aus dem Haus gehen«, sagte Xanthe. »Nicht nach dem, was mit unserem Onkel passiert ist.«

»Ich muss ihre Anweisungen befolgen, falls es eine Chance gibt … Nein, sie wird uns bestimmt sagen, dass wir aus dem Cottage ausziehen sollen.«

»Warum will sie nur dich sehen?«

»Ich glaube, mich hasst sie am meisten, auch wenn ich nicht verstehe, warum.«

»Wir kommen trotzdem mit«, beharrte Pandora. »Wir

können um die Ecke vom Laden warten, dort kann sie uns nicht sehen. Aber wir wollen nicht riskieren, dass du wie unser Onkel ermordet wirst.«

Cassandra und Pandora gingen den beiden anderen voraus, als sie plötzlich eine Männerstimme hörten: »Schnappt euch die Große!«

Männer stürzten sich auf sie und versuchten, Cassandra mit sich fortzuziehen. Während sie und Pandora gegen ihre Angreifer kämpften, eilten ihnen die Zwillinge lauthals schreiend zu Hilfe.

Im darauffolgenden Handgemenge wurde Maia bewusstlos geschlagen, Pandora durch die Luft zu Boden geschleudert und Xanthe so heftig in den Magen getroffen, dass sie auf der Straße zusammenbrach und um Atem rang. Eilig schleppten die Männer Cassandra weg. Einer von ihnen verpasste Pandora einen Schlag, als sie ihnen nachlief und versuchte, sich an ihre Schwester zu klammern.

Bis Pandora aufgestanden war und Xanthe wieder zu Atem gekommen war, war nichts mehr von den Männern zu sehen … oder von ihrer Schwester.

Es ging alles so schnell, dachte Pandora, während sie in die Dunkelheit starrte. Sie wusste nicht, was sie tun sollte, war immer noch schockiert von diesem blitzartigen Angriff. Die Männer hatten es offensichtlich von Anfang an auf Cassandra abgesehen, und nur eine Person hatte gewusst, dass ihre Schwester heute Abend ausgehen würde: ihre Tante. Hatte Isabel Blake das alles arrangiert? Warum?

Wieder hörte sie Schritte, und für einen Moment war sie starr vor Schreck. Dann erkannte sie, dass es keine weiteren Angreifer waren, sondern Menschen, die ihnen zu Hilfe eilten. Bald waren sie umringt, erklärten, was passiert war, und sahen den Schrecken auf den Gesichtern ihrer Retter.

Ein Mann bot ihnen sofort Schutz in seinem Haus in der

Nähe. Maia war immer noch bewusstlos, also trugen sie sie dorthin.

Niemand versuchte, die Angreifer zu verfolgen, obwohl Pandora sie darum bat. Die Männer versicherten ihr, die Polizei würde sie bald finden, oder sie würden Cassandra freilassen, sobald sie herausfänden, dass sie kein Geld hatte.

Aber Pandora hatte genau gehört, wie jemand »Schnappt euch die Große!« gerufen hatte. Sie wusste, es war kein zufälliger Angriff gewesen, aber sie konnte sich nicht vorstellen, warum jemand Cassandra entführen sollte.

Maia kam wieder zu Bewusstsein, war aber noch benommen, und alle drei hatten Angst um ihre Schwester.

Als die Polizisten kamen, befragten sie nacheinander die drei Schwestern, aber Pandoras Vermutung, dass die Angreifer es auf Cassandra abgesehen hatten, taten sie mit einem Achselzucken ab.

»Sie müssen sich irren. Warum sollte jemand Ihrer Schwester etwas antun wollen? Nein, sie haben Sie gesehen und ihre Chance genutzt«, sagte der Wachtmeister. »Anständige junge Frauen sollten nachts nicht auf die Straße gehen, es ist nicht sicher – auch nicht für Männer. Ich lasse meine Leute das Armenviertel durchsuchen. Sie bleiben besser hier, bis wir das erledigt haben, wenn das in Ordnung ist?« Er sah den Hausherrn an, der nickte.

Aber die beiden Polizisten fanden weder eine Spur von Cassandra, noch fanden sie einen Zeugen, der gesehen hatte, wie die Männer sie verschleppt hatten.

Danach konnte selbst der Wachtmeister nicht mehr behaupten, die Vermisste würde schon heil zurückkehren.

Als der Laden an diesem Abend geschlossen war, saß Isabel in ihrem Salon, läutete nach dem Hausmädchen und bat um ein Tablett mit Tee. Als er kam, goss sie sich eine Tasse ein, die sie eigentlich gar nicht wollte, und bemerkte einige Zeit später, dass er kalt geworden war. Sie kippte den kalten Tee in den Topf mit der krumm gewachsenen Zimmerpflanze. Sie hasste Pflanzen im Haus, aber diese hier hatte ihr eine Freundin geschenkt, also ließ sie sie für eine Weile dort stehen. Sie würde bald eingehen. Pflanzen gingen immer ein, wenn man sich nicht um sie kümmerte.

Um halb zehn rief sie nach Dot, damit sie das Teetablett abräumte, und trat ans Fenster. Kurze Zeit später kam ein Junge die Straße entlang, hob einen Stein auf und schleuderte ihn gegen einen Laternenpfahl. Das war das Zeichen, das sie verabredet hatten.

Lächelnd setzte sich Isabel wieder. Die Männer hatten es getan, sie hatten ihre älteste Nichte entführt, die lasterhafteste von allen. Jetzt würde sie ihre gerechte Strafe bekommen.

Die Bibel sagte, der Sünde Lohn sei der Tod, aber das war zu einfach. Isabel wollte Cassandra für eine lange Zeit leiden sehen, so wie sie selbst jahrelang gelitten hatte, verheiratet mit einem weichherzigen Narren, ohne Kinder, ohne Zukunft.

Wenn die anderen Mädchen täten, was sie verlangte, würde sie sie nicht auf die gleiche Weise bestrafen lassen. Natürlich würde sie sie zwingen müssen, die Stadt zu verlassen, aber sie würden alles tun, um ihrer Schwester zu helfen, ganz sicher.

Es war wunderbar, was man alles für Geld kaufen konnte. Und von nun an konnte sie über das ganze Geld verfügen. Sie musste nicht mehr knausern und das ihr zugeteilte Geld sparen, bis sie für die Dienste, die sie benötigte, bezahlen konnte. Für einen Moment wanderten ihre Gedanken zu Joseph, der tot beim Bestatter lag, weil sie sich geweigert hatte, seinen Leichnam zu Hause aufzubahren. Sie hatte behauptet, es werde ihr die Kunden vertreiben, wenn er über dem Laden liege.

Immer wieder meinte sie, ihn in der Ecke stehen zu sehen, wie er sie mit seiner traurigen und vorwurfsvollen Art ansah. Da war er schon wieder.

»Es ist deine eigene Schuld, dass du tot bist«, sagte sie zu ihm. »Geh weg!« Als er sich nicht rührte, schrie sie es noch einmal: »Geh weg!« Trotzdem bewegte er sich nicht von der Stelle.

Sie weigerte sich, ihn noch einmal anzusehen, griff nach einem Buch und hielt es sich vors Gesicht.

Im Erdgeschoss hörte Dot den Schrei. Aber die Glocke läutete nicht, und solange es sich vermeiden ließ, ging sie nicht in die Nähe ihrer Herrin, also machte sie einfach mit ihrer Arbeit weiter.

Wenn sie nur eine andere Anstellung fände! Sie würde sofort kündigen. Aber in Zeiten wie diesen waren Arbeitsplätze rar.

Um elf Uhr klopfte es an der Haustür.

Isabel öffnete persönlich, weil sie das Dienstmädchen vor einer Stunde ins Bett geschickt hatte.

Vor der Tür standen der Pfarrer, seine Frau und ein Polizist. Sie starrte sie an und versuchte, besorgt und schockiert auszusehen. »Was ist passiert?« Sie presste sich eine Hand auf die Brust.

»Dürfen wir eintreten, gnädige Frau?«, fragte der Pfarrer.

Isabel führte sie nach oben, bot Sylvia einen Platz neben sich auf dem Sofa an und hörte zu, wie sie ihr von dem Angriff auf ihre Nichten erzählten.

Beim Versuch, ihre Freude darüber zu verbergen, dass auch die anderen im Kampf verletzt worden waren, verfiel sie in Hysterie und musste sich ins Bett verfrachten lassen. Am Fuß der Treppe zum Dachboden stand Dot und starrte sie an. Konnte das Hausmädchen Joseph ebenfalls sehen? Glotzte das Mädchen sie deshalb immer so an?

»Geh weg!«, schrie sie, unfähig, den Anblick des Mädchens zu ertragen. »Lass mich in Ruhe.« Wenn das alles vorbei wäre, würde sie Dot entlassen und sich eine ältere Haushälterin suchen, die sie nicht anstarrte, als wüsste sie, was los war.

Sie untersagte dem Pfarrer, nach dem Arzt zu schicken, sondern bat lediglich um ein Beruhigungsmittel.

Sylvia bestand darauf, über Nacht bei ihr zu bleiben, und als Isabel sie nicht zum Gehen überreden konnte, versuchte sie, dankbar zu klingen und sagte ihr, sie solle im Gästezimmer schlafen.

Nachdem sie die Schlafzimmertür hinter sich geschlossen hatte, seufzte sie zufrieden und lächelte in Richtung Fenster, durch das das Licht einer Gaslaterne von der Straße hereinfiel. Sie hoffte, dass diese lasterhafte Kreatur litt, dass die Männer das taten, worum sie sie gebeten hatte. Sie sollten ihr *wehtun.*

Morgen würde sie den anderen Mädchen sagen, dass sie innerhalb einer Woche das Haus verlassen mussten. Es waren schließlich nicht *ihre* Nichten.

Sie würde ihren Mann erst begraben, wenn sie die Stadt verlassen hätten. Sie wollte sie nicht auf der Beerdigung haben.

Es dauerte lange, bis sie einschlafen konnte, weil sie am Fußende des Bettes immer wieder den dunklen Umriss eines Mannes zu sehen glaubte.

Cassandra kämpfte verzweifelt gegen ihre Angreifer, aber es waren etliche, und sie waren viel stärker als sie. Sie knebelten sie schnell und gründlich, fesselten sie und verbanden ihr die Augen. Zwei von ihnen trugen sie, einer an ihren Füßen, einer an ihrem Kopfende.

Wo brachten sie sie hin? Warum?

Nach einer Weile blieben sie stehen, und sie hörte, wie eine Tür geöffnet wurde. Sie war sich sicher, dass sie jetzt in einem Haus waren. Nachdem sie sie ein paar Stufen hinuntergetragen hatten, warfen sie sie auf etwas, das sich wie eine Matratze anfühlte.

Gefesselt und hilflos konnte sie nur daliegen, während die Männer in der Nähe leise sprachen. Sie hatte jemanden rufen hören »Schnappt euch die Große!«. Steckte womöglich ihre Tante dahinter? Würden diese Männer sie umbringen? War ihr Onkel auf Geheiß seiner Frau ermordet worden?

Es war undenkbar … Und es geschah dennoch.

Schaudernd und verängstigt konnte sie nur abwarten, was sie tun würden.

Schritte kamen auf sie zu und jemand fesselte ihre Arme ans Kopfteil des Bettes. Er löste die Fesseln an ihren Beinen und schob ihr den Rock hoch. Da wusste sie, was sie vorhatten. Als sie versuchte, nach ihm zu treten, schlug er sie so fest, dass ihr vor Schmerz der Kopf schrillte.

Er sagte kein Wort, während er sie vergewaltigte, bemerkte nicht, wie weh er ihr tat und dass ihr Tränen über die Wangen liefen. Oder es war ihm egal.

Als er fertig war, ging er fort, und sie blieb weinend liegen.

Jemand anderes kletterte grunzend aufs Bett, und zu ihrem Entsetzen fing alles wieder von vorne an.

Sie fürchtete, sie würde sterben, aber das tat sie nicht, sie musste es einfach über sich ergehen lassen.

Als der zweite Mann fertig war, hoffte sie, sie würden sie freilassen, aber das taten sie nicht. Sie ließen sie einfach auf dem Bett liegen, gedemütigt und hilflos.

Die Tränen versiegten, aber die Angst blieb.

Die Männer auch.

Mr und Mrs Rainey kamen in das Haus, wo man den drei Schwestern Zuflucht gewährt hatte, und boten ihnen an, zu ihnen zu ziehen.

»Aber was, wenn Cassandra ins Cottage zurückkommt?«, fragte Xanthe. »Wir müssen dort auf sie warten. Sie könnte verletzt sein.«

»Wir können Sie dort nicht allein lassen«, protestierte Mr

Rainey. »Maia ist immer noch schwindelig. Sie beide haben schwere Prellungen. Was, wenn Sie noch einmal angegriffen werden?«

Aber sie weigerten sich, irgendwo anders hinzugehen, und schließlich begleiteten sie der Pastor, seine Frau und ein Polizist durch die dunklen Straßen. Die Stadt war ruhig. Sie begegneten niemandem. Es war, als hätte die Dunkelheit ihre Schwester und alle anderen verschlungen.

»Wir kommen gleich morgen früh vorbei«, sagte Mr Rainey. »Öffnen Sie niemandem die Tür, außer der Polizei oder mir.«

Als sie wieder allein waren, setzten sich die Schwestern in die Küche und warteten, aber sie wussten nicht, worauf.

Eine quälend lange Stunde verging, dann noch eine, aber Cassandra kam nicht zurück.

»Wir sollten ein wenig schlafen«, sagte Pandora schließlich. »Maia, du siehst aus, als würdest du gleich zusammenbrechen.«

»Wir können doch nicht einfach ins Bett gehen. Wir müssen für sie da sein, wenn sie zurückkommt.«

»Ich bleibe auf. Selbst wenn ich einnicke, höre ich es, wenn jemand anklopft.«

Aber niemand klopfte. Im Haus blieb es ruhig, bis am nächsten Morgen die Menschen wieder auf die Straße traten. Vor der Baumwollknappheit hätten die Werkssirenen der Fabriken alle geweckt, und die Straßen wären voller eiliger Schritte gewesen. Jetzt aber war es still im Cottage, viel zu still.

Als sie das Frühstück machten, brach Maia plötzlich in Tränen aus.

»Lass das«, sagte Pandora, als sie nicht aufhörte. »Es nützt niemandem, wenn du jetzt weinst.«

Aber auch ihr stiegen Tränen in die Augen. Cassandra war etwas Schreckliches zugestoßen, das wusste sie.

Am Morgen nach dem Überfall kam der Wachtmeister zu Isabel, um noch einmal mit ihr über ihre Nichten zu sprechen. Ihre Freundin Sylvia war immer noch bei ihr, um sie zu unterstützen.

Isabel sah den Wachtmeister in vorgetäuschter Empörung an. »Wollen Sie damit sagen, dass die Nichten meines Mannes nach Anbruch der Dunkelheit auf der Straße waren?«

»Sie sagten, Sie hätten Cassandra gebeten, zu Ihnen zu kommen.«

»*Im Dunkeln?* Mein Mann wurde im Dunkeln *umgebracht.* Glauben Sie, ich würde eine anständige junge Frau bitten, sich einer solchen Gefahr auszusetzen?«

»Aber … Sie haben alle ausgesagt, ein Junge sei gekommen und hätte eine Nachricht von Ihnen überbracht.«

»Was für eine Nachricht? Zeigen Sie mir den Zettel!«

»Es gab keinen Zettel, er hat die Nachricht mündlich überbracht.«

Sie richtete sich auf. »Ich habe keine Nachricht geschickt. Nicht nachdem mein lieber Joseph …« Sie brach ab und verbarg ihr Gesicht – und ihr Lächeln – in den Händen.

»Also wirklich, Herr Wachtmeister, haben Sie kein Taktgefühl?«, sagte Sylvia.

»Ich gehe jetzt besser. Es tut mir leid, wenn ich Sie aufgeregt habe, Mrs Blake.«

Nachdem er gegangen war, blieb sie noch eine Weile sitzen und tat so, als würde sie ein paar Tränen vergießen. Dann ließ sie sich von ihrer Freundin entlocken, worum es ging.

»Es sind diese *Kreaturen.* Ich schäme mich so, mit ihnen verwandt zu sein. Ach, Sylvia, ich mache mir die ganze Zeit Sorgen, was sie als Nächstes tun werden. Wir wissen doch, was junge Frauen nach Einbruch der Dunkelheit auf der Straße treiben.«

»In der Tat. Es ist aber nicht deine Schuld. Niemand kann *dir* vorwerfen, was passiert ist.«

»Sie sind mit mir verwandt. Wir haben den gleichen Namen. Oh, was für eine Demütigung! Was werden sie als Nächstes Schreckliches tun?«

»Ich werde noch einmal mit meinem Mann reden. Das Thema, über das wir schon einmal gesprochen haben, wird derzeit noch geprüft. Dieser Vorfall könnte es ermöglichen, dass deine Nichten ausgewählt werden, auch wenn sie möglicherweise nicht zustimmen werden.«

»Oh, Sylvia, du bist eine wunderbare Freundin. Ich weiß nicht, was ich ohne dich tun würde. Und ich werde schon dafür sorgen, dass sie zustimmen.«

Gegen Mittag war Isabel es leid, so tun zu müssen, als wäre sie traurig, also überredete sie ihre Freundin, für eine Weile nach Hause zu gehen.

Erst dann gestattete sie sich ein Lächeln und tanzte jubelnd durch den Salon: »Ich hab's geschafft, ich hab's geschafft! Was sagst du dazu, Joseph Blake?«

Das Hausmädchen, das nach oben gekommen war, um sich nach dem Mittagessen zu erkundigen, beobachtete sie verblüfft vom Treppenabsatz aus. Ihre Herrin wurde mit jedem Tag wunderlicher.

Sie schlich wieder nach unten, denn Mrs Blake sollte nicht merken, dass sie etwas gesehen oder gehört hatte, und suchte sich etwas, um sich zu beschäftigen. Es gab immer etwas zu tun. Wenn die Herrin essen wollte, würde sie schon läuten.

Aber die Glocke oben blieb still. Wenigstens das.

Etwas später rief Mrs Blake nach ihr und gab ihr einen Brief, den der Laufbursche überbringen sollte.

Am Nachmittag bekamen die drei Schwestern eine Nachricht von ihrer Tante.

In Anbetracht eurer Situation könnt ihr bis zum Ende der Woche im

Cottage bleiben, danach müsst ihr euch eine andere Wohnung suchen.
I. Blake

Xanthe hätte das Stück Papier am liebsten ins Feuer geworfen, aber Pandora hielt sie davon ab. »Nicht! Vielleicht müssen wir beweisen, dass wir das Recht haben hierzubleiben.«

»Wenn Cassandra nicht wäre, würde ich auf der Stelle ausziehen. Wir werden doch sicher irgendwo ein Zimmer zur Miete finden?«

»Wir können uns umhören, aber wir ziehen erst aus, wenn wir müssen. Hier wohnen wir mietfrei und außerdem … wenn sie zurückkommt, würde sie hierherkommen.«

Also blieben sie im Cottage, warteten, beteten – und mit jeder Stunde dieses langen, erschöpfenden Tages wurde ihre Verzweiflung größer. Wenn Cassandra noch lebte, wäre sie doch sicherlich schon längst nach Hause gekommen, nicht wahr?

Am Nachmittag besuchte Mr Studdard Isabel, um die Beerdigung zu planen. »Sehr verehrte Dame …«

»Ich lasse meinen Mann erst begraben, wenn seine Nichten die Stadt verlassen haben.«

»Aber … Sie können ihn nicht unbegraben lassen.«

»Sie können den Leichnam aufbewahren, nicht wahr?«

»Ähm … ja. Aber dann wird es teurer.«

Sie machte eine wegwerfende Geste. »Das spielt keine Rolle.«

»Und vielleicht wollen Ihre Nichten Outham gar nicht verlassen.«

»Ich werde dafür sorgen …« Als er ihr einen seltsamen Blick zuwarf, berichtigte sie sich hastig: »Ich bin sicher, das werden sie. Der gute Herr Pfarrer weiß von einem Programm, das ihnen die Chance auf ein neues Leben bietet. Ich mag sie nicht, aber es ist meine Pflicht, dafür zu sorgen, dass sie keine Not leiden. Mein lieber Mann hätte es so gewollt.«

»Und die Beerdigung, wenn sie dann stattfindet … Sollen wir alles Notwendige jetzt schon besprechen?«

Auf einmal hatte sie genug von ihm. »Nein. Ich werde nichts vorbereiten, ehe sie die Stadt nicht verlassen haben. Ich wünsche Ihnen noch einen schönen Tag.«

Sie hielt sich ihr schwarz gesäumtes Taschentuch vors Gesicht und nahm es erst wieder hinunter, nachdem er gegangen war. Dann lächelte sie. Alles lief ganz genau so, wie sie es geplant hatte.

Mr Studdard ging zum Gemeindepfarrer und erzählte ihm, was passiert war.

Mr Saunders schüttelte den Kopf. »Die arme Frau hat den Tod ihres Mannes nicht gut aufgenommen. Und was seine Nichten angeht, so sind sie wohl lasterhaft. Sie hat Angst, dass sie seinen guten Namen beschmutzen.«

Der Bestatter widersprach ihm nicht, aber er kannte die vier jungen Frauen noch von der Beerdigung des anderen Mr Blake. Sie waren ihm höflich und wohlerzogen vorgekommen. Die meisten jungen Frauen, die in den Fabriken arbeiteten, waren dreist und vorlaut; diese vier hatten anders ausgesehen, hatten sich auch anders ausgedrückt. Ihm fiel auf, dass der Pfarrer gesprochen hatte. »Verzeihung, was haben Sie gesagt?«

»Ich sagte, ich bin mir ziemlich sicher, dass die Blake-Schwestern nächste Woche abreisen werden, dann können wir Joseph Blake begraben.«

Nachdem sich der Bestatter verabschiedet hatte, trat der Pfarrer an seinen Schreibtisch. Er holte einen Brief hervor, den er kurz zuvor erhalten hatte, und schrieb eine schnelle Antwort, in der er die Namen von drei geeigneten jungen Frauen nannte.

Diese Blake-Mädchen würden die Chance bekommen, sich

ein neues Leben aufzubauen. Eines Tages würden sie dafür dankbar sein. Die Vierte war vermutlich inzwischen längst tot – oder für die anständige Gesellschaft verloren.

Das neue Leben, das Reece sich von seiner Ankunft in Australien erhofft hatte, kam nur langsam in Gang. Das Haus, zu dem Paul sie gebracht hatte, war klein, nur gemietet, und wieder einmal verlangte man von Reece, dass er in einem Holzverschlag auf der Rückseite schlafen solle, weil die beiden Dienstmädchen bereits den Schlafplatz auf der Veranda belegten.

Er teilte sich die Unterkunft mit einem Sträfling, der die Pferde versorgte und im Garten so wenig Arbeit verrichtete, wie man ihm gerade noch durchgehen ließ. Er war ganz und gar nicht gesprächig und beäugte den Neuankömmling mit Argwohn.

Reece beschwerte sich nicht, behielt seine Gedanken für sich und machte sich nützlich. Er wurde so stark von Moskitos zerstochen, dass er um ein Moskitonetz bat, wie die, die im Haus verwendet wurden.

»Daran habe ich gar nicht gedacht!«, sagte Francis. »Mein Lieber, es tut mir so leid. Wir kaufen Ihnen heute Nachmittag eins.« Schon im Gehen begriffen, setzte er murmelnd hinzu: »Ich muss sowieso für eine Weile aus diesem Haus raus.«

Auf dem Weg nach Perth meinte Francis leise: »Sie haben sicherlich bemerkt, dass ich nicht sehr zufrieden bin mit dem, was ich hier vorgefunden habe, Reece.«

»Wir haben alle etwas anderes erwartet, Sir.«

»Mein Cousin hat ein Grundstück an der Küste gekauft, in einem Ort namens East Rockingham etwa dreißig Meilen südlich von Fremantle. Er sagt, eines Tages wird es eine hübsche kleine Stadt sein, und er beabsichtigt, dort ein großzügiges neues Haus zu bauen. Sein Land liegt nahe am Meer, aber so wie es sich anhört, gibt es dort derzeit nicht viel. *Er* hat das

Geld, um sich dort niederzulassen. Ihm macht es nichts aus, untätig zu sein. Aber *ich* brauche etwas, um mich zu beschäftigen – und um Geld zu verdienen. Mein Vater war nicht so großzügig, wie er hätte sein können.«

Er atmete tief ein und stieß einen Seufzer aus, der fast schon ein Knurren war. »Ich wurde über die Swan River Colony getäuscht, Reece, und ich möchte mich bei Ihnen entschuldigen.«

»Wir haben hier noch nicht richtig Fuß gefasst, nicht wahr? Wahrscheinlich sieht alles ganz anders aus, wenn wir uns erst mal eingelebt haben.« Reece hatte nicht vor, Partei zu ergreifen oder die Verwandten seines Herrn zu kritisieren, aber er hatte sich mit Menschen auf der Straße unterhalten, mit Bediensteten aus anderen Häusern, einfach mit jedem, den er getroffen hatte, und herauszufinden versucht, wie die Lage in dieser Kolonie wirklich war. Er hoffte, er würde heute in Perth ein wenig Zeit für sich haben, um noch mehr Informationen zu sammeln. Mit ihm sprachen die Leute anders als mit seinem Herrn.

»Kommen Sie zurecht?«, fragte Francis, als sie angekommen waren. »Ich finde, wir sollten anderswo nach einem Stück Land suchen, also werde ich mich erkundigen, wo es günstig sein könnte. Ihnen ein Moskitonetz zu kaufen war eine gute Ausrede, um nach Perth zu kommen und mich umzusehen.« Er drückte Reece ein Stück Papier in die Hand. »Hier habe ich eine Liste mit Dingen, die die Frauen brauchen. Kaufen Sie die Artikel und natürlich Ihr Netz. Wir lassen das Pferd und den Wagen im Mietstall, und Sie können die Pakete dorthin bringen lassen.«

Reece musterte die Liste grimmig. Frauensachen. Was wusste er von Frauensachen?

Francis kramte in seiner Tasche und reichte Reece eine kleine Geldbörse. »Kaufen Sie sich heute Mittag etwas zu essen. Ein Florin sollte ausreichen. In drei Stunden treffen wir uns am Mietstall wieder.«

Zuerst erledigte Reece die Einkäufe. Er ließ sich Zeit damit, in der Hoffnung, jemanden zu treffen, mit dem er sich unterhalten konnte. Aufmerksam begutachtete er, welche Annehmlichkeiten Perth bot und welche Art von Geschäften es hier gab.

Er fand es billiger, Brot und Schinken bei einem Straßenstand zu kaufen. Brot und Käse hätte er bevorzugt, aber der Mann erklärte ihm bedrückt, Käse sei hierzulande nicht leicht zu bekommen. Er spülte das Essen mit einer Tasse starkem schwarzem Tee hinunter und hatte immer noch die Hälfte des Essensgeldes übrig. Er steckte das Wechselgeld ein und grinste schief. Jeder Penny zählte, sogar jeder halbe Penny. Das würden Leute wie die Southerhams nie verstehen.

Er hatte selbst etwas Geld gespart, nicht viel, aber nach allem, was er herausgefunden hatte, genug, um ein Geschäft zu eröffnen. Aber was?

Als er Francis am Mietstall wiedertraf, sah er nachdenklich aus.

»Was haben Sie herausgefunden?«, fragte Reece und hörte seinem Dienstherrn aufmerksam zu. Landwirtschaft konnte offenbar für ein anständiges Einkommen reichen, wenn man es richtig machte und das Land fruchtbar war. Auch die Pferdezucht war ein einträgliches Geschäft, da viele Pferde nach Indien geschickt wurden.

»Ich denke, ich werde Pferde züchten«, überlegte Francis. Und beinahe beiläufig fügte er hinzu: »Ach, und ich habe gehört, es gebe Bedarf an Holz. Wenn man also ein Grundstück mit gut gewachsenen Bäumen darauf bekommt, kann man auch daran verdienen, sie zu fällen.«

Das gab Reece eine Menge zu denken, doch er teilte seine Schlussfolgerungen seinem Herrn nicht mit, schließlich hatte Francis ihn nicht danach gefragt.

Diener, so schien es ihm, waren die meiste Zeit nicht nur unsichtbar für ihre Herren, man traute ihnen offenbar auch nicht zu, eine eigene Meinung oder eigene Ideen zu haben. Francis war zwar freundlicher als die meisten, doch auch er benutzte Reece in erster Linie, um Klarheit über seine eigenen Gedanken zu gewinnen. Wussten die Leute nicht, wie viel ihre Angestellten mitbekamen? Auch die beiden Hausmädchen diskutierten in der Küche freimütig über ihre Herrin.

Er war froh, dass er nicht als Bediensteter erzogen worden war. Das war kein Leben für ihn. Als er noch in der Baumwollfabrik gearbeitet hatte, hatte er zumindest die Zeit nach Feierabend zu seiner freien Verfügung gehabt.

Er lächelte in den klaren blauen Himmel hinauf und genoss die sanfte Wärme zwischen den Regengüssen auf seiner Haut. Wenn das der Winter war, wie würde es dann erst im Sommer? Heiß, hatten ihm die Leute erzählt. Aber er mochte warmes Wetter.

Je mehr er über diesen Ort erfuhr, umso entschlossener war er, hier sein Glück zu machen. Aber er fand es nicht fair, Cassandra zu schreiben, solange er ihr hier nichts zu bieten hatte.

Einige Tage später brachen die Männer auf, um das Grundstück zu besichtigen, auf dem Paul Southerham sein Haus errichten wollte. Sie fuhren in einem von Ochsen gezogenen Wagen, der nur langsam vorankam, und sie wollten dort für ein oder zwei Nächte kampieren, fischen und im Meer schwimmen, wenn das Wetter gut genug war.

In East Rockingham angekommen, blickte Reece erstaunt auf das Stück sandigen Boden, das vor ihnen lag. Selbst für ihn, der nicht sonderlich erfahren in solchen Dingen war, war es eindeutig wegen der Aussicht gekauft worden, nicht weil es fruchtbares Land war.

»Der Boden scheint mir nicht sehr geeignet für die Landwirtschaft«, sagte Francis schließlich.

»Ich werde es nicht *bewirtschaften*«, sagte Paul pikiert. »Ich habe es wegen der Aussicht gekauft und weil es genau die richtige Größe hat. Eines Tages werde ich hier einen herrlichen Garten haben.«

»Ich kann mir hier nichts kaufen. Ich brauche Land, das sich für die Pferdezucht eignet.« Francis' Stimme klang gepresst und verriet seinen Unmut.

»Ich dachte … Sagtest du nicht, dein Vater hätte dir Geld gegeben?«

»Nur genug, bis ich mich eingerichtet habe, um meinen eigenen Lebensunterhalt zu verdienen.«

»Oh.« Paul wich seinem Blick aus und trat gegen ein Büschel drahtig aussehendes Gras. »Das tut mir leid.«

»Schon in Ordnung. Lass uns am Strand spazieren gehen.«

Während der zwei Tage, die sie dort blieben, hatte Reece die Gelegenheit, sich mit den beiden Fahrern zu unterhalten. Ihnen gehörte das Gespann, und die Geschäfte gingen gut. Im Augenblick sparten sie auf einen zweiten Wagen und ein weiteres Gespann.

Nach Feierabend lästerten sie gemeinsam über die wohlhabenden Einwanderer, die sich die Hände nicht schmutzig machen wollten.

»Es gibt hier nicht so viele Regeln«, erzählte der eine an diesem Abend, als sie an ihrem eigenen Lagerfeuer etwas entfernt vom Lagerplatz der Herren saßen. »Hier hast du eine größere Chance, etwas aus deinem Leben zu machen, als du es in England jemals hattest.«

»Wenn du dein eigener Herr sein willst«, sagte der andere Fahrer leise. »Manche wollen das nicht.«

»Das will ich«, sagte Reece, ohne zu zögern.

»Dann bist du hier genau richtig. Aber du brauchst eine Frau. Eine gute Frau ist das Wichtigste.«

Als es Schlafenszeit war, legten sich die Herren in ihr Zelt und Reece unter die Plane, die einer der Fahrer am Wagen befestigt hatte. Er blickte hinauf zu den Sternen, die am klaren Nachthimmel funkelten. Hatte er in Lancashire jemals so helle Sterne gesehen? Der harte Boden machte ihm genauso wenig aus wie die frische Winterluft, die ihn unter die rauen Decken kriechen ließ. Die Fahrer hatten Schlafsäcke hervorgeholt und ihm gezeigt, wie man sie zusammengerollt auf den Schultern tragen konnte, wenn man auf Wanderschaft ging.

Es würde ihm gefallen, ein paar Wochen lang die Kolonie zu Fuß zu erkunden. Vieles würde ihm gefallen, und auch wenn er noch nicht sah, was die Zukunft für ihn bereithielt, war er so glücklich wie schon lange nicht mehr. Männer wie diese Fahrer gaben ihm Hoffnung für die Zukunft. Wenn er hart arbeitete, sein Land sorgfältig auswählte, würde er hier doch sicher ein erfolgreiches Leben führen?

Natürlich würde er sein Bestes geben, was auch immer sein Dienstherr während der vereinbarten Zeit von ihm verlangte. Das verstand sich von selbst. Er hatte seine Versprechen stets gehalten.

Kapitel 10

Cassandra schreckte aus dem Schlaf hoch, als sie eine Frauenstimme hörte. »Ich mache es dir ein wenig bequemer, aber wehe, du versuchst abzuhauen, dann verpasst dir mein Freund hier eine.«

Jemand löste ihre Fesseln, und als sie die Hände hob, um sich die Augenbinde abzunehmen, hielt niemand sie auf.

Rechts und links von ihr standen zwei Frauen, und in der Nähe ein Mann. Die ältere der beiden Frauen zeigte auf die Tür. Der Mann grinste und ging.

Cassandra ließ die Frauen tun, was sie wollten, dankbar dafür, dass sie gewaschen wurde und sich anziehen durfte.

»Es tut mir leid«, flüsterte die eine. »Ich hatte gedacht, sie würden dich bloß entführen, sonst hätte ich ihnen nicht erlaubt, dich hierherzubringen. Was sie mit Männern machen, ist mir egal – ich hasse Männer! –, aber ich helfe ihnen nicht dabei, anderen Frauen wehzutun.«

»Armes Ding«, sagte die andere. »Es ist nicht richtig, was sie tun, Jane. Sie sind zu weit gegangen.«

Genau in diesem Moment flog die Tür auf, und Cassandra hörte eine Stimme, die sie nur zu gut kannte. »Was zum Teufel ist hier los?«

Sie zitterte unkontrolliert.

»Wir sorgen dafür, dass daraus hier kein Mord wird«, sagte die Frau, die hier offensichtlich das Sagen hatte, und stemmte die Hände in die Hüften.

»Ist doch egal, ob sie stirbt.«

»Mir nicht. Ich habe schon vieles getan, was die Leute für falsch gehalten haben, aber ich lasse nicht zu, dass du sie in meinem Haus umbringst. Und wenn du so weitermachst, dann *ist* es Mord. Du hast nichts davon gesagt, dass ihr sie so schlecht behandeln würdet. Was seid ihr, brünstige Tiere?«

»Pass auf, wie du mit mir redest, Jane.«

»Und du pass auf, wie du *mich* behandelst, Pete. Ich habe auch Freunde.«

Einige Sekunden lang herrschte Stille, und Cassandra konnte kaum atmen, während sie darauf wartete, wer dieses Gefecht gewinnen würde.

Seine Stimme wurde trotzig. »Warum sollten wir uns nicht mit ihr amüsieren? Die alte Schachtel hat uns sogar darum gebeten. Normalerweise werden wir dafür nicht *bezahlt.*«

»Du wirst in meinem Haus nicht so weitermachen, weil ich es sage.« Dann wurde ihre Stimme schmeichelnd. »Wenn du sie ab jetzt in Ruhe lässt, kümmert sich jeden Tag eins meiner Mädchen um dich, solange sie hier ist. Mit meinen Mädchen macht es sowieso mehr Spaß.«

Er schwieg einen Moment, dann lachte er. »In Ordnung. Die da liegt sowieso nur da wie ein toter Fisch. Sie wehrt sich noch nicht einmal mehr.«

Als er weg war, sagte die zweite Frau: »Mit dem mache ich es nicht. Pete ist in letzter Zeit so grob geworden.«

»Ich zahle dir das Doppelte des üblichen Preises und sorge dafür, dass jemand in der Nähe ist, falls du Hilfe brauchst. Oder willst du etwa, dass sie sie umbringen?«

Eine lange Pause, dann: »Ach, in Ordnung. Ich mache es. Ich weiß nicht, was in letzter Zeit in Pete gefahren ist. Früher war er ein anständiger Kerl, obwohl er ein Dieb ist.«

»Wer weiß, was die Menschen verändert? Na komm. Bringen wir sie in mein Zimmer.« Jane wandte sich wieder an Cassandra. »Wenn du Ärger machst, bringen sie dich wieder hierher, und dann kann ich dir nicht mehr helfen.«

»Nein! Bitte, nicht. Ich tue alles, *alles.*« Cassandra hörte ihre eigene Stimme brechen und konnte nicht aufhören zu schluchzen.

Jane schüttelte sie kräftig. »Hör auf damit! Das nützt doch nichts.«

Es dauerte ein paar Minuten, bis sie sich beruhigt hatte, sosehr sie sich auch bemühte.

»Armes Ding«, sagte die andere Frau wieder.

»Sie wird darüber hinwegkommen. Immerhin lebt sie noch, oder nicht?«

»Dank dir, Jane. Aber vielleicht ändern sie ihre Meinung doch noch.«

»Das werde ich schon verhindern.«

»Ich verstehe nicht, warum du dir diese Mühe machst.«

»Weil ich Männer hasse und weiß, wie es ist, gezwungen und verletzt zu werden. Genau wie du.«

»Ja.« Es herrschte eine oder zwei Minuten Stille, dann sagte sie: »Hauptsache ich bekomme das zusätzliche Geld.«

»Habe ich schon jemals mein Wort gebrochen?«

»Nein, Jane. Du bist 'ne Gute. Ich arbeite gerne für dich. Du behandelst uns immer fair.«

»Ich bin 'ne Gute, solange du deinen Job gut machst.« Sie wandte sich wieder dem Bett zu. »Komm schon, du. Ich habe nicht den ganzen Tag Zeit.«

Sosehr sie sich auch anstrengte, Cassandra konnte kaum glauben, dass die Gräuel, die sie beinahe gebrochen hatten, vorüber sein sollten. Wenn es wieder losginge, würde sie den Verstand verlieren, das wusste sie.

Sie halfen ihr drei Treppen hinauf in ein gut ausgestattetes Wohnzimmer, wo sie sich auf einen Stuhl setzen sollte. Hier gab es zwei Öllampen, und in dem hellen Licht musste sie blinzeln. Nachdem man ihr so lange die Augen verbunden hatte, tränten sie ihr nun.

Jane griff nach einer Schere. »Ich muss dir die Haare abschneiden.«

»*Was?*«

»Die Person, die sie bezahlt, will deine Haare, um deinen Schwestern zu beweisen, dass sie dich gefangen halten.«

Unwillkürlich griff sich Cassandra an den Kopf.

»Ich binde es zusammen und schneide den Zopf ab. Dann mache ich die Spitzen schön. Es wächst in null Komma nichts wieder nach.« Jane musterte sie mit zusammengekniffenen Augen. »Du wirst mir deswegen – oder wegen irgendetwas anderem – doch keinen Ärger machen? Ich habe für dich eine Menge riskiert.«

Cassandra schluckte schwer. »Nein. Ich mache keinen Ärger.«

»Vernünftig. Das habe ich mir gedacht. Ich habe dich schon öfter in der Stadt gesehen. Bist ja nicht zu übersehen, so groß, wie du bist. Hast nie ausgesehen, als wärst du dumm.«

Die Schere klapperte, und Cassandra spürte kühle Luft im Nacken. Es war seltsam, kurze Haare zu haben wie ein Mann, aber das war eine Kleinigkeit verglichen mit dem, was man ihr sonst noch angetan hatte. Wie viele Tage waren vergangen, seit man sie hierhergebracht hatte? Sie hatte aufgehört zu zählen und wollte auch nicht nachfragen.

Würden sie sie endlich gehen lassen? Oder würden sie sie töten?

Sie wusste es nicht. Und auch wenn Jane freundlich wirkte, vertraute Cassandra ihr nicht. Die Frau hatte den Männern schließlich erlaubt, sie hier gefangen zu halten, und es handelte sich eindeutig um ein Bordell.

Fünf Tage lang hörten die Schwestern nichts von Cassandra. Die meiste Zeit blickten sie aus dem Fenster, beobachteten die Passanten und warteten darauf, dass es an der Tür klopfte, weinten hin und wieder und waren nicht in der Lage, sich um irgendetwas zu kümmern.

Eines Morgens wurde eine weitere Nachricht von ihrer Tante überbracht.

Ich komme heute Nachmittag um Punkt vier Uhr zu euch. Sorgt dafür, dass das Haus sauber und ordentlich ist.
I. Blake

»Was glaubt ihr, was sie will?«, fragte Xanthe.

»Ich weiß es nicht. Wahrscheinlich wirft sie uns raus.« Pandora lief im Erdgeschoss des Cottage umher, hatte sich aber schon bald davon überzeugt, dass alles aufgeräumt war.

Danach blieb ihnen nichts anderes übrig, als zu warten.

Um Punkt vier Uhr kamen Schritte den Gartenpfad entlang, und die Haustür ging auf, ohne dass vorher angeklopft worden wäre.

Isabel marschierte herein, sah sich um und war offensichtlich überrascht, alles makellos vorzufinden. »Nun, immerhin haust ihr hier nicht wie die Schweine.« Sie zog sich einen Küchenstuhl heran und bedeutete den anderen, sich zu setzen. »Ich habe nicht vor, mir den Hals zu verrenken, weil ich zu euch aufblicken muss. Was seid ihr nur für Bohnenstangen? Männer mögen es nicht, wenn Frauen so groß sind. Kein Wunder, dass keine von euch verheiratet ist.«

Sie wartete, bis sie sich gesetzt hatten. Mit Freude bemerkte sie, wie blass sie waren, wie gerötet und geschwollen ihre Augen, wie ängstlich sie sie ansahen.

»Ich habe Vorkehrungen getroffen, dass ihr drei nach Australien geht. Ihr verlasst die Stadt am Montag und werdet in einer Emigrantenherberge in London untergebracht, bis das Schiff abfährt.« Freude durchfuhr sie, als sie das blanke Entsetzen auf den Gesichtern der Mädchen sah.

»Warum sollten wir nach Australien gehen?«, fragte Pandora.

»Weil es nichts auf der Welt gibt, das weiter entfernt wäre

von Outham, und weil ich ein für alle Mal die Schande los sein will, dass ihr hier wohnt.«

»Wir können nirgendwo hingehen. Wir warten darauf, dass Cassandra nach Hause kommt. Außerdem wollen wir nicht nach Australien.«

Isabel gestattete sich ein Lachen, aber es geriet fast außer Kontrolle, und es fiel ihr schwer, sich wieder zusammenzureißen. »Oje. Oh weh. Sie wollen nicht gehen!«

»Wie kannst du nur lachen? Unsere Schwester wird vermisst. Wir wissen nicht, ob sie überhaupt noch lebt. Wir gehen nirgendwohin, bis wir sie zurückhaben.«

Isabel starrte die Schöne an und wünschte sich, sie könnte diese makellose Haut aufschlitzen und sie für immer entstellen. »Ihr werdet sie nicht zurückbekommen, aber ich kann euch versichern, dass sie noch lebt.«

Sie sahen so überrascht aus, dass ihr ein weiteres Kichern entwich.

»Woher weißt du das?«, fragte die Sanfte.

»Weil sie auf meinen Befehl hin entführt wurde und erst freigelassen wird, sobald ihr drei das Land verlassen habt.«

Die Stille dauerte lange an, dann fragte die Schöne: »Warum?«

Das war bewundernswert, wie Isabel zugeben musste. Direkt auf den Punkt. Keine Hysterie. Die hier war scharfsinniger als die anderen. »Weil ich eine Möglichkeit finden musste, euch dazu zu zwingen, Outham zu verlassen.«

»Das glaube ich dir nicht.«

Sie lächelte und ließ sich Zeit mit ihrer Antwort, dann griff sie in ihren Beutel. »Kennt ihr das hier?« Sie wedelte mit dem langen Haarzopf vor ihnen herum, der an einem Ende von einem zerschlissenen Schleifenband zusammengehalten wurde, das sie alle erkannten.

Sie schnappten nach Luft, eine stöhnte auf.

»Du hast ihr die Haare abgeschnitten?« Die Stimme der Sanften war ein heiseres Flüstern.

»Ich habe angewiesen, es abschneiden zu lassen. Als Nächstes wird es ihr Daumen sein, wenn ihr immer noch nicht überzeugt seid. Eure Schwester hat eine Narbe am Daumen und ein Muttermal auf dem Bauch, richtig? Den Daumen würdet ihr erkennen, und wir könnten auch das Stück Haut mit dem Muttermal herausschneiden.« Sie lächelte. Jetzt hatte sie sie.

»Woher wissen wir, dass sie in Sicherheit ist, wenn wir tun, was du verlangst?«

»Weil ich euch mein Wort gebe. Ich schwöre auf die Bibel, und da ich nicht so ein lasterhaftes Flittchen bin wie ihr, zählt mein Wort etwas.«

»Nein, für mich nicht«, meinte diejenige, die bisher am meisten gesagt hatte. Isabel konnte sich ihre blöden, ausgefallenen Namen nicht merken und wollte es auch gar nicht erst versuchen.

Sie lehnte sich zurück. »Mein Wort ist alles, was ihr habt, alles, was eure Schwester retten kann. Wollt ihr lieber auf den Daumen warten? Der lässt sich ganz leicht abhacken.«

»Ich gehe die Bibel holen«, sagte die Sanfte.

Isabel lächelte. Was sie versprach, meinte sie tatsächlich ernst, aber warum, das wussten die Mädchen nicht. Sie wollte, dass Cassandra mit dem, was passiert war, leben musste, sie sollte bis zum Ende ihres Lebens Albträume haben. Das kam davon, wenn man sich so unverschämt gegenüber Höhergestellten verhielt, wenn man sich zwischen einen Mann und seine Frau stellte.

Gelassen schwor sie auf die Bibel, dass sie ihre Schwester freilassen würde, wenn die drei nach Australien gingen. »Aber nur«, fügte sie mit der Hand immer noch auf dem Buch hinzu und starrte alle der Reihe nach an, »wenn ihr mir euer Wort gebt, dass ihr niemandem erzählt, warum ihr geht.«

»Du meinst, wir dürfen niemandem sagen, dass du uns dazu zwingst?«

Sie nickte. »Wenn euch das Leben eurer Schwester lieb ist und ihr sie frei sehen wollt.«

»Was wird Cassandra dann tun? Wie soll sie klarkommen?«

»Sie kann tun, was ihr beliebt, solange sie Outham verlässt.« Sie erzählte ihnen nicht, dass sie dafür sorgen würde, dass die Schwester ganz sicher nicht in die Stadt zurückkehren würde. »Also, Folgendes werdet ihr tun …«

Als sie weg war, brach Maia in Tränen aus und streichelte den Zopf, der immer noch auf dem Tisch lag. »Sie haben sie umgebracht, ich weiß es.«

»Das glaube ich nicht«, sagte Pandora langsam. »Ich glaube, diese schreckliche Kreatur hat es ernst gemeint und wird ihr Versprechen halten – aber aus ihren eigenen Gründen.«

»Glaubst du wirklich, dass Cassandra noch lebt?«

»Wir müssen es einfach glauben.«

»Aber wir werden nie sicher sein können, oder?«

»Vielleicht eines Tages. Wir könnten unserem Pastor erzählen, wohin wir gehen. Wenn Cassandra zurückkommt, geht sie bestimmt zu Mr Rainey. Dann kann er uns schreiben und uns mitteilen, dass sie in Sicherheit ist. Es gibt einen Briefverkehr mit Australien, auch wenn es Monate dauert, bis die Post ankommt.«

»Wir haben keine Wahl«, sagte Xanthe schließlich. »Aber ich will nicht nach Australien.«

Pandora stiegen Tränen in die Augen. »Ich auch nicht. Ich liebe das Leben hier, ich liebe die Moore, ich kann mir nicht vorstellen, woanders zu leben.«

Sie saßen noch ein paar Minuten in verzweifelter Stille, dann stand Pandora auf. »Sie hat gesagt, wir sollen um sechs Uhr zu diesem schrecklichen Gemeindepfarrer gehen. Machen wir uns so hübsch wie möglich. Und was immer er sagt oder tut, du darfst nicht weinen, Maia. Diese Genugtuung dürfen wir ihm nicht verschaffen … und *ihr* auch nicht. Wir haben nichts getan, wofür wir uns schämen müssten. Sie sind es, die sich schämen sollten.«

Der Pfarrer ließ sie vor seinem Schreibtisch stehen und musterte sie verächtlich, während er sich setzte. »Da es nun offensichtlich ist, dass Ihre Schwester ermordet wurde, hat Ihre Tante freundlicherweise Vorkehrungen für einen Neuanfang getroffen. Achten Sie von nun darauf, sich anständig zu verhalten, und seien Sie höflich gegenüber Höhergestellten.«

Er musterte sie weiterhin, offensichtlich in Erwartung einer Antwort, also murmelte Pandora »Ja, Sir« und gab ihren Schwestern einen Stups, woraufhin sie die Worte wiederholten. Sie fand es seltsam, dass die anderen beiden sie immer wieder um Rat fragten, obwohl sie die Jüngste war. In letzter Zeit war alles seltsam – seltsam und schrecklich.

»Sie verlassen Outham in zwei Tagen und werden in die Emigrantenherberge in London gebracht. Von dort aus segeln Sie mit der *Tartar* nach Australien. An Bord ist eine Gruppe armer Frauen aus Lancashire, weil es dort in den Kolonien anscheinend sehr wenig Bedienstete gibt. Das werden Sie also werden, wenn Sie dort ankommen: Hausmädchen. Machen Sie das Beste aus dieser wunderbaren Gelegenheit, die Ihnen Ihre Tante für einen Neuanfang verschafft hat. Sie sollten dem Herrn auf Knien dafür danken.«

Wieder zwang sich Pandora zu einem »Ja, Sir«.

»Ich nehme an, Sie können alle lesen?«

Diesmal musste Maia Pandora kneifen, denn seine verächtliche Art, als erwartete er, sie könnten es nicht, machte sie so wütend, dass es ihr für einen Augenblick die Sprache verschlug.

»Ja, Sir. Wir können alle lesen.«

Er schob ihr mit einem weiteren verächtlichen Blick die Zeitung hin. »Dann lesen Sie das hier. Zeigen Sie mir, wie gut Sie lesen können.«

Sie nahm die Zeitung und begann oben auf der Seite. Sie las flüssig, stockte nicht einmal bei langen Wörtern. Dann reichte sie die Zeitung an ihre Schwestern, die genauso flüssig weiterlasen.

»Genug, genug.« Er machte sich eine Notiz. »Sie müssen sich einer ärztlichen Untersuchung unterziehen, bevor Sie an Bord des Schiffes gehen. Ich hoffe, keine von Ihnen ist krank.«

Was hatte ihre Tante über sie erzählt? »*Nein* … Sir.«

»Ich hoffe, Sie sagen die Wahrheit, denn wenn Sie krank sind, dürfen Sie nicht auf das Schiff und landen auf der Straße. Sie können nicht zurückkommen, egal was passiert. Wenn Sie es auch nur versuchen, lasse ich Sie wegen lasterhaften Verhaltens in die Erziehungsanstalt einweisen.«

Er stand auf. »Also dann. Ich werde jemanden schicken, der Sie am Montagmorgen rechtzeitig zum Bahnhof begleitet, damit Sie hier um zwölf Minuten nach zehn den Zug nehmen können. Die Dame, die die Reise nach London beaufsichtigt, wird mit einigen anderen Schützlingen an Bord sein und sich von da an um Sie kümmern. Dies ist eine Liste mit allem, was Sie unterwegs brauchen. Falls Sie etwas nicht haben, hat Ihre Tante angeboten, Sie mit allem Nötigen zu versorgen. Sie ist eine sehr christliche, großzügige Frau. Vergessen Sie nicht, ihr für ihre Hilfe zu danken.«

Keine von ihnen brachte ein Wort der Zustimmung heraus.

Nachdem sie das Pfarrhaus verlassen hatten, sagte niemand etwas, in finsterem Schweigen gingen sie nach Hause. Erst als sie dort angekommen waren, ließen sie einige Minuten lang ihren Gefühlen freien Lauf, so wütend waren sie über die Ungerechtigkeit, die ihnen widerfuhr.

»Das nützt uns nichts«, sagte Pandora schließlich. »Lasst uns planen, was wir jetzt machen.«

»Ich bitte *sie* ganz bestimmt nicht um Hilfe«, sagte Xanthe.

»Ich schon. Ich will, dass sie so viel bezahlt wie möglich, und selbst wenn wir schon haben, was wir brauchen, bitten wir sie, es für uns zu kaufen, und dann verkaufen wir eben unsere anderen Sachen. Wir haben genug Freunde, die uns dabei helfen. Wir wollen doch nicht mittellos in Australien ankommen, oder?«

»So hatte ich das noch gar nicht gesehen«, sagte Xanthe bewundernd.

»Cassandra hätte es auch so gemacht.«

Das brachte sie wieder zum Schweigen. Maia wischte eine Träne weg, und die anderen blickten zu Boden.

Nachdem sie ihre Kleidung und anderen Besitztümer durchgesehen hatten, hinterließen sie im Pfarrhaus für ihre Tante eine Liste mit allem, was sie benötigten, und baten sie außerdem um eine Reisetruhe, in der sie alles transportieren konnten.

»Es ist wahrscheinlicher, dass sie es uns kauft, wenn der Pfarrer davon weiß«, sagte Xanthe.

»Es wird ihr egal sein. Sie würde alles tun, um uns loszuwerden.« Pandora merkte, dass sie die Hände zu Fäusten geballt hatte, und lockerte sie. Sie durfte sich nicht von ihrem Zorn beherrschen lassen. Oder von ihrem Schmerz darüber, sich von Lancashire und allem, was sie kannte, verabschieden zu müssen.

»Glaubst du, das, was ich beim Bäcker aufgeschnappt habe, ist wahr?«

»Dass sie ihren Mann erst beerdigen wird, wenn wir die Stadt verlassen haben?«

»Ja.«

Xanthe schniefte. »Sie will verhindern, dass wir an der Beerdigung teilnehmen. Sie verweigert uns sogar den Abschied von unserem Onkel. Ich kannte ihn nicht lange, aber ich mochte ihn wirklich.«

»Es hat keinen Sinn, sich damit aufzuhalten. Kommt, wir müssen Mrs Rainey mitteilen, dass wir abreisen.«

Die Frau des Pfarrers sah die Schwestern entsetzt an.

»Das meinen Sie nicht ernst?«

»Doch.«

»Aber was, wenn Ihre Schwester zurückkommt? Was wird Cassandra denken, wenn Sie nicht mehr da sind? Nein, nein. Das kann ich nicht zulassen. Ihre Tante irrt sich, wenn sie Sie drängt zu gehen.«

Pandora schluckte schwer, sie konnte sich keine weitere Lüge abringen und flehte verzweifelt: »Bitte. Wir haben keine Wahl.«

Mrs Rainey starrte sie an. »Was meinen Sie damit?«

»Mehr können wir Ihnen nicht sagen.«

»*Zwingt* diese Frau Sie zu gehen?«

»Wir gehen«, sagte Pandora leise. »Das ist alles, was wir Ihnen sagen können. Wir haben unser Wort gegeben, nicht zu verraten, warum. Wir wollten Sie fragen, ob Sie Cassandras Kleidung aufbewahren und unsere Möbel und andere Haushaltsgegenstände verkaufen könnten, um Cassandra das Geld zu geben? Wir haben keine Zeit, das selbst zu erledigen.« Sie zögerte und erlaubte sich zu sagen: »Man hat uns versichert, dass sie noch lebt. Wenn sie zu Ihnen kommt … werden Sie ihr sagen, wo wir sind und warum wir gehen mussten?«

Mrs Rainey sah sie scharf an. »Natürlich werde ich das. Und wir haben einige Kleider, die von den wohlhabenderen Mitgliedern unserer Gemeinde gespendet wurden. Bestimmt passen Ihnen einige davon. Sie müssen ein wenig mehr mitnehmen als das, was auf der Liste steht. Und Sie brauchen Truhen.«

»Die besorgt unsere Tante.« Pandoras Stimme zitterte, und

sie wischte sich mit dem Handrücken eine Träne vom Gesicht. Angesichts von Mrs Raineys Anteilnahme verlor sie beinahe die Fassung.

Ihre Schwestern rückten näher, legten die Arme um sie. Sie wusste nicht, was sie ohne sie getan hätte. Was würde Cassandra davon halten, dass sie sie alleinließen? Es brach Pandora jedes Mal das Herz, wenn sie daran dachte.

»Ich hole meinen Mann, dann können Sie ihm erzählen, was Sie mir gerade gesagt haben.«

Also wiederholten sie für den Pastor, was sie bereits erzählt hatten.

Mr Rainey trommelte mit den Fingern auf die Armlehne seines Stuhls. »Sind Sie sicher, dass Sie mir nicht mehr sagen können? Ich würde es selbstverständlich vertraulich behandeln.«

Alle drei schüttelten den Kopf.

Er seufzte. »Ich will Sie nicht bedrängen. Mir wurde von diesem Plan erzählt, und wenn ich es nicht für eine gute Gelegenheit für Sie und die anderen jungen Frauen gehalten hätte, hätte ich nicht so einfach zugestimmt. Ich verspreche Ihnen, dass meine Frau und ich uns um Ihre Schwester kümmern werden. Schreiben Sie uns, wenn Sie angekommen sind, und wir schreiben Ihnen zurück.«

»Es geht alles so schnell«, sagte Xanthe auf dem Heimweg. »Wie können wir so weit weggehen, ohne sicher zu sein, dass es Cassandra gut geht?«

»Wir haben keine Wahl«, antwortete ihre Zwillingsschwester.

»Ich habe noch nie jemandem etwas Schlechtes gewünscht, aber ich wünschte, *ihr* würde etwas Schreckliches zustoßen.«

»Das wird es nicht. Schau, was sie bis jetzt getan hat, ohne dass irgendjemand Verdacht geschöpft hätte.«

»Wir sind nicht sicher, ob sie unseren Onkel ermorden ließ.«

»Ich bin mir sicher«, sagte Pandora mit solch einer Gewissheit, dass sie alle für einen oder zwei Augenblicke ins Stocken gerieten, dann gingen sie schweigend weiter.

Als sie fort waren, blickte Mr Rainey seine Frau an. »Welche Macht hat diese Frau über sie? Und warum hilft ihr der Gemeindepfarrer, diese armen Mädchen wegzuschicken? Für einen Mann Gottes ist er ausgesprochen mitleidlos gegenüber unseren ärmeren Mitbürgern.«

»Wir können nichts dagegen tun. Das ganze Arrangement sieht wie eine gute Tat aus. Die Leute werden Isabel Blake dafür loben, dass sie ihren Nichten geholfen hat. Wir wissen als Einzige, dass sie es nur tut, um sie von Cassandra zu trennen. Der Himmel weiß, warum.«

»Ich habe nicht die geringste Ahnung. Ich habe nie verstanden, warum sie sie so hasst.«

Sie zögerte, dann sagte sie: »Ich spreche nicht gern schlecht über andere, aber langsam glaube ich, Mrs Blake ist … nun ja, geistesgestört.«

»Das glaube ich auch, aber da wir keine Beweise haben, sollten wir das besser niemandem sagen. Was ist wohl mit Cassandra passiert?«

Sie sah ihn mit Tränen in den Augen an. »Ich möchte gar nicht darüber nachdenken. Entweder ist sie tot, oder …« Sie wagte es nicht, den Satz zu beenden, aber sie wussten beide, was manchen Frauen angetan wurde, die entführt worden waren. Sie ließ es zu, dass er die Arme um sie legte, dann stimmte sie in sein von Herzen kommendes Gebet für Cassandras Sicherheit ein.

In der folgenden Woche wollte Francis wieder nach Perth, und diesmal gestattete er Reece, ihn zum Grundbuchamt zu begleiten, um in Erfahrung zu bringen, welche Grundstücke zum Verkauf standen oder zu verpachten waren. Dort nannte man ihnen drei Grundstücke, die ihnen geeignet schienen.

»Wir reiten hin, um sie zu besichtigen«, beschloss Francis.

»Ich bin noch nie geritten«, wandte Reece vorsichtig ein. »Aber ich würde es gern lernen.«

»Ich werde es Ihnen mit Vergnügen beibringen. Anfangs werden Sie ein wenig wund sein, aber das ist es wert. Die Straßen hier sind so schlecht, und es gibt keine Eisenbahn, also ist es die schnellste Möglichkeit, sich fortzubewegen. Außerdem werden Sie sich um die Pferde kümmern, wenn wir unser eigenes Land besitzen.«

»Das müssten Sie mir auch beibringen. Aber normalerweise lerne ich schnell, und mit den Tieren auf der Farm meiner Verwandten bin ich gut zurechtgekommen.«

Als sie im Grundbuchamt fertig waren, kauften sie ein paar Pferde, brachten sie zu dem Mietstall, in dem auch Paul seine Tiere untergestellt hatte, und vereinbarten, dass sie dort versorgt wurden, wenn sie nicht gebraucht wurden.

»Morgen besichtigen Reece und ich die Grundstücke«, erzählte Francis seiner Frau und seinen Verwandten, als sie auf der Veranda saßen und Tee tranken.

»Du überarbeitest dich noch, wenn du so viel tust«, sagte Paul.

»Ich glaube, ich komme mit«, sagte Livia.

Die Männer blickten sie überrascht an, Charlotte war geradezu entsetzt.

»Ich glaube nicht, dass das angebracht wäre, meine Liebe«, sagte Francis. »Wir übernachten im Freien.«

»Angebracht oder nicht, ich komme mit. Ich möchte mit entscheiden, wo wir wohnen, und ich möchte mehr von Australien sehen. Also organisiert lieber ein Pferd für mich. Und ich brauche so einen – wie hat Reece es genannt? – Schlafsack.«

»Es könnte regnen«, wandte Paul ein. »Du wirst nass werden.«

»Ich bin doch nicht aus Zucker.«

Sie blickte die anderen so herausfordernd an, dass Francis in Lachen ausbrach. »Also gut.«

Was Reece an den Southerhams am besten gefiel, war, wie sehr sie einander liebten. Er hoffte, Cassandra und er würden eines Tages genauso glücklich zusammen sein.

Kapitel 11

Zwei Tage nach ihrer Unterredung begleitete der Pfarrer die Mädchen persönlich zum Bahnhof, mit grimmiger Miene ging er neben ihnen her. Für ihr Gepäck hatte er einen Wagen geschickt.

Die Leute, denen sie auf der Straße begegneten, wünschten ihnen alles Gute. Einige blieben stehen, um ihnen die Hände zu schütteln und ein paar letzte Worte zu wechseln, aber er trieb sie zur Eile an und rief: »Bitte bleiben Sie zurück!«

Als sie am Bahnhof ankamen, entdeckten sie direkt vor dem Eingang ihre Tante. Sie sprach sie nicht an, folgte ihnen aber weit genug hinein, um sie abreisen zu sehen. Ein selbstgefälliges Lächeln lag auf ihrem Gesicht.

Der Pfarrer blieb bei ihnen und sagte kein Wort, bis der Zug einfuhr. Dann übergab er sie der Obhut einer älteren Frau, die ausgestiegen war, um sie in Empfang zu nehmen.

»Das sind Susan, May und Dora Blake«, erklärte er ihr.

»So heißen wir nicht«, widersprach Pandora sofort.

Die Frau blickte verwirrt von ihnen zum Pfarrer.

Er lief rot an und starrte sie an. »Ihr Vater ließ sie auf äußert unpassende Namen taufen. Wir hielten es für besser, sie zu ändern. Belassen Sie es dabei, sie halten sich sonst noch für etwas Besseres.«

Die Frau führte sie in ihr Abteil, wo schon vier andere junge Frauen saßen. Sie lächelten die Neuankömmlinge müde an, sie sahen dünn und erschöpft aus, als hätten sie schon lange kein anständiges Essen mehr bekommen.

Als der Zug aus dem Bahnhof rollte, brach Maia in Tränen aus.

»Sitz gerade. Verschaff ihr nicht die Genugtuung!«, zischte Pandora. Doch auch ihr standen Tränen in den Augen, als sie mit eiserner Miene einen letzten Blick auf ihre Tante warf, die inzwischen neben dem Pfarrer stand. Sie lächelte immer noch.

»Wie heißt ihr wirklich?«, fragte die Dame, sobald sie den Bahnhof hinter sich gelassen hatten und durch die Landschaft ratterten.

Als sie es ihr sagten, lächelte sie. »Ich finde, das sind sehr schöne Namen. Ich werde dafür sorgen, dass sie auf der Passagierliste des Schiffes korrigiert werden.«

Unter anderen Umständen wären die Schwestern von der langen Bahnfahrt in Teile Englands, die sie noch nie zuvor gesehen hatten, begeistert gewesen, ganz zu schweigen von einem Besuch in der Hauptstadt. Heute jedoch blickten sie müde aus dem Fenster, taten, was man ihnen sagte, und sprachen kaum.

Pandora wechselte ihren Sitzplatz, um die Moore in der Ferne verschwinden zu sehen, die Städten und sanfteren Landschaften wichen.

»Ich hoffe, Cassandra geht es gut«, sagte Maia auf einmal mit leiser Stimme.

Xanthe nahm ihre Hand. »Bestimmt. Es muss ihr gut gehen. Wenn unsere Tante erfährt, dass wir England verlassen haben, lässt sie unsere Schwester gehen. Das hat sie versprochen.«

»Von wem redet ihr?«, fragte die Dame.

»Von unserer Schwester. Sie konnte nicht mitkommen. Sie wollte, aber unsere Tante ließ sie nicht.«

»Ihr werdet ihr schreiben können.«

Wieder brach Maia in Tränen aus.

Cassandra starrte teilnahmslos auf das heruntergebrannte Feuer im Kamin des Zimmers, in dem man sie gefangen hielt. Ständig war irgendeine Frau bei ihr, aber keine sprach mit ihr, obwohl eine oder zwei sie mitfühlend ansahen. Sie fühlte sich elend und konnte nachts nicht richtig schlafen, schreckte wimmernd aus Albträumen auf, in denen sie sich gegen brutale Männer zur Wehr setzen musste.

Wie lange war sie schon hier? Sie wusste es nicht, konnte nicht mehr klar denken. Und sie zitterte jedes Mal, wenn *dieser Mann* hereinkam, um zu sehen, ob sie noch da war, was er mehrmals am Tag tat.

Die Tür ging auf und Jane entließ die Frau, die gerade bei ihr gewesen war, mit einem Nicken. »Morgen früh reist du ab.«

»Wohin denn? Was werden sie mir als Nächstes antun?«

»Das weiß ich nicht. Heute Abend besucht dich die Dame, die das alles arrangiert hat.«

Es war, als ob Cassandras Gehirn plötzlich wieder funktionierte. »Das ist meine Tante.«

»Deine Tante?«

»Ja. Sie hasst mich, sie hasst uns alle.«

»Nun, du solltest kein Wort darüber verlieren. Wenn du jemandem verrätst, wer sie ist, lässt sie dich umbringen. Und wenn du meinen Rat hören willst, solltest du besser nichts sagen außer Ja und Nein, wenn sie dich anspricht. Sie ist … nicht besonders nett, und sie hat genug Geld, dass die Leute tun, was sie will.« Jane zögerte und fügte hinzu: »Wenn du irgendwem verrätst, was ich dir nun sage, dann lasse ich *ihn* noch einmal zu dir, bevor du gehst.«

Cassandra schauderte und beteuerte hastig: »Das werde ich nicht. Versprochen. Das werde ich nicht.«

»Ich finde, du solltest wissen, dass deine Schwestern England bereits verlassen haben. Sie hat sie nach Australien geschickt.«

Auf einmal drehte sich das ganze Zimmer um Cassandra, und sie bekam keine Luft mehr.

»Die ganze Stadt weiß, dass sie etwa sechzig junge Frauen

aus Lancashire, die keine Familie mehr haben, nach Australien schicken. Anscheinend brauchen sie dort Dienstmädchen. Und deine Schwestern sind auch dabei.«

»*Meine Schwestern haben das Land verlassen?*« Sie wollte schreien und protestieren, ihr Gegenüber bitten zu sagen, dass es nicht wahr sei. Mit äußerster Selbstbeherrschung sagte sie schließlich ruhig: »Ich verstehe nicht, warum sie mich nicht mitgeschickt hat.«

»Ich auch nicht. Ich hätte es dir wirklich nicht erzählen sollen. Du wirst es nie für dich behalten können.«

Es war, als hätten sich die Apathie und Trägheit, die Cassandra in den letzten Tagen wie eine Wolke umgeben hatten, plötzlich aufgelöst. »Ich sage kein Wort, das verspreche ich Ihnen, Jane. Und ich bin dankbar für diese Information. Sehr dankbar. Es wird mir helfen, mich zu beherrschen, wenn sie mich verhöhnt.«

»Mehr kann ich leider nicht für dich tun. Ich muss an meine eigene Sicherheit denken.«

Eine der anderen Frauen kam zurück, um sie zu bewachen, und Cassandra fühlte sich an eine dieser griechischen Tragödien erinnert, die ihr Vater so sehr geliebt hatte. Erst jetzt verstand sie, wie tief solche Ereignisse die Menschen trafen, wie sehr einen die Dinge, die einem widerfuhren, innerlich verletzen konnten.

Und sie wusste immer noch nicht, was aus ihr werden sollte, ob es eine Tragödie sein würde, die mit dem Tod endete – oder ob ihre Tante etwas anderes für sie geplant hatte. Was auch immer es war, es war sicher nichts Schönes. Das war ihr klar.

Als ihre Tante hereingeführt wurde, schwieg Cassandra.

Mit triumphierendem Blick setzte Isabel sich. Ohne ihre Nichte aus den Augen zu lassen, richtete sie ihre üppigen schwarzen Röcke und lehnte sich auf ihrem Stuhl zurück.

»Lass uns allein«, sagte sie zu Jane.

Nachdem sich die Tür geschlossen hatte, wandte sie sich wieder Cassandra zu. »Wenn du am Leben bleiben willst, wirst du genau das tun, was ich dir sage. Deine Schwestern waren klug genug, mir zu gehorchen.«

Cassandra fand, es würde einen besseren Eindruck machen, etwas zu sagen, also tat sie es. »Was meinst du damit? Was ist mit meinen Schwestern passiert?«

»Sie sind auf dem Weg nach Australien. Ich bin sie ein für alle Mal losgeworden.«

Cassandra keuchte auf, murmelte »Oh, nein!« und schlug sich die Hände vors Gesicht. Sie war froh, dass Jane ihr bereits davon erzählt hatte, sodass sie sich hatte überlegen können, wie sie reagieren würde.

»Jetzt muss ich nur noch dich loswerden.«

Cassandra tat so, als würde sie sich Tränen vom Gesicht wischen, und stellte fest, dass da tatsächlich Tränen waren. Sie sah zu ihrer Tante auf. »Willst du mich umbringen lassen?«

»Nein. Das wäre zu einfach.« Sie wartete und genoss ganz eindeutig ihre Macht.

»Was hast du mit mir vor? Schickst du mich auch nach Australien?«

»Nein. Du bist die Schlimmste von allen und hast diese Chance nicht verdient. Du bleibst in Manchester und musst dein Bestes geben, um deinen Lebensunterhalt zu verdienen. Es wird dir bestimmt gefallen, auf die Straße zu gehen. Ich habe gesehen, wie du dich auf dem Friedhof an diesen Mann gepresst hast, du Hure! Nein, sag nichts. Hör einfach zu.« Sie beugte sich vor und sagte langsam und deutlich: »Wenn du *jemals* wieder nach Outham kommst, lasse ich dich töten. Diese Leute tun alles, was ich verlange, wenn ich sie dafür bezahle.« Sie lachte laut und lange, hickste und verschluckte sich, als könnte sie überhaupt nicht mehr aufhören zu lachen.

Cassandra und ihre Schwestern hatten schon den Verdacht gehegt, dass ihre Tante ihren Mann hatte ermorden lassen, und als sie nun den Ausdruck auf dem Gesicht der älteren Frau sah, war sie sich dessen sicher.

»Also? Flehst du mich gar nicht an, dich zu deinen Schwestern zu schicken?«

»Würde es etwas nützen?«

»Nein.« Isabel lächelte.

»Wie hast du sie zum Gehen überredet?«

»Ich habe ihnen deine Haare gezeigt und gesagt, als Nächstes sei dein Daumen dran.« Sie lachte über den schockierten Blick ihrer Nichte, ein weiteres schrilles Lachen, aber es brach unvermittelt ab, als Isabel sich eine Hand vor den Mund schlug und etwas murmelte.

Cassandra betete um die Kraft zu schweigen und fragte sich, wie lange die Verhöhnung noch andauern würde.

»Die Männer werden morgen Nachmittag zu dir kommen«, fuhr die hasserfüllte, schadenfrohe Stimme fort, »und dich nach Manchester bringen. Dort lassen sie dich zurück mit nichts als den Kleidern, die du am Leib trägst.«

Sie blickte auf ihre Taschenuhr und stand auf. »Nun, ich muss gehen. Mein Dienstmädchen fragt sich sicher schon, wo ich bleibe.«

Sie drehte den Türknauf. »Ich werde mich an den Anblick deines Gesichtes heute erinnern, an den Schrecken darauf und wie blass du bist. Und ich werde diese Erinnerung genießen, während ich mein komfortables Leben lebe und meinen Laden führe.«

Sie ging ohne ein weiteres Wort.

Als eine der anderen Frauen zu ihr zurückkam, schloss Cassandra die Augen und versuchte nachzudenken. Sie konnte immer noch nicht glauben, dass das alles wirklich geschah, dass ihre Tante zu solchen Dingen fähig war. Es war wie einer dieser Schauerromane aus der Bibliothek, nur ohne die Spukschlösser und Geister. Es war sogar noch viel schlimmer als diese Geschichten, denn es war wahr – schrecklich, schmerzhaft wahr.

Warum bemerkte niemand, dass ihre Tante verrückt war? Ihr Onkel hatte es ganz sicher gewusst. Hatte er deshalb sterben müssen?

Und wie sollte Cassandra ganz allein in Manchester zurechtkommen?

Nachdem Pete die alte Hexe hinausgeführt und die Guinee eingesteckt hatte, die sie ihm jedes Mal gab, ging er zu Jane. »Ich soll deinen Gast nach Manchester bringen und sie auf der Straße zurücklassen, mit nichts als den Kleidern, die sie am Leib trägt.«

»Armes Ding.«

»Eine echte Verschwendung, wenn du mich fragst. Sie sieht nicht schlecht aus und ist fast noch Jungfrau.« Er lachte herzlich über seinen eigenen Witz. »Ich verstehe nicht, warum ich nicht ein wenig mehr Profit aus ihr schlagen sollte. Es gibt Hurenhäuser, die für eine junge Frau wie sie gutes Geld bezahlen würden.«

»An ein solches Etablissement würdest du sie nicht verkaufen!«

»Natürlich würde ich das. Sie ist mindestens zehn Guineen wert, vielleicht sogar mehr. Ich möchte, dass du ihr etwas Schöneres zum Anziehen heraussuchst, etwas, das ihre Vorzüge betont.«

»In Ordnung. Aber ich möchte einen Anteil vom Erlös.«

Er lächelte. »Ich gebe dir zwei Guineen, mehr nicht.«

»Du bist ein gemeiner Kerl.«

»Du bist auch nicht besser. Für Geld tust du alles.«

»Ich lege eben Wert auf Annehmlichkeiten.«

Jane kam in den Raum und entließ erneut die Frau, die Cassandra bewachte. »Hör gut zu.« Sie erklärte, was Pete vorhatte.

»Eher bringe ich mich um.«

»Das lassen sie nicht zu, wenn sie dich erst einmal an einen dieser Orte gebracht haben. Sie haben Mittel und Wege, junge Frauen, die sich nicht benehmen, gefügig zu machen. Sie setzen sie unter Drogen oder schlagen sie, bis sie um Gnade betteln.«

»Und Sie lassen zu, dass Pete das mit mir macht?«

Jane blickte zur Tür und hob ein wenig die Stimme. »Ich werde ihn nicht davon abhalten können, also kann ich genauso gut selbst etwas zusätzliches Geld einstreichen. Also, ich werde dir ein paar schöne Sachen zum Anziehen suchen, nicht diese Lumpen. Wenn du hübsch aussiehst und dich benimmst, wirst du besser behandelt.«

Cassandra sah sie entsetzt an, ihr war schlecht vor Schreck. Sie hatte gedacht, sie hätte schon das Schlimmste hinter sich, was einer Frau widerfahren konnte, aber offensichtlich kam es nur noch schlimmer.

Zwei Stunden später brachte eine der jungen Bediensteten ein Tablett mit Essen nach oben, und Jane folgte ihr mit einem Berg von Kleidern. Sie wartete, bis sie allein waren, dann näherte sie sich Cassandra und flüsterte, während sie ein Stück Kuchen vom Tablett nahm: »Wenn du fliehen willst, ist jetzt der richtige Zeitpunkt.«

Cassandra sah sie verwirrt an. War das bloß ein weiterer Versuch, sie auszutricksen?

»Nimm dir etwas zu essen. Du musst bei Kräften bleiben«, sagte Jane laut, dann senkte sie die Stimme und fügte hinzu: »Kannst du irgendwo hin, hast du jemanden, der dich versteckt, bis du die Stadt verlassen kannst?«

Cassandra nickte.

»Wenn ich dir ein Zeichen gebe, musst du mir fest auf den Kopf schlagen und von hier verschwinden.«

»Ich kann Sie nicht *schlagen.*«

»Mmm. Der Kuchen ist gut«, sagte Jane laut und flüsterte dann mit dem Mund voller Krümel: »Wenn du es nicht tust, lasse ich dich nicht entkommen. Wenn sie nur den leisesten Verdacht hegen, dass ich dir geholfen habe, lassen sie mich dafür bezahlen. Du musst mich fest schlagen, und dann tue ich so, als wäre ich bewusstlos.«

Cassandra schluckte einen Bissen Kuchen hinunter, der sich in ihrer Kehle wie Schotter anfühlte. »In Ordnung.«

Jane nahm noch ein Stück. »Sobald du aus dem Raum bist, wende dich nach links und nimm die Hintertreppe. Danach liegt es an dir. Ich kann nicht sagen, ob die Treppe frei ist, aber ich kann dir wenigstens eine Chance geben, hier wegzukommen.« Mit lauterer Stimme befahl sie dann: »Iss auf! Wir wollen doch nicht, dass du ohnmächtig wirst.«

Cassandra nahm noch einen Mund voll und nickte dabei.

Wieder ein Flüstern. »Eins noch. Wenn du geflohen bist, bleib in deinem Versteck. Versuch nicht, die Polizei da hineinzuziehen. Sie werden eher deiner Tante glauben als dir. Sie ist mit diesem fetten Pfarrer befreundet, und er glaubt alles, was sie ihm erzählt.«

»Das würde bedeuten, dass sie ungeschoren davonkommt.«

»Leute wie sie kommen immer ungeschoren davon, besonders Frauen, die so ehrbar erscheinen. Du solltest mal die *Gentlemen* sehen, die zu uns kommen. Einige sind hochrangige Kirchenmänner. Aber wir haben jetzt keine Zeit zum Streiten. Iss noch etwas, und dann läute ich, damit das Tablett weggebracht wird.«

»Ich habe keinen Hunger.«

»Du weißt nicht, wann du das nächste Mal etwas bekommst. Iss.«

Jane hielt dem Dienstmädchen, das das Tablett wegräumte, die Tür auf und sagte laut, bevor sie sie wieder schloss: »Jetzt zieh dir diese Sachen an. Ich habe es satt, dich in Lumpen zu sehen.« Sie schloss die Tür bis auf einen Spalt und lauschte aufmerksam, als sie hindurchblinzelte. »Gut. Er ist weg. Aber er wird zurückkommen. Also mach schnell.«

Cassandra zog sich aus und blickte nervös zur Tür. Das Mieder, das sie bekommen hatte, war tief ausgeschnitten, und sie zögerte, es anzuziehen.

»Beeil dich, bevor ich meine Großzügigkeit bereue.« Jane war wieder an der Tür und hielt Wache. Als Cassandra angezogen war, kam sie zu ihr. »Jetzt schlag mich von hinten, damit ich es nicht kommen sehe. Schnell, bevor ich meine Meinung ändere.«

Cassandra griff nach einem Kerzenhalter und schlug ihn Jane auf den Kopf, die auf dem Boden zusammensackte und sich nicht mehr rührte. Sie blickte auf sich hinunter, erschrocken vom Anblick ihrer halb entblößten Brüste. So konnte sie unmöglich hinausgehen. Sie zog Jane das Umschlagtuch von den Schultern, doch sie rührte sich nicht. Draußen auf der Straße würde Cassandra es sich um den Kopf schlingen, um die kurzen Haare zu verbergen, die die Leute zweifellos bemerken würden. Aber hier drinnen musste sie aussehen wie alle anderen, also legte sie sich das Tuch über einen Arm.

Mit einem letzten bedauernden Blick auf Jane eilte sie zur Tür. Sie lauschte, um sicherzugehen, dass niemand draußen war, öffnete sie ein Stück und warf einen Blick in den Flur, dann schlüpfte sie hinaus und die schmale Hintertreppe hinunter. Am Fuß der Treppe öffnete sie die Tür zwischen Hintertreppe und der nächsten Etage. Sie hörte Stimmen und wich zurück, bevor sie wieder durch den Türspalt spähte.

Ein Mann kam vorbei, begrapschte eine junge Frau, und sie verschwanden in einem Zimmer.

Cassandras Herz klopfte so heftig, dass sie kaum atmen konnte. Sie vergewisserte sich, dass niemand sonst vorbeikam, bevor sie den nächsten Treppenabsatz hinunterschlich. Diesmal gab es dort keine Tür, und zu ihrem Entsetzen trat gerade ein Mann aus einem Raum, als sie am Treppenabsatz ankam. Irgendwie gelang es ihr, ein Lächeln aufzusetzen und an ihm vorbeizugehen, als gehörte sie hierher.

Er schlenderte die Vordertreppe hinunter und würdigte sie keines weiteren Blickes. Von unten hörte sie Stimmen und Gelächter. Die Geräusche hallten in ihrem Kopf wider, für einen Augenblick stand sie wie erstarrt und wagte es nicht weiterzugehen. Dann riss sie sich zusammen und eilte auch die letzte Treppe hinunter.

Unten hielt sie wieder inne, um sich zu orientieren. Auf der einen Seite befand sich die Küche, wo emsige Betriebsamkeit herrschte. Ein erschöpft aussehender Mann schenkte Wein in Gläser, in einer Ecke zapfte eine alte Frau einen Krug Bier aus einem Fass. Sie sahen sie, schenkten ihr aber keine Beachtung.

Von draußen kam eine junge Frau in die Küche und sagte: »So ist es besser. Ich wäre fast geplatzt.«

Cassandra nahm an, dass die Tür zum Abort führte. Am liebsten wäre sie gerannt, aber sie zwang sich, langsam darauf zuzugehen. Als sie die schwere Außentür öffnete und hinaustrat, hätte sie vor Erleichterung beinahe aufgeschluchzt, weil niemand versucht hatte, sie aufzuhalten.

Die kalte Nachtluft machte ihren Geist wacher, und als sich eine weitere Tür an der Vorderseite des Gebäudes öffnete, eilte sie rasch über den Hof in den Schatten. Dort wartete sie, bis ein Mann zu einem flachen Gebäude hinübergegangen war, das nach dem Abort roch.

Sie ging in die gleiche Richtung, öffnete aber das Hintertor und huschte hinaus in die schmale Gasse zwischen den Häuserreihen. Erst jetzt erlaubte sie sich zu rennen, sie keuchte und taumelte wie eine Betrunkene.

An der Ecke, wo die Gasse auf die nächste Straße traf, hielt sie atemlos inne. Sie erkannte, wo sie sich befand, schlang sich das Tuch fest um den Kopf und die Schultern und machte sich auf den Weg durch die Straßen. Der Rock war weiter, als sie es gewohnt war, die Unterröcke wippten bei jedem Schritt, und sie hatte schreckliche Angst, jemandem zu begegnen, den sie kannte. Oder schlimmer noch, jemandem zu begegnen, der sie für eine Dirne hielt. Sie war sich sicher, dass sie wie eine aussah.

Sie wollte zu den Raineys. Sie würden ihr helfen, und ihre Schwestern hatten ihr sicher eine Nachricht hinterlassen … wenn sie dazu die Gelegenheit bekommen hatten.

Sie hatte keine Ahnung, was sie danach tun sollte, wohin sie gehen sollte, aber sie glaubte Jane, dass es nicht sicher wäre, zur Polizei zu gehen. Sie wollte so weit wie möglich weg von Outham. Und eines Tages, irgendwie, würde sie ihre Schwestern wiederfinden.

In der Emigrantenherberge saß Pandora am Fenster des großen Schlafsaals, in dem die allein reisenden Frauen untergebracht waren. Sie war immer noch verärgert über die beschämende Untersuchung, der sie sich hatte unterziehen müssen. Aber es hatte keinen Sinn, sich zu beschweren. Sie waren nun einmal hier, und es war besser, zu tun, was man von ihnen verlangte, und kein Aufheben zu machen.

»Glaubt ihr, sie haben sie schon gehen lassen?«, fragte Maia neben ihr.

»Nein. Unsere Tante sagte, das würden sie erst tun, wenn unser Schiff abgelegt hat.«

»Glaubst du ihr, dass sie Cassandra kein Leid zufügen wird?«

»Ich weiß es nicht. Manchmal glaube ich ihr, manchmal nicht. Wir hatten keine Wahl, als zu tun, was sie befohlen hat. Ich bin mir ziemlich sicher, dass sie ihre Drohung wahr gemacht und Cassandra den Daumen abgeschnitten hätte.«

»Sie hätte es eigenhändig getan, ohne mit der Wimper zu zucken. Sie ist … sehr seltsam.«

»Verrückt meinst du wohl.«

»Ja.«

Eine Gruppe junger Frauen, die in den Stockbetten auf der gegenüberliegenden Seite des Raumes lagen, brach in lautes Gelächter aus. Andere saßen still da. Einige waren so dünn, dass es erstaunlich war, dass sie überhaupt noch laufen konnten, und obwohl das Essen unappetitlich war, fielen sie wie Wölfe über das Abendessen her und aßen jeden Krümel auf ihren Tellern, Knorpel und Fett eingeschlossen.

Ungefähr sechzig junge Frauen sollten auf der *Tartar* segeln, wurde ihnen gesagt, einschließlich der drei Schwestern. Es würde etwa drei Monate dauern, bis sie in Australien ankämen.

Das Schlimmste war, dass sie nicht wussten, ob ihre älteste Schwester in Sicherheit war.

Kapitel 12

Auf halbem Wege zum Haus des Pastors erinnerte sich Cassandra an das Geld und das Medaillon, das sie im Cottage versteckt hatte. Sie hatte es für einen Notfall aufbewahrt, wie Mrs Southerham vorgeschlagen hatte, und das war ganz eindeutig einer. Es musste noch da sein.

Konnte sie es holen? Sollte sie es wagen?

Sie atmete tief und zitternd ein. Sie musste es versuchen. Ohne Geld war sie völlig hilflos.

Sie wechselte die Richtung und ging auf das Cottage zu. Sie blieb im Schatten, ihre Füße in den weichen Hausschuhen machten keinen Laut, außer als sie versehentlich in eine Pfütze trat. Es erschien ihr so unwichtig, ob ihre Füße nass wurden oder nicht, dass sie sich nicht die Mühe machte, weiteren Pfützen auszuweichen. Das Wichtigste war, so schnell wie möglich das Geld zu holen und zum Haus des Pastors zu gelangen, bevor jemand bemerkte, dass sie verschwunden war.

Im Cottage war es dunkel. War es schon wieder vermietet? Schliefen da drinnen Leute? Wenn ja, war das Geld für sie verloren.

Von der Straße aus blickte sie durchs Fenster hinein, konnte aber nichts erkennen, da der schmale Halbmond hinter einigen Wolken verschwunden war. Die Luft war feucht und versprach mehr Regen. Tief durchatmend schlich sie nach hinten und tastete auf dem Sturz über der Hintertür nach dem Ersatzschlüssel, den sie dort aufbewahrt hatten. Aber er war nicht mehr da. Sie tastete ein zweites Mal am Sturz entlang, ohne Erfolg.

Bedeutete das, dass hier wieder jemand lebte?

Sollte sie aufgeben? Nein. Es war ihr Geld, und sie brauchte es dringend. Bei diesem Gedanken straffte sie den Rücken. Sie nahm einen Stein, wickelte ihn in ihr Umschlagtuch, um das Geräusch zu dämpfen, und schlug damit das Küchenfenster ein. Trotzdem kam ihr das Geräusch des zersplitternden Glases ohrenbetäubend laut vor, und sie hielt einen Augenblick inne, bevor sie sich wieder bewegte, nur für den Fall, dass jemand im Haus war.

Aber niemand kam, um nachzusehen. Vorsichtig schüttelte sie ihr Tuch aus, um die Glasscherben loszuwerden, dann griff sie nach dem Fenstergriff. Sie schnitt sich an einem Glassplitter, trotzdem gelang es ihr, das Fenster zu öffnen. Blut rann ihr warm den Arm hinunter, aber sie ignorierte es.

Sie trug eine alte Holzwanne zum Fenster hinüber, kletterte darauf und quetschte sich mühsam durch die kleine Öffnung. Sie landete auf dem Waschbecken und stieß sich die Hüfte an dem tropfenden Wasserhahn.

Erleichterung durchfuhr sie, als sie sich umsah. Sie entdeckte keine Möbel, also musste das Haus leer sein. Aber um ganz sicherzugehen, wartete sie noch einen Augenblick.

Über sich hörte sie das leise Trappeln einer Ratte, dann knarrte ein Dielenbrett, und sie erstarrte vor Angst. Das Herz hämmerte heftig in ihrer Brust, während sie lauschte, aber sie hörte keine anderen Geräusche, die auf Menschen hingedeutet hätten. Dielenbretter knarren ständig, beruhigte sie sich selbst. Wenn hier keine Möbel standen, war auch niemand hier. Das musste sie einfach glauben.

Möglichst geräuschlos schlich sie hinüber zur Treppe und stieg langsam hinauf, alle ihre Sinne in Alarmbereitschaft.

Die zweite Treppe hinauf zum großen Zimmer unter dem Dach war noch schwieriger zu erklimmen. Hier war es so dunkel, dass sie nicht bemerkt hätte, wenn oben jemand gestanden hätte. Sie zuckte vor Schreck zusammen, als eine Stufe unter ihrem Fuß knarrte, und presste sich eine Hand auf die Brust, als könnte das ihr pochendes Herz beruhigen.

Als sie ihr ehemaliges Zimmer betrat, stiegen ihr Tränen in die Augen. Sie hatte hier nur ein paar Nächte geschlafen, aber sie hatte dieses Zimmer geliebt.

Dummkopf!, schalt sie sich selbst. *Bring das hier schnell hinter dich.* Wenn sie herausgefunden hatten, dass sie entkommen war, waren sie schon längst auf der Suche nach ihr. Sie hatte nicht viel Zeit, um ein Versteck zu finden.

Sie ging zu dem losen Dielenbrett in der Ecke und versuchte, es anzuheben. Ohne Werkzeug war es nicht so einfach, aber in ihrer Verzweiflung benutzte sie ihre Fingernägel als Hebel, und es war ihr egal, dass sie abbrachen und sich Splitter in ihre Finger bohrten. Es gelang ihr, das Brett gerade weit genug anzuheben, um den kleinen Lederbeutel mit dem Geld und das Medaillon herauszuziehen. Sie presste sich beides gegen die Brust, einen Augenblick lang war sie beinahe starr vor Erleichterung.

Was war los mit ihr, dass sie hier herumstand wie eine Närrin? Sie sollte sich beeilen. Sie hängte sich das Medaillon um den Hals und stopfte den Beutel zwischen ihre Brüste. Dann drehte sie sich um und verließ das Haus. Noch immer versuchte sie, kein Geräusch zu machen, obwohl sie jetzt wusste, dass niemand hier war.

So schnell sie konnte, ohne zu rennen, denn das hätte verdächtig ausgesehen, eilte sie durch die Straßen, und als sie das Haus des Pastors erreichte, ohne jemandem zu begegnen, hätte sie vor Erleichterung am liebsten geschluchzt.

Sie wagte es nicht, an die Tür zu klopfen, denn das hätte das Hausmädchen aufgeweckt, aber sie wusste, welches das Schlafzimmer der Raineys war, also warf sie Erdklumpen aus dem Blumenbeet gegen das Fenster. Jemand trat ans Fenster und schaute hinaus. Etwas zu rufen erschien ihr zu gefährlich, also blickte sie auf und winkte und hoffte, wer auch immer es war, würde sie erkennen.

Der Mond schien gerade hell genug, um den blassen Umriss eines Gesichts erkennen zu lassen. Mr Rainey, nahm sie an. Sie legte sich einen zitternden Finger auf die Lippen in der Hoffnung, dass er es bemerkte und verstand, dass er still sein musste.

Er winkte mit einer Hand und verschwand.

Es kam ihr vor wie eine Ewigkeit, bis sich die Haustür öffnete, und sie fragte sich, ob man ihr nach allem, was mit ihr geschehen war, überhaupt noch helfen würde. Die Leute nannten Frauen, die von Männern auf diese abscheuliche Weise benutzt wurden, »gefallene Mädchen«. War man auch ein gefallenes Mädchen, wenn man dazu gezwungen worden war? Sie wusste es nicht. Sie musste jetzt einen klaren Kopf bewahren.

Als sie hörte, wie der Riegel zurückgeschoben und der Schlüssel im Schloss herumgedreht wurde, stolperte sie über die Schwelle, sie fühlte sich schwindlig.

»Erzählen Sie niemandem, dass ich hier bin.« Sie begann zu schluchzen und presste sich die Enden ihres Umschlagtuches vor den Mund. Sie zitterte am ganzen Körper.

War sie jetzt in Sicherheit? Würden sie ihr helfen?

Wenn nicht, hätte sie keine Kraft mehr, um weiterzumachen. Sie wusste nicht, an wen sie sich sonst wenden sollte.

Mrs Rainey sah sie an und legte ihr einen Arm um die Schultern. »Armes Ding. Was ist passiert? Gerald, mach die Gaslampen an.«

»Nein, bitte nicht. Die Leute, die mich gefangen gehalten haben, werden verstehen, dass ich hierhergekommen bin, wenn sie mitten in der Nacht das Licht sehen.«

»Sie würden es nicht wagen, in mein Haus einzubrechen!«, widersprach Mr Rainey.

»Nein, aber vielleicht würden sie drauf warten, dass ich es verlasse, mir folgen und mich später schnappen.«

»Ich glaube nicht, dass sie das Risiko eingehen würden.«

»Ich habe ihre Gesichter gesehen. Sie wollen sicher dafür sorgen, dass ich niemandem erzählen kann, wer sie sind.«

»Wir müssen nach der Polizei schicken. Die werden wissen, was zu tun ist.«

»Ich kann nichts *beweisen.* Meine Tante wird behaupten, ich sei lasterhaft und aus freien Stücken an diesen Ort gegangen, ich weiß es einfach. Die Person, die mir geholfen hat zu entkommen, sagte, wenn mir mein Leben lieb sei, solle ich einfach ... verschwinden. Aber ich weiß nicht, wohin ich gehen soll. Ich möchte zu meinen Schwestern, aber sie hat sie nach Australien geschickt.« Wieder brach sie völlig verzweifelt in Tränen aus.

Mrs Rainey tätschelte ihr den Arm. »Schsch. Nicht weinen. Wir finden etwas, wohin Sie gehen können.«

»Und Sie erzählen niemandem, dass ich hier bin?«

»Wir müssen es unserem Hausmädchen erzählen. Vor Phyllis kann man nichts geheim halten. Aber sie ist seit zwanzig Jahren bei uns und hat unser Vertrauen kein einziges Mal missbraucht.«

Vor Cassandras innerem Auge erschien das Bild des älteren Hausmädchens, das immer ganz allein in einer der hinteren Bänke der Kirche saß, ganz ordentlich und anständig, mit einem Blick, als missbilligte sie die ganze Welt. »Sie wird mir nicht helfen wollen, wenn sie weiß, wo ich war.«

»Erzählen Sie es uns.«

Es fiel ihr schwer, und ihre Stimme brach, als sie ihnen erzählte, was man ihr angetan hatte.

Nach etwa der Hälfte der Erzählung löste Mrs Rainey Cassandras Hand, die sich in den Stoff ihres Rockes krallte, und hielt sie fest, bis sie aufhörte zu reden. »Haben Sie geglaubt, wir würden Sie wegen etwas abweisen, das nicht Ihre Schuld ist?«

Sie konnte nur nicken.

Mrs Rainey streichelte ihr über die kurzen Haare. »Sie irren sich. Nicht wahr, Gerald?«

Er antwortete nicht sofort, und Cassandra wartete mit angehaltenem Atem, aber endlich sagte er: »Wir würden niemals jemanden abweisen.«

»Und Phyllis wird auch helfen wollen, meine Liebe, das verspreche ich Ihnen. Ich werde sie jetzt wecken, damit sie sich mit mir zusammen um Sie kümmern kann.«

Während seine Frau weg war, stand Mr Rainey schweigend vor dem Kamin und blickte Cassandra traurig an. Als er bemerkte, dass sie ihn ansah, schaute er auf seine Füße, als wüsste er nicht, was er sagen sollte.

Wenn nicht einmal *er* es über sich brachte, mit ihr zu sprechen oder ihr in die Augen zu sehen, wie würden sich dann erst die anderen verhalten? Nur wenige Menschen waren so warmherzig und fürsorglich wie seine Frau.

Mrs Rainey und das Hausmädchen kamen wieder nach unten, und Phyllis sagte schroff: »Es ist genug warmes Wasser für ein schnelles Bad da, wenn Sie möchten. Ich brauche keine Lampe, um mich in meiner eigenen Küche zurechtzufinden.«

»Ja, bitte. Oh ja! Ich möchte nichts lieber als ein Bad – und aus diesen schrecklichen Sachen herauszukommen.«

Dass Phyllis ihr helfen wollte, anstatt sie zu verachten, machte Cassandra zum ersten Mal wieder Hoffnung. Sie ließ sich von den beiden Frauen in die Küche führen, und im Licht des Mondes holten sie die Zinnbadewanne aus der Spülküche und füllten sie.

Als sie im warmen Wasser lag, war sie froh darüber, dass es so dunkel war, denn sie konnte nicht verhindern, dass ihr immer noch Tränen die Wangen hinabrannen. Wo kamen all diese Tränen nur her? Würden sie jemals enden?

Die Stimme von Mrs Rainey riss sie aus ihren Gedanken. »Sie sollten jetzt besser herauskommen, meine Liebe. Das Wasser wird kalt.«

Sie gehorchte ohne Widerworte und war überrascht, dass man ihr Nachtwäsche anbot. Sie hatte gar nicht bemerkt, dass eine der beiden den Raum verlassen hatte, um sie zu holen.

Nachdem sie ihr in ein Nachthemd aus Flanell geholfen und ihr ein weiches Tuch um die Schultern geschlungen hatten, das nach frischer Luft und Sonnenschein roch, nahmen sie sie mit ins Dachgeschoss und machten das Bett in dem unbewohnten Zimmer, das für ein zweites Dienstmädchen bestimmt war.

Sie legte sich hinein und fühlte sich, als wären alle ihre Glieder aus Blei.

»Niemand wird erfahren, dass Sie hier sind.« Mrs Rainey strich ihr mit einer Hand über die Stirn. »Und ich habe Ihr Geld und das Medaillon mit heraufgebracht. Sie möchten sicher wissen, dass das in Sicherheit ist.«

»Danke. Ich …« Sie schluckte und wusste nicht, wie sie ihre Erleichterung darüber, dass sie sie nicht abgewiesen hatten, in Worte fassen sollte.

»Schsch. Versuchen Sie, etwas zu schlafen. Und wenn Sie aufwachen, bleiben Sie hier oben, denn häufig kommen Leute an die Küchentür. Phyllis oder ich bringen Ihnen, was Sie brauchen. Jetzt erst einmal gute Nacht.«

Als sie weg war, wandte sich Cassandra an das Hausmädchen. »Es tut mir leid. Ich will Ihnen keine Umstände machen.«

»Ich helfe Ihnen gerne«, sagte sie schroff. Sie drückte Cassandra fest die Schulter. »Ich würde diese Teufel persönlich erschießen, wenn ich ein Gewehr hätte. Wie kann man eine anständige junge Frau nur so behandeln! Die Menschen erfinden vielleicht Eisenbahnen und wer weiß was alles, aber sie haben noch keine Möglichkeit gefunden, all das Böse zu beenden. Das ist es, wofür ich in der Kirche bete. Dass diese Bosheit aufhört.«

Die Worte trösteten Cassandra. Keine der beiden Frauen war vor ihr zurückgeschreckt. Sie hatte geglaubt, sie würden sie verachten … nach alledem.

Doch sie fühlte sich immer noch schmutzig, selbst nach dem Bad. Das Wort »besudelt« kam ihr in den Sinn, und es beschrieb haargenau, wie sie sich fühlte. Sie schluckte die Tränen hinunter, kuschelte sich ein und zog die weiche Decke bis zum Kinn hoch.

Sie hatte erwartet, dass ihr das Einschlafen schwerfallen würde, aber sie war so müde, dass ihr die Augen wie von selbst zufielen.

Jane lag auf dem Boden, aber einen Moment lang verstand sie nicht, warum. Dann erinnerte sie sich, und als sie den Kopf bewegte, zuckte sie vor Schmerz zusammen. Cassandra musste so fest zugeschlagen haben, dass sie ohnmächtig geworden war. Manche würden es für eine Dummheit halten, dass sie ihrer Gefangenen bei der Flucht geholfen hatte. Aber sie ertrug es einfach nicht, wenn Männer Frauen verkauften, als wären sie Spielzeug. Es war eine Sache, sich aus freien Stücken für ein Leben wie dieses zu entscheiden, und für sie war es der einzige Weg gewesen, einem Leben in Armut zu entkommen. Aber es war etwas ganz anderes, wenn man dazu gezwungen und für das, was man tat, nicht einmal bezahlt wurde. Das war einfach falsch.

Ihr Schädel pochte, aber sie wagte es nicht, sich zu rühren. Sie wünschte, sie würden sich beeilen und sie endlich finden.

Es kam ihr vor wie eine Ewigkeit, bis endlich die Tür aufging.

Eine Männerstimme rief: »Was zum Teufel …?«, und jemand kniete neben ihr nieder. »Jane!« Er rollte sie so unsanft auf den Rücken, wie er in letzter Zeit alles tat, und murmelte:

»Sie ist am Leben, immerhin.« Dann, nach einer Pause: »Die Schlampe ist entkommen. Na, weit kann sie nicht sein.«

Jane beschloss, es sei an der Zeit, das Bewusstsein wiederzuerlangen. Sie stöhnte.

Sofort war er wieder neben ihr. »Was ist passiert?«

Sie blinzelte, sah ihn an und schloss die Augen wieder.

Er schüttelte sie. »Wach auf, verdammt!«

Sie stöhnte lautstark. »Mein Kopf tut weh. Was ist passiert?«

»Das frage ich *dich!* Wo ist das Mädchen, auf das du für mich aufpassen solltest?«

Jane erschien es vernünftiger, einfach zu stöhnen, anstatt sich an einer Antwort zu versuchen.

Jemand anders kam in den Raum und kreischte. *Gott sei Dank*, dachte Jane.

Das Mädchen, das als Nächste an der Reihe gewesen wäre, Cassandra zu bewachen, eilte herüber und half ihr, sich aufzusetzen. Als Pete erneut versuchte, sie zu befragen, wies die Hinzugekommene ihn zurecht: »Siehst du nicht, dass sie noch nicht wieder ganz beieinander ist? Irgendjemand muss sie ziemlich heftig geschlagen haben. Schau dir nur ihren armen Kopf an.«

Seine Stimme kam von weit her. »Die Schlampe muss sie überwältigt haben. Aber dafür wird sie bezahlen. Sie kann nicht weit gekommen sein. Wir finden sie, wo auch immer sie ist.«

Jane ließ sich von den anderen Frauen versorgen und tat so, als hätte sie keine Ahnung, was passiert war. Und genau genommen war sie froh, dass man sie ins Bett brachte, denn ihr Kopf schmerzte heftig. Es war jedoch den Schmerz wert, Pete und dieser schreckliche Blake-Frau, die ihn angeheuert hatte, einen Strich durch die Rechnung gemacht zu haben.

Zum Glück hatte er nicht durchschaut, dass sie seiner Gefangenen zur Flucht verholfen hatte. Sie war in Sicherheit.

Sie schaute auf die Uhr. Eine Stunde war vergangen, seit sie das letzte Mal darauf geblickt hatte. Vielleicht schaffte Cassandra es tatsächlich. Sie hoffte es. Frauen wie sie mussten zusammenhalten, denn die Welt war hart.

Am nächsten Morgen wurde Cassandra noch vor Sonnenaufgang von Phyllis und Mrs Rainey geweckt.

»Was ist los? Stimmt etwas nicht?«

»Mein Mann konnte nicht schlafen, er war so besorgt um Sie. Er ist früh aufgestanden und hat ein paar Berechnungen angestellt. Wussten Sie, dass er und die anderen Geistlichen der Stadt um Rat gefragt wurden, weil man junge Frauen, die von der Baumwollknappheit betroffen sind, nach Australien schicken möchte?«

Sie nickte.

»Nun, soweit er in Erfahrung bringen konnte, hat das Schiff mit Ihren Schwestern noch nicht abgelegt. Wenn Sie heute noch aufbrechen, können Sie sie vielleicht einholen und nach Australien begleiten.«

Cassandra stockte der Atem. »Aber werden sie mich auf das Schiff lassen?«

»Das weiß ich nicht. Wir können es nur versuchen.«

»Wie soll ich aus Outham wegkommen?«

»Indem Sie Ihre Trauerkleidung tragen. Wir haben alle Ihre Kleider und einige Ihrer anderen Sachen hier. Ihre Schwestern haben sie bei uns gelassen. Ich kann Ihnen einen Taftrock geben, den Sie zu den Trauerkleidern tragen können, die Ihr Onkel Ihnen gekauft hat. Ich kann Ihnen auch einen Schleier geben, dann wird Sie niemand eines Blickes würdigen. Phyllis begleitet Sie zum Bahnhof und steigt mit Ihnen in den Zug. Stützen Sie sich auf ihren Arm, und tun Sie so, als würden Sie trauern. Glauben Sie, Sie schaffen das? Ich würde Ihnen gerne mehr Zeit lassen, um sich zu erholen, aber wir müssen sofort los.«

»Ich schaffe das schon.«

»Mein Mann und ich werden im selben Zug fahren, aber in einem anderen Abteil. Die Männer würden Verdacht schöpfen, wenn sie sähen, wie wir eine junge Witwe begleiten. Aber Phyllis kennen sie vermutlich nicht, und sie wird auch Trauer tragen.«

Cassandra schlug die Bettdecke zurück. »Ich tue alles, um wieder bei meinen Schwestern zu sein. Ich kann Ihnen beiden nicht genug danken.«

Isabel erwachte früh am Morgen, weil es an der Tür klopfte. Sie ließ das Dienstmädchen öffnen und wunderte sich, wer sie wohl zu so früher Stunde besuchen mochte.

Als Dot heraufkam und ihr mitteilte, dass ein Mann sie dringend sprechen wollte, war sie versucht, ihn wieder wegzuschicken, doch dann fragte sie sich, ob er ihr berichten wollte, dass Cassandra nach Manchester gebracht worden war, wie sie es befohlen hatte.

»Ich ziehe mich an. Sag ihm, er soll warten.«

Als sie in ihren Salon kam, sah sie Pete, der ungeduldig auf und ab marschierte. »Ich hatte Ihnen doch gesagt, Sie sollen mich hier nicht aufsuchen!«

»Ich muss dringend mit Ihnen sprechen, Mrs Blake.«

»Worüber?«

»Ihre Nichte ist abgehauen.«

»*Was?* Sie hatten doch gesagt, sie würde sorgfältig bewacht.«

»Gestern Abend hat sie meine Freundin ohnmächtig geschlagen, diese Schlampe, und dann ist sie weggerannt. Wir haben sie in der ganzen Stadt gesucht, aber sie ist wie vom Erdboden verschwunden. Aber wir werden sie finden.«

»Das will ich Ihnen auch geraten haben, wenn Sie den Rest des Geldes wollen. Überwacht den Bahnhof und haltet sie von der Polizeiwache fern. Sie darf auf keinen Fall mit den Behörden sprechen.«

»Ich habe schon einen Mann an beiden Orten, und sie kennen sie vom Sehen.« Er grinste. »An denen kommt sie nicht vorbei. Sie haben Anweisungen, sie unschädlich zu machen und dann so zu tun, als wäre sie ohnmächtig geworden. Aber sie hat kein Geld, und keiner ihrer Freunde wird das Geld für eine Fahrkarte haben, nicht in Zeiten wie diesen, also sehe ich nicht, wie sie ein Ticket kaufen sollte. Wir werden sie finden. Zu Fuß wird sie nicht weit kommen.«

»Sie ist vielleicht in das Cottage zurückgekehrt, in dem sie gewohnt hat. Ich hole den Schlüssel, dann können Sie überprüfen, ob sie sich dort versteckt.« Isabel trat an ihren Schreibtisch und holte einen Schlüssel aus der Schublade. »Schauen Sie auf dem Rückweg dort nach.«

Als er gegangen war, ging sie auf und ab, wütend, dass Cassandra entkommen war. Sie hatte keine Zweifel, dass ihre Nichte zu einem Freund gegangen war und sich versteckt hielt. Aber wer könnte es sein? Der Pastor und seine Frau? Vielleicht. Oder eine der Freundinnen dieses Flittchens. Das war wahrscheinlicher.

Nun, wenn Cassandra versuchen würde, ihren Schwestern zu folgen, würde sie abgefangen werden. Isabel hatte bereits jemanden, der das Schiff beobachtete, um sicherzustellen, dass die anderen auch wirklich abreisten, und dass Cassandra sich nicht den anderen armen Mädchen, die aus Lancashire auswanderten, anschloss. Sie überließ nichts, aber auch gar nichts, dem Zufall.

Und sie würde ihren Mann erst beerdigen, nachdem die *Tartar* in See gestochen wäre, egal was die Leute sagten. In dieser Angelegenheit war sie eisern. Sie würde nicht riskieren, dass *diese Kreaturen* die Beerdigung stören und behaupten würden, sie seien mit ihr verwandt.

Nach einer halben Stunde kam das Dienstmädchen zurück und sagte, der Mann wolle Mrs Blake erneut sprechen.

Sie wartete, bis Dot die Tür hinter sich geschlossen hatte. »Und?«

»Ihre Nichte muss im Cottage gewesen sein. Das Küchenfenster war eingeschlagen, sie muss auf diesem Wege hereingekommen sein. Wir haben alle Zimmer überprüft, aber sie ist nicht mehr da. Ich nehme an, sie hat die Nacht dort verbracht.«

»Was hat sie dort bloß gewollt?«

»Hat sie dort nicht vorher gewohnt?«

»Ja. Aber ich habe überprüft, dass sie dort nichts zurückgelassen hat, und man hat ihr gesagt, ihre Schwestern hätten das Land verlassen.«

Er zuckte die Achseln. »Sie kann die Stadt nicht unbemerkt verlassen, jedenfalls nicht, wenn sie nicht schon gestern Nacht aufgebrochen ist.« Er grinste. »Wir finden sie und sorgen dafür, dass sie es bereut, machen Sie sich keine Gedanken.«

Nachdem er gegangen war, starrte Isabel aus dem Fenster, der Zorn nagte an ihr.

Wenig später kam ihr in den Sinn, dass Cassandra nicht wagen würde, nach Outham zurückzukehren, wenn ihr tatsächlich jemand bei der Flucht geholfen hatte. Und obwohl ihre Nichte nun nicht mittellos in den Armenvierteln von Manchester ausgesetzt werden würde – eine Strafe, die Isabel besser gefallen hätte –, wäre die Kreatur immer noch auf sich allein gestellt, müsste immer noch mit den Erinnerungen an das, was man ihr angetan hatte, leben, wäre immer noch von ihren Schwestern getrennt.

Sie lächelte. »Endlich sind sie weg, alle. Ich bekomme immer, was ich will – auf die eine Weise oder die andere.« Sie bemerkte, dass Dot sie von der Türschwelle aus ansah, und warf ihr einen finsteren Blick zu. »Was willst du? Ich läute, wenn ich etwas brauche. Verschwinde!«

»Ja, Ma'am. Verzeihung, Ma'am.«

Die drei Blake-Schwestern saßen an dem langen Tisch in der Mitte der Unterkunft für die allein reisenden Frauen. Sie sprachen nicht, versuchten bloß, sich an ihr notdürftiges Zuhause zu gewöhnen. Zu den Seiten befanden sich winzige Schlafkabinen mit je vier Kojen. Ein grober Vorhang diente als Tür.

Sie teilten sich ihre Kabine mit einem jungen Mädchen von vierzehn Jahren. Die Arme schluchzte, seit sie an Bord gekommen waren, weil sie vom Rest ihrer Familie getrennt worden war. In ihrem Alter durfte sie nicht mehr in der Familienunterkunft wohnen und war deshalb bei den allein reisenden Frauen untergebracht worden.

»Ich wünschte, der Regen würde aufhören«, seufzte Xanthe. »Wir hatten keine Gelegenheit, uns an Deck umzusehen, sie haben uns direkt hier heruntergebracht.«

Pandora verzog das Gesicht, als sie hörte, wie sich am anderen Ende des langen Raumes jemand übergeben musste. »Wenn es den Menschen jetzt schon schlecht geht, wie wird es erst sein, wenn wir auf dem offenen Meer sind? Das Schiff schwankt nur ein wenig. Die Schiffsmutter hat gesagt, es wird noch viel schlimmer.«

»Mir geht es auch nicht gut«, sagte Maia. »Vielleicht holst du mir besser auch einen Eimer, nur für den Fall, dass ich es nicht rechtzeitig zum Wasserklosett schaffe.«

Sie waren angenehm überrascht gewesen, als sie auf dem Schiff das Wasserklosett vorgefunden hatten. Es entleerte seinen Inhalt in den Ozean und wurde mit Meerwasser gespült.

Eine der anderen Frauen hatte dagegen protestiert und verlangte den gewohnten Komfort eines Nachttopfes neben ihrem Bett, aber die Schiffsmutter hatte scharf erwidert, sie solle nicht albern sein. Ein Nachttopf würde seinen Inhalt bei rauem Wetter überall verteilen.

Auf einmal raste Maia davon, und Xanthe folgte ihrer Zwillingsschwester. Ein paar Minuten später kam Maia mit bleichem Gesicht zurück und legte sich ins Bett.

»Sie hat sich übergeben«, berichtete Xanthe unnötigerweise.

»Die Arme. Mir geht es gut. Und dir?«

»Mir auch. Aber es macht keinen Spaß, hier unter Deck zu sitzen, oder?«

»Die Schiffsmutter sagt, das Wetter sieht nicht gut aus, und wir könnten tagelang unter Deck bleiben müssen. Ich hoffe, es wird nicht stürmisch.«

Eine Stunde später kam die Schiffsmutter, klatschte in die Hände und bat alle um Aufmerksamkeit. »Hierher, bitte. Kommen Sie aus den Kabinen.« Sie wartete, bis sich die jungen Frauen versammelt hatten.

Pandora musterte ihre Reisegefährtinnen. Die Frauen aus Lancashire waren dünn und verhärmt. Eine oder zwei von ihnen hatten verdächtig kurze Haare, Frauen mit harten Gesichtszügen. Vielleicht waren sie im Gefängnis gewesen, wo man Frauen die Haare abschnitt. Wenn ja, was machten solche Leute hier? Sie wandte ihre Aufmerksamkeit wieder der Schiffsmutter zu, die zu reden angefangen hatte.

»Wir werden Sie in Gruppen von acht Personen einteilen. Die Gruppensprecherin holt das Essen aus der Kombüse und verteilt es. Manchmal muss sie auch bei der Zubereitung helfen. Am einfachsten ist es, wenn wir immer zwei Kabinen zu einer Einheit zusammenfassen.« Sie deutete auf die Kabinenpaare und fragte, wer sich freiwillig als Gruppensprecher meldete.

Da die anderen Mitglieder ihrer Einheit kummervoll dreinblickten und dem Blick der Schiffsmutter auswichen, meldete sich Pandora freiwillig. Hätte sie sich nicht solche

Sorgen um Cassandra gemacht, hätte sie sich über all diese neuen Erfahrungen gefreut, auch wenn sie sich immer noch nicht damit abgefunden hatte, Lancashire für immer verlassen zu müssen.

Sie war sich jedoch sicher, ihr Vater hätte es gutgeheißen, dass sie ein neues Leben anfingen. Die Möglichkeiten in seinem Leben waren stets so beschränkt gewesen, aber er hatte sich nie beklagt. Sie hatte eines seiner Griechischbücher im Gepäck. Sie verstand kein Wort davon, aber manchmal strich sie über die Seiten und dachte an ihn.

Die Zwillinge standen einander so nah, schienen die meiste Zeit genau zu wissen, was die andere dachte, dass Pandora sich ein wenig ausgeschlossen fühlte. Sie hatte sich immer ihrer ältesten Schwester am nächsten gefühlt.

»Gut. Die Gruppensprecher kommen mit mir und holen das Essen. Heute gibt es nur eine einfache kalte Mahlzeit. Warme Speisen gibt es erst, wenn wir abgelegt haben.«

Pandora folgte der Schiffsmutter an Deck, wo man ihr die Schiffsküche zeigte. Geduldig wartete sie in der Schlange auf das Essen, das sich als großzügige Ration Brot, Butter und Marmelade herausstellte. Sofort besserte sich ihre Laune. In letzter Zeit hatte sie ständig Hunger, hasste es, ihr abgemagertes Gesicht und die stumpfen Haare im Spiegel zu sehen, und konnte das Abendessen kaum erwarten. Man erklärte ihr, wie viel sie verteilen durfte und dass sie den Rest für das Frühstück aufbewahren sollte, aber es war genug von allem da, sodass niemand zu hungern brauchte.

Sie seufzte, als sie die Brotlaibe auf den langen Tisch legte. Wenn doch nur Cassandra hier wäre, vielleicht wäre es dann nicht ganz so schlimm. Noch immer machte sie sich Sorgen um ihre Schwester. War Cassandra überhaupt noch am Leben? Würden sie sich je wiedersehen?

Pandora wollte England nicht verlassen. Tief in ihrem Inneren fühlte sie, dass dies ihre Heimat war, die ein anderes Land niemals würde ersetzen können.

Kapitel 13

Zwei Damen in raschelnder schwarzer Seide und sichtlich in tiefer Trauer stiegen aus einer Droschke und betraten den Bahnhof. Beide trugen einen Schleier vor dem Gesicht, die jüngere stützte sich auf den Arm ihrer Begleiterin und fuhr sich von Zeit zu Zeit mit einem schwarzen Seidentaschentuch über die Augen. Ein Gepäckträger eilte ihnen zu Hilfe, und die ältere Dame ließ ihre Begleiterin zusammengesunken auf einer Bank zurück, während sie sich am Fahrkartenschalter anstellte.

Mr Rainey betrat den Bahnhof unabhängig von ihnen, kaufte Fahrkarten für sich und seine Frau und begleitete sie dann zum Verkaufsstand von W. H. Smith, wo er eine Zeitschrift für seine Frau und eine Zeitung für sich selbst erwarb. Dann standen sie unter der Bahnhofsuhr und redeten leise, während sie auf den Zug warteten.

Ein zuvorkommender Gepäckträger hatte das Gepäck der beiden Trauernden auf den Bahnsteig gerollt und lehnte sich nun wartend dagegen. Nachdem der Zug eingefahren war, suchte er ihnen ein Abteil in der ersten Klasse, hob ihr Handgepäck auf die Ablage und brachte ihre Reisetruhe in den Gepäckwagen am Ende des Zuges. Als er zurückkam, gab ihm die ältere Dame ein Trinkgeld, woraufhin er sich dankend an die Mütze tippte, das Geld einsteckte und pfeifend den Bahnsteig hinunterging.

Der Mann, der vor dem Eingang zum Bahnhof herumlungerte, hatte die beiden Damen hineingehen sehen, aber sein Blick blieb nicht lange an diesen gut gekleideten Leuten hängen. Stattdessen machte er sich wieder daran, die anderen

Leute zu betrachten, die den Bahnhof betraten. Die Raineys musterte er etwas sorgfältiger, denn er hatte den Pastor und seine Frau erkannt. Aber sie waren allein. Tatsächlich entdeckte er niemanden, der auch nur annähernd so aussah wie die junge Frau, die er suchte.

Als der Zug aus dem Bahnhof rollte, durchfuhr Cassandra ein Schauer der Erleichterung. »Wir haben es geschafft, Phyllis. Haben Sie den Mann am Eingang gesehen? Das war einer von ihnen.«

»Ich habe ihn bemerkt, aber er hat uns kaum angesehen.«

»Sind Sie sicher? Ich musste mich so sehr darauf konzentrieren, mich beim Gehen kleiner zu machen, dass ich kaum auf ihn achten konnte.«

»Das haben Sie gut gemacht. Aber warum ruhen Sie sich nicht ein bisschen aus? Mr und Mrs Rainey können sich erst beim nächsten Halt zu uns setzen.«

Aber Cassandra konnte sich nicht ausruhen. Sie war nicht nur auf der Flucht, sie musste auch von Lancashire Abschied nehmen, wahrscheinlich für immer. Die Räder des Zuges ratterten rhythmisch auf den Schienen, und sie ertappte sich dabei, wie im Takt dazu die Worte in ihrem Kopf widerhallten: *Abschied nehmen, Abschied nehmen, Abschied nehmen …*

Beim ersten Halt kam Mrs Rainey zu ihnen ins Abteil, während ein Träger ihr Gepäck transportierte und Mr Rainey einen Proviantkorb für die Reise kaufte.

»Drei Schilling!«, rief er empört, als er damit zurückkam. Er schaute hinein und machte ein mürrisches Gesicht. »Halsabschneider. Das sind ja nichts als Sandwiches und Kuchen.«

Cassandra hatte den Trauerschleier über ihre Haube zurückgeschlagen, aber als auf dem Bahnsteig Leute an ihrem Waggon vorbeigingen, wandte sie das Gesicht ab und wünschte, sie könnte sich weiterhin hinter dem Schleier verstecken. Sie verabscheute ihre kurzen Haare und fragte sich, was die Leute wohl davon hielten.

»Wie geht es Ihnen?«, fragte Mrs Rainey sanft. Als Cassandra antworten wollte, schnürte sich ihr die Kehle zusammen, und sie konnte nur blind vor Tränen den Kopf schütteln.

Während der Zug weiterratterte, sprach Mr Rainey ein anderes Problem an. »Haben Sie den Kerl am Bahnhofseingang in Outham gesehen, der alle angestarrt hat? Hat er geglaubt, er könnte Sie am helllichten Tag von dort entführen?«

»Er hätte es tun können, wenn ich allein gewesen wäre. Es ist ganz leicht, jemanden bewusstlos zu schlagen.« Cassandra schauderte. Sie hasste den Gedanken, dass sie Jane verletzt hatte.

»Ich hätte es nie geglaubt, wenn ich es nicht mit eigenen Augen gesehen hätte! Sie hatten recht, Cassandra. Die haben tatsächlich versucht, Sie wieder zu entführen. Was für eine Unverfrorenheit! Ich werde mich von nun an mehr für Recht und Ordnung einsetzen. Es nützt nichts, sich um das Seelenheil der Menschen zu kümmern, solange ihr Leben in Gefahr ist.«

Als sie London erreichten, war Cassandra so betäubt vor Müdigkeit und von den Folgen ihrer Entführung, dass sie sich auf ihren zittrigen Beinen kaum noch vorwärtsbewegen konnte. Sie hob die Hand, um sich den Schleier wieder vors Gesicht zu ziehen.

»Das ist jetzt nicht mehr nötig«, sagte Mrs Rainey.

»Ich behalte ihn lieber an.« Sie hatte immer noch das Gefühl, die Leute könnten ihr ansehen, was mit ihr geschehen war, und bei der Erinnerung daran fühlte sie sich immer noch elend.

»Wie Sie wollen, meine Liebe«, sagte Phyllis und bot ihr den Arm. Sie war grummelig wie immer, aber für sie da.

Alles passierte mit einer so verwirrenden Schnelligkeit, dass Cassandra kaum wusste, wie ihr geschah. Würde sie wirklich ihre Schwestern wiederfinden, mit ihnen nach Australien gehen?

Konnte sie wirklich noch einmal ganz von vorn anfangen?

Als sie in Gravesend ankamen, war es schon recht spät, und ihnen blieb nichts anderes übrig, als sich ein Hotel zu suchen, bis am nächsten Morgen die verschiedenen Ämter wieder öffnen würden.

Cassandra teilte sich ein Zimmer mit Phyllis. Wieder einmal schlief sie wie eine Tote, aber es war ein schwerer, wenig erholsamer Schlaf, und am nächsten Morgen erwachte sie mit dumpfen Kopfschmerzen.

Sie und Phyllis trafen Mrs Rainey beim Frühstück.

»Wir haben keine Zeit zu verlieren, denn das Schiff sticht morgen früh in See. Mein Mann ist bereits unterwegs, um sich nach einer Passage für Sie zu erkundigen.«

Cassandra nickte. Sie hatte keinen Hunger, aß aber ein wenig, ihren Begleiterinnen zuliebe, die sich beide offensichtlich um sie sorgten. Sie empfand nichts als Taubheit und war sich selbst fremd, deshalb ließ sie sich ausnahmsweise von den anderen bevormunden.

Um zehn Uhr war Mr Rainey immer noch nicht zurück, also setzten sie sich in den Aufenthaltsraum des Hotels und warteten auf ihn.

Ihre Begleiterinnen versuchten, eine Unterhaltung in Gang zu bringen, aber schon bald gaben sie es auf, Cassandra in ihr Gespräch einbeziehen zu wollen. Dafür war sie dankbar, denn es fiel ihr schwer, sich zu konzentrieren.

Als Erstes ging Gerald Rainey zu den Docks, um sich zu vergewissern, dass die *Tartar* noch nicht ausgelaufen war, und ein zuvorkommender alter Seemann, der an einem Poller lehnte und Pfeife rauchte, zeigte ihm das Schiff.

»Sind die Auswanderer bereits an Bord gegangen?«

»Gestern.«

»An wen muss ich mich wenden, um eine Passage auf diesem Schiff zu bekommen?«

Der alte Mann lachte. »Die kann man nicht einfach kaufen. Das ist ein Auswandererschiff. Da müssen Sie mit dem Auswanderungsagenten sprechen.«

Gerald steckte dem Mann einen Schilling zu und machte sich auf den Weg zu der Adresse, die ihm genannt worden war. Dort stellte er fest, dass das Büro noch nicht geöffnet hatte. Ein Schild im Fenster verriet ihm, dass es um neun öffnen würde. Er machte sich auf die Suche nach etwas zu essen und fand glücklicherweise einen Verkaufsstand, bei dem er eine Tasse Tee und ein herzhaftes Sandwich bekam, sodass er seinen Hunger stillen konnte, bevor er zum Büro zurückkehrte. Dort bat ihn ein Angestellter, Platz zu nehmen und auf den Agenten zu warten, der erst später kommen würde.

Als der Mann schließlich eingetroffen war, schüttelte er auf die Bitte, eine weitere junge Frau aus Lancashire an Bord der *Tartar* gehen zu lassen, entschieden den Kopf.

»Verehrter Herr, alle Plätze sind belegt. Es gibt schlicht und einfach keinen Schlafplatz mehr.«

»Könnten wir dann nicht für ihre Überfahrt bezahlen?« Er erzählte von Cassandras Schwestern, erklärte, wie dringend sie auf dieses Schiff gelangen müsse, da sie erst kürzlich ihren Ehemann verloren habe. Auf diese Geschichte hatten sie sich am Vorabend hastig geeinigt.

»Das ist in der Tat traurig, aber auf die Vergabe der Kabinenplätze habe ich keinen Einfluss, also kann ich Ihnen nicht helfen. Ich habe allerdings gehört, dass die Kabinen für zahlende Passagiere alle ausgebucht sein sollen. Ich sehe einfach keine Möglichkeit, eine weitere Reisende aufzunehmen, unter welchen Umständen auch immer.«

»Könnten Sie mir wenigstens bestätigen, dass die Schwestern an Bord sind?«

»Wie hießen sie noch?«

Gerald sagte es ihm.

Der Vermittler runzelte die Stirn. »Auf dem Schiff gibt es drei junge Frauen namens Susan, May und Dora Blake. Sie haben versucht, die Namen ändern zu lassen, aber der Pfarrer, der sie empfohlen hat, hatte uns gewarnt, solchen Launen nicht nachzugeben.«

»Aber sie heißen wirklich so. Ich habe sie persönlich getauft.«

Der Agent zuckte mit den Schultern. »Jetzt ist es auch zu spät.«

Zorn stieg in Gerald auf darüber, wie der Pfarrer jeden aus der Unterschicht mit Füßen trat. So verbreitete man nicht das Wort des Herrn! Er setzte sich für einen Augenblick ins Wartezimmer, um sich zu beruhigen und zu überlegen, wie er Cassandra die schlechte Nachricht überbringen sollte. Wie immer, wenn es Probleme gab, betete er zu seinem Schöpfer um Hilfe.

Als er fertig war, bemerkte er einen Herrn, der ihm gegenübersaß und sehr ärgerlich wirkte.

»Wie lange braucht dieser Kerl denn noch?«, fragte der andere.

»Stimmt etwas nicht?«, fragte Mr Rainey, da der Mann offensichtlich das dringende Bedürfnis hatte, jemandem sein Herz auszuschütten.

»Das kann man wohl sagen. Diese dumme Kammerzofe meiner Frau hat ihre Meinung geändert und will jetzt nicht mehr mit uns nach Australien kommen. Sagt, sie sei zu alt für eine solche Reise und will ihre Familie nicht verlassen. Ich habe gehört, dass sich auf dem Schiff junge Frauen befinden, die in die Kolonien entsandt werden, und wollte mich erkundigen, ob vielleicht eine von ihnen vorübergehend die Aufgabe übernehmen könnte. Vorausgesetzt, sie ist anständig. Ich werde nicht zulassen, dass sich so ein Flittchen um meine

Frau kümmert, denn sie ist in anderen Umständen. Während der Reise wird sie die Unterstützung einer Frau benötigen. Das, was sie braucht, kann *ich* nicht.«

Danke, Herr, dachte Gerald. »Vielleicht könnte ich Ihnen behilflich sein.«

»Ach ja?«

»Eine junge Freundin von uns hat kürzlich ihren Ehemann verloren. Ihre Schwestern sind auf dem Schiff, und sie will unbedingt mit ihnen nach Australien. Ich wollte den Agenten überreden, sie noch mitfahren zu lassen, aber das Kontingent ist erschöpft. Und er sagt, es gebe auch keine bezahlten Überfahrten mehr. Wenn sie den Platz Ihrer Zofe einnehmen würde …« Er sah den Mann an.

Dieser schlug sich mit einer Hand auf das Bein. »Das könnte die Lösung sein. Ich muss sie kennenlernen. Ist sie anständig?«

»Ausgesprochen anständig, sie war ihr ganzes Leben lang Mitglied meiner Gemeinde. Sie wohnt mit meiner Frau und unserem Hausmädchen in einem nahe gelegenen Hotel. Sie ist, wie Sie sehen werden, sehr aufgewühlt. Sie hat ihren Mann vollkommen unerwartet bei einem Unfall verloren. Aber ich bin sicher, sie wird ihr Bestes tun, um Ihrer Frau zu helfen, wenn Sie für ihre Überfahrt aufkommen. Sie ist eine tüchtige junge Frau.«

»Wie alt ist sie?«

»Etwa dreißig, glaube ich, vielleicht etwas jünger.«

»Genau richtig. Viel besser als ein flatterhaftes junges Ding oder eine ängstliche Alte. Mein Name ist übrigens Barrett, Simon Barrett.«

Sie schüttelten einander die Hände, und Gerald stellte sich vor.

»Sagen Sie mir, wo Sie wohnen, dann kommen wir, sobald ich meine Frau abgeholt habe. Sind Sie auch sicher, dass sie anständig ist?«

»Ich kann nicht nur für Cassandra bürgen, ich kannte auch ihre Eltern gut. Leider sind beide tot, und ihre Schwestern sind die einzigen Verwandten, die sie noch hat.«

»Sehr traurig«, sagte Mr Barrett, aber er klang abwesend.

Gerald eilte zum Hotel zurück.

»Da ist er ja!«

Cassandra blickte auf, als Mr Rainey den Aufenthaltsraum betrat.

»Wir sollten in unser Zimmer gehen und uns ungestört unterhalten«, sagte er. »Schnell.«

Die Frauen sahen einander verblüfft an und folgten ihm nach oben.

Als er ihnen berichtete, was der Auswanderungsagent gesagt hatte, schloss Cassandra verzweifelt die Augen. »Ich sehe sie bestimmt nie wieder. Was soll ich denn jetzt machen? Nach Outham kann ich nicht zurück.«

»Wenn Sie mich ausreden lassen würden, meine Liebe ...« Er erzählte ihnen von den Barretts.

Cassandra starrte ihn an, als hätte sie kein Wort verstanden, also blickte er seine Frau hilfesuchend an.

»Geht es Ihnen gut, meine Liebe?«, fragte sie sanft.

»Ja. Ich war bloß so ... überwältigt. Wenn sie mir die Stelle geben, dann werde ich wirklich hart arbeiten, das verspreche ich, auch wenn ich überhaupt keine Erfahrung als Zofe habe.«

»Dann sagen Sie das den Barretts auch. Spielen Sie ihnen nichts vor.«

»Warum muss ich behaupten, ich sei verwitwet? Jetzt kann ich doch wieder ich selbst sein?«

Mr Rainey warf seiner Frau einen Blick zu und zog sich Richtung Tür zurück. »Ich ... ähm ... lasse die Damen bei diesem Thema mal allein. Ich warte dann unten.«

Als er gegangen war, wandte sich Cassandra verwirrt an Mrs Rainey.

»Sind Sie gar nicht auf den Gedanken gekommen, dass das, was man Ihnen angetan hat … Folgen haben könnte?«

Sie konnte nicht klar denken, fühlte sich so dumpf und erschöpft, dass sie nur den Kopf schütteln konnte. Es war doch jetzt vorbei, oder nicht? Abgesehen von den Albträumen.

»Meine Liebe, was, wenn Sie ein Kind erwarten?«

Cassandra sah sie entsetzt an. »Daran habe ich gar nicht gedacht«, flüsterte sie. »Hat dieser Albtraum denn nie ein Ende?«

»Vielleicht ist nichts passiert, und dafür beten wir, aber Sie haben erzählt, dass Sie mehrfach missbraucht wurden.«

Die Stille war erdrückend. Sie konnte nicht atmen.

Es klopfte an der Tür, und als Phyllis öffnete, stand draußen ein Zimmermädchen, das sie nach unten bat, um die Barretts kennenzulernen.

Mrs Rainey blickte Cassandra zweifelnd an. »Meine Liebe, sie müssen sich zusammenreißen, so schwer das auch ist. Es ist vielleicht Ihre einzige Hoffnung, Ihre Schwestern wiederzusehen.«

Als ihr die Bedeutung der Worte klar wurde, nickte Cassandra und rang zitternd um Atem.

»Denken Sie daran, Sie sind in Trauer. Ihr Ehemann starb an … Woran starb er?«

»Er wurde von einer Kutsche überfahren, deren Pferd durchgegangen ist«, erklärte Phyllis. »Wir brauchen etwas Unerwartetes und Schreckliches.«

Mrs Rainey nickte. »Ja, das ist eine gute Idee. Wie hieß er?«

Cassandra fiel nur John ein.

»Und sein Nachname?«

»John Lawson.« Wieder machte Phyllis den Vorschlag. »Erzählen Sie ihnen, dass Sie erst ein paar Monate verheiratet waren. Dann haben sie noch größeres Mitleid. Und dann müssen wir auch noch an Ihre Haare denken. Wie wollen wir die erklären?«

Cassandra hob eine Hand und strich sich über das kurze, gerade einmal kinnlange Haar. Es fühlte sich immer noch seltsam an. »Ich kann es nicht ändern.«

»Erzählen Sie ihnen, Sie seien schwer krank gewesen, kurz bevor Ihr Mann starb. Man hat Ihnen die Haare abgeschnitten, um Ihre Kräfte zu schonen. Und es sieht doch immer noch hübsch aus, so dicht und wellig, wie es ist.«

Sie nickte. Was spielte es schon für eine Rolle? Alles wirkte so unwirklich, und dies war einfach eine weitere Schimäre, die sie heimsuchte, um sie zu quälen. Vielleicht war alles nur ein Albtraum, aus dem sie bald aufwachen würde?

Aber sie wusste, es war kein Traum, und obwohl sie es eine Schimäre nannte, war es kein Produkt ihrer Fantasie und auch kein Ungeheuer aus einem Märchen. Die Ungeheuer waren Männer gewesen. Das Undenkbare war wirklich geschehen, und seine Folgen wirkten sich immer noch auf ihr Leben aus und zwangen sie zu extremen Maßnahmen.

Sie hasste Lügen. Aber wenn Lügen sie wieder mit ihren Schwestern vereinen konnten, dann würde sie eben lügen. Sie atmete ein paar Mal tief durch und schenkte den beiden älteren Frauen ein zittriges Lächeln. »Ich bin bereit.«

»Ich bleibe hier«, erklärte Phyllis. »Ich bin nur die Haushälterin. Die meisten Arbeitgeber sind nicht so wie Mr und Mrs Rainey, die alle freundlich behandeln. Es würde ihnen nicht gefallen, wenn ich mitkäme. Und denken Sie daran, Sie können von ihnen nicht die gleiche Freundlichkeit erwarten.« Sie zögerte, dann ging sie hinüber zu der jüngeren Frau und umarmte sie rasch.

Cassandra erwiderte die Umarmung, und als sie der energischen Pastorengattin die Treppe hinabfolgte, fühlte sie sich, als hätte man ihr die wichtigste Unterstützung der ganzen Welt genommen.

Im Aufenthaltsraum fanden sie Mr Rainey im Gespräch mit einem jungen Paar. Mrs Barrett sah bleich und aufgequollen aus, ihr Mann blickte immer wieder sorgenvoll zu ihr hinüber.

Mrs Rainey legte Cassandra einen Arm um die Schultern, führte sie durch den Raum und wartete darauf, dass ihr Mann sie vorstellte.

Mrs Barret musterte zweifelnd Cassandras schwarze Kleidung und dann ihre kurzen Haare. »Wann ist Ihr Ehemann gestorben?«

»Vor ein paar Tagen erst«, antwortete Mrs Rainey an Cassandras Stelle. »Es war ein Unfall, er wurde von einer Kutsche überfahren. Es ging alles so schnell, und als es passierte, hatte sich unsere junge Freundin gerade erst von einer Lungenentzündung erholt.«

Mrs Barrett stiegen Tränen in die Augen. »Ach, wie traurig!«

»Sind Sie sicher, dass Sie eine so große Veränderung in Ihrem Leben vornehmen sollten?«, fragte Mr Barrett und blickte Cassandra skeptisch an. »Es ist schließlich gerade erst passiert. Und wir brauchen jemanden, der hart arbeiten und meine Frau unterstützen kann.«

»Mir bleiben auf der ganzen Welt nur noch meine Schwestern«, sagte Cassandra. »Mehr als alles andere will ich mit ihnen nach Australien reisen.« Sie wandte sich wieder an Mrs Barrett und beteuerte aus vollstem Herzen: »Ich habe keine Erfahrung als Zofe, aber ich verspreche Ihnen, dass ich mein Bestes geben werde, wenn Sie mir zeigen, was ich zu tun habe. Ich habe eine rasche Auffassungsgabe und kann hart arbeiten.«

»Können Sie nähen?«

»Ja. Nun, zumindest kann ich ausbessern, und vor Kurzem habe ich angefangen, sticken und schneidern zu lernen.«

»Ich hasse Ausbessern«, sagte Mrs Barrett. »Aber ich liebe Stickereien.«

Auf einmal lächelte sie Cassandra an, die sich an den Gedanken an ihre Schwestern klammerte und es irgendwie schaffte zurückzulächeln. »Das mit Ihrem Mann tut mir leid. Wenn Sie sich Ihre Überfahrt als mein Dienstmädchen erarbeiten möchten, können Sie morgen mit uns an Bord gehen. Natürlich bezahlen wir Ihnen auch einen Lohn.«

»Aber nicht so viel wie einer ausgebildeten Kammerzofe«, warf ihr Mann rasch ein.

»Die Kabinenpassagiere gehen später an Bord als die Auswanderer, und Sie werden auf dem Schiff auch nicht bei ihnen übernachten. Sie teilen sich in unserer Nähe eine kleine Kabine mit der Zofe einer anderen Dame.«

Aber Mr Barrett sah immer noch skeptisch aus. »Was ist mit Ihren Haaren passiert? Warum wurden sie abgeschnitten?«

Sie wusste, dass man Frauen im Gefängnis die Haare kurz schor, und sie versteifte sich. »Sie wurden mir abgeschnitten, als ich krank war, um meine Kräfte zu schonen.«

»Wir sagen ihr immer, dass sie trotzdem noch hübsch aussieht«, beteuerte Mr Rainey. »Aber jungen Frauen ist so etwas wichtig, nicht wahr?«

Mr Barrett wirkte noch nicht überzeugt. »Sie wissen also, warum es getan wurde?«

»Natürlich weiß ich es. Und ich werde kein Blatt vor den Mund nehmen. Dafür haben wir keine Zeit. Ich nehme an, Sie machen sich Sorgen, dass Cassandra möglicherweise inhaftiert war.« Mr Rainey lachte. »Das ist definitiv nicht der Fall. Darauf gebe ich Ihnen mein Ehrenwort.«

Mr Barretts Gesichtsausdruck hellte sich auf.

»Was ist mit dem Auswanderungsagenten?«, fragte Mr Rainey. »Wird er der Planänderung zustimmen?«

»Ich finde, bis das Schiff ablegt, sollten wir niemandem erzählen, dass sie nicht Hilda ist. Wahrscheinlich werden sie nicht einmal fragen, also müssen wir streng genommen auch nicht lügen. Ich will nicht riskieren, dass meine liebe Frau in ihrem Zustand auf der Reise keine Unterstützung hat. Sie ziehen am besten heute noch in unser Hotel um, Lawson. Wir müssen morgen sehr früh aufstehen.«

»Könnte Cassandra nicht heute noch hierbleiben und sich Ihnen morgen anschließen, bevor Sie an Bord gehen?« Mrs Rainey lächelte entschuldigend. »Es ist das letzte Mal, dass wir unsere junge Freundin sehen, und wir würden gern so lange wie möglich bei ihr sein.«

Mr Barrett wirkte gereizt. »Ich will nicht, dass sich meine Frau mit Packen beschäftigen und den Transport des Gepäcks zum Schiff beaufsichtigen muss. So etwas gehört zu den Aufgaben eines Dienstmädchens.«

»Ich kann sofort mitkommen, wenn Sie möchten«, versicherte Cassandra eilig, ängstlich, diese Gelegenheit zu verpassen. »Ich bin sicher, meine Freunde werden es verstehen. Ich muss nur schnell meine Sachen packen.«

»Ich komme mit nach oben«, sagte Mrs Rainey.

Als alles gepackt war, brach Cassandra in Tränen aus. »Sie waren so unglaublich großzügig zu mir. Wie soll ich Ihnen nur danken? Ich mag gar nicht daran denken, was ich ohne Ihre Hilfe getan hätte.«

»Liebe deinen Nächsten«, sagte Mrs Rainey. »Sie brauchen uns nicht zu danken. Aber sobald sich Ihre Lebensumstände verbessert haben, könnten Sie vielleicht versuchen, anderen zu helfen, die in Not sind?«

»Das werde ich. Versprochen.«

Cassandra saß mit ihren neuen Arbeitgebern in einer Droschke und hörte Melissa Barrett dabei zu, wie sie über Belanglosigkeiten plauderte. Simon Barrett blickte seine Frau dabei liebevoll an. Keiner der beiden sprach mit ihr oder schien sie auf ihrer kurzen Fahrt zum Hotel überhaupt zu bemerken.

Dort angekommen half sie ihrer Herrin beim Packen und

bekam eine Lehrstunde darin, wie man Kleider für den Abend herauslegte. Sie erfuhr, dass sie mit den anderen Bediensteten in einem separaten Speisezimmer essen sollte, und machte sich schüchtern auf den Weg dorthin. Diese Leute waren so ganz anders als die Raineys, die Phyllis eher wie eine Freundin denn wie eine Angestellte behandelten, und die so freundlich zu Cassandra gewesen waren.

Sie fand heraus, dass unter den Bediensteten im Hotel eine ganz eigene Hierarchie herrschte, und als sie erzählte, dass sie nur vorübergehend als Kammerzofe arbeiten würde, blickten die anderen hochnäsig auf sie herab. Sie fühlte sich äußerst fehl am Platze und brachte nicht die Energie auf, sich mit ihnen zu unterhalten. Sie zwang sich, etwas zu essen, weil sie wusste, dass sie bei Kräften bleiben musste.

Das unwirkliche Gefühl hielt an, aber sie bemühte sich, gut aufzupassen, als sie Mrs Barrett in die Nachtwäsche half. Offensichtlich hatte sie ihre Aufgabe zufriedenstellend erledigt, denn ihre neue Dienstherrin lobte: »Sie haben tatsächlich eine rasche Auffassungsgabe. Das wird mir eine große Hilfe sein. Und ich werde Ihnen mit Vergnügen beibringen, wie man eine gute Kammerzofe ist. Dann habe ich an Bord des Schiffes wenigstens etwas zu tun.«

»Ja, Ma'am. Vielen Dank.«

Melissa seufzte. »Wenn ich ehrlich sein soll, Lawson, wünschte ich, mein Mann wäre nicht nach Australien entsandt worden. Er soll dort für die Regierung arbeiten, wissen Sie. Er bräuchte eigentlich überhaupt nicht zu arbeiten, denn ich bin wohlhabend genug, aber er sagt immer, ein Mann muss seine Spuren in der Welt hinterlassen. Wir werden glücklicherweise nur ein paar Jahre dortbleiben. Aber ich freue mich nicht auf die lange Reise. So ermüdend.«

Als Cassandra an diesem Abend in der kleinen, ungemütlichen Kammer unter dem Dach zu Bett ging, fand sie nicht leicht in den Schlaf. Sie fühlte sich erst sicher, nachdem sie ihr

Gepäck vor die Tür geschoben hatte. Und selbst dann noch drehten sich ihre Gedanken im Kreis. Mitten in der Nacht schreckte sie mit tränenüberströmtem Gesicht aus einem Albtraum auf.

Das nützt doch nichts, schalt sie sich selbst. Sie musste in die Zukunft schauen, nicht zurück. Doch das war leichter gesagt als getan, denn Albträume ließen sich schließlich nicht kontrollieren, oder doch?

Sie war froh, als noch vor Sonnenaufgang eines der Zimmermädchen an ihre Tür klopfte und ihr mitteilte, es sei an der Zeit, ihre Herrin für den zeitigen Aufbruch bereitzumachen. Eilig packte sie ihre Schlafsachen zusammen und nahm ihre Tasche mit nach unten.

Mrs Barrett saß gähnend vor einer Tasse Tee, von Mr Barrett war weit und breit nichts zu sehen. »Ist das Ihr ganzes Gepäck?«

»Es gibt auch noch eine Truhe, aber ich habe in aller Eile gepackt und habe vielleicht nicht alles, was ich brauche.«

»Nun ja, Simon sagt, wir haben keine Möglichkeit, Hildas Truhe wieder vom Schiff herunterzuholen, also schenke ich Ihnen ihre Sachen.«

»Das kann ich nicht annehmen.«

»Wenn Sie sie nicht nehmen, werden Sie bloß weggeworfen. *Ich* will sie ganz bestimmt nicht.«

»Oh.«

»Außerdem, wie sähe es denn aus, wenn ich eine Zofe habe, die sich nicht anständig kleidet? Nehmen Sie das aus der Truhe, was Ihnen fehlt.«

»Also gut, Ma'am.«

Mrs Barrett nickte zufrieden. »Und jetzt helfen Sie mir bitte beim Anziehen. Wir wollen nicht zu spät kommen, sonst ist Simon wieder so gereizt. Ich bin es nicht gewohnt, so früh aufzustehen.«

Sie plapperte die ganze Zeit, ohne etwas Interessantes zu

sagen, wie Cassandra fand. Aber wenigstens durchbrach sie die Stille. Offensichtlich gehörte es auch zu den Aufgaben einer Zofe, einfach zuzuhören und der Herrin beizupflichten.

Es regnete in Strömen, als sie an Bord der *Tartar* gingen. Während sie und ihr Mann zu ihrer Kabine geführt wurden, kommentierte Mrs Barrett alles, was sie sah, und beschwerte sich ununterbrochen. Cassandra ging schweigend hinter ihnen her und trug ihr eigenes Handgepäck. Sie blickte sich um, fasziniert von dieser fremden Welt, und spürte, wie sich ihre Stimmung angesichts all dieses Neuen besserte. Sie hatte doch schon immer reisen wollen, nicht wahr?

Wegen des schlechten Wetters hielt sich niemand an Deck auf, also konnte sie ihre Schwestern nirgendwo entdecken. Sie musste sich auf Mr Raineys Beteuerung verlassen, dass sie auf der Passagierliste standen, wenn auch unter falschen Namen.

Die Kabine der Barretts war klein, aber gut ausgestattet. Es gab zwei Etagenbetten und genug Platz für einen kleinen Tisch und ein Sofa. Die waren am Boden festgeschraubt, und die Stühle wurden mit Lederriemen an der Wand befestigt, wenn sie nicht in Gebrauch waren.

Die Schiffskoffer wurden hereingebracht und aufrecht stehend in einer Nische in der Kabine verstaut. Wenn man sie öffnete, wurden Schubladen sichtbar, voll mit allem Möglichen, das die Barretts während ihrer Reise möglicherweise brauchten. Mrs Barrett ließ sich auf das Sofa fallen und tupfte sich über die Augen. Ihr Mann eilte sofort zu ihr und rief über die Schulter: »Vielleicht zeigen Sie der Zofe meiner Frau, wo sie schlafen soll?«

Der Steward berührte Cassandra am Arm. »Wenn Sie mir bitte folgen wollen, Miss?«

»Mrs«, berichtigte sie. »Mrs Lawson.«

Nachdem er die Kabinentür geschlossen hatte, sagte er: »Die meisten Leute haben keine verheirateten Zofen.«

»Ich bin Witwe.«

Er führte sie in eine sehr schmale Kammer ohne Bullauge. Darin befanden sich ein Etagenbett und sonst nicht viel.

Er sah sie grinsend an. »Waren Sie schon mal auf einem Schiff?«

»Nein, noch nie. Ich wäre dankbar für jeden Rat, den Sie mir geben können.«

»Nun, wir müssen zusammenarbeiten. Das heißt, je eher ich Ihnen beibringe, was zu tun ist, umso einfacher wird es für mich, Ihre Dienstherren zu betreuen. Welche Koje möchten Sie?«

»Das ist mir egal. Wer ist die andere Person?«

»Auch eine Zofe, meiner Liste zufolge. Sie ist noch nicht an Bord.« Jemand rief: »Steward!«, und er warf seufzend einen Blick über die Schulter. »Was wollen Sie denn jetzt schon wieder? Ich komme zurück, sobald ich kann.«

Ein paar Minuten später kam er in Begleitung einer hageren älteren Frau zurück. »Das ist Miss Pershore. Mrs Lawson.«

Die neu Hinzugekommene schenkte ihr keinerlei Beachtung, zu beschäftigt war sie, sich entsetzt umzublicken. »Ich kann unmöglich drei Monate in einem so winzigen Raum wie diesem verbringen. Sie müssen augenblicklich eine andere Kabine für mich finden, eine für mich allein. Meine Herrin wird bezahlen, was nötig ist. Sie hat sicherlich nicht verstanden, wovon die Rede war, als ihr Bruder unsere Überfahrt gebucht hat. Sie würde *niemals* von mir verlangen, mich mit so einem … Besenschrank zufriedenzugeben.«

Das freundliche Gesicht des Stewards verwandelte sich in eine höfliche Maske. »Es gibt leider nichts anderes, Miss Pershore, egal wie viel ihre Herrin zu zahlen bereit ist.«

Sie stöhnte und ließ sich gegen den Türrahmen sinken.

»Im Grunde ist es gar keine so schlechte Kabine. Wenigstens sind Sie hier unter sich. Die weiblichen Auswanderer sind alle im Zwischendeck zusammengepfercht, aber hier schlafen nur Sie beide. Ich bin mir sicher, Sie und Mrs Barretts Zofe werden gut miteinander auskommen und einander unterstützen können.« Er deutete wieder auf Cassandra.

»Ich sollte mich weigern, diese Reise anzutreten«, sagte Miss Pershore mit einem trübsinnigen Schniefen. »Und das würde ich auch, wenn mir nicht so viel an meiner Herrin liegen würde. Seit dreißig Jahren arbeite ich für sie, aber noch nie hat sie so etwas von mir verlangt, wie nach Australien zu reisen. Noch nie! Ihr jüngerer Sohn lebt dort, und sie will ihn unbedingt besuchen. Ich bin mir sicher, wir holen uns beide den Tod.«

»Gut, dann zeige ich Ihnen jetzt, wo Sie Ihr Gepäck verstauen können, wenn Sie es nicht brauchen. Welche Koje möchten Sie?«

»Ich brauche auf jeden Fall die untere. In meinem Alter kann ich nicht mehr da hinaufklettern.«

»Ich nehme gern die obere Koje«, sagte Cassandra.

»Na also«, bemerkte der Steward in übermäßig freundlichem Ton. »Ich sagte doch, dass Sie gut miteinander auskommen werden.« Er zwinkerte Cassandra zu. »Darf ich Ihnen noch die Toiletten zeigen, dann muss ich mich um meine anderen Passagiere kümmern.«

Die Passagiere mussten sich in Wasserklosetts, nicht größer als ein Schrank, erleichtern. Es gab eins für die Herren und eins für die Damen. »Sie können nicht nach unten in die Unterkunft der Auswanderer gehen, also werden Sie die hier benutzen müssen«, erklärte ihnen der Steward.

Miss Pershore nickte mit zusammengepressten Lippen.

»Um sich zu waschen, können Sie so viel Meerwasser verwenden, wie Sie möchten, aber Trinkwasser erhalten Sie nur von mir. Sie müssen sparsam damit umgehen, und Ihre Herrin ebenso. Wir können es uns nicht leisten, es zu verschwenden.«

»In meinem Alter sollte ich kein Wasser mehr schleppen müssen«, protestierte Miss Pershore schwach.

Cassandra hätte gern gewusst, wie sie ihre Schwestern finden konnte, aber das wollte sie den Steward nicht vor Miss Pershore fragen. Und außerdem wirkte der arme Mann sehr beschäftigt.

Nachdem er gegangen war, setzte sich die ältere Frau auf die untere der beiden Kojen, tupfte sich über die Augen und murmelte, sie wisse nicht, was aus der Welt noch werden solle, wirklich nicht.

Cassandra kletterte in ihre eigene Koje und fand, dass es oben viel netter war, da niemand mehr über einem lag. Trotzdem war es eine ausgesprochen kleine Kabine, und sie hatte nicht den Eindruck, dass Miss Pershore eine sonderlich angenehme Reisegefährtin sein würde.

Aber immerhin reiste sie mit ihren Schwestern nach Australien. Das war die Hauptsache. Die schlimmen Zeiten waren vorüber. Sie musste sie hinter sich lassen.

Kapitel 14

Als Isabel von dem Kundschafter, den sie angeheuert hatte, einen Brief bekam, dass das Schiff ausgelaufen war und Cassandra Blake sich definitiv nicht der Gruppe von Auswanderern aus Lancashire angeschlossen hatte, strahlte sie den Brief an und tanzte in ihrem Salon herum. »Ich hab's geschafft! Ich hab's geschafft!«

Dot, die das morgendliche Teetablett, das ihre Herrin bestellt hatte, nach oben getragen hatte, schlich die Treppe wieder hinunter und kam noch einmal hinauf. Sie tat, als würde sie sich am Treppenpfosten stoßen, und schimpfte etwas lauter, als nötig gewesen wäre. Als sie den Salon betrat, saß Mrs Blake mit geröteten Wangen und glänzenden Augen am Fenster, ihre Finger zupften an ihrem Rock.

»Stell es dort ab.«

»Ja, Ma'am. Brauchen Sie sonst noch etwas, Ma'am?«

»Ja, du kannst nach Mr Studdard schicken. Es ist an der Zeit, Mr Blake zu begraben.«

»Ja, Ma'am. Ich suche den Burschen und …«

»Geh selbst hin. Du siehst blass aus. Ein Spaziergang wird dir guttun.«

Dot machte sich auf den Weg, war aber nicht allzu glücklich darüber. Denn obwohl sie gerne aus dem Haus ging, hätte sie immer noch ihre ganze Arbeit vor sich, wenn sie zurückkäme.

»Mr Studdard ist hier, Ma'am«, verkündete sie eine Stunde später.

»Was? Oh, ja, schick ihn hinauf.« Isabel stand auf, wartete, bis der Bestatter hereingekommen war, und bot ihm einen Platz an.

»Sie sind weg, also ist es an der Zeit, Mr Blake zu beerdigen«, sagte sie.

Er lächelte und nickte.

»Eine kleine Beerdigung. Ich werde höchstens ein Dutzend Gäste einladen.«

Sein Lächeln verblasste kaum merklich.

»Und so günstig, wie es noch anständig ist. Als Witwe möchte ich ungern mein Geld verschwenden. Und außerdem bringt eine prunkvolle Beerdigung meinen Mann auch nicht zurück, nicht wahr?«

»Nein, Mrs Blake.«

Nachdem er gegangen war, starrte Isabel wieder aus dem Fenster, führte Selbstgespräche und stritt sogar einmal mit sich selbst.

Dot klopfte an die angelehnte Tür.

»Was ist denn jetzt schon wieder?«

»Der Pfarrer möchte mit Ihnen sprechen, Ma'am. Wegen der Beerdigung.«

»Ach, richtig. Schick ihn hinauf.«

Isabel sah, wie der Pfarrer mit dem Lächeln, das er für die obere Schicht seiner Gemeindemitglieder reserviert hatte, näher kam und hätte sich beinahe verraten, weil sie am liebsten gelacht hätte. Was würde er sagen, wenn er wüsste, was sie getan hatte? Sie setzte einen angemessen traurigen Gesichtsausdruck auf, deutete auf einen Sessel ihr gegenüber und wartete, dass er etwas sagte.

»Mr Studdard hat die Beerdigung für morgen angesetzt, meine Liebe. Ist das nicht etwas überstürzt?«

Er erinnerte sie daran, dass sie Briefe verschicken musste.

»Ich war von meiner Trauer überwältigt«, sagte sie mit schwacher Stimme, »aber dann ist mir klar geworden, dass ich Joseph schon längst hätte begraben lassen sollen.«

»Aber doch nicht in einer solchen Hast. Sollten wir nicht übermorgen sagen? Dann haben Sie noch genug Zeit, um Briefe zu versenden.«

Sie sah nicht ein, warum sie ihre Pläne ändern sollte, nur um es ihm recht zu machen. Von nun an würde sie es nur noch sich selbst recht machen. »Sofern *Sie* nicht verhindert sind, den Gottesdienst abzuhalten – ich lasse mich nicht mit einem Hilfspfarrer abspeisen –, würde ich es lieber morgen hinter mich bringen.«

Er öffnete den Mund, als wollte er widersprechen, aber sie stand auf. »Ich habe mich entschieden«, sagte sie mit fester Stimme. »Morgen.«

Als er gegangen war, läutete sie nach Dot. »Sag dem Burschen aus dem Laden, dass ich ihn in etwa einer halben Stunde brauche, um ein paar Briefe auszutragen. Ich muss sie morgen versenden.«

»Morgen, Ma'am? Aber ...«

»Willst du etwa meine Anweisungen infrage stellen?«

»Nein, Ma'am, natürlich nicht, Ma'am. Morgen. Müssen wir ... ähm ... Erfrischungen anbieten?«

»Nein. Nur ein Glas Sherry für jeden Trauergast und ein paar von diesen schicken Makronen. Sag Harry Prebble im Laden, er soll sie heraufbringen.«

»Ja, Ma'am.«

»Ich läute, wenn ich die Briefe fertig habe.«

Sie holte ihr Briefpapier hervor und schrieb an diejenigen, die sie als ihre Freunde betrachtete. Jedes Blatt löschte sie sorgfältig ab und erinnerte sich daran, wie sie als junges Mädchen Sand benutzt hatte, um die Tinte zu trocknen. Moderne Erfindungen wie Löschpapier machten das Leben deutlich einfacher.

Als sie fertig war, reichte sie Dot die Umschläge und holte die neuen Trauerkleider hervor, die sie sich hatte schneidern lassen. Liebevoll strich sie über den schweren Seidenstoff. *Es gefällt mir, Witwe zu sein, das Sagen zu haben, zu tun, was mir gefällt*, dachte sie und schwenkte den Rock hin und her, einfach weil sie es schön fand, den Stoff rascheln zu hören.

Es war eine Schande, dass die Testamentseröffnung erst in ein paar Tagen stattfinden würde. Sie wusste nicht, warum der Anwalt ausgerechnet jetzt etwas in London zu erledigen hatte. Aber es war nur eine Formalität. Wem sonst sollte Joseph seinen Laden und die anderen Besitztümer hinterlassen haben, wenn nicht ihr? Er hatte sie von Isabels Familie erhalten, und nun würden sie zu einer Horton zurückkehren. Sie würde auch das Schild vor dem Laden wieder in Hortons Gemischtwaren ändern, in großen goldenen Lettern.

»Das würde dir gefallen, Vater, nicht wahr?«, flüsterte sie und lächelte, als er ihr zustimmte. »Und ich werde dich stolz machen. Ich werde hart arbeiten. Du hättest den Laden mir vermachen sollen. Wäre ich ein Junge geworden, hättest du das getan. Das war nicht gerecht. Aber besser spät als nie.«

Summend trat sie ans Fenster.

Dot brachte die Küche in Ordnung und war froh darüber, dass ihre Herrin nur ein Kotelett und eine gekochte Kartoffel zum Abendessen wollte. Danach aß sie genüsslich ihr eigenes Kotelett. Mrs Blake schrieb ihr nicht einmal mehr vor, was sie essen sollte, also hatte Dot beschlossen, das Gleiche zu essen wie ihre Herrin.

Ihre Mahlzeit wurde von den Antworten auf die Briefe unterbrochen, und sie seufzte, als sie sie nach oben brachte. Ihre Füße schmerzten höllisch.

Sie freute sich nicht auf das Begräbnis morgen. Für sie war es nichts weiter als harte Arbeit, aber sie hatte es nicht gewagt, ihre Herrin zu fragen, ob sie zusätzliche Hilfe anheuern würden, um den Sherry zu servieren und den Gästen die Tür zu öffnen. Der Herr hätte daran gedacht. Er war ein netter Mann gewesen, und sie vermisste ihn.

Als Isabel sich am nächsten Tag bereit machte, brachte Dot einen Brief von der Pfarrersgattin herein, in dem sie fragte, ob sie ihr für den Empfang der Trauergäste eines ihrer Hausmädchen als Aushilfe schicken solle. Isabel kritzelte eine rasche Antwort, in der sie ihr für ihr freundliches Angebot dankte. *Aber einer meiner Angestellten wird mich unterstützen.*

Harry Prebble war immer sehr hilfsbereit, und auf einmal war ihr in den Sinn gekommen, dass sie Hilfe benötigen könnte, um den Sherry zu servieren. Er war angemessen dankbar gewesen, als sie ihm die Möglichkeit geboten hatte, Geschäftsführer zu werden. Er war immerhin fünfundzwanzig, also alt genug, um ein wenig Verstand zu haben. Joseph hatte mehr von dem anderen jungen Mann gehalten – wie hieß er noch? Zachary, genau. Zachary Carr. So hochgewachsen und schlaksig, wie er war, sah er überhaupt nicht wie ein Geschäftsführer aus. Aber Joseph hatte immer gesagt, er könne hart arbeiten, also durfte er bleiben.

Die Beerdigung verlief gut und war glücklicherweise schnell vorbei. Während der kurzen Zeremonie behielt sie den Schleier vor dem Gesicht, um zu verbergen, dass sie nicht einmal so tun konnte, als ob sie weinte. Und als sie sich hinunterbeugte, um eine Handvoll Erde in sein Grab zu werfen, empfand sie einen solchen Triumph, eine solche Freude über ihren neuen Status, dass es eine Minute dauerte, bis sie loslassen konnte.

Auch nachdem sie ins Haus zurückgekommen waren, gelang es ihr, ihre Gefühle für sich zu behalten, bis die Gäste ein Glas Sherry getrunken hatten und gegangen waren.

Nachdem sie Harry für seine Hilfe gedankt hatte, schloss sie die Tür hinter ihnen allen.

Dann konnte sie es nicht länger zurückhalten. Sie fing an zu lachen und konnte nicht mehr aufhören, sie lachte und lachte, bis ihr die Tränen kamen.

Unten hoben Dot und Harry aus dem Laden gerade jeder ein Glas Sherry in Andenken an ihren verstorbenen Herrn, als der Lärm losbrach. Sie hörten auf zu trinken und lauschten.

»Sie lacht!«, bemerkte er überrascht. »Ausgerechnet heute!«

»Sie lacht oft, aber es ist doch kein echtes Lachen, oder?«

»Ist sie hysterisch vor Trauer?«

»Sie doch nicht! Ich glaube, sie freut sich, dass sie ihn los ist.«

»Sie hat mich gefragt, ob ich Geschäftsführer werden möchte. Aber sie hat gleich dazugesagt, dass sie alles genau im Auge behalten wird.«

»Wenn ich Ihnen einen Rat geben darf: Legen Sie sich nicht mit ihr an. Sie wird richtig bösartig, wenn sie sich ärgert.«

Er schenkte ihnen noch einmal aus der Karaffe nach und gab Dot ihr Glas zurück. »Das haben wir uns heute mehr als verdient.«

Kichernd nahm sie es an.

»Er hat ihr sicherlich alles hinterlassen, meinen Sie nicht?« Nachdenklich nahm Harry einen Schluck.

»Wem sollte er es sonst vermacht haben?«

»Was ist mit seinen Nichten?«

»Er hätte es niemals gewagt, ihnen etwas zu vererben. Außerdem sind die schon längst auf dem Weg nach Australien.«

»Nur drei von ihnen. Wer weiß, wo die Vierte steckt.«

Als das Lachen im Obergeschoss abrupt aufhörte, leerte er sein Glas, holte zwei Minzbonbons aus der Tasche und reichte eines Dot. »Sie wollen doch nicht, dass sie den Alkohol in Ihrem Atem riecht, oder?«

Nachdem er gegangen war, lutschte Dot nachdenklich ihr Minzbonbon.

Als Mrs Blake später nach unten kam, um nach ihr zu sehen, wusch sie gerade die Gläser ab und stellte sie zum Abtropfen auf das mit einem Leinentuch bedeckte hölzerne Abtropfbrett.

Mrs Blake stand in der Tür und beobachtete sie. »Sei vorsichtig mit den Gläsern. Das sind meine besten.«

Sie drehte sich um und verschwand ohne weitere Anweisungen.

Das braucht sie mir nicht zu sagen, dachte Dot grimmig. *Ich weiß, was ich tue.* Während sie mit ihrer Arbeit fortfuhr, blickte sie hin und wieder ängstlich nach oben. Stille verhieß in diesem Haus nichts Gutes. Es bedeutete, sie wusste nicht, wo die Herrin war. Sie fühlte sich unbehaglich und musste immer wieder einen Blick über die Schulter werfen. Sie beschloss, sie würde sich an die Arbeitsvermittlung in Manchester wenden, von der ihr eine Freundin erzählt hatte. Es spielte keine Rolle, wohin man sie schicken würde, hier konnte sie jedenfalls nicht mehr bleiben. Wer wusste schon, was die Herrin als Nächstes aushecken würde?

Während der ersten paar Tage, nachdem das Schiff ausgelaufen war, war das Wetter entweder stürmisch oder es drohten weitere Stürme. Wann immer es erlaubt war, ging Pandora an Deck, um ein wenig frische Luft zu schnappen. Sie klammerte sich fest an die Reling und lachte, wenn der Wind ihr die Haare aus dem sorgfältig gesteckten Knoten peitschte. Mehrmals sah sie die Isle of Wight hinter der *Tartar* verschwinden, nur um sie wenig später wieder auftauchen zu sehen. Es kam ihr vor, als würden sie niemals aus dem Ärmelkanal hinauskommen. Und sie wünschte sich, sie müssten es auch nicht. Sie vermisste Lancashire schon jetzt.

Unter den allein reisenden Frauen herrschte Murren, da sie einen Großteil der Zeit ihre Unterkunft nicht verlassen konnten.

Einmal war das Wetter so schlecht gewesen, dass ihnen niemand zu sagen brauchte, dass sie sich in Gefahr befanden.

Einige Frauen litten unter heftiger Seekrankheit, andere zankten sich oder wanderten in dem schmalen Bereich zwischen den winzigen Kabinen und dem langen Tisch auf und ab. Die Luft roch abgestanden, wenn man vom Deck wieder hinunterkam, und die Stimmung war genauso mies.

Pandora war nicht seekrank, aber da es Maia schlecht ging und Xanthe sich um sie kümmerte, war sie die meiste Zeit über auf sich allein gestellt. Sie langweilte sich schrecklich. Man hatte ihr gesagt, auf dem Schiff gebe es eine kleine Bibliothek, die die Passagiere benutzen dürften, aber bisher war nichts organisiert und die Bücher noch in der Unterkunft des Chefstewards verstaut, sodass sie noch nichts ausleihen konnte.

Sie sah zu, wie sich der Schiffsarzt um die Kranken kümmerte, auch wenn er nicht viel für sie tun konnte. Er war offenbar für die Auswanderer zuständig, und die Schiffsmutter machte einen Wirbel um ihn, als wäre er ein Gott.

Auch ein Kirchenmann, der ebenfalls in die Swan River Colony reiste, besuchte die allein reisenden Frauen und betete mit denen, die Angst hatten oder seekrank waren. Der arme Mr Millett hatte irgendein Problem mit seinem Gesicht, denn es zuckte grässlich, aber er hatte ein freundliches Naturell, also gelang es allen rasch, über sein seltsames Äußeres hinwegzusehen.

Den Kabinenpassagieren war ein anderer Teil des Decks für die Leibesertüchtigung zugeteilt worden, aber während des schlechten Wetters sah Pandora nur hin und wieder jemanden, der diesen Bereich nutzte, meistens Herren. Und es kamen auch fast nie andere Frauen hier heraus, wenn sie die seltene Gelegenheit bekamen, ihre Unterkunft verlassen zu dürfen.

Zehn Tage nachdem sie in England Segel gesetzt hatten, hörten sie zu ihrer Erleichterung, dass das Schiff den Ärmelkanal hinter sich gelassen hatte.

»Wenigstens sind wir auf dem Weg«, seufzte Xanthe.

»Und wir entfernen uns immer weiter von Cassandra«, ergänzte Maia. Pandora sagte nichts. Sie versuchte, einen letzten Blick auf das Land zu erhaschen, doch es gelang ihr nicht, und nun fühlte sie sich beraubt. Wäre sie nicht gezwungen worden, hätte sie England niemals verlassen, niemals! Den anderen schien es nichts auszumachen, Lancashire zu verlassen, ihnen ging es nur um Cassandra. Aber ihr war beides wichtig!

In der ersten Woche war Mrs Barrett so seekrank, dass Cassandra die meiste Zeit damit beschäftigt war, sich um sie zu kümmern. Auch Mr Barrett war betroffen, aber nicht annähernd so schlimm wie seine Frau. Sogar Cassandra wurde manchmal etwas übel. Es kam und ging, also versuchte sie, es zu ignorieren. Sie musste sich bei den Barretts dafür revanchieren, dass sie sie mitgenommen hatten, also durfte sie keine Schwäche zeigen.

Erst als sie den Ärmelkanal hinter sich gelassen hatten, konnte sie die Barretts fragen, ob sie dem Kapitän schon erzählt hatten, dass sie den Platz ihrer Zofe eingenommen hatte.

»Nein. Und ich frage mich, ob das überhaupt nötig ist«, antwortete Mr Barrett.

Sie blickte ihn fassungslos an. »Natürlich ist das nötig! Ich möchte meine Schwestern sehen.«

»Könnten Sie nicht einfach so tun, als würden Sie sich hier auf dem Schiff kennenlernen?«

»Nein, das kann ich nicht.« Darüber musste sie nicht einmal nachdenken. Es war schlimm genug, dass sie vorgeben musste, verheiratet gewesen zu sein, und einen falschen Nachnamen benutzte. Es kam nicht infrage zu leugnen, dass sie Schwestern waren. Außerdem war sie deutlich jünger als die Zofe, deren Platz sie eingenommen hatte. Früher oder später würde herauskommen, dass sie nicht Hilda war.

Mr Barrett holte tief Luft und sah aus wie ein Vogel mit

zerzausten Federn. »Sie sind wirklich sehr unkooperativ, Lawson.«

»Tut mir leid, Sir, aber es ist mir wichtig. Meine Schwestern sind die einzigen Verwandten, die ich noch habe.«

»Also gut. Ich werde um ein Gespräch mit dem Kapitän bitten. Sie machen sich besser darauf gefasst, von ihm befragt zu werden. Ich hoffe, Ihnen ist bewusst, welches Risiko Sie damit eingehen. Was, wenn man Sie zurück nach England schickt?«

Das brachte sie zum Nachdenken, aber sie kam immer noch zu dem gleichen Schluss. Sie war das Lügen so leid. Sie wollte wieder sie selbst sein, offen und frei. Und außerdem, nach allem, was sie hier an Bord gehört hatte, mangelte es in der Swan River Colony an Frauen, sie brauchten dringend Dienstmädchen und Bräute. Warum sollten sie eine absolut respektable Frau loswerden wollen?

Sie fragte sich oft, wie es Reece dort erging, hoffte, dass die Dinge gut für ihn liefen, hoffte, er würde sich freuen, sie zu sehen. Der Gedanke daran, ihn wiederzusehen, war wundervoll und spendete ihr in schweren Stunden Trost.

Während die beiden Frauen auf Mr Barrett warteten, räumte Cassandra die Kabine auf und Melissa beobachtete sie.

»Ich werde nicht zulassen, dass sie Sie mir wegnehmen«, sagte sie plötzlich. »Ich komme nicht ohne meine Zofe aus, nicht in meinem Zustand.«

»Danke, Ma'am. Das weiß ich zu schätzen.«

Melissa verzog das Gesicht. »Ihre Worte sind einigermaßen demütig, aber Ihre Augen nicht. Halten Sie den Blick gesenkt, und sprechen Sie höflich mit dem Kapitän. Er ist es gewohnt, der König dieser kleinen Welt zu sein.«

Cassandra sah sie überrascht an. »Danke für den Rat, Ma'am. Das werde ich tun. Ich hatte gehofft, meinen Schwestern zu begegnen, aber die allein reisenden Frauen sind die meiste Zeit unter Deck.« Sie hatte gedacht, der Steward könnte ihr helfen, ihre Schwestern zu kontaktieren, aber solange die Wahrheit nicht heraus war, wagte sie nicht, ihn darum zu bitten.

Es dauerte eine halbe Stunde, bis Mr Barrett zurückkam. Er beachtete seine Frau gar nicht und sprach direkt Cassandra an: »Der Käpt'n will Sie sprechen. Er ist nicht besonders glücklich über unsere Täuschung.«

Melissa schwang ihre Beine vom Sofa und stand auf. »Ich glaube, ich komme besser mit.«

»Ich glaube, du bleibst besser hier, meine Liebe. Ich möchte nicht, dass du dich aufregst.«

»Willst *du* mir etwa helfen, wenn mir morgens übel wird, Simon?«

Er hob resigniert die Hände. »Dann mach doch, was du willst. Das machst du doch sowieso immer. Ich werde die Frauen nie verstehen.«

Der Steward wartete vor der Kabine und bemerkte Mrs Barrett hinter Cassandra gar nicht. »Ich soll Sie zum Kapitän bringen, Mrs Lawson. Er hat keine besonders gute Laune. Was haben Sie angestellt? Oh, Mrs Barrett! Verzeihung. Ich habe Sie nicht gesehen.«

Melissa lächelte süßlich. »Ich habe beschlossen, meine Zofe zu begleiten. Sie braucht jemanden, der sich für sie einsetzt. Halten Sie das für eine gute Idee, Steward? Sie kennen den Kapitän besser als ich.«

Der Steward zwinkerte Cassandra zu. »Ich halte das für eine ausgezeichnete Idee, Mrs Barrett.«

Er führte sie zur Kapitänskajüte und klopfte an. Als eine Stimme »Herein!« rief, bedeutete er ihnen einzutreten und schloss die Tür wieder hinter ihnen.

Der Kapitän blickte von seinem Schreibtisch auf und runzelte die Stirn, als er die zwei Frauen hereinkommen sah.

»Bitte verzeihen Sie, dass ich Lawson begleite«, begann

Melissa, »aber ich fürchte, dass Sie wütend auf sie sein werden. Es ist meine Schuld, dass wir ihre Identität geheim gehalten haben. Da ich in anderen Umständen bin, hatte ich Angst, eine so lange Reise ohne eine Zofe, die mir hilft, anzutreten.«

Cassandra sah, wie ihre Herrin errötete und die Augen niederschlug. Wie war es möglich, auf Kommando zu erröten? Und würde es etwas nützen?

Der Kapitän blickte Mrs Barrett an, sein Gesichtsausdruck wurde etwas milder. »Gleichwohl hätten Sie mich sofort über die Änderung informieren sollen.«

»Ich weiß. Und dafür bitte ich um Verzeihung. Aber es ging mir so schlecht, als wir an Bord kamen, dass ich nicht klar denken konnte. Lawson war so wunderbar, sie ist so fleißig. Und das alles, obwohl sie selbst gerade eine solche Tragödie durchleiden musste. Hat mein Mann Ihnen davon erzählt?«

»Nein, aber …«

Melissa stürzte sich in eine Erklärung über den Tod des vermeintlichen Ehemannes und die Tatsache, dass sich die letzten verbliebenen Verwandten ihrer Zofe hier auf diesem Schiff befanden. »Wie Sie sehen, haben wir uns gegenseitig geholfen. Und wir bitten Sie beide um Verzeihung.« Sie stieß Cassandra in die Seite.

»Es tut mir wirklich leid, Sir. Ich mag es nicht, zu lügen, aber ich war verzweifelt.«

»Hmm.« Er musterte sie gründlich. »Sie brauchen gar nicht so demütig zu tun. Sie sehen überhaupt nicht demütig aus, wie ich finde. Keine dieser Lancashire-Frauen tut das. Mit denen habe ich ständig Ärger. Ich verstehe wirklich nicht, warum die Auswanderungsagenten ständig diesen Kehricht aus der Gosse schicken.«

Cassandra wollte gerade dagegen protestieren, dass man sie und ihre Schwestern so bezeichnete, aber ein Stoß in ihre Rippen hielt sie davon ab.

»Ich bin mir sicher, Mrs Lawsons Schwestern sind genauso wohlerzogen wie Sie, Käpt'n«, gurrte Mrs Barrett.

»Ich werde mich mit der Schiffsmutter besprechen, dann kann *sie* entscheiden, wann Sie Ihre Schwestern treffen können, Mrs Lawson. Missachten Sie diese Anweisung nicht. Und wenn wir in Perth sind, muss ich den Fall dem Gouverneur melden. Das lässt sich nicht vermeiden. Sie haben keine Genehmigung, sich in der Kolonie niederzulassen.«

»Nein, Sir.«

»Wenn ich ein gutes Wort für Sie einlegen soll, sollten Sie sich von jetzt an tadellos benehmen.«

Ihre Antwort kam von Herzen: »Ja, Sir. Ich werde alles dafür tun, um bei meinen Schwestern bleiben zu können. Sie sind alles, was ich noch habe.« Die Tränen in ihren Augen waren nur zu echt.

Er schnaubte und entließ sie mit einer Handbewegung.

Draußen wandte sich Cassandra an ihre Dienstherrin. »Ich bin Ihnen so dankbar für Ihre Hilfe, Ma'am.«

Melissa zuckte mit den Achseln. »Ich brauche eine Zofe. Wenn wir in Westaustralien ankommen, erwarte ich, dass Sie so lange bei mir bleiben, bis ich einen Ersatz für Sie gefunden habe.«

»Ich werde tun, was ich kann, um Sie zu unterstützen, das verspreche ich.«

Doch falls sich Cassandras Verdacht bestätigen sollte, würde Mrs Barrett ihre Hilfe nicht mehr wollen.

Und was sollte sie dann tun?

Isabel hatte beschlossen, den Anwalt am Esstisch zu empfangen, der eine ganze Seite des langen, schmalen Salons einnahm. Es würde ganz unkompliziert verlaufen, davon war sie überzeugt, und sie würde Mr Featherworth so schnell wie möglich wieder loswerden. Sie freute sich darauf, die Leitung des Ladens zu übernehmen, und hätte am liebsten schon längst Änderungen vorgenommen, aber der Anwalt hatte ihr nach der Beerdigung mitgeteilt, dass es bis zur Klärung der Rechtslage nicht möglich sei, ihr Geld aus dem Nachlass zur Verfügung zu stellen, und sie solle weitermachen wie bisher.

Das hatte den Verdacht in ihr geweckt, dass ihr Mann seinen Nichten etwas hinterlassen haben könnte, und der Gedanke daran machte sie wütend. Seit der Beerdigung schlief sie schlecht, weil Joseph sie nach wie vor heimsuchte. Nun, er konnte im Schlafzimmer herumlaufen und sie anstarren, so viel er wollte. Er konnte ihr doch nichts tun, oder?

Sie hörte den Türklopfer und wartete darauf, dass Dot den Besucher heraufbrachte. Sie hatte das Hausmädchen angewiesen, jedem außer dem Anwalt den Zutritt zu verwehren.

»Du warst immer ein Narr«, sagte sie zu Joseph, der mit verschränkten Armen in einer Ecke des Zimmers stand. »Tja, du hast alles verloren, und jetzt gehört es mir. *Mir!*«

Sie fuhr herum und sah Dot, die mit dem Pfarrer in der Tür stand. Die beiden musterten sie skeptisch.

Sie funkelte das dumme Mädchen zornig an und wandte sich dann an den Pfarrer. »Ich empfange im Moment leider keine Besucher, Mr Saunders. Ich erwarte meinen Anwalt, der das Testament mit mir durchgehen soll.«

»Äh, ja. Mr Featherworth hat mich gebeten, Ihnen zur Seite zu stehen, ich weiß nicht, warum. Ich hoffe, es macht Ihnen nichts aus.«

Sie zügelte ihren Zorn. Es wäre nicht klug, sich den Pfarrer zum Feind zu machen, und trotzdem, das alles ging ihn nichts an. »Solange Sie alles, was er heute sagt, für sich behalten.«

»Ich werde tun, was der Anwalt mir rät, das verspreche ich Ihnen, meine Liebe.«

Mit dieser Antwort war sie nicht vollauf zufrieden, aber bevor sie ihn fragen konnte, was genau er damit meinte, klopfte es erneut an der Haustür.

Mr Featherworth kam herein und war sichtlich nervös. Er seufzte erleichtert, als er den Pfarrer sah.

Joseph hat diesen Kreaturen *tatsächlich* etwas hinterlassen, verstand Isabel und warf einen Blick in die Zimmerecke. Joseph lächelte höhnisch. Nur mit Mühe wandte sie sich wieder ihren beiden Besuchern zu. »Verschwenden wir keine Zeit mit Höflichkeiten. Fangen Sie mit der Testamentseröffnung an!«

Mr Featherworth holte einige Papiere heraus und ordnete sie in zwei Stapeln auf dem Mahagoni-Esstisch an. »Das ist der letzte Wille meines Mandanten, Joseph Henry Blake«, hob er an. »Soll ich es Ihnen vorlesen, oder soll ich es zuerst zusammenfassen und Sie dann in Ruhe Ihre Abschrift des Testaments lesen lassen?«

»Fassen Sie es zusammen.« Noch immer zögerte er, also fügte sie hinzu: »Also? Fangen Sie an.«

»Ich muss Ihnen leider mitteilen, dass Ihr Mann seinen gesamten Besitz seinen Nichten Cassandra, Xanthe, Maia und Pandora Blake vermacht hat. Er hat verfügt, dass …«

Ehe er seinen Satz beenden konnte, stieß Isabel einen wütenden Schrei aus. »Nein! Neiiiin! *Das kann er unmöglich getan haben!*«

»Ich fürchte, das kann er und das hat er.«

»Aber ich bin seine *Frau!* Und der Laden gehörte meinen Eltern. Er *kann* ihn niemandem außer mir hinterlassen.«

»Es tut mir leid, aber das kann er.«

Sie starrte ihn sprachlos an, fühlte sich, als würde sie ersticken. »Soll das heißen, ich werde aus meinem eigenen Haus geworfen, mittellos sein?«

»Nein, nein, meine Liebe. Wenn Sie erlauben, dass ich fortfahre? Ihr Mann hat verfügt, dass Sie zwanzig Prozent der Gewinne des Ladens erhalten, solange Sie leben, unter der Bedingung, dass Sie Outham verlassen. Außerdem hat er einen Geldbetrag beiseitegelegt, um Ihnen ein kleines Haus zu kaufen – möglicherweise in einem Badeort –, das nach Ihrem Tod ebenfalls an seine Nichten zurückfällt, und …«

Joseph lachte. Er lachte sie aus! Sie sprang auf und rannte in die Ecke, um ihm die Augen auszukratzen.

Mr Featherworth hörte auf zu lesen und starrte sie mit offenem Mund an, als sie zu schreien begann. Sie schrie und fuchtelte mit den Armen, als wäre dort jemand, als versuchte sie, jemanden zu schlagen.

»Nein! Nein! Das kannst du nicht machen, Joseph Blake. Der Laden gehört mir! Mir!«

Die beiden Herren waren aufgestanden und schauten einander schockiert an. Sie wussten nicht, was sie tun sollten.

Von den Schreien angelockt kam Dot die Treppe herauf.

Der Pfarrer fasste sich zuerst wieder. »Holen Sie Dr. Turner!«, rief er dem Hausmädchen zu. »Und schicken Sie nach meiner Frau.«

Als Dot sich nicht von der Stelle rührte, nur auf ihre Herrin starrte, gab er ihr einen Schubs. »Haben Sie mich gehört?«

»Ja, Sir. Verzeihung, Sir.«

Schluchzend riss sich Isabel an den Haaren, taumelte durch den Raum, stieß gegen Möbel und hörte nicht auf zu kreischen. »Sie werden nichts bekommen!« Mit einer raschen Handbewegung fegte sie eine Reihe von Porzellanfiguren von einem Regal, dann wandte sie sich der Dekoration auf dem Klavier zu.

»Sie hat den Verstand verloren«, flüsterte der Anwalt.

Sie wirbelte herum. »Worüber flüstern Sie hinter meinem Rücken? Stecken Sie unter einer Decke? Warum wollen mich alle betrügen?«

Der Pfarrer trat einen Schritt vor. »Gute Frau, Sie sind nicht Sie selbst. Bitte beruhigen Sie sich und …«

Sie griff nach dem Schürhaken und schwang ihn in seine Richtung.

Der Anwalt sprang vor. »Wir müssen sie aufhalten, Saunders. Helfen Sie mir!«

Als sie sie festhalten wollten, wehrte sie sich, kratzte und biss und hinterließ einen tiefen Kratzer auf der dicken Wange des Pfarrers und einen Zahnabdruck auf der weichen, sorgfältig manikürten Hand des Anwalts.

Aus ihren Augen sprach kein Verstand mehr, nur Hass und das wilde Funkeln des Wahnsinns. Beide klammerten sich an sie, keuchend und kämpfend, um sie festzuhalten, überzeugt, dass sie sie angreifen würde, sobald sie sie losließen. Ein paar Mal hätte sie sie beinahe abgeschüttelt, denn sie waren beide füllig und gingen auf die sechzig zu, aber sie bekamen sie wieder zu fassen und hielten sie fest, mit dem Gesicht nach unten.

Dr. Turner rannte die Treppe hinauf, er hielt nur einen kurzen Augenblick in der Tür inne, um sich einen Überblick über das Geschehen zu verschaffen, dann öffnete er seine Tasche und nahm eine kleine blaue Glasflasche heraus. »Halten Sie sie fest!«, befahl er. »Ich muss sie unschädlich machen.«

Aber erst als auch Dot zu Hilfe eilte, konnten sie Isabel lange genug festhalten, um ihr den Mund zu öffnen und ihr etwas Laudanum in den Rachen zu schütten. Selbst dann dauerte es noch eine ganze halbe Stunde, bis sie sich beruhigt hatte und man sie in ihr Schlafzimmer tragen konnte.

»Hat Ihre Herrin schon früher Anzeichen von Wahnsinn gezeigt?«, fragte Dr. Turner das Dienstmädchen.

»Ja, Sir. Immer wenn sie glaubt, dass niemand sie hören kann, führt sie Selbstgespräche.« Dot hielt inne und blickte die Männer an.

»Sie müssen uns alles erzählen, was Sie wissen.«

»Nun … Ich habe gehört, wie sie zu Mr Blake sagte, er hätte auf sie hören sollen, dann hätte sie ihn nicht loswerden müssen. Sie benahm sich so, als wäre er noch da.« Dot erschauerte. »Wenn sie sich in diesem Zustand befand, blieb ich lieber in der Küche.«

Alle drei Männer erstarrten.

»Sind Sie sicher, dass sie das gesagt hat?«, fragte der Pfarrer.

»Ja, Sir.« Sie reckte das Kinn. »Ganz sicher, Sir. Sie hat es mehr als einmal gesagt.«

»Warum haben Sie es niemandem erzählt?«, fragte Dr. Turner.

»Wer hätte mir denn geglaubt? Mrs Blake war schlau. Wenn ihre Freundinnen hier waren, hat sie nie irgendwas gemacht. Aber ich habe die ganze Zeit hier im Haus zu tun, und manchmal konnte ich nicht anders, als gewisse Dinge mit anzuhören. Es hat mir einen Schauer über den Rücken gejagt. Ich habe nicht gelauscht, Sir, ehrlich nicht.« Sie fing an zu weinen.

Es herrschte Stille, dann sagte der Arzt leise: »Auch ihr Mann sorgte sich um ihren Verstand. Einmal hat er mich geholt, damit ich sie untersuche, aber als ich kam, verhielt sie sich vollkommen normal.« Er nickte dem Dienstmädchen zu. »Ich glaube Ihnen, Dot.«

»Ist sie … geistesgestört?«, fragte der Pfarrer zögerlich. »Aber sie und meine Frau waren Freundinnen. Sie hat uns regelmäßig besucht.«

Der Arzt schaute traurig auf die Frau herab. »Von jetzt an wird sie niemanden mehr besuchen. Sie muss leider weggesperrt werden. Sie ist sowohl gefährlich als auch verrückt. Soll ich … Vorkehrungen treffen?« Er ging aus dem Schlafzimmer.

»Ja.« Mr Featherworth zögerte, dann fragte er: »Glauben Sie, sie wird sich erholen?«

»Das bezweifle ich. Das tun die wenigsten, nicht, wenn sie etwas so aus der Bahn geworfen hat.«

»Ihr wurde ein wenig Geld hinterlassen. Können Sie etwas

Anständiges finden? Ich mag es nicht, wenn eine Dame in ein gewöhnliches Irrenhaus gesteckt wird.«

»Ich kenne einen Ort, an dem für solche Leute gesorgt wird, jedenfalls wenn man für das Privileg bezahlen kann.«

»Und was soll ich wegen des Nachlasses unternehmen?«, überlegte der Anwalt laut.

»Welcher Nachlass?«

»Er hat alles seinen vier Nichten vermacht.«

Dot schlug sich eine Hand vor den Mund, um ihr Lächeln zu verbergen. Das geschah der alten Hexe recht! Dann wurde ihr klar, dass sie ihre Arbeit verlieren würde, und ihr Lächeln verschwand, während sie den Männern weiter zuhörte. Sie schienen vergessen zu haben, dass sie da war.

»Ich muss eine Nachricht nach Australien schicken«, sagte der Anwalt. »Allerdings weiß ich nicht, wie lange es dauert, bis ein Brief dort ankommt, oder ob er überhaupt sicher zugestellt wird.«

Der Arzt schüttelte den Kopf. »Briefe können verloren gehen. Ich habe einen Vetter in Australien, der mir regelmäßig schreibt, aber ein- oder zweimal sind seine Briefe nicht angekommen. Sie sollten besser jemanden finden, der dorthin reist – am besten einen Mann –, und ihn dafür bezahlen, dass er den Blake-Schwestern die Botschaft persönlich überbringt. Und Sie müssen jemanden finden, der in der Zwischenzeit den Laden führt.«

Der Arzt sah noch einmal nach Mrs Blake, aber sie schlief immer noch. »Ich kenne ein Ehepaar, das hierherkommen und sich um sie kümmern kann, bis wir die nötigen Vorkehrungen getroffen haben. Er ist sehr stark. Und vorsichtig. Ich kann Ihnen versprechen, dass sie sie nicht misshandeln werden, egal wie seltsam sie sich benimmt. Ich werde sie warnen, dass sie manchmal ganz vernünftig erscheint.«

Mr Featherworth nahm sich zusammen. »Es wird einige Zeit dauern, aber irgendwann werden wir alles geregelt haben.« Auf einmal wurde er auf das Dienstmädchen aufmerksam, das mit großen Augen an der Tür stand. »Und Sie, Mädchen, Sie reden mit niemandem darüber.«

»Nein, Sir. Und … bitte, Sir, was ist mit meiner Arbeitsstelle?«

»Wir brauchen Sie hier, bis wir Mrs Blake sicher untergebracht haben, dann zahle ich Ihnen alle ausstehenden Löhne, und Sie können gehen.«

Sie fing an zu weinen. »Ich brauche ein Empfehlungsschreiben, Sir. Ohne finde ich keine neue Arbeit.«

»Ist jetzt der richtige Zeitpunkt, sich darüber Sorgen zu machen?« Sie weinte immer noch lautstark, also sagte er ungeduldig: »Ich werde meine Frau bitten, Ihnen eine Empfehlung zu schreiben. Machen Sie derweil mit Ihrer üblichen Arbeit weiter. Der Pfarrer und ich bleiben bei Ihrer Herrin, bis der Arzt Hilfe schickt.«

»Soll ich Ihnen Tee und Kekse bringen, Sir?«

»Gute Idee.«

Als sie gegangen war, seufzte der Pfarrer. »Das ist sehr bedauerlich. Wenn es nur ein paar Tage früher passiert wäre, hätten wir die Blake-Schwestern zurückholen können. Aber nun ist ihr Schiff bereits zu den Antipoden aufgebrochen.« Dann runzelte er die Stirn. »Nun, drei von ihnen sind auf dem Schiff. Ich fürchte, die älteste Schwester ist längst tot. Von ihr haben wir nichts mehr gehört.«

Ein grauenhafter Gedanke stieg in ihm auf, und er drängte ihn hastig zurück. Mrs Blake steckte doch wohl nicht auch hinter dem Tod ihrer Nichte?

Nun, ob es so war oder nicht, nun war es zu spät, etwas dagegen zu unternehmen, und es war sinnlos, eine Verrückte zur Rechenschaft ziehen zu wollen.

Kapitel 15

Die Schiffsmutter bestand darauf, dass jeden Morgen die Unterkunft aufgeräumt wurde. Nachdem das erledigt war, stiegen die jungen allein reisenden Frauen den Niedergang – so nannte man die steile Holztreppe, die zum Deck führte – hinauf. Ihnen war nach einer Brise frischer, salziger Luft. Manche drängelten sich vor, andere warteten geduldig, bis sie an der Reihe waren.

Sogar Maja ging es inzwischen gut genug, um sich auf ein wenig Ausgang zu freuen, und sie verzog missmutig das Gesicht, als die Schiffsmutter die drei Schwestern ansprach und sie bat, noch einen Augenblick zu warten.

»Ich glaube, Sie haben eine ältere Schwester …«, begann sie.

Sie sahen einander überrascht an, dann nickte Pandora.

»Sie haben sie zurückgelassen, weil sie verheiratet war und …«

»Aber …«, setzte Xanthe an.

Pandora unterbrach sie. »Lass die Schiffsmutter doch erst mal ausreden.«

»Tragischerweise kam Ihr Schwager am Tag nach Ihrer Abreise bei einem Unfall ums Leben. Mit der Hilfe Ihres Pastors, Mr Rainey, versuchte Ihre Schwester, ebenfalls als Auswanderer auf dieses Schiff zu gelangen, aber es gab keine freien Plätze mehr.«

Maia keuchte. »Oh, nein!«

»Zum Glück hatte Mrs Barretts Zofe in letzter Minute ihre Meinung geändert, mit ihrer Herrin nach Australien zu reisen, sodass die Lady stattdessen freundlicherweise Ihre Schwester eingestellt hat und …«

»Sie meinen … Cassandra ist auf diesem Schiff?«, rief Xanthe, die keine Sekunde länger ertragen konnte, wie langsam sie berichtete.

»Das ist sie in der Tat.« Die Schiffsmutter bedachte sie mit einem Blick, der einem Lächeln so nahe kam wie nie zuvor. »Wenn Sie hier warten, hole ich sie, damit Sie ihr Wiedersehen ungestört feiern können.«

Noch bevor sie gegangen war, wollte Maia wieder etwas sagen, aber Pandora legte ihr rasch eine Hand auf den Mund und hielt sich einen Finger an die Lippen. Dann schaute sie nach, ob auch niemand in den Kabinen zurückgeblieben war.

Sie hörten, wie jemand den Niedergang hinunterkam, dann erschienen die Röcke einer Frau, also eilten sie zum Ende der Unterkunft der allein reisenden Frauen hinüber. Weinend und lachend stürzten sie sich auf Cassandra, umarmten und küssten sie und umarmten sie wieder.

»Setzen wir uns und reden«, sagte Cassandra schließlich, einen Arm noch immer um Pandoras Taille gelegt.

Als sie am Tisch saßen, fragte Xanthe mit leiser Stimme: »Warum glauben sie, dass du verheiratet warst?«

Augenblicklich schwand Cassandras Freude, und sie senkte den Kopf. »Nachdem diese Männer mich entführt hatten, haben sie mich benutzt … wie eine Dirne … auf *ihren* Befehl.« Tränen rannen ihr die Wangen hinab, doch sosehr es auch schmerzte, sie wagte nicht zu schluchzen, aus Angst, jemand könnte sie hören.

Einen Moment lang herrschte Totenstille, dann legte Pandora ihrer Schwester einen Arm um die Schultern. »Ich hoffe, dafür schmort sie in der Hölle. Oh, Cassandra, war es … sehr schlimm?«

Sie konnte nur nicken. Es dauerte eine Weile, bis sie fragte: »Wie hat sie euch zur Abreise gezwungen?«

»Sie hat uns deine Haare gezeigt und gesagt, sie würde dich nicht eher freilassen, als bis wir England verlassen hätten. Hat sie ihre Meinung geändert? Wie kommt es, dass du hier bist?«

»Ich bin zu den Raineys geflohen. Sie haben mir geholfen, rechtzeitig zum Schiff zu kommen.«

Maia sah immer noch verwirrt aus. »Aber das erklärt nicht, warum du so tust, als wärst du verheiratet gewesen.«

Cassandra sah, wie Pandora und Xanthe angesichts der Naivität ihrer Schwester die Augen verdrehten. Sie musste sich zu ihren nächsten Worten zwingen: »Weil diese Tage … vielleicht Folgen haben. Vielleicht erwarte ich ein Kind.« Sie konnte nicht verhindern, dass noch mehr Tränen über ihre Wangen rannen, und die Scham lag ihr wie ein bleierner Klumpen im Magen, obwohl sie das, was passiert war, nicht hätte verhindern können.

»Wann wissen wir es?«, fragte Pandora sanft.

Sie hat »wir« gesagt, nicht »du«, dachte Cassandra erstaunt. Jetzt wusste sie, sie war wirklich wieder bei ihrer Familie und nicht mehr in einer feindseligen Welt auf sich allein gestellt. Es fühlte sich an, als wäre die Last auf ihren Schultern ein wenig leichter geworden. »Wir werden es bald erfahren. Ich müsste jetzt jeden Tag meine Monatsblutung bekommen … oder eben nicht.«

Sie schwiegen eine Weile, aber Pandora hielt Cassandras Hand, und Cassandra klammerte sich daran. Sie hatte das Gefühl, sie würde mit allem fertigwerden, wenn sie nur nicht allein wäre. »Ich erzähle euch besser von meinem angeblichen Ehemann. Wir haben ihn John Lawson genannt und behauptet, er sei bei einem Unfall ums Leben gekommen, von einer Kutsche überfahren. Wir können auch gleich einen Fuhrmann aus ihm machen.«

»Aber warum bist du nicht schon früher zu uns gekommen? Wir sind schon seit Tagen unterwegs.«

»Ich habe überhaupt nur eine Passage auf diesem Schiff bekommen, weil Mrs Barrett ein Dienstmädchen brauchte. Ihr Mann bestand darauf, dass ich mich als ihre ehemalige Zofe Hilda ausgebe, bis das Schiff so weit von England entfernt ist, dass sie mich nicht mehr zurückschicken können. Mrs Barrett ist ganz umgänglich, aber selbst rührt sie keinen Finger. Und dann, bei dem rauen Wetter, waren beide seekrank, also musste ich mich um sie kümmern. Er wollte, dass ich weiterhin so tue, als wäre ich Hilda. Aber das habe ich abgelehnt.«

»Wie grausam von ihm! Er muss doch wissen, dass du uns sehen wollen würdest.«

»Er denkt überhaupt nicht an mich, nur daran, dass es seiner Frau gut geht. Keiner der beiden hat mich jemals gefragt, ob meine Unterbringung komfortabel ist oder wie es mir geht, obwohl sie glauben, ich wäre seit Kurzem verwitwet.« Sie seufzte. »Also, nur ihr drei und die Raineys wissen, was wirklich passiert ist.«

»Und diejenigen, die dahinterstecken, schätze ich«, sagte Xanthe. »Wenn ich unserer Tante jemals wieder über den Weg laufe …«

»Das ist nicht sehr wahrscheinlich.«

»Wenn du wirklich … du weißt schon … ein Kind erwartest, dann kümmern wir uns um dich«, fügte Pandora hinzu.

»Ich hoffe, das wird nicht nötig sein.« Sie konnte nicht verhindern, dass sie ein Schauer durchlief.

Dann hörten sie Schritte auf dem Niedergang, und eines der jüngeren Mädchen kam hinunter und blieb auf der untersten Treppenstufe stehen. »Die Schiffsmutter sagt, ihr sollt jetzt raufkommen und frische Luft schnappen.« Sie ging wieder an Deck, ohne eine Antwort abzuwarten.

»Dann machen wir das besser«, sagte Xanthe. »Das Wort der Schiffsmutter ist hier unten Gesetz. Hier auf diesem Schiff sind sie, der Schiffsarzt und der Kapitän wie drei dieser griechischen Götter, die Dad so geliebt hat.«

Sie stiegen hinauf und bahnten sich einen Weg an die Reling, von wo sie auf das sonnenbeschienene Wasser blickten.

»Unglaublich, dass wir vorher noch nie das Meer gesehen hatten«, sagte Xanthe. »Ist es nicht wunderschön? Wir hatten uns immer vorgenommen, einen Ausflug nach Blackpool zu machen, aber das haben wir nie getan.«

»Wir haben unsere Köpfe viel zu lange in Bücher gesteckt«, sagte Cassandra grimmig. »Und Vater war so großzügig zu den Bedürftigen, dass wir nie viel Geld übrig hatten. Ich werde diesen Fehler nie machen. Ich werde von jetzt an immer etwas Geld zur Seite legen.«

Sie konnten nicht allzu offen sprechen, weil die Decks überfüllt waren, allein reisende Frauen und Familien auf der einen Seite, allein reisende Männer auf der anderen, wobei die Schiffsmutter zwischen den beiden Gruppen saß. Das hielt die jüngeren Männer allerdings nicht davon ab herüberzuschauen, und wie immer starrten sie Pandora an, die sich ihrer erstaunlichen Schönheit überhaupt nicht bewusst war.

Aber mit ihrem neuen Wissen darüber, was Männer wirklich wollten und wie wenig manche Männer Frauen respektierten, fragte sich Cassandra, ob sie jemals wieder einem Mann vertrauen könnte, sogar Reece. Sie schob diesen Gedanken beiseite, wütend auf sich selbst. Hatte sie sich doch geschworen, sich nicht mit Dingen aufzuhalten, die sich nicht ändern ließen? Sie würde nicht zulassen, dass *diese Frau* den Rest ihres Lebens ruinierte.

»Wie vertreibt ihr euch die Zeit?«, fragte sie. »Mrs Barrett ist so penibel, dass ich die ganze Zeit beschäftigt bin. Ständig muss ich ihr irgendetwas holen oder etwas flicken, das sie zerrissen hat, oder ihr vorlesen. Sie ist wie ein verwöhntes Kind. Wenn sie von ihrem Mann bekommt, was sie will, ist sie freundlich, aber wenn sie sich über ihn ärgert, lässt sie es an mir aus. Aber obwohl ich so viel Arbeit für sie zu erledigen habe, bleiben mir immer noch genug Stunden, die ich füllen muss.«

Xanthe verzog das Gesicht. »Bis jetzt war es hier schrecklich langweilig. Wegen des schlechten Wetters fangen sie gerade erst an, Gruppenaktivitäten zu organisieren. Aber lesen können wir schon, also warum sollten wir einen Lesekurs besuchen?«

»Ich habe gehört, dass es einen Chor geben soll«, sagte Pandora. »Das würde euch dreien gefallen, da bin ich mir sicher. Würde deine Herrin dich auch mitmachen lassen, Cassandra?«

»Ich weiß nicht. Sie ist in anderen Umständen und ein wenig wankelmütig. In der einen Minute ist sie freundlich, in der nächsten keift sie mich an. Ich kann sie aber fragen.« Sie blickte auf und sah, wie ihre Herrin von dem Bereich, der für die Kabinenpassagiere reserviert war, zu ihr herüberblickte. Mrs Barrett winkte, und Cassandra seufzte. »Ich muss zu ihr zurück.«

»Sie hat uns nicht viel Zeit miteinander verbringen lassen«, grummelte Xanthe.

»Macht nichts. Wenn wir erst in Australien angekommen sind, bleiben wir zusammen.«

»Nicht, wenn sie uns an verschiedene Orte schicken«, sagte Pandora. »Ich habe gestern Abend gehört, wie die Schiffsmutter mit dem Arzt über die letzte Gruppe gesprochen hat, die sie dorthin gebracht hat. Einige Mädchen wurden auf Farmen weit weg von Perth geschickt. Und in Westaustralien gibt es keine Eisenbahn – könnt ihr euch das vorstellen? –, also ist das Reisen nicht so einfach. So wie es sich anhörte, ist es dort wie im Mittelalter. Ich wünschte, wir wären nicht hergekommen.«

Sie sahen einander bestürzt an.

»Sie würden uns doch nicht trennen?«, fragte Maia.

Xanthe rückte näher an ihre Zwillingsschwester heran. »Sollen sie es doch versuchen, haben wir dann überhaupt eine Wahl, welche Arbeit wir annehmen?«

»Natürlich haben wir das«, sagte Pandora. »Wir müssen keine Arbeit annehmen, die wir nicht wollen. Wir sind doch keine *Sklaven.*«

»Aber wir sind zu viert. Niemand braucht vier Dienstmädchen. Und wovon sollen wir leben, wenn wir keine Arbeit haben?«, fragte Xanthe. »Wir haben nur noch ein paar Münzen übrig.«

»Ich habe etwas Geld«, sagte Cassandra. »Mrs Southerham hat es mir gegeben. Und sie ist auch in Westaustralien. Sie kann uns bestimmt helfen.«

»Reece ist auch da«, sagte Pandora listig. »Ich bezweifle, dass du überhaupt eine Arbeit finden musst, wenn er erst davon weiß.«

Cassandra errötete. Sie wünschte sich das so sehr, aber sie konnte ihn nicht heiraten, ohne ihm zu sagen, was mit ihr geschehen war. Das wäre nicht fair. Außerdem hatte sie immer noch Albträume, sodass sie es ohnehin nicht verheimlichen konnte.

Wieder winkte Mrs Barrett, also umarmte sie ihre Schwestern und eilte dann hinüber zu ihrer Herrin, die sie eigentlich gar nicht brauchte, sondern Langeweile hatte und unterhalten werden wollte.

Mr Rainey betrat das Amtszimmer des Gemeindepfarrers. Nach dem Austausch von Höflichkeitsfloskeln kam er direkt zum Punkt. »Ich habe Gerüchte über Mrs Blake gehört.«

»Ah. Ja.«

»Stimmt es, dass sie verrückt geworden ist?«

»Leider ja.«

»Was ist mit dem Laden? Es geht auch das Gerücht um, dass er nicht ihr hinterlassen wurde.«

Mr Saunders versteifte sich. »Wer hat Ihnen das verraten?«

»Dann ist es also wahr!«

»Ich kann wirklich nicht über die Angelegenheiten der armen Frau sprechen.«

»Mrs Blake interessiert mich nicht. Es sind ihre vier Nichten, um die ich mich sorge. Sie waren schließlich Mitglieder meiner Gemeinde.«

»Wir fürchten, die Älteste wurde getötet.«

»Nein. Sie entkam ihren Entführern und floh zu uns. Aber wir hielten es für besser, sie von ihrer Tante fernzuhalten, also versteckten wir sie.« Er zögerte, dann entschied er sich, die Wahrheit zu erzählen. »Wissen Sie, Mrs Blake hat die Entführung selbst arrangiert.«

Der Pfarrer starrte ihn an, öffnete den Mund und schloss ihn wieder. Es dauerte einige Augenblicke, bis er wieder einen vollständigen Satz herausbrachte. »Sind Sie sicher, dass Cassandra Blake noch lebt?«

»Habe ich das nicht gerade gesagt?«

»Was für eine Erleichterung! Das löst das Problem, was mit dem Laden geschehen soll.«

»Nicht ganz.«

»Was meinen Sie damit? Sie kann doch sicherlich im Namen ihrer Schwestern den Laden führen, bis diese aus Australien zurückkehren?«

»Sie ist mit ihnen auf dem Weg dorthin.«

Schweigen, dann stand der Pfarrer auf. »Das sollten wir besser dem Anwalt erzählen. Featherworth ist derjenige, der eine Nachricht nach Australien schicken muss. Ich bete nur, dass wir alle vier jungen Frauen gesund und munter vorfinden. Man weiß schließlich nie, was auf einer so langen und gefährlichen Reise alles passieren kann.«

Mr Featherworth hörte sich an, was Mr Rainey ihm zu sagen hatte, stellte ein paar Fragen und schüttelte dann den Kopf.

»Das ist eine schreckliche Sache. Der Arzt sagt, Mrs Blake sei immer noch nicht wieder bei Sinnen und so gewalttätig, dass sie zu ihrer eigenen Sicherheit gefesselt werden müsse. Morgen bringen wir sie in eine Einrichtung auf dem Land in der Nähe von Halifax. Der Arzt hat sie ausdrücklich empfohlen, die Leute dort werden sich um sie kümmern. Ich werde mitfahren, um sicherzugehen, dass alles in Ordnung ist. Ich habe die Anweisung vom Friedensgericht, mich um alles zu kümmern, bis die Erbinnen gefunden sind.«

»Was geschieht bis dahin mit dem Laden?«, fragte Mr Rainey.

Der Anwalt trommelte einen Moment lang mit den Fingern auf den Tisch. »Ich nehme an, ich werde jemanden einstellen müssen, der sich darum kümmert. Ich verstehe nichts vom Einzelhandel.«

»Was ist mit dem Angestellten dort?«, fragte der Gemeindepfarrer. »Würde er sich nicht dafür anbieten?«

»Nun, er war sehr hilfsbereit und hält die Dinge am Laufen, aber ich bin mir nicht sicher. Er ist noch sehr jung für eine solche Verantwortung. Ich würde einen älteren Mann bevorzugen.« Außerdem hatte dieser Prebble irgendetwas an sich, das Mr Featherworth nicht gefiel. Er konnte es nicht genau benennen, aber manchmal hat er so einen sechsten Sinn bei Menschen – und bisher hat ihn sein Bauchgefühl noch nie getäuscht.

»Warum geben Sie dem jungen Mann nicht eine Chance?«, fragte der Pfarrer. »Ich kenne die Prebbles seit Jahren. Sie sind Mitglieder meiner Gemeinde, kommen regelmäßig zum Gottesdienst. Ich habe die Eltern getraut und den jungen Harry getauft. Es sind anständige Leute, aus einfachen Verhältnissen, aber sie haben etwas aus sich gemacht. Sie müssten ihm natürlich mehr zahlen, als er jetzt bekommt.«

»Ich werde mit ihm reden, bevor ich mich entscheide. Dann gibt es da noch das Hausmädchen, Dot. Ich wollte sie eigentlich entlassen, aber jetzt bin ich mir nicht mehr so sicher.«

Der Pfarrer schürzte die Lippen, dann fällte er sein Urteil. »Mir gefällt der Gedanke nicht, dass ein Hausmädchen ganz allein in diesem Haus lebt. Wer weiß, was sie dort ohne Aufsicht anstellt?«

Mr Rainey räusperte sich. »Meine Frau hat eine Cousine, die als Gouvernante arbeitet, aber im Moment keine Anstellung hat. Sie besucht uns nächste Woche, um sich ein wenig auszuruhen, bevor sie eine neue Stelle sucht, denn sie hatte kürzlich die Grippe und ist noch sehr erschöpft. Wenn Sie möchten, könnten wir Alice – Miss Blair – bitten, dort zu wohnen und die Dinge im Auge zu behalten. Sie können ihr voll und ganz vertrauen. Sie braucht nur Kost und Logis und vielleicht eine kleine Aufwandsentschädigung.«

»Ich wollte gerade ein Mitglied meiner eigenen Gemeinde vorschlagen, eine Witwe«, sagte der Pfarrer in gekränktem Ton.

Eilig mischte sich Mr Featherworth ein. Er mochte den Pfarrer nicht und wollte nicht, dass er seine Nase in die Angelegenheiten der Blakes steckte. Und das würde er, wenn er ein Mitglied seiner Gemeinde über dem Laden einquartierte. Den Methodistenpfarrer und seine Frau hingegen, die beide in der Stadt hoch angesehen waren, mochte und respektierte er. »Vielleicht könnten Sie mich der Cousine Ihrer Frau vorstellen, wenn sie kommt, Mr Rainey? Wenn sie frei ist, ist es vielleicht genau das Richtige. In der Zwischenzeit muss ich überlegen, wie ich die Blake-Schwestern in Australien erreichen kann.«

Der Pfarrer runzelte die Stirn. »Sie schicken also tatsächlich jemanden, um sie zu finden? Ist das nicht ziemlich teuer?«

»Es wird teurer, ja, aber ich glaube, es ist wichtig. Ich habe daran gedacht, den jungen Mann aus dem Laden dorthin zu schicken. Nicht Prebble, sondern Zachary Carr. Er kennt die Schwestern vom Sehen, und er war immer sehr hilfsbereit, wenn ich mit ihm zu tun hatte.«

»Das ist eine ausgezeichnete Idee«, sagte Mr Rainey freundlich. »Aber dann brauchen Sie eine neue Hilfskraft im Laden.«

»Prebble hat bereits darum gebeten, noch jemanden einstellen zu dürfen. Er sagt, er kenne einen geeigneten jungen Mann. Es wird ihm nicht schwerfallen, in diesen harten Zeiten jemanden zu finden.«

»Haben Sie den jungen Mann schon gefragt, ob er bereit ist zu gehen?«

»Noch nicht. Ich wollte mich erst über ihn erkundigen, um sicherzugehen, dass er zuverlässig ist.«

Pandora hasste Nähen, also ließ sie die Zwillinge zu diesem Unterricht an Bord allein gehen. Aber sie schloss sich einer Gruppe an, der eine der Frauen ein Buch vorlas. Sie hätte lieber selbst gelesen, aber das sagte sie nicht. Immerhin war es ein Zeitvertreib. Und einige der anderen jungen Frauen aus Lancashire, die sich keiner der Gruppen angeschlossen hatten, wussten sich nicht zu benehmen, und Pandora wollte nicht, dass man sie für eine von ihnen hielt. Da war es besser, irgendeiner stillen Beschäftigung nachzugehen und die anderen zu meiden.

Als die Vorleserin eines Tages unpässlich war, bot Pandora an, diese Aufgabe zu übernehmen, so gespannt war sie, was als Nächstes in der Geschichte passieren würde, und auch um eine weitere Stunde zu füllen.

Die Schiffsmutter sah sie überrascht an. »Können Sie denn gut genug lesen?«

Sie verkniff sich eine übereilte Antwort. »Ich glaube schon. Lassen Sie es mich versuchen.« Sie fand die Stelle, bis zu der sie beim letzten Mal gekommen waren, und fing an zu lesen.

Schon nach ein paar Absätzen unterbrach sie die Schiffsmutter. »Hervorragend! Ich lasse Sie für heute die Aufgabe übernehmen.«

»Vielen Dank. Und, Schiffsmutter?«

»Ja?«

»Ich habe gehört, es soll an Bord eine Bibliothek geben. Glauben Sie, ich könnte dort Bücher ausleihen? Ich werde damit auch sehr vorsichtig umgehen.«

Die Schiffsmutter schenkte ihr ein seltenes Lächeln. »Nicht bloß eine Bibliothek. Ein Wohltäter hat eine Kiste mit Schreibmaterial und Tagebüchern gespendet, und diejenigen, die schreiben können, dürfen um ein Tagebuch bitten und eine Aufzeichnung der Reise führen. Manche Leute machen eine Abschrift und schicken sie an ihre Familie zu Hause. Ich wollte warten, bis sich das Wetter beruhigt hat, bevor ich sie verteile.«

Pandora strahlte sie an. »Oh, ich würde gerne ein Tagebuch führen.«

»Sie haben aber nicht am Nähkurs teilgenommen.«

Sie verzog das Gesicht. »Ich nähe nicht gern.«

»Wie dem auch sei, in Ihrem neuen Leben wird es Ihnen von Nutzen sein. In Westaustralien gibt es keine Baumwollfabriken, Sie und die anderen jungen Frauen werden als Dienstmädchen gebraucht. Arbeitgeber werden sich mehr für Sie interessieren, wenn Sie zumindest ausbessern können. Möchten Sie das mit der Nähstunde nicht vielleicht noch einmal überdenken?«

»Ich bin nicht gut darin und bezweifle, dass ich es jemals sein werde.« Sie hasste Nähen und wollte viel lieber ihren Kopf benutzen.

»Nichts geht über Beharrlichkeit, wenn man eine Fähigkeit verbessern möchte. Mrs Barrett erwähnte, dass Ihre älteste Schwester eine ziemlich gute Näherin ist. Ich muss sagen, es ist sehr nett von ihr, ihre Zofe auf diese Weise zu unterrichten.« Sie neigte den Kopf und wartete auf eine Antwort, und als keine kam, fügte sie hinzu: »Außerdem, je beschäftigter Sie sind, desto angenehmer verläuft die Reise.«

Pandora blickte sie flehend an, denn das klang wie ein Ultimatum.

»Haben Sie nicht gehört, was ich gesagt habe? Nähen ist eine wertvolle Fähigkeit für ein Dienstmädchen. Sie *müssen* es können. Außerdem bekommen Sie neue Unterwäsche, wenn Sie an der Stunde teilnehmen. Es gibt einen Karton mit Unterwäsche, bereits zugeschnitten und fertig zum Vernähen, gespendet von einer Gruppe von Frauen, denen das Wohlergehen der jungen Frauen, die ganz allein in die Welt hinaus geschickt werden, am Herzen liegt.«

In dem Wissen, dass es nicht klug wäre, der Schiffsmutter zu widersprechen, und in Anbetracht der Tatsache, dass sie nicht gut genug mit Kleidung ausgestattet war, um ein kostenloses Geschenk ausschlagen zu können, gab Pandora schließlich nach. »Ach, na gut, dann gehe ich eben zum Nähkurs. Aber ich ruiniere alles, was ich anfasse. Ich kann einfach keine gerade Naht setzen, sosehr ich es auch versuche.«

»Ich werde es Ihnen beibringen«, verkündete die Schiffsmutter voller Zuversicht.

Pandora verbarg ihre Zweifel und erhielt an diesem Nachmittag ein Tagebuch und Schreibgeräte, was sie begeisterte. Sie strich über das frische weiße Papier der ersten Seite und überlegte, wie sie am besten beginnen sollte.

Pandora gefiel es außerdem, für ihre Gruppe die Mahlzeiten zu organisieren, und sie war dankbar, dass in ihrer Gruppe keine der widerspenstigen allein reisenden Frauen war, die Unruhe stifteten.

Es gab reichlich zu essen, und die jungen Frauen aus Lancashire nahmen rasch zu und bekamen wieder rosige Wangen. Mit einigen gingen erstaunliche Veränderungen vor sich.

Eine Frau, die ausgesehen hatte, als wäre sie im mittleren Alter, wurde vor ihren Augen wieder jung.

Nun, es war kein Wunder. Zum Frühstück bekamen sie Tee oder Kaffee mit Brot und Butter, und es gab so viel, wie man wollte. Gelegentlich gab es Melasse oder Marmelade, oder Schiffszwieback statt Brot. Pandora war es egal, was sie bekamen. Sie hatte so lange gehungert, dass sie jetzt jeden Bissen genoss.

Das Abendessen bestand in der Regel aus Fleisch und Kartoffeln, meistens war es gedörrtes Schweinefleisch oder Rindfleisch, aber hin und wieder gab es auch frisches Fleisch, wenn eines der Tiere auf dem Schiff geschlachtet wurde. Keine der Reisenden aus Lancashire beschwerte sich, falls das Dörrfleisch ein wenig zu salzig war. Sie hatten alle Hunger gelitten.

Zum Essen bekamen sie manchmal Sauerkraut oder Erbspüree aus getrockneten Erbsen. Das Sauerkraut war nicht jedermanns Sache, aber die Schiffsmutter drängte sie, es zu essen, um Skorbut vorzubeugen.

Einige Mädchen versteckten das Sauerkraut in ihren Taschentüchern und warfen es ins Meer, andere weigerten sich, es auch nur anzufassen. Wie dumm von ihnen, dachte Pandora. Die Schiffsmutter wusste schließlich, wovon sie sprach, da sie die Reise schon mehrmals gemacht hatte. Es schien eine seltsame Art, seinen Lebensunterhalt zu verdienen, aber offensichtlich genoss die ältere Frau das Schiffsleben, und oft sah man sie, wie sie mit zufriedenem Gesichtsausdruck aufs Meer hinausblickte.

Jeden zweiten Tag bekamen die Frauen für ihre Gruppe Mehl, Fett und Zucker und durften daraus Kuchen aller Art machen, die der Koch für sie backte.

Von ihm lernte Pandora eine Menge über das Kochen unter schwierigen Bedingungen. Auch Xanthe interessierte sich dafür, aber einige der anderen Gruppensprecher machten nur einfache Dinge, die sie beherrschten, und zeigten kein Interesse daran, ihre Fähigkeiten zu erweitern.

Andere beschäftigten sich lieber damit, einander Dinge zu stehlen, anstatt sich um das Essen zu kümmern, Hauptsache es gab irgendetwas zu beißen. Je besser sie sich von den Tagen der Not erholten, desto schlimmer wurde ihr Verhalten. Manche Mädchen stahlen besonders gern die Fotos von den Liebsten oder Brüdern der anderen und taten so, als wären es *ihre* Liebsten. Unter den Bestohlenen sorgte dies für eine Menge Unmut.

Als Pandora feststellte, dass das Buch ihres Vaters unter ihrem Kopfkissen verschwunden war, meldete sie es der Schiffsmutter. Die durchsuchte mit Unterstützung des Chefstewards alle Kabinen der allein reisenden Frauen, und schließlich wurde das Buch gefunden, genauso wie viele andere Gegenstände, die schon vermisst worden waren.

Anschließend hielt der Kapitän persönlich allen eine Standpauke und drohte, die Übeltäterinnen unter Deck einzusperren, anstatt ihnen zu erlauben, an Deck zu gehen. Aber selbst das konnte die Diebstähle nicht unterbinden.

Am Ende brachten einige der Mädchen ihre Habseligkeiten zum Kapitän und baten ihn, sie bis zum Ende der Reise sicher zu verwahren.

Die Blake-Schwestern vertrauten ihren wertvolleren Besitz Cassandra an, vor allem ein Foto von ihnen und ihrem Vater, mittlerweile ohne Rahmen, weil sie den verkauft hatten. Sie zeigte ihnen das Medaillon ihrer Mutter, mit Fotos von ihren Eltern als junge Leute darin. Sie hatten nicht damit gerechnet, es jemals wiederzusehen.

Erst Ende des Monats, als wie üblich die Reisetruhen aus dem Frachtraum heraufgebracht wurden, damit die Passagiere ihre Kleider wechseln konnten und Zugang zu ihren anderen Besitztümern bekamen, konnte Cassandra in Augenschein nehmen, was sie von Hilda »geerbt« hatte.

Die Truhe der ehemaligen Zofe wurde in ihre Kabine gebracht und neben ihre eigene und die von Miss Pershore gestellt. Anschließend hatten sie kaum noch Platz, um sich daran vorbeizudrängen und an den winzigen, an der Wand befestigten Waschtisch zu gelangen.

»Warum sortieren Sie nicht zuerst Ihre Truhe?«, schlug sie der älteren Zofe vor. »Meine Herrin will, dass ich ihr dabei helfe, ihre Sachen durchzugehen.«

»Das werde ich, danke. *Meine* Herrin überlässt es voll und ganz meinem Urteil, was aus ihrer Truhe entnommen wird. Ich habe alles für einen schnellen Austausch vorbereitet.« Miss Pershore blickte verächtlich auf Cassandra herab, weil sie schnell bemerkt hatte, dass ihre Kabinengenossin keine echte Zofe war. Sie ließ keine Gelegenheit aus, ihre eigene Überlegenheit zu betonen.

»Das haben Sie sicher. Und ich bin Ihnen für jeden Ratschlag dankbar, wie ich die Sachen meiner Herrin anschließend wieder einpacke.«

Etwas besänftigt verbrachte Miss Pershore die nächsten zehn Minuten damit, Cassandra ihre Art der Organisation zu erklären, die darin bestand, für jede Etappe der Reise Pakete mit Kleidern zusammenzustellen und jedes Bündel in saubere Laken zu wickeln. Diese konnten dann rasch aus den Truhen entnommen werden.

Cassandra versuchte, interessiert dreinzuschauen, denn das Leben in der winzigen Kabine war einfacher, wenn Miss Pershore keine allzu schlechte Laune hatte. Aber im Moment hatte sie andere Sorgen, und es fiel ihr schwer, sich zu konzentrieren. Ihre Monatsblutung war ausgeblieben, und obwohl sie bei ihr nie so regelmäßig gewesen war wie bei ihren Schwestern, gingen auch noch andere Veränderungen mit ihrem Körper vor, die ihren Zustand nur allzu deutlich verrieten. Ihre Brüste waren empfindlich, und morgens war ihr ein wenig übel.

Sie hatte sich einzureden versucht, die großen Veränderungen in ihrem Leben hätten zu der Verzögerung geführt, aber heute Morgen hatte sie zum Wasserklosett rennen und sich übergeben müssen. Sie konnte die Tatsache nicht länger leugnen: Sie erwartete ein Kind.

Sie schauderte jedes Mal, wenn sie daran dachte, und brachte es nicht über sich, ihren Schwestern davon zu erzählen. Natürlich wünschte sie sich Kinder, aber keines, das ihr von solchen Männern aufgezwungen worden war. Sie wusste nicht einmal, welcher Mann der Vater war.

Und was war mit Reece? Sie hatte zu hoffen gewagt, dass er ihr das, was geschehen war, nicht vorwerfen und sie trotzdem heiraten würde. Aber nun war alles noch viel schlimmer. Man konnte von keinem Mann verlangen, ein Kind aus einer solchen Vereinigung anzunehmen.

Dieser Gedanke brachte sie manchmal zum Weinen, wenn sie im Bett lag. Sie schluchzte in ihre Decken und wagte es nicht, zu lange zu weinen, damit sich ihre Augen nicht röteten.

Es war nicht zu leugnen, ihre Zukunft sah düster aus.

Bald würde sie es ihren Schwestern sagen müssen. Sie sahen sie schon jetzt fragend an. Aber noch wollte sie es vor niemandem zugeben, weil sie sich für ihren Zustand zutiefst schämte.

Nachdem sie eine Stunde lang gewissenhaft den Inhalt der Truhe durchgegangen waren, seufzte Mrs Barret und winkte träge mit einer Hand. »Machen Sie das Ding zu. Mehr brauche ich daraus nicht. Wir haben wirklich schon genug mit unserem Kabinenkoffer zu tun. Warum gehen Sie nicht und ordnen Ihren neuen Besitz?«

Cassandra zögerte. »Ich fühle mich immer noch schuldig,

weil ich die Truhe angenommen habe. Was, wenn sich persönliche Gegenstände darin befinden?«

Mrs Barrett zuckte die Achseln. »Geschieht Hilda recht. Das hätte sie sich überlegen sollen, bevor sie ihre Meinung geändert hat. Mein Mann hat dafür bezahlt, dass diese Truhe nach Australien transportiert wird, aber er wird sicher nicht dafür bezahlen, dass sie zurückgeschickt wird. Sie müsste entsorgt werden, also können Sie die Sachen genauso gut nehmen.« Sie winkte wieder mit der Hand. »Gehen Sie! Ich muss ein Nickerchen machen. Ich war noch nie in meinem Leben so müde. Was müssen wir Frauen nur alles ertragen, um einen Erben zu bekommen!«

Cassandra fand Mrs Barretts Einstellung zu der Truhe ziemlich herzlos, und nachdenklich ging sie zurück zu ihrer Kabine. Wenn Mrs Barrett so leichtfertig über die Gefühle einer Frau, die jahrelang ihr Dienstmädchen gewesen war, hinweggehen konnte, würde ihre Haltung gegenüber Cassandra vermutlich ebenso ungezwungen sein, sobald sie in Australien ankämen, vor allem wenn sie herausfand, dass ihre neue Zofe ebenfalls ein Kind erwartete.

Seufzend betrat sie die winzige Kabine und war erleichtert, dass Miss Pershore mit ihren Sachen fertig und wieder an Deck gegangen war. Sie fühlte sich wie eine Diebin, als sie Hildas Truhe öffnete und den Inhalt Stück für Stück herausnahm. Wie befürchtet befanden sich darin einige sehr persönliche Gegenstände, die nicht ersetzt werden konnten. Besonders schuldig fühlte sie sich wegen eines Familienfotos in einem silbernen Rahmen, offensichtlich ein kostbarer Besitz. Alle starrten mit glasigen Augen in die Kamera. Kein Wunder, dachte sie lächelnd. Als sie und ihre Familie sich einmal hatten porträtieren lassen, hatten sie sich mehr als eine Minute lang nicht bewegen dürfen. Es war nicht leicht, so lange ein Lächeln im Gesicht zu behalten.

Auf der Rückseite stand der Name des Fotografen und die

Adresse seines Studios. Es war in einem Ort namens Linforth in der Nähe von Kendal aufgenommen worden. Sollte sie Mrs Barrett fragen, ob das Hildas Heimatort war? Sie musste sie in guter Laune erwischen, denn manchmal war ihre Herrin sehr aufbrausend, und dann passte ihr nichts, egal was man tat.

Es gab auch ein paar Bücher, einen Band mit bekannten Gedichten und zwei Romane. Die würde sie gerne lesen. Ein Päckchen aus einem alten Laken enthielt ein Stück Stoff für eine bestickte Tischdecke mit einer gezeichneten, sorgfältig ausgezählten Vorlage auf Papier und hauchdünnen Markierungen, wo die Vorlage auf dem Stoff positioniert werden sollte. In ein Tuch eingeschlagen war ein kleines Aquarell einer ländlichen Szenerie mit einem Dorf im Hintergrund. Auf der Rückseite des Bildes stand der gleiche Name: Linforth.

Am Boden der Truhe fand sie einige Briefe, die von einem blauen Band zusammengehalten wurden. Sie faltete einen auseinander und entdeckte die vollständige Adresse von Hildas Schwester und deren Mann. Die erste Seite, die sie mit schlechtem Gewissen las, verriet ihr, dass die Suttons eine liebevolle Familie waren, in der man sich sehr nahestand. Das war sicher der Grund, warum die arme Hilda sie nicht hatte verlassen wollen.

Wenn es irgendwie möglich war, würde Cassandra der armen Frau eines Tages ihre persönlichen Gegenstände zurückgeben, aber da sie dringend zusätzliche Kleidung und Unterwäsche für diese lange Reise brauchte, blieb ihr nichts anderes übrig, als die Kleider anzuziehen. Sie war erleichtert, dass alle Röcke und Mieder in dunklen Farben gehalten waren, die zu ihrer angeblichen Witwenschaft passten, aber natürlich waren die Röcke viel zu kurz. Die Mieder und Blusen dagegen waren zu breit, sodass alles abgeändert werden musste.

Nun, so hätte sie wenigstens etwas zu tun. Sie würde Mrs Barrett um Rat fragen, wie sie die Änderungen am besten vornehmen sollte. Ihre Herrin wusste so viel mehr über Nähen und Mode als sie. Mrs Barrett verbrachte viel Zeit damit, über Mode zu sprechen, detailliert beschrieb sie die Kleider, die sie zu besonderen Anlässen getragen hatte und von denen einige in einer ihrer zahlreichen Truhen verstaut waren. Und wenn ihre Verfassung es zuließ, beschäftigte sie sich damit, vornehme kleine Kleidungsstücke für ihr Baby zu nähen und zu besticken.

Cassandra war froh, dass Hilda recht kräftig gewesen war, denn schon bald, wenn sie dicker würde, würde sie weitere Kleider brauchen.

Als ihre Herrin aufwachte und nach ihr schickte, vertraute Cassandra ihr ihre Unsicherheit darüber an, wie sie die Kleidung am besten abändern sollte, und zu ihrer Überraschung sprang Mrs Barrett sofort aus dem Bett. »Bringen Sie die Sachen, die Sie sich ausgesucht haben, hierher. Ich werde mir überlegen, wie man sie ändern kann, und Sie dann beim Nähen beaufsichtigen. Wäre ich in ärmeren Verhältnissen geboren worden, wäre ich Schneiderin geworden, und zwar eine gute.«

Hätte sie ihr restliches Leben doch nur ebenso leicht ändern können wie ihre Kleidung, dachte Cassandra später, als sie in Rufweite ihrer Herrin an Deck saß und einen Volant an den Saum eines Rockes nähte, um ihn länger zu machen. Sie hatte einen marineblauen Rock geopfert, um zwei andere Röcke der gleichen Farbe zu verlängern, und Hildas bestes Kleid hatte einen so üppigen Rock, dass sie ein wenig von dem Stoff heraustrennen und daraus einen Streifen für den Saum machen konnten.

Beim Nähen hörte sie dem Chor zu, der am anderen Ende des Decks übte. Sie hätte gerne mitgesungen, aber Mr Barrett hatte das nicht für schicklich gehalten. Wenn sie in Australien angekommen wäre, würde sie sich keine Arbeit als Dienstmädchen suchen. Es war schrecklich, ständig für jemanden auf Abruf zu stehen und unvernünftige Entscheidungen akzeptieren zu müssen.

Die nächsten Wochen verbrachten Francis und Reece damit, Grundstücke zu besichtigen, die zu pachten waren. Meistens waren sie ohne Livia unterwegs, der ihre erste Reise nicht gefallen hatte. Nach und nach erfuhren sie etwas darüber, wie die Menschen hier Landwirtschaft betrieben und was gutes oder schlechtes Land ausmachte.

Das meiste war schlechtes Land. Aber einige Grundstücke hatten gute Baumbestände, und man konnte Geld damit verdienen, sie zu fällen und das Holz zu verkaufen. Ein Mann hatte ihnen erzählt, es würde einem sogar noch mehr Geld einbringen, wenn man sich die Mühe machte, das Holz in Bretter zu zersägen und es ein oder zwei Jahre trocknen zu lassen.

Er hatte Reece auf der Stelle eine Anstellung als Holzfäller angeboten, und wenn er frei gewesen wäre, das Angebot anzunehmen, hätte er es sofort getan, um zu lernen, wie man es richtig machte.

»Wann immer Sie Arbeit brauchen, und sei es nur für ein paar Wochen«, sagte der Mann, »kommen Sie zu mir. Ich zahle gut, und ich verpflege meine Männer anständig.« Er grinste Reece an. »Vorausgesetzt, es macht Ihnen nichts aus, für einen ehemaligen Sträfling zu arbeiten.«

»Solange Sie mich ehrlich behandeln, wäre es mir sogar egal, wenn Sie Federn statt Haare auf dem Kopf hätten«, gab Reece zurück.

Aber er wusste inzwischen, wie verächtlich manche Leute die ehemaligen Häftlinge betrachten. Sogar Francis, der normalerweise einigermaßen freundlich gegenüber seinen Mitmenschen war, unabhängig von deren Stand, wurde jedes Mal stocksteif, wenn er herausfand, dass ein potenzieller Nachbar ein Strafgefangener gewesen war. »Kein geeigneter Ort für Livia«, murmelte er dann.

In dieser Nacht konnte Reece nicht schlafen. Er ärgerte sich, dass sie nicht vorankamen, und befürchtete, es könnte ein ebenso großer Fehler gewesen sein hierherzukommen, wie Cassandra zurückzulassen. Dann schalt er sich selbst. Francis würde sicherlich bald ein geeignetes Stück Land finden.

Vielleicht war es jetzt an der Zeit, Cassandra zu schreiben und sie zu bitten, ihn zu heiraten.

Nein, er sollte warten, bis sie sich niedergelassen hatten, bis sie ein Stück Land gefunden hatten. Auf ein paar Wochen mehr oder weniger kam es jetzt auch nicht mehr an … oder? Briefe brauchten vielleicht lange, bis sie in England ankamen, aber immerhin wurden sie regelmäßig verschifft. In Fremantle legten nicht so häufig Schiffe an, deshalb wurde die Post meistens nach Albany an der Südküste gebracht, wo sie von anderen Schiffen abgeholt wurde, die aus Sydney oder Melbourne im Osten des Kontinents kamen.

Nein, er würde einfach noch ein wenig länger warten. Er konnte die Frau, die er liebte, nicht bitten, hierherzukommen und die Entbehrungen zu ertragen, die mit der Rodung und Besiedlung von Land verbunden waren.

Kapitel 16

Ungefähr eine Woche nachdem die *Tartar* den südlichen Wendekreis überquert hatte, ertönte der Schrei »Mann über Bord!«, und die Matrosen begannen zu rennen.

Cassandra stand entsetzt da und sah, wie einer von ihnen einen Rettungsring über Bord warf, andere ließen ein Rettungsboot hinab. Schwimmwesten wurden an diejenigen verteilt, die den armen Kerl suchen würden, und dann fingen sie damit an. Schon bald war der Mann aus dem Blickfeld verschwunden. Als sie wegruderten, wirkte das Boot vor den riesigen Wassermassen so winzig, dass Cassandra auch um die Sicherheit der Retter fürchtete.

Das Schiff änderte seinen Kurs, um zu wenden, und sie verloren das kleine Boot ganz aus den Augen. Die Kabinenpassagiere flüsterten miteinander, sie sorgten sich um seine Sicherheit, und irgendwo schluchzte eine Frau.

Die Auswanderer waren so neugierig auf das Geschehen, dass einige von ihnen aufs Achterdeck drängten, was ihnen verboten war, und schon beschwerten sich die Kabinenpassagiere über die Invasion ihres Territoriums.

Der Kapitän befahl den Auswanderern, das Achterdeck zu verlassen, aber als sie seine Anweisung nicht befolgten, wurde er wütend und ließ sie in ihren Quartieren einschließen.

Endlich kam das Boot wieder in Sicht, und überall hörte man gemurmeltes »Gott sei Dank«, als es sich langsam dem Schiffsrumpf näherte. Doch an den Blicken der Männer war schon bald zu erkennen, dass es ihnen nicht gelungen war, den Vermissten zu finden.

Der Schiffspfarrer, Mr Millett, betete mit ihnen für die

Seele des Mannes. Der arme Kerl war schon der Zweite, der auf dieser Reise starb. Zuvor war ein Kind aus dem Zwischendeck gestorben, und sie hatten die traurige Erfahrung einer Seebestattung gemacht. Die Mutter war so verzweifelt gewesen, dass man sie davon hatte abhalten müssen, dem Leichnam ihres Kindes ins Wasser zu folgen.

In dieser Nacht fiel es Cassandra schwer einzuschlafen. Der Matrose, der gestorben war, war sehr jung gewesen, der Sohn irgendeiner Mutter. Das erinnerte sie an ihr eigenes Kind, und sie ertappte sich dabei, wie sie eine Hand schützend auf ihren Bauch legte, bis sie bemerkte, wie Miss Pershore sie stirnrunzelnd ansah.

Aber der Vorfall hatte bei ihr einen nachhaltigen Eindruck hinterlassen. Sie war am Leben, nicht wahr? Und dieses Kind, das sie im Leib trug, war schließlich genau das – ein Kind – und kein Monster.

Danach fühlte sie sich ruhiger, sie hatte sich mit ihrem Zustand abgefunden und fragte sich inzwischen sogar, wie das Baby sein würde. Würde es ein Junge oder ein Mädchen? Würde es ihrer Familie ähnlich sehen?

Sobald sie das nächste Mal mit ihren Schwestern allein wäre, würde sie es ihnen erzählen. Sie war nicht allein auf der Welt, und das würde ihr Kind auch nicht sein. Es würde drei Tanten haben. Wenn ihr irgendetwas zustieße, würden sie sich darum kümmern, da war sie sich sicher.

Sie wünschte, ihr Vater hätte von seinem ersten Enkelkind erfahren. Er hätte das Baby geliebt, das wusste sie, ganz egal woher es kam. In diesem letzten Jahr hatte er oft von seinem Wunsch gesprochen, sie würden heiraten und Familien gründen, hatte immer wieder betont, wie wertvoll Kinder seien. *Ich werde es beschützen*, versprach sie ihm in Gedanken, während sie sich hin und her wälzte. *Das werde ich, Dad.*

Natürlich wanderten ihre Gedanken zu Reece. Sie versuchte sich vorzustellen, wie er reagieren würde, aber sie wusste nur, dass es nicht fair wäre, ihm das Kind eines anderen Mannes aufzubürden. Und auch dem Kind gegenüber wäre es nicht fair, denn sicherlich würde er es als Kuckuckskind ansehen. Kinder sollten mit bedingungsloser Liebe aufwachsen, so wie sie und ihre Schwestern.

Nur zu gut erinnerte sie sich an den Nachbarsjungen Timmy, dessen Mutter einen Mann geheiratet hatte, der den kleinen Jungen so abweisend behandelte. Sie konnte den Gedanken nicht ertragen, dass ihr Kind im Leben so leiden musste, unglücklich, kaum akzeptiert.

Aber ach, der Gedanke, Reece zu verlieren, tat so weh! Die heimliche Hoffnung, ihn wiederzusehen, war für sie einer der Gründe gewesen, nach Australien zu gehen.

Als sie ihre schwere Entscheidung traf, stellte sie fest, dass ihre Wangen tränennass waren, dabei hatte sie gar nicht bemerkt, dass sie weinte. Sie konnte Reece nicht darum bitten, ein Kind anzunehmen, das auf diese Weise gezeugt worden war, durfte nicht riskieren, dass es unglücklich sein würde.

Sie hatte zuvor noch nie einen Mann geliebt, und sie glaubte nicht, dass sie es jemals wieder tun würde, doch ihr Kind würde sie lieben können. Irgendetwas in ihr war heute zur Ruhe gekommen. Es tat ihr leid, dass es den Tod des jungen Matrosen gebraucht hatte, bis sie ihren Zustand akzeptieren konnte, bis sie dankbar dafür sein konnte, was sie hatte. Aber wenigstens hatte die Tragödie so noch etwas Gutes.

Von nun an würde sie Kraft aus dem Wissen schöpfen, dass sie am Leben und wohlauf war und dass sie, so unwahrscheinlich es auch gewesen war, ihre Schwestern wiedergefunden hatte.

Bei diesem Gedanken, noch ehe die Tränen auf ihren Wangen getrocknet waren, schlief sie ein, und sie schlief so tief und friedlich wie noch nie, seit sie an Bord gekommen war.

Francis hatte von einem Stück Ackerland gehört, das im Süden von Perth zu pachten war. Es lag südlicher als alles, was sie sich bisher angeschaut hatten, im Vorgebirge. Hier hatte eine Familie gelebt, die das Glück verlassen hatte und nach New South Wales ziehen wollte, also gab es hier schon so etwas wie ein Haus, und er hatte Anspruch auf ein paar Sträflinge, die ihm dabei helfen würden, das Land zu bestellen.

Wie immer nahm er Reece mit, um den Ort zu besichtigen. »Was halten Sie davon?«, fragte er, nachdem sie der derzeitige Pächter, dessen Frau dünn und unglücklich aussah und dessen Kinder verschüchtert waren, durch die winzige Hütte geführt hatte.

Inzwischen kannte Reece sich gut genug aus, um entschieden zu sagen: »Nicht viel.«

»Könnten wir nicht etwas daraus machen? Die Aussicht ist herrlich und …«

»Hübsch ist nicht so wichtig wie fruchtbar«, erklärte Reece ungeduldig, weil sie diese Diskussion schon einmal geführt hatten.

Francis schob mit dem Fuß einen heruntergefallenen Ast aus dem Weg, und eine Spinne huschte darunter hervor in den Haufen von trockenen, ledrigen Eukalyptusblättern. »Ich muss aus dem Haus meines Vetters ausziehen, je eher, desto besser, wenn wir uns nicht zerstreiten wollen.«

Das brauchte er Reece nicht zu sagen. Allen Bediensteten war aufgefallen, dass es in letzter Zeit häufig zu Meinungsverschiedenheiten zwischen den beiden Southerham-Männern gekommen war. Genau genommen hatte dieser Aufenthalt im Haus eines anderen Mannes Reece gelehrt, dass man keinerlei Privatsphäre hatte, wenn ständig überall Bedienstete herumwuselten, und er fragte sich, ob es das wert sei.

»Schauen wir uns das andere Grundstück an, von dem wir gehört haben, bevor wir uns entscheiden«, schlug er vor.

»Es ist noch weiter von Perth entfernt, und ich will nicht,

dass Livia an einem so abgelegenen Ort leben muss. Was, wenn uns die Eingeborenen angreifen?«

»Sie scheinen mir nicht kriegerisch. Ich nehme an, wenn Sie sie freundlich behandeln, werden Sie mit ihnen keine Probleme haben. Das ist schließlich ihr Land, auch wenn sie es nicht zu bewirtschaften scheinen. Vermutlich wissen sie viel mehr über das Land und die Pflanzen als wir.«

Francis sah ihn schockiert an. »Wie können Sie so etwas sagen? Das ist jetzt nicht mehr ihr Land. Es gehört der Königin, ist Teil des Reiches Ihrer Majestät. Und was können diese Wilden schon wissen, was wir nicht wissen?«

Darüber waren sie schon früher unterschiedlicher Meinung gewesen, also biss sich Reece auf die Zunge. Sosehr Francis sich auch bemühte, alle Menschen gut zu behandeln, so zeigte er hin und wieder doch noch die anerzogene Überheblichkeit seines Standes und schien zu glauben, dass er den meisten anderen Menschen überlegen war.

Reece war zunehmend frustriert. Er war nicht dafür geschaffen, ein Diener zu sein. Selbst bei einem liberalen Herrn gab es bestimmte Grenzen, die ein Diener nicht übertreten durfte. Wie sollte er es noch fast anderthalb Jahre lang aushalten, seinen Mund halten zu müssen und Dinge auf eine Weise zu tun, die er für unklug oder manchmal geradezu fahrlässig hielt? Sogar die Suche nach einem Grundstück wurde willkürlich und nicht systematisch durchgeführt.

In dieser Nacht begann er seinen lang aufgeschobenen Brief an Cassandra. Er beschrieb ihr die Reise, die sie sicherlich interessant finden würde, und die ersten Tage in der Swan River Colony. Er ertappte sich dabei, wie er ihr sein Herz ausschüttete, während er sich daran erinnerte, wie sie stundenlang geredet hatten, ihre Gedanken genauso im Einklang miteinander wie ihre Körper.

Als sich seine Finger um den Federhalter krampften und er des Tintengeruchs überdrüssig wurde, schraubte er sein

Tintenfässchen zu und legte das Schreibmaterial beiseite. Über die Zukunftsaussichten hier würde er ein andermal schreiben. Er würde sehr ehrlich sein … aber er würde sie definitiv bitten, herzukommen und ihn zu heiraten. Er hatte während seiner Zeit hier genug gelernt, um zu spüren, dass sie zusammen eine gute Chance auf Erfolg haben würden, eine weitaus bessere als in England.

Er blickte auf den Papierstapel hinunter. Immerhin hatte er jetzt mit dem Brief angefangen.

Dachte sie noch an ihn? Würde sie hierherkommen, um mit ihm zusammenzuleben?

Was sollte er tun, wenn sie nicht käme?

Es dauerte lange, bis er einschlief, und er träumte von ihr, träumte von dem Lächeln, das ihr ganzes Gesicht strahlen ließ, von dem Funkeln in ihren Augen, wenn sie sich für etwas interessierte, von der Art, wie sie einfach … Cassandra war.

Leider gab es keinen Ort auf dem Schiff, wo die jungen Auswanderinnen unter sich waren. Cassandra wartete, bis sie und ihre Schwestern an der Reling standen, dann sprach sie mit leiser Stimme, in der Hoffnung, niemand würde sich die Mühe machen, ihrem Gespräch zu lauschen.

»Ich … erwarte ein Kind«, sagte sie schließlich, weil sie keine andere Möglichkeit fand, ihnen die Nachricht schonender mitzuteilen. Sie blickte aufs Meer hinaus, und die Sonnenstrahlen, die auf den Wellen glitzerten, verwandelten sich durch die Tränen in ihren Augen in ein verschwommenes Licht. In letzter Zeit brach sie so leicht in Tränen aus, aber sie hatte schon von anderen Frauen gehört, dass sie so empfindlich gewesen waren, als sie ein Kind erwartet hatten.

Einen Augenblick lang herrschte Stille, dann legte Pandora ihrer Schwester einen Arm um die Schultern. »Ach, Cassandra.«

Die Tränen hörten nicht auf zu laufen, sosehr sie sich auch bemühte, sie zurückzuhalten.

»Wir schaffen das schon, Liebes«, sagte Pandora leise. »Wir drei werden Arbeit finden und für dich sorgen.«

»Ja.« Ihre Schwestern wussten, dass sie etwas Geld hatte, aber sie hatte ihnen nicht gesagt, wie viel, weil immer andere Leute in der Nähe waren. Zum Glück war es sicher in ihrer Truhe eingeschlossen.

»Geht es dir gut?«, fragte Maia.

»Die meiste Zeit. Frühmorgens nicht, aber das geht schnell vorbei, wenn ich es nach dem Aufstehen langsam angehen lasse.«

»Wir werden Tanten«, freute sich Xanthe und vergaß, leise zu sprechen.

»Psst!« Pandora gab ihr einen Stoß in die Seite.

»Entschuldigung. Ich werde für das Baby nähen. In der Nähkiste befinden sich alle möglichen Materialreste. Ich bin sicher, die Schiffsmutter wird mir welche geben, wenn ich ihr den Grund verrate.«

Cassandras Stimme klang schärfer, als sie es beabsichtigt hatte. »Verrate es nicht! Ich will nicht, dass es jemand erfährt. Bringen wir erst einmal diese Reise hinter uns. Offenbar nehme ich nicht besonders schnell zu. Ich bin sicher, ich kann meinen Zustand noch eine Weile verbergen.«

Einige ungehobelte junge Frauen drängten sich neben sie, also wechselte Pandora schnell das Thema. »Wir sind jetzt schon so lange unterwegs. Sie sagen, wir sollten im Dezember dort sein. Dann ist in Australien Sommer. Stellt euch das mal vor!«

Sie starrten alle aufs Wasser hinaus. Es fiel Cassandra schwer, sich vorzustellen, wie die Dinge in Australien sein würden, wie es dort aussehen würde, wie ihr Alltag sein würde – und wie sie ihren Lebensunterhalt verdienen würden.

Mrs Barrett hatte ihr in einem Buch Bilder von der Swan

River Colony gezeigt, aber sie hatten sehr unwirklich ausgesehen, mit Bäumen, die sie an eine Kinderzeichnung erinnert hatten, so spärlich belaubt und in einem merkwürdigen Grünton. Unter den Bäumen waren kleine schwarze Männer zu sehen gewesen, einige mit Speeren.

Ihre Herrin hatte bereits angekündigt, dass sie sie als Zofe behalten wollte, wenn sie angekommen wären, und Cassandra war durchaus bereit, noch eine Weile bei ihr zu bleiben. Nach ihrer Ankunft würde sie noch ein, zwei Monate arbeiten können, ohne dass ihr Zustand sich bemerkbar machen würde, und vielleicht noch länger, wenn man es ihr erlaubte.

»Kommst du heute Abend zum Konzert?«, fragte Maia. »Der Chor hat ein paar wirklich schöne Lieder einstudiert.«

»Wenn Mrs Barrett mich nicht braucht.«

»Sie behandeln dich wie eine Sklavin«, sagte Xanthe. »Du hast kaum eine Minute für dich, und sie entscheiden alles für dich. Ich verstehe nicht, wie du das aushältst. Ich könnte das nicht.«

»Sie haben meine Überfahrt nach Australien bezahlt. Im Gegenzug versuche ich, alles zu tun, was sie wollen.« Sie lächelte. »Und selbst wenn sie mich nicht hingehen lässt, höre ich den Gesang trotzdem. Ich habe euch auch proben gehört. Auf einem Schiff hört man einfach alles.«

Dabei hätte sie sich gern zum Publikum gezählt, sich zu den anderen gesetzt und dem Konzert gelauscht.

Reece trabte auf der alten Stute dahin, die Francis für ihn gemietet hatte. Er fand, er war mittlerweile ein passabler Reiter, denn die Southerhams hatten sich die Zeit genommen, ihn zu unterrichten. Reiten war eines der wenigen Dinge, die sie hervorragend konnten.

»Sie wünschten, Sie wären nicht nach Australien gekommen, nicht wahr?«, sagte Francis plötzlich.

»Manchmal, ja.« Er erhaschte einen Blick auf das Gesicht

des anderen Mannes und schalt sich, weil er dessen Gefühle verletzt hatte. »Verzeihung. Sie waren sehr freundlich, aber ich fühle mich genauso wenig angekommen wie in England, weil ich noch keinen richtigen Sinn in meinem Leben sehe.«

»Wenn Sie nach England zurückkehren möchten, bezahle ich Ihnen die Überfahrt«, erwiderte Francis eingeschnappt.

Reece nahm sich einige Augenblicke Zeit, um darüber nachzudenken, und war froh, weil sein Dienstherr nichts weiter sagte. »Danke für dieses freundliche Angebot, aber nein. Ich habe den Dingen hier schließlich noch keine faire Chance gegeben. Allerdings … würde ich Ihre Hilfe beim Erwerb eines kleinen Grundstücks schätzen, sobald Sie Ihres gefunden haben, auch wenn ich mich darauf erst werde niederlassen können, wenn mein zweijähriger Dienst bei Ihnen beendet ist. Wenn es in Ihrer Nähe läge, könnte ich in meiner Freizeit daran arbeiten, vielleicht ein wenig roden.« Ein rascher Blick verriet ihm, dass sein Gegenüber verblüfft war.

»Dann wollen Sie nach den zwei Jahren also nicht bei mir bleiben?«

»Nein.«

»Hatten Sie es jemals vor?«

»Nein.«

»Verstehe. Nun, ich bin nicht sonderlich glücklich über diese Einstellung, muss ich sagen.«

»Aber gerade haben Sie mir noch angeboten, mich zurück nach England zu schicken!«

Francis ließ ein wütendes Schnauben hören. »Ich war nicht davon ausgegangen, dass Sie das Angebot annehmen würden.«

»Und wenn ich jetzt meine Meinung ändere und es annehme?«

»Wir Southerhams stehen zu unserem Wort.«

Als täten andere das nicht, dachte Reece, halb belustigt und halb verärgert. Er beschloss, etwas anzusprechen, worüber er sich seit einigen Wochen Gedanken machte. »Ich habe den Eindruck, dass es hierzulande kaum Unterschiede zwischen Herren und den einfachen Menschen gibt – jedenfalls denen, die keine Sträflinge sind –, abgesehen vom Geld. Es wäre gut für Sie, wenn Sie mit mir *zusammenarbeiten* würden, anstatt mich nur als einen Diener zu betrachten, denn *ich* verstehe etwas von Landwirtschaft, und ich kann hart arbeiten. Wenn ich einen Anteil am Land hätte, etwas Eigenes, würde ich jede Minute, die ich noch aufrecht stehen kann, daran arbeiten, es zu pflegen und fruchtbar zu machen.«

Francis starrte ihn schockiert an, holte tief Luft und sagte: »Das ist aber nicht das, was *ich* im Sinn hatte.« Und augenblicklich wechselte er das Thema.

Reece folgte seinem Beispiel. Er hoffte, er hatte dem anderen Mann – er hasste es, jemanden seinen Herrn zu nennen – etwas zum Nachdenken gegeben, hoffte, Francis würde den Sinn darin erkennen.

Aber er bezweifelte es.

Trotzdem hatte er immer noch vor, sein eigenes Stück Land zu bekommen.

Als die *Tartar* sich Australien näherte, sahen sie Haie und Seevögel aller Art. Schon während der Reise hatten sie sich alle über den Anblick der riesigen Albatrosse gefreut, die über dem Schiff kreisten und ein Auge auf sie zu haben schienen. In der Nähe des Kaps der Guten Hoffnung hatten sie auch Kapsturmvögel und fliegende Fische gesehen, die für große Aufregung gesorgt hatten.

In Australien waren sie alle begierig darauf, Kängurus herumhüpfen zu sehen, und die Schiffsmutter erzählte ihnen, dass überall Papageien herumflogen, die dort ganz gewöhnliche Wildvögel waren.

»So viele Wunder warten auf uns«, sagte Maia eines Tages verträumt.

Pandora antwortete nicht. Sie freute sich über all die neuen Dinge, die sie sah und lernte, doch noch immer hatte sie Heimweh, und es wurde nicht besser. Sie vermisste die Moore schrecklich, sogar den sanften, anhaltenden Regen von Lancashire. Doch es war sinnlos, sich damit aufzuhalten. Selbst wenn sie nach England zurückgingen, würden sie niemals wieder nach Outham zurückkommen können, wegen der Frau ihres Onkels.

»Du denkst wieder an zu Hause, nicht wahr?«, fragte Cassandra und hakte sich bei ihrer jüngsten Schwester unter.

»Ja. Merkt man das?«

»Manchmal bekommst du so einen traurigen Gesichtsausdruck und schaust in die Ferne, als würdest du dort etwas anderes sehen.«

»Du siehst auch manchmal traurig aus. Cassandra … was ist mit Reece? Er wird da sein. Was meinst du, was er von … deinem Zustand halten wird?«

»Ich könnte keinen Mann jemals bitten, dieses Kind anzunehmen. Er würde nie vergessen können, wie es empfangen wurde, und was für ein Leben hätte das Kind dann? Es wäre wie beim kleinen Timmy. Erinnerst du dich an ihn?«

»Ja. Der arme Kleine. Aber du solltest Reece eine Chance geben, findest du nicht? Er wäre niemals grausam zu einem Kind.«

»Nein. Ich habe immer wieder darüber nachgedacht, und nun, da ich mich mit dem Gedanken angefreundet habe, möchte ich dieses Baby unbedingt beschützen und liebe es schon jetzt.« Sie lächelte schief. »Das hatte ich nicht erwartet.«

»Nun, ich werde bei dir bleiben und dir helfen, auf das Baby aufzupassen. Du wirst nicht allein sein.«

Cassandra lächelte. »Du warst noch nie der Typ, der mit Babys kuschelt!«

»Aber ich bin doch lernfähig, nicht wahr? So schwer kann das schon nicht sein. Andere Frauen machen das ständig.

Und überhaupt, du wirst jemanden brauchen. Alleine schaffst du das nicht.«

»Danke, Liebes.«

Im November fand Francis endlich ein Stück Land, das er wirklich mochte und das eine realistische Chance bot, eines Tages genug für ihren Lebensunterhalt abzuwerfen, selbst nach sorgfältiger Einschätzung von Reece. Es lag im Vorgebirge in der Nähe eines Ortes namens Serpentine und war gut bewaldet, während ein kleiner Teil des tiefer gelegenen Landes gerodet war. Hinter dem Haus gab es sogar eine Quelle, sie war zwar nur klein, aber man hatte ihnen versichert, dass sie nicht einmal im Hochsommer versiegte. Auf dem Gelände stand eine einfache Hütte, die wieder verlassen worden war.

Bevor er zustimmte, es zu pachten, nahm Francis Livia mit, damit sie das Grundstück besichtigen konnte. Sie machten die Reise dorthin mit Pferd und Wagen, während Reece ihnen auf seinem Pferd folgte. Die Straßen waren unbefestigt, aber im Moment herrschte Trockenzeit, also bestand kein Risiko, irgendwo stecken zu bleiben.

Sie verbrachten eine Nacht in einem kleinen Gasthaus, Livia zuliebe, obwohl Reece lieber draußen gezeltet hätte.

Am zweiten Tag kamen sie auf der Farm an.

Das Land war knochentrocken, und das beunruhigte Reece, denn er hatte von Buschbränden gehört. Was würden sie tun, wenn einer hier ausbrechen würde? Die Leute hatten ihm gesagt, dass sie sich bei Wind schneller ausbreiteten, als ein Pferd galoppieren konnte. Er erwähnte dies gegenüber Francis, aber sein Arbeitgeber war so begierig, aus dem Haus seines Cousins wegzukommen und sein eigenes Leben zu beginnen, dass jeder Einwand weggewischt wurde. Am Ende versuchte Reece es gar nicht mehr.

Für ihn gab es kein Grundstück in der Nähe, aber auch ihm gefiel die Gegend, die attraktiver war als das flache Land bei Perth. Francis nahm keine Rücksicht auf seinen Diener, aber Reece beschloss, die Suche nach einem eigenen Stück Land fortzusetzen, so klein es auch sein mochte.

Sie übernachteten zwei Nächte auf der Farm, Reece im Zelt, während sich Francis und Livia die Hütte teilten. Reece hatte darauf bestanden, sie nach Spinnen und Schlangen abzusuchen, woran seine Arbeitgeber nicht einmal gedacht hatten. Er konnte nicht glauben, wie sorglos sie waren oder wie wenig sie über Australien gelernt zu haben schienen, verglichen mit dem, was er herausgefunden hatte, indem er sich mit jedem unterhielt, den er kennenlernte.

Er war sich nur allzu bewusst, dass dies nicht England war. Was Insekten und andere Wildtiere anging, musste man besonders vorsichtig sein, eines Tages hatte er sogar eine Rotrückenspinne in seinem Bett gefunden. Ihr Biss hätte ihn zwar nicht getötet, aber er hätte sich ein paar Tage lang sehr unwohl gefühlt. Und dann gab es auch noch Schlangen. Ihr Biss konnte einen töten. Aber wenn man sie nicht angriff, schlängelten sie normalerweise einfach davon, hatte ihm sein Gesprächspartner erklärt.

Seiner Meinung nach konnte man von denen, die die Southerhams für ihnen Untergebene hielten, eine Menge lernen. Er war bereit anzunehmen, dass andere, auch Sträflinge, mehr wussten als er, während Francis sich weigerte, mit diesen auch nur zu sprechen, geschweige denn seiner Frau zu erlauben, dies zu tun.

»Sie haben ein Anrecht auf zwei Sträflinge, die Ihnen helfen«, sagte Reece eines Tages. »Wollen Sie die nicht beantragen?«

Francis rümpfte die Nase, als hätte er etwas Widerwärtiges gerochen. »Ich werde warten, bis ich einen sicheren Ort habe, um sie nachts einzusperren, wegen Livia.«

Reece verkniff sich eine wütende Bemerkung. Man konnte einen Mann nicht dazu zwingen, vernünftig zu sein. Verstand

Francis denn nicht, dass sie beide ohne Hilfe niemals in der Lage sein würden, dieses überwiegend ungerodete Buschland in eine Farm zu verwandeln?

Sie zogen an einem glühend heißen Tag auf das Grundstück. Es brauchte zwei große Wagen, um alle Möbel und Kisten zu transportieren, die die Southerhams aus England mitgebracht hatten.

Die Pferde, die die Wagen zogen, trotteten langsam vor sich hin und brauchten regelmäßige Pausen, also fuhr Francis mit Livia in einem anderen, deutlich kleineren Wagen, den er gekauft hatte, voraus. Ihre Reitpferde hatten sie hinten angebunden, und Reeces Pferd, ein deutlich weniger temperamentvolles Tier, zog den Wagen. Sie überließen es Reece, den Transport ihrer gesamten Besitztümer zu überwachen.

Verrückt, dass sie all ihre Habe in der Obhut eines anderen ließen. Er hätte das nicht getan. Und verrückt, dass sie so viel Geld für zwei hochgezüchtete Reitpferde statt für Arbeitstiere ausgegeben hatten. Aber beide Southerhams waren Pferdenarren.

»Du regelst alles für die beiden, stimmt's?«, fragte Jack.

»Ich weiß noch nicht, was ich später machen möchte«, erklärte Reece reumütig und erzählte ihm, unter welchen Bedingungen er angestellt war.

»Die hatten es immer leicht im Leben. Das sieht man. Aber hier ist es nicht leicht. Für die meisten Leute ist es nirgendwo leicht.« Er spuckte zur Seite aus, um deutlich zu machen, was er davon hielt. Eine Weile fuhr er schweigend weiter, abgesehen von den Kommandos, mit denen er seine Pferde antrieb, und gelegentlichen Bemerkungen über den Zustand der Straße, die er den beiden Männern auf dem anderen Wagen zurief.

»Was hat dich nach Australien geführt?«, fragte Reece.

Jack grinste. »Die Regierung, als ich noch ein Knirps war. Ich bin in Sydney gelandet, mit einem Sträflingsschiff.«

»Warum bist du deportiert worden, wenn ich fragen darf?«

Jacks Gesicht wurde grimmig. »Ich habe Essen gestohlen, um meine Familie am Leben zu erhalten. Ich habe auch ein Tuch für meine Mutter gestohlen. Wir hatten Hunger, nachdem Dad gestorben war, und in dem Winter war sie blau vor Kälte, so dünn waren ihre Kleider. Aber ich war ihr wohl keine große Hilfe, was?«

»Das tut mir leid. Hast du danach noch einmal etwas von deiner Familie gehört?«

»Nein.«

»Das muss schwer gewesen sein.«

Der Mann zuckte mit den Achseln. »Ich konnte es nicht ändern.«

»Aber jetzt gehört dir dieser Wagen?«

Jack nickte, ohne seinen Stolz zu verbergen. »Ich wurde vorzeitig begnadigt, weil ich einem Wachmann, der in einen Fluss gefallen war, das Leben gerettet habe. Das war das Beste, was ich je getan habe, diesen fetten Sack aus dem Wasser zu ziehen. Danach bekam ich eine Stelle als Gehilfe bei einem Fuhrmann, und der brachte mir das Fahren bei. Matt war ein guter Kerl. Und dann habe ich mein Mädchen kennengelernt. Sie war auch hierher verschickt worden. Hat als Dienstmädchen gestohlen. Aus demselben Grund wie ich: Ihre Familie war hungrig. Jedenfalls haben Nellie und ich geheiratet, und ich hatte großes Glück, sie zu finden.«

»Du hast es offenbar zu etwas gebracht.«

Jack zuckte mit den Achseln. »Ich und Nellie haben hart gearbeitet und nach und nach unser eigenes Geschäft aufgebaut. Inzwischen bin ich erfolgreich, und seit wir uns kennen, hat sie nie wieder gehungert. Der große Kerl da auf dem anderen Wagen, das ist mein Sohn, Tommo. Er hat auch noch nie in seinem Leben Hunger gehabt, nicht mein Sohn. Und der Wagen gehört ihm. Er ist ein guter Arbeiter.«

»Ich bewundere, was du geschafft hast, und hoffe, ich kann deinem Beispiel folgen. Aber ich muss noch viel über Australien lernen. Wenn du einen Ratschlag hast, wie man es hier schaffen kann, würde ich mich freuen, wenn du ihn mit mir teilst.«

Der Fahrer dachte eine Weile nach und zuckte dann erneut mit den Achseln. »Wenn du das Zeug dazu und kein Pech hast, dann schaffst du es, indem du hart arbeitest und das, was du verdienst, nicht versäufst. Ich nehme an, du bist der Typ, der es schafft.«

»Woher weißt du das?«

»Du kannst zupacken. Du hast nicht wie dein Herr danebengestanden und zugesehen, wie wir die Sachen auf den Wagen geladen haben, du hast uns geholfen.«

Als sie nur noch ein paar Meilen von der Farm entfernt waren, horten sie hinter sich einen Schrei, und als sie sich umdrehten, sahen sie, dass eines der Räder des anderen Wagens gegen ein halb im Boden steckendes Stück Fels gekracht war und schräg an der Achse hing.

Fluchend brachte Jack seine Tiere zum Stehen und drückte Reece die Zügel in die Hand. Er sprang vom Wagen und rannte zurück, um sich den Schaden anzusehen.

»Gut, dass wir immer ein Ersatzrad dabeihaben!«, rief er Reece zu. »Manche haben das nicht, aber es kann dich Tage kosten, wenn mitten im Busch ein Rad beschädigt wird.«

Als sie das Rad gewechselt hatten, war es stockdunkel, und Jack beschloss, hier ihr Lager aufzuschlagen, da es in der Nähe eine Farm gab, wo sie Wasser für die Pferde bekommen konnten.

Reece hatte keine andere Wahl, als bei ihnen zu bleiben, aber er fragte sich, wie Francis und Livia über Nacht ohne Hilfe auskommen würden.

Während im Westen langsam die Sonne unterging und lange Schatten über die bloße Erde vor der Hütte krochen, wanderte Francis auf und ab.

»Wo bleiben sie nur? Sie hätten schon vor einer Stunde angekommen sein müssen.«

Livia, die auf der winzigen Veranda saß, zuckte die Achseln. »Vielleicht hat eines der Pferde gelahmt.«

»Das würde nur einen Wagen betreffen. Den anderen hätte Reece hierherbringen können. Wie sollen wir ohne anständige Betten zurechtkommen?«

Sie lächelte. »Es wird nicht allzu kalt werden. Wir haben eine Wolldecke im Wagen und Lebensmittel. Wir können Brot und Käse zu Abend essen.«

Aber die Butter, die sie mitgebracht hatte, war geschmolzen, worüber Francis angewidert das Gesicht verzog, und der Käse hatte geschwitzt und sah unappetitlich aus.

»Kein Grund zur Sorge«, sagte sie fröhlich. »Es ist nicht giftig, und ich habe einen Bärenhunger. Francis, mach uns ein Feuer, damit ich Wasser kochen kann, und dann such die Hütte nach Spinnen und Schlangen ab.«

Ein paar Minuten später ertönte ein Schrei. Francis stürzte aus der Hütte und blickte entsetzt auf die Tür.

Sie fuhr herum. »Was ist los?«

»Eine Schlange. Ich glaube, wir haben eine Schaufel auf dem Wagen. Ich werde ihr den Kopf abschlagen. Bewache die Tür, falls sie herauskommt.«

Er brauchte mehrere Minuten, um die Schlange zu erlegen, dann brachte er sie mit abgetrenntem Kopf nach draußen und warf sie schaudernd zur Seite. In der Zwischenzeit hatte Livia eine Kanne Tee gekocht und ihr schlichtes Abendessen auf der Decke ausgebreitet.

»Es tut mir leid«, sagte er, als er sich neben sie auf den Boden setzte.

»Was tut dir leid?«

»Dass ich dich an einen so rückständigen Ort gebracht habe, ohne Komfort und ohne Bedienstete. Ich hätte nicht erwartet, dass es so schlimm sein würde.«

»Wir haben Reece, der uns unterstützt, auch wenn er nicht gerade ein Diener ist, nicht wahr? Aber er ist sehr tüchtig. Und außerdem bin ich nicht hilflos. Ich kann Kühe melken, dank unserer Unterrichtsstunden bei Reece' Cousine, und Hühner füttern und Brot backen. Komm und iss dein Abendessen. Wir werden schon zurechtkommen. Deine Gesundheit ist viel wichtiger als ein Luxusleben.«

»Wir besorgen dir, so schnell es geht, ein Hausmädchen. Es heißt, demnächst soll wieder ein Schiff ankommen, wir werden sehen, ob wir eine der Frauen darauf einstellen können.«

Sie saßen noch eine Weile am Feuer, und als immer noch keine Spur von den anderen Wagen zu sehen war, errichteten sie in der Hütte ein provisorisches Bett und legten sich dort schlafen.

»Das ist wirklich schön«, sagte sie.

»Was ist schön?«

»Allein zu sein. Wir waren seit Monaten nicht ungestört.«

»Wir bauen Reece eine Hütte abseits von unserem Haus«, sagte er und nahm sie in den Arm. »Ich würde mich sehr über ein wenig mehr Privatsphäre freuen, um meine Frau zu lieben.«

Sie kuschelte sich an ihn. Vielleicht würde es ihnen nun endlich gelingen, ein Kind zu zeugen. Sie versuchten es schon eine Weile, bislang ohne Erfolg.

Reece und die beiden großen Wagen kamen gegen zehn Uhr am nächsten Morgen auf dem Grundstück an. Er berichtete von dem Rad, merkte aber, dass Francis nicht glücklich darüber war, dass er nicht rechtzeitig angekommen war.

»Sie hätten trotzdem den anderen Wagen weiterschicken

sollen. Es gefällt mir nicht, wenn meine Frau unter so primitiven Umständen leben muss.«

»Es waren alle drei Männer nötig, um das Rad zu wechseln, und selbst wenn ich ein Pferd gehabt hätte, wäre ich bei ihnen geblieben. Auf diesen Wagen befindet sich nicht nur *Ihr* gesamtes Hab und Gut, sondern auch alles, was ich auf der Welt besitze. Und die Straßen hier sind nicht gut genug, um im Dunkeln zu fahren. Letzte Nacht war Neumond.«

Jack kam herübergeschlurft, sein Gesicht war teilnahmslos, als hätte er nichts von dem Gespräch gehört. »Wo sollen wir Ihre Sachen hinstellen, Mr Southerham?«

»Wir haben ein großes Zelt als Lagerraum und für Reece zum Schlafen mitgebracht. Wenn Sie zuerst helfen könnten, es aufzubauen und dann die Sachen dorthinein zu laden, wäre ich Ihnen dankbar.«

»Ja, in Ordnung. Eine Tasse Tee wäre eine schöne Starthilfe für uns, Missus.«

Reece bemerkte, wie Francis dieser flapsige Umgang mit seiner Frau erzürnte, also sagte er hastig: »Den Tee koche ich.«

Livia lächelte sie alle an. »Nein, ich. Ihr Männer macht mit dem Abladen weiter, und ich rufe euch, sobald der Tee fertig ist.«

Sie hat mehr Verstand als ihr Mann, dachte Reece, bevor er sich umdrehte, um das Gelände zu inspizieren und Jack um Rat zu fragen, wo sie das Zelt aufstellen sollten.

»Ich hatte daran gedacht, es hier drüben aufzustellen«, sagte Francis.

»Wenn Sie das machen, fließt im Winter ein Fluss hindurch«, sagte Jack. »Es liegt ganz bei Ihnen. Wir stellen es auf, wo Sie wollen.« Er zwinkerte Reece zu.

»Ein Fluss?«

Jack zeigte auf den Boden. »Im Winter kommt hier das ganze Wasser runter.« Er bemerkte Francis' verwirrten Blick.

»Regenwasser. Muss schließlich irgendwohin. Der meiste Regen fällt im Winter und fließt dann bergab. Sie wollen doch nicht, dass es in Ihre Vorräte fließt, oder?«

»Was würden *Sie* mir denn raten, wo wir es aufstellen?«, fragte Reece.

»Billy wird es wissen.« Er deutete auf den Mann, der die meiste Zeit der Reise schweigend neben Tommo gesessen hatte. Er war ganz eindeutig halb Aborigine, aber er kleidete und benahm sich wie seine Gefährten, und sie schienen ihn als ihresgleichen anzusehen. »Billy ist ein guter Junge. Wir laden das Zelt ab, während er sich umsieht.«

Als Billy sich für ein leicht erhöhtes Stück Land knapp hundert Meter von der Hütte entfernt entschieden hatte, war der Tee fertig. Die Männer tranken ihn mit lautstark geäußerter Dankbarkeit, dann machten sie sich daran, das Zelt aufzubauen.

»Gibt es eigentlich irgendetwas, was Sie nicht können?«, fragte Reece, während er dabei zusah, wie geschickt die anderen drei im Vergleich zu ihm und Francis arbeiteten.

»Man muss auf sich selbst aufpassen können, wenn man unterwegs ist«, sagte Jack. »Ich wäre arm dran, wenn ich keinen Unterschlupf errichten und mir nichts zu essen kochen könnte, wenn ich nicht zu Hause bin.«

Es dauerte bis weit in den Nachmittag, bis sie alles ausgeladen und so in dem großen Zelt verstaut hatten, dass in einer Ecke noch ein wenig Platz blieb, wo Reece hinter ein paar Kisten schlafen konnte.

»Wollen Sie hier übernachten?«, fragte Francis Jack und seine Begleiter. »Für mich wäre das in Ordnung.«

»Ich habe einen Freund in der Nähe, den werde ich besuchen. Mir war gar nicht klar, dass Sie neben dem alten Kevin einziehen. Wenn Sie Zeit haben, nehme ich Sie mit und stelle Sie ihm vor. Es schadet nie, seine Nachbarn zu kennen.« Er warf Francis einen Seitenblick zu. »Allerdings ist er ein ehemaliger Sträfling, so wie ich, also vielleicht wollen Sie es auch nicht.«

Francis sah ihn entsetzt an. »Ein ehemaliger Sträfling darf Land pachten?«

»Zu Hause in Irland war er ein *Gentleman*. Er ist der Regierung in die Quere gekommen, weil er Irland befreien wollte, also haben Sie ihn hierhergeschickt. Er ist trotzdem ein guter Kerl.«

»Ich komme mit und lerne ihn kennen«, sagte Reece, der an Francis' Blick erkannte, dass dieser ablehnen würde. »Wie weit entfernt ist es von hier, Jack?«

»Mit dem Wagen eine Stunde. Aber wenn du zu Fuß die Abkürzung über den Hügel nimmst, brauchst du für den Rückweg nur ein paar Minuten.«

Reece wartete gar nicht erst darauf, dass Francis ablehnte, sondern stieg zu Jack auf den Wagen. Ein Nachbar, der sich in dieser Gegend auskannte, würde ihnen unter diesen neuen Bedingungen helfen können, ganz unabhängig von seiner Vergangenheit.

Kevin Lynch war älter, als Reece erwartet hatte, sein Gesicht war faltig, die Haare weiß. Er war sehr dünn, seine Haut war gebräunt, hatte aber einen gelblichen Stich, als ob es ihm nicht gut ginge.

Als Reece ihm die Hand entgegenstreckte, schüttelte Kevin sie und grinste. »Haben Sie keine Angst, einen Sträfling anzufassen, Mr Gregory?«

»Eine Heidenangst. Und mein Name ist Reece.« Die meisten Australier legten nicht sonderlich viel Wert auf Förmlichkeiten, und das gefiel Reece. »Ich bin bis nächsten April Mann für alles bei den Southerhams nebenan, dann suche ich mir ein eigenes Stück Land und mache mich selbstständig.«

»Du kennst dich mit Landwirtschaft aus?«

»Ein bisschen. Ich habe ein paar Jahre auf einer Farm gearbeitet, nachdem die Baumwollspinnereien geschlossen wurden. Aber ich habe immer noch eine Menge zu lernen, also wann immer du einen Rat für mich hast, was die Bedingungen hier angeht, zögere nicht, ihn mir mitzuteilen. Ich bin dankbar für alles.«

Er blieb nicht lange, aber als er ging, hatte er die Einladung, jederzeit um Rat zu fragen oder einfach zu Besuch zu kommen.

Er wünschte, es wäre sein Land und er würde für seine eigene Zukunft arbeiten, nicht für die der Southerhams. Aber er arbeitete jetzt schon mehrere Monate für sie, und der Rest der Zeit würde auch schnell vergehen. Und am Ende hätte er vielleicht sogar eine Frau. Er hoffte es.

Heute Abend würde er an dem Brief an Cassandra weiterschreiben. Und wenn er das nächste Mal nach Perth käme, würde er ihn bei der Post aufgeben, ganz egal wie viel es kostete, nach England zu schreiben. Sie berechneten nach Gewicht, hatte er gehört, und er hatte viele Seiten geschrieben, aber er wollte keine davon wieder herausnehmen. Sie musste wissen, was sie hier erwartete.

Er hoffte und betete, dass sie hierher zu ihm kommen würde. Er vermisste sie so sehr.

Kapitel 17

Früh am Morgen des dreizehnten Dezember hörte Cassandra jemanden rufen, dass Land in Sicht sei. Sie stand auf, warf sich ihre Kleider über, so alt sie auch waren, sie war begierig, an Deck zu gehen und ihr neues Zuhause zu sehen. Doch ihr Körper rebellierte gegen diese Eile und machte ihr einen Strich durch die Rechnung. Sie schlug sich eine Hand vor den Mund und stürzte zum Wasserklosett.

Als sie in die Kabine zurückkam, saß Miss Pershore auf der Bettkante der unteren Koje und blickte sie an, als hätte sie auf einmal zwei Köpfe.

»Sie erwarten ein Kind, nicht wahr?«, fragte sie in einem Tonfall, der zugleich Triumph und Abscheu ausdrückte.

»Ja, das stimmt.«

»Ich frage mich schon die ganze Zeit, ob sie wirklich einen Ehemann hatten, denn Sie sprechen nie über ihn, und das ist nicht normal. Ich glaube, Sie behaupten bloß, eine Witwe zu sein, um die Konsequenzen Ihrer Unzucht zu verbergen.«

Cassandra richtete sich zu ihrer vollen Größe auf und blickte hinunter auf die dürre, missmutige Frau. Sie hatte vergeblich versucht, mit Miss Pershore auszukommen, höflich zu bleiben, doch wenn sie diese Anschuldigung so stehen ließ, würde ihr Kind als unehelich angesehen, und dieses Stigma würde dafür sorgen, dass das arme Kleine sein Leben lang schlecht behandelt würde. »Ein Kirchenmann und seine Frau haben dafür gesorgt, dass ich eine Passage auf diesem Schiff bekommen habe. Sie wussten von meinem Ehestand und haben für mich gebürgt. Glauben Sie, das hätten sie getan, wenn mein Kind die Frucht von Unsittlichkeit wäre?«

Schweigen, dann schnaubte Miss Pershore vernehmlich. »Weiß Ihre Herrin davon?«

»Das geht Sie nichts an.«

»Sie weiß es nicht, das merke ich. Und sie wird Sie nicht mehr als Zofe wollen, wenn Ihr Zustand bekannt wird. Das wollen sie nie.«

»Dann finde ich eben eine andere Anstellung.«

»Als Zofe werden Sie keine Anstellung mehr finden.«

»Das will ich auch nicht, wenn man davon so mürrisch wird wie Sie.«

Sie bereute ihre übereilten Worte, kaum dass sie sie ausgesprochen hatte. Es zahlte sich nie aus, sich jemanden zum Feind zu machen. Nach einer langen, angespannten Stille griff Cassandra nach ihrem Umschlagtuch und ging nach oben an Deck. Warum hatte sie heute Morgen bloß nicht daran gedacht, es langsam angehen zu lassen?

Sie stellte sich an die Reling, und sobald ihr der frische Wind ins Gesicht blies, fühlte sie sich besser. Wenn sie gegen die Sonne blinzelte, konnte sie im Osten einen blassen Flecken erkennen, der nichts anderes sein konnte als Land. Auf einem weiteren flachen Stück Land stand ein Leuchtturm. Das musste Rottnest Island sein. Und dahinter, das hatte die Schiffsmutter ihnen erklärt, lag der Hafen von Fremantle, wo sie an Land gehen würden.

Auf einmal hatte Cassandra das verzweifelte Verlangen, wieder festen Boden unter den Füßen zu spüren, stundenlang allein zu wandern und nicht bloß auf dem Deck hin und her zu schlurfen, ständig darauf achtend, mit niemandem zusammenzustoßen.

Seufzend ging sie wieder nach unten, kämmte sich die Haare und wartete darauf, dass Mrs Barrett sie zu sich rief. Von Miss Pershore war weit und breit nichts zu sehen, was ungewöhnlich war, denn ihre Herrin war keine Frühaufsteherin und rief ihre Zofe normalerweise erst viel später zu sich.

Als der Steward an die Tür klopfte und ihr sagte, Mrs Barrett wolle sie sprechen, blickte er sie stirnrunzelnd an.

»Ist etwas nicht in Ordnung?«

Da blickte er unverhohlen auf ihren Bauch. »Ich fürchte ja.«

Miss Pershore musste getratscht haben. Cassandra hob trotzig das Kinn. »Es ist kein Verbrechen für eine verheiratete Frau, ja, nicht einmal für eine Witwe, das Kind ihres Ehemannes zu erwarten. Manche würden sagen, das ist etwas Schönes, und mir alles Gute wünschen.«

Er zuckte die Achseln. »Wahrscheinlich haben Sie recht. Ich vergesse manchmal, dass Sie gar keine richtige Zofe sind. Sie haben schnell gelernt.« Er zog sich zurück, wobei er ihr noch ein »Viel Glück« über die Schulter zurief.

Wofür sollte sie Glück brauchen? Cassandra wurde bang ums Herz. Was hatte Miss Pershore getan?

Als sie in die Kabine der Barretts gebeten wurde, saß Mr Barrett bei seiner Frau. Beide runzelten die Stirn, und ihre Blicke wanderten augenblicklich zu ihrem Bauch.

»Warum haben Sie uns nicht erzählt, dass Sie ein Kind erwarten?«, fragte er. »Von wem ist es?«

Sie antwortete nicht sofort, stand ganz still und ermahnte sich, ruhig und selbstbewusst zu antworten.

»Ich bin seit Kurzem verwitwet, also was glauben Sie denn, von wem es ist?«, gab sie zurück. »Von meinem Mann.«

»Das sagen Sie.«

»Darf ich Sie daran erinnern, dass ich Ihnen von einem Kirchenmann vorgestellt wurde? Sie haben mich nicht auf der Straße aufgelesen.«

Er überging die Bemerkung. »Warum haben Sie uns nichts von Ihrem Zustand erzählt?«

»Anfangs wusste ich es nicht. Und dann brauchte ich Zeit, um mich an den Gedanken zu gewöhnen. Ich hatte nicht mit einem Kind gerechnet und war traurig, dass es seinen Vater niemals kennenlernen würde.«

»Ich kann unmöglich eine Zofe haben, deren Bauch genauso dick ist wie meiner«, sagte Mrs Barrett gereizt. »Was würden die Leute lachen über uns beide.«

»Noch sieht man mir meinen Zustand nicht an, und das wird auch noch eine Weile so bleiben. Ich habe deswegen nicht weniger hart gearbeitet, und das werde ich auch in Zukunft nicht.«

»Ich muss den Kapitän darüber in Kenntnis setzen«, sagte Mr Barrett.

Cassandra hatte genug davon, dass ihr ständig andere Menschen sagten, was sie tun sollte. »Warum? Was geht ihn das an?«

»Er muss die Behörden darüber informieren, wenn wir an Land gehen. Vielleicht werden Sie sogar zurück nach England geschickt. Sie werden nicht wollen, dass sie der Öffentlichkeit auf der Tasche liegen.«

»Ich habe etwas Geld gespart, was mir für eine Weile über die Runden helfen wird, und ich kann hart arbeiten. Ich werde niemandem auf der Tasche liegen. Außerdem habe ich meine Schwestern, ich werde also nicht allein sein. Dieses Baby geht niemanden etwas an außer mich.« Ein flüchtiger Gedanke an Reece schoss ihr durch den Kopf, während sie das sagte, denn ihn betraf es auch, aber sie wusste, sie durfte sich jetzt nicht ablenken lassen, also presste sie die Lippen fest aufeinander.

»Lass uns bitte allein, Simon. Es gibt Dinge, die können Frauen einander nur sagen, wenn kein Mann anwesend ist.«

Als er hinausgegangen war, sah Mrs Barrett sie an und seufzte. »Es tut mir leid, dass Sie nicht länger bei mir bleiben können, wenn wir an Land sind, Lawson. Sie haben hart gearbeitet, und ich habe mich an Sie gewöhnt.«

Nicht gerade ein Kompliment, dachte Cassandra aufmüpfig. »Kann ich nicht wenigstens noch so lange bei Ihnen bleiben, wie man mir meinen Zustand nicht ansieht, um noch ein wenig mehr Geld zu verdienen?«

Mrs Barrett zögerte. »Eigentlich haben wir uns dagegen entschieden, aber es muss schrecklich sein, in diesem Zustand ganz auf sich allein gestellt zu sein, also werde ich noch einmal darüber nachdenken. Ich weiß nicht, was ich in dieser Zeit ohne Simon täte, der sich um mich kümmert.«

Cassandra neigte den Kopf und spürte, wie ihr Tränen in die Augen stiegen. »Ich hatte auch nicht erwartet, ganz allein ein Kind großziehen zu müssen. Aber ich werde gut für es sorgen und es lieben, weil es seinen Vater nie kennenlernen wird.«

Mrs Barrett tupfte sich über die Augen. »Wie traurig. Und diese Pershore-Frau ist eine gemeine alte Hexe. Sie hat meinen Mann an Deck angesprochen und es ihm erzählt. Sie hatte nicht einmal den Anstand, zuerst zu mir zu kommen.«

»Sie ist keine besonders angenehme Kabinengenossin, aber ich verstehe nicht, warum sie mir Böses will. Ich habe ihr nichts getan und sie immer höflich behandelt.«

»Haben Sie in letzter Zeit mal in den Spiegel geschaut?«

»Verzeihung, Ma'am?«

Mrs Barrett deutete mit einer Hand auf den Spiegel, der oben auf dem Kabinenkoffer stand. »Schauen Sie sich mal an.«

Sie ging durch den Raum. »Ich sehe keinen Unterschied.«

»Sie strahlen vor Gesundheit, und auch wenn Sie niemals hübsch sein werden – nicht mit der Nase –, sind Sie doch ganz ansehnlich.« Sie stellte sich neben die Zofe, und gemeinsam betrachteten sie ihr Spiegelbild. »Ich bin hübsch und habe einen Mann, der mich liebt, also brauch *ich* Sie nicht zu beneiden. Aber Miss Pershore ist hässlich und wurde nie geliebt, also beneidet sie Sie sehr.«

»Oh.« Cassandra warf sich selbst einen letzten raschen

Blick zu. Sie hatte nie viel Zeit vor dem Spiegel verbracht, aber sie musste zugeben, dass sie gut aussah. Die Sonnentage an Bord des Schiffes hatten ihr Farbe auf die Wangen gezaubert, und das reichhaltige Essen hatte ihr ihre weiblichen Kurven zurückgebracht.

»Sie sprechen nie über Ihren Mann.«

»Das wäre … zu schmerzvoll. Wenn ich nur in der Vergangenheit lebe, bin ich verloren.«

Mrs Barrett seufzte. »Wie tapfer Sie sind! Ich werde Ihnen ein hervorragendes Empfehlungsschreiben ausstellen. Und Sie können Hildas Truhe trotzdem behalten. Ich könnte den Gedanken nicht ertragen, dass es einem Kind an etwas mangelt. Da ich nach wie vor Hilfe benötigen werde, können Sie noch ein paar Wochen bei mir bleiben, nachdem wir von Bord gegangen sind. Aber ich kann Sie nicht als Zofe behalten, sobald man Ihnen Ihren Zustand ansieht. Ich würde mich lächerlich machen, wenn wir beide in anderen Umständen wären.«

Was für eine seltsame Grundlage für eine Entscheidung, fand Cassandra. Aber sie dankte ihrer Herrin und betonte, wie dankbar sie für diese Großzügigkeit war.

Es war schrecklich, so lügen zu müssen, im Großen wie im Kleinen, aber jetzt kämpfte sie für ihre Zukunft und die ihres Kindes, und sie würde tun, was immer sie tun musste.

Was Miss Pershore anging, so würde sie diese Frau von nun an völlig ignorieren. Die Stimmung in der Kabine würde dadurch zwar etwas unangenehm, aber jetzt dauerte es ja nicht mehr lange.

Als sie am Nachmittag erneut in die Kabine der Barretts kam, erwartete Mr Barrett sie bereits. Sein Gesichtsausdruck war längst nicht mehr so freundlich wie beim letzten Mal. Seine Frau blickte verdrossen drein.

Und auf dem Boden, mitten in der Kabine, stand Hildas Truhe.

»Öffnen Sie sie bitte«, sagte Mr Barrett, während er darauf zeigte.

»Dürfte ich fragen, weshalb?«

»Weil wir nie überprüft haben, was darin ist, was möglicherweise etwas übereilt von uns war. Ich möchte sie jetzt durchsehen, bevor Sie sie mitnehmen. Es könnten sich Wertsachen darin befinden.«

Cassandra war empört. »Ich glaube nicht, dass das nötig ist, Sir. Es war nichts Wertvolles darin. Ich hätte es Ihnen erzählt, wenn es so gewesen wäre.«

Er funkelte sie an. »Wenn Sie sie nicht öffnen, lasse ich den Kapitän holen, damit er es tut.«

Zornig zog sie den Schlüssel hervor, der an einer Kette um ihren Hals hing. »In dieser Truhe befinden sich auch einige meiner eigenen Sachen.« Sie hatte ihr Geld hineingetan, weil Hildas Truhe ein besseres Schloss hatte.

Nachdem sie den Deckel der Truhe aufgeklappt hatte, schob er sie beiseite, zog die Kleider heraus und warf sie auf den Tisch und den Fußboden, ohne sich darum zu scheren, ob sie zerknitterten oder schmutzig wurden.

»Aha!« Er stürzte sich auf ihren Geldbeutel.

»Das ist meins, Sir.«

»Das sagen Sie.« Er schüttete die Münzen auf den Tisch und zählte sie, dann starrte er Cassandra an. »Kein Wunder, dass Sie mich hiervon fernhalten wollten. Ich lasse den Kapitän holen. Sie sind nichts als eine Diebin.«

»Simon, wir haben ihr die Truhe geschenkt.«

»Aber nicht Hildas Erspartes. Es ist nicht richtig, dass sie es bekommt.«

»Das Geld gehört *mir!*«, widersprach Cassandra erneut.

»Das behaupten Sie. Aber ich glaube Ihnen nicht.« Er läutete nach dem Steward und wartete dann, dass der Kapitän eintreffen würde.

Die Nachricht eines Diebstahls ließ ihn sich beeilen, selbst zu einer so geschäftigen Zeit wie dieser, und er blickte überrascht auf das Durcheinander in der Kabine.

Simon deutete auf Cassandra. »Diese Frau ist eine Diebin!«

»Bin ich nicht! Das Geld gehört mir, und die Truhe haben *Sie* mir geschenkt.«

Mrs Barrett stellte sich neben Cassandra. »Wir haben ihr die Truhe tatsächlich geschenkt, Käpt'n.«

»Aber nicht das Geld«, beharrte Mr Barrett. »Wir haben gesagt, wenn Geld darin ist, würden wir es unserer früheren Zofe zurückgeben müssen.«

»Aber es war kein Geld darin. Das sind meine Ersparnisse!«

»Können Sie das beweisen?«

Ihr Verstand funktionierte nicht richtig, und eine Minute lang starrte sie ihn nur an, dann brachte sie die Verzweiflung dazu, sich das Gehirn zu zermartern, und plötzlich rief sie: »Ja! Die Frau, die mir dieses Geld geschenkt hat, ist in Westaustralien. Sie wird es Ihnen bestätigen.«

»Wie kann Sie Ihnen das Geld gegeben haben, wenn sie hier lebt?«, wollte der Kapitän wissen.

»Sie ist Anfang dieses Jahres auf der *Eena* ausgewandert.«

»Eine nette Geschichte«, schnaubte Mr Barrett.

»Augenblick!« Der Kapitän hielt eine Hand hoch. »Es gibt ein Schiff namens *Eena*, und es ist dieses Jahr nach Westaustralien gesegelt. Wie heißt diese Frau?«

Cassandra nannte ihm die Details und betete, dass Mrs Southerham noch immer in der Kolonie lebte.

»In der Zwischenzeit werde ich das Geld verwahren«, sagte der Kapitän und steckte das Münzsäckchen in seine Tasche.

»Bitte, Sir. Ich wäre Ihnen dankbar, wenn wir das Geld zählen und Sie mir eine Quittung ausstellen könnten.«

Er sah sie mit offenem Mund an. »Unverschämtheit! Glauben Sie, ich wollte es stehlen?«

»Nein, Sir. Natürlich nicht. Es ist einfach vernünftig. Dieses Geld ist alles, was ich auf der Welt besitze. Bei Ihnen ist es sicher, das weiß ich, aber falls Ihnen irgendetwas zustoßen sollte, wer wüsste dann, dass das Geld mir gehört?«

»Hmm. Also gut. Sie haben nicht unrecht. Zählen Sie es noch einmal.«

Nachdem das erledigt war, schaute er sie nachdenklich an und sagte: »Wenn die anderen von Bord gehen, bleiben Sie zurück, Mrs Lawson. Sie werden in die Migrantenherberge begleitet und bleiben dort, bis wir etwas von Mrs Southerham hören.« Er nickte den Barretts zu und verabschiedete sich.

Mr Barrett deutete auf den Inhalt der Truhe. »Packen Sie das Zeug wieder ein, Lawson, dann schließen wir die Truhe ab und schicken sie zurück in den Frachtraum. Ab jetzt dürfen Sie unsere Kabine nicht mehr allein betreten.«

Cassandra ließ sich absichtlich jede Menge Zeit beim Einpacken, und schließlich wurde es ihm langweilig und er ließ seine Frau allein mit ihr zurück.

»Das ist Ihr Geld, nicht wahr?«, sagte Mrs Barrett.

»Ja.«

»Es tut mir leid. Manchmal geht es ein wenig mit ihm durch.«

»Mir tut es auch leid. Ich habe Ihnen gut gedient, hart gearbeitet, und das ist jetzt der Dank für meine Mühen?«

»Es war wieder diese Pershore-Ziege. Sie hat ihm erzählt, sie habe beobachtet, wie Sie Geld zählten, und mache sich Sorgen, Sie könnten es gestohlen haben. Und tatsächlich hat es unter den allein reisenden Frauen während dieser Überfahrt eine Menge Langfinger gegeben.«

»Ich habe noch nie in meinem ganzen Leben etwas gestohlen. Nie!«

Als sie ihre Sachen wieder eingepackt hatte, läutete Mrs Barrett nach dem Steward, doch der sagte, die Matrosen seien zu beschäftigt damit, die Ankunft in Fremantle vorzubereiten, also müsse die Truhe bleiben, wo sie sei.

Mrs Barrett gähnte. »Ich muss ein Schläfchen machen. Sie können gehen, Lawson.«

Cassandra ging hinauf an Deck. Dort fand sie schließlich ihre Schwestern, und bei ihnen gab sie endlich den Tränen nach, die sie in Gegenwart ihrer Ankläger zurückgehalten hatte.

Sie waren entsetzt, als sie ihnen erzählte, was passiert war, und murmelten tröstende Worte. Keine von ihnen wusste, wie es weitergehen würde, wenn das Schiff anlegte, und alle sorgten sich um ihre Zukunft.

Würde denn niemals irgendetwas gut gehen, fragte sich Cassandra. Und würde diese Anklage sie wieder einmal von ihren Schwestern trennen?

Und was, wenn Mrs Southerham nicht aufzutreiben wäre und sie ihr Geld verlöre? Wie sollte sie es dann zurückbekommen?

Oder würden sie sie zurück nach England schicken?

Die ersten Tage auf der neuen Farm vergingen wie im Flug. Livia spielte es herunter, dass sie sich um den Haushalt zu kümmern hatte, aber Francis missfiel sichtlich, dass sich seine Frau mit solch niederen Tätigkeiten beschäftigen musste.

Reece hielt sich zurück und kommentierte ihre Lage nicht, aber in seinen Augen ging sein Dienstherr alles völlig falsch an. Sie hätten noch vor Wintereinbruch einen Anbau an der Hütte errichten müssen, aber davon hatte Francis nichts gesagt. Ihm war es offenbar wichtiger, Schatten für die beiden Pferde zu schaffen (in Form einer zwischen Bäumen gespannten Plane), und er sprach davon, ihnen für den Winter einen Stall zu bauen.

Aus den Holzkisten, in denen sich die Möbel befanden, bastelte Reece einen provisorischen Tisch, den sie draußen aufstellten. Livia brauchte etwas, worauf sie die Mahlzeiten zubereiten konnte, und sie alle brauchten ihn zum Essen. Die

Hütte selbst war zu vollgestellt mit Schachteln und Packkisten, um sie als Speisezimmer zu benutzen, und selbst auf der Veranda stapelten sich Kisten, die noch ausgepackt werden mussten.

Er betete bloß, dass die Leute, mit denen er gesprochen hatte, recht hatten, und die Regenzeit erst im März oder April einsetzen würde.

Als sich die erste Woche dem Ende zuneigte, wartete er, bis sie mit dem Essen fertig waren, dann sagte er: »Ich nehme an, es ist immer noch in Ordnung, wenn ich mir sonntags freinehme? Ich habe für morgen eine Einladung von unserem Nachbarn.«

»Sind Sie sicher, dass Sie sich mit einem Verbrecher wie Lynch anfreunden wollen?«, fragte Francis. »Sie möchten doch sicher nicht, dass die Leute Sie auch für einen halten.«

»Ich mag Kevin, außerdem wurde er begnadigt und ist jetzt vollkommen frei«, erwiderte Reece. Er war abends schon ein paar Mal zu ihrem Nachbarn hinübergegangen, ohne es den Southerhams zu erzählen, und heute wollte er Kevin um Hilfe bei seiner Suche nach einem Pachtgrundstück bitten. Etwas zu kaufen konnte Reece sich definitiv nicht leisten. Davon hatte er den Southerhams allerdings ebenfalls noch nichts erzählt. Dazu blieb noch genug Zeit, wenn er sich dazu entschloss, das Wagnis einzugehen.

Nach dem Frühstück machte er sich auf den Weg, erleichtert, für eine Weile fortzukommen. Er hatte um Erlaubnis gebeten, seinem Gastgeber ein Stück Kängurufleisch mitzubringen. Sie mussten immer einen Teil des Kadavers wegwerfen, weil er in der Hitze so schnell verdarb, also hatte Livia ihm gerne etwas davon mitgegeben.

Es fiel ihm zunehmend schwerer, von ihnen als Mr und Mrs Southerham zu denken, so eng, wie sie zusammenlebten. Wahrscheinlich wären sie ungehalten, wenn sie davon wüssten. Sie waren immer höflich und zuvorkommend ihm gegenüber, doch es schien ihnen nie auch nur in den Sinn zu kommen, dass er einsam sein könnte. Oder dass auch er abends gern am Feuer sitzen und sich ausruhen würde, ohne ständig gebeten zu werden, »nur mal eben« dies zu tun oder »nur mal eben« jenes zu holen. Deshalb ging er meistens früh zu Bett, lag in seiner schmalen Nische im Vorratszelt und fühlte sich, als würde er ersticken.

Wenn er auch noch an seinem freien Tag hierbliebe, dann würden sie ihn nicht in Ruhe lassen, das wusste er.

Kevin erwartete ihn auf der Veranda seines kleinen, aber gemütlichen Hauses.

»Geht es dir gut?«, fragte Reece. »Du siehst blass aus.«

»Ich kriege mein Alter zu spüren. Und dieses heiße Wetter ist mir noch nie sonderlich gut bekommen. Ich werde aufblühen wie eine Blume, wenn erst einmal der Regen einsetzt.«

Reese war sich da nicht so sicher. Kevin wirkte krank, nicht erschöpft. Er fragte sich, wie alt sein Nachbar sein mochte. Eher sechzig als fünfzig, schätzte er. »Ich habe dir Fleisch mitgebracht.«

»Na, das nenn ich eine gute Idee. Ich bin nicht mehr so flott beim Jagen, wie ich es mal war. Trinken wir noch eine Tasse Tee, bevor wir uns auf den Weg machen und das Land hier in der Gegend besichtigen?«

»Gute Idee.«

Kevin hatte einen kleinen Wagen und ein hässliches, aber gutmütiges Pferd, um ihn zu ziehen, also spannte Reece es an, eine weitere Fähigkeit, die er in Australien gelernt hatte.

Nachdem er dabei zugesehen hatte, ob Reece es richtig machte, gab Kevin der kleinen Stute einen Klaps auf die Schulter. »Du bist ein gutes Mädchen, nicht wahr, Delilah?« Sie stupste ihn mit der Nase an, und als er ein Zuckerstückchen aus der Tasche holte, schleckte sie es ihm vorsichtig von der Hand.

»Delilah?«, frotzelte Reece. »Was ist denn das für ein Name für ein Pferd?«

»Sie hat mich verführt, sie zu kaufen, als ich eigentlich auf der Suche nach einem größeren, stärkeren Pferd war. Ihr Besitzer hat sie nicht gut behandelt. Hier in diesem Land sind sie schrecklich streng mit Pferden. Und es war die richtige Entscheidung. Sie hat Ausdauer, auch wenn sie nicht besonders hübsch ist, und wenn du sie darum bittest, würde sie sich das Herz rausreißen.«

»Fahren wir weit weg?«, fragte Reece.

»Nicht sehr weit.«

Das Land, das sie sahen, war genauso ausgetrocknet wie der Rest der Landschaft hier. Kevin erklärte ihm, nach welchen Kriterien er Ausschau halten sollte, wie einem Fluss oder einer Quelle, und gutem Holz, das man fällen und verkaufen konnte.

»Ich würde das nicht als Flüsse bezeichnen«, sagte Reece während eines Halts. »Das sind nur Rinnsale.«

»Wenn erst der Winterregen einsetzt, werden es reißende Ströme. Schau nur, was dieser hier für eine Schlucht gegraben hat. So ein Fluss ist viel wert. Hat dein Herr einen?«

»Nein. Aber es gibt eine Quelle, und neulich haben wir am unteren Ende des Grundstücks einen Brunnen entdeckt. Ich wäre fast hineingefallen, es sah aus wie ein Haufen alter Bretter. Aber ich habe die Winde wieder repariert und aus den Brettern eine Umrandung gebaut. Wir hatten ein Seil und einen Eimer. Das Wasser ist ein wenig brackig, aber es ist in Ordnung.«

»Southerham ist kein Farmer, oder?«

»Nein. Er mag Pferde und das Leben im Freien. Ich glaube, er hat die beiden Dinge miteinander verwechselt.«

Sie schwiegen einen Augenblick, dann fragte er: »Wie viel werde ich für das Land bezahlen müssen?«

»Du pachtest es pro Morgen.«

»Und ich müsste eine Unterkunft darauf bauen.«

»Du könntest dich fürs Erste mit einer Rindenhütte begnügen. Ich kann dir zeigen, welche Bäume du dafür entrinden müsstest.«

Reece zögerte, hatte aber das Gefühl, sich seinem Nachbarn anvertrauen zu können. »Ich hoffe, ich kann meine Braut hierherholen, also werde ich einen Teil meiner Ersparnisse für ihre Überfahrt benötigen. Ein Mann braucht eine Frau … und sie ist einfach wundervoll. Aber ich bin den Southerhams noch ein Jahr lang verpflichtet.«

»Ich hätte ein paar Ideen, die du vielleicht in Erwägung ziehen möchtest. Sollen wir zurück zu mir fahren und darüber sprechen? Langsam werde ich müde, und diese Hitze belastet mich.«

»Soll ich die Leinen übernehmen?«

»Das wäre großartig. Und wenn du mir diesen alten Sonnenschirm dort drüben reichen würdest, dann kann ich mich vor der Sonne schützen.«

Als sie auf Kevins Veranda saßen und Tee aus großen Halb-Pint Bechern tranken, sagte er: »Ich könnte hier ein wenig Gesellschaft gebrauchen, Reece, mein Junge. Es fällt mir immer schwerer, mit allem klarzukommen, muss ich gestehen. Es ist mehr als nur die Hitze. Es ist das Alter. Es ist nicht gut, allein alt werden zu müssen.« Er ließ die Worte wirken, dann fügte er hinzu: »Ich könnte dir Land verpachten. Wir machen es ordentlich. Ich würde es dir für fünf Jahre überlassen, und zwar nicht für Geld, sondern im Gegenzug unterstützt du mich.«

Reece sah ihn vollkommen überrumpelt an.

»Ich habe ein leer stehendes Schlafzimmer, weil ich immer gehofft hatte, einer meiner Neffen würde irgendwann hier rauskommen, aber das hat er nicht getan. Und wir könnten das Wohnzimmer ein wenig vergrößern, damit wir im Winter mehr Platz haben. Es ist nicht allzu schwer, an ein Holzhaus etwas anzubauen. Im Winter regnet es grässlich. Ich habe hier schon einige Holzbretter liegen. Die würden sich hervorragend eignen, wenn du sie ein wenig zurechtschneidest.«

Reece antwortete ausweichend, weil es ihm so traurig erschien, dass ein Mann jemanden dafür bezahlen musste, sich um ihn zu kümmern. »Hast du keinen Kontakt zu deiner Familie? Würden sie nicht jemanden schicken, der für dich sorgt?«

»Nein. Meine Frau starb, bevor sie hierherkommen konnte. Wir hatten keine Kinder, und meine anderen Verwandten, selbst die, denen ich nahestand, sind nicht sehr stolz darauf, mit einem Sträfling verwandt zu sein.« Er seufzte und starrte kurz ins Leere. »Es ist grausam, einen Mann für den Rest seines Lebens zu verbannen.«

Reece wartete eine Minute und beobachtete, wie Kevin in die Ferne blickte. Als er ihn wieder anschaute, sagte er: »Das ist ein freundliches Angebot. Bist du dir sicher?

»Das bin ich.«

»Ich frage mich …«

»Was?«

»Nun, über den Hügel sind es nur wenige Gehminuten bis zu dir. Könnte ich nicht sofort bei dir einziehen? Ich habe im Moment nur eine Ecke im Zelt.«

Kevin musterte ihn, dann lächelte er. »Das würde mich freuen.«

»Im Gegenzug helfe ich dir hier mit der Arbeit.«

»Werden sie es dir erlauben?«

Reece lächelte. »Ich glaube nicht, dass sie es wagen würden, mir das abzuschlagen. Es ist nicht leicht, Bedienstete zu finden. Und es gibt kein Gesetz, das besagt, dass Angestellte im gleichen Haus leben müssen.«

Doch als er zurückkam und ihnen erzählte, was er vorhatte, widersprach Francis sehr wohl.

»Aber wir brauchen Sie hier.«

»Ich bin Bediensteter, kein Sklave«, erklärte Reece freundlich.

»Aber normalerweise wohnen die Bediensteten mit im Haushalt.«

»Möchten Sie wirklich, dass dieser alte Mann ganz auf sich allein gestellt ist? Und habe ich nicht ein Recht auf einen freien Tag?«

Es entstand eine unangenehme Stille, dann mischte sich Livia ein. »Ist Mr Lynch wirklich ganz allein?«

»Ja, Mrs Southerham. Er hat niemanden, der ihm hilft.«

»Warum ausgerechnet Sie?«

»Wir verstehen uns gut, schon seit wir uns das erste Mal begegnet sind. Manchmal findet man jemanden auf Anhieb sympathisch, nicht wahr?« Genauso wie es mit Cassandra gewesen ist. Er verscheuchte den Gedanken an sie und fügte hinzu: »Ein Zelt ist nicht gerade ein komfortabler Schlafplatz. Und wenn ich ausziehe, haben Sie außerdem mehr Stauraum für Ihre Sachen und können im Haus ein wenig mehr Platz schaffen.«

Es war eine gewaltige Übertreibung, das Ding ein Haus zu nennen. Selbst »Hütte« wäre noch geprahlt gewesen. Aber Francis machte nach wie vor keine Anstalten, es zu reparieren, sagte immer wieder, dass er diese Aufgabe für die Häftlinge aufhebe, die er beantragen wolle, sobald er dafür bereit sei. Er markierte jedoch die Bäume, die er fällen wollte, um Geld zu verdienen, oder vielmehr fingen er und Reece an, die Bäume zu markieren, und Reece beendete die Arbeit, wenn es Francis zu heiß und zu anstrengend wurde.

Die meiste Zeit verbrachte er mit seinen Pferden, die vermutlich die am besten versorgten Pferde in der ganzen Kolonie waren. Anscheinend war Francis inzwischen der Gedanke gekommen, dass er schon wieder einen Fehler gemacht hatte.

Reece konnte den Southerhams einfach nicht begreiflich

machen, dass der Winterregen jedes Leck im rostigen Blechdach finden würde.

Nachdem Reece beobachtete hatte, wie Livia sich bei der Arbeit in der heißen Sonne abplagte, ohne sich zu beschweren, schlug er Francis vor, eine Plane zu spannen, um so etwas wie ein Dach über dem Bereich um den groben Holztisch zu schaffen. Er brauchte nur zu sagen »Mrs Southerham braucht Schatten«, und schon wandte sich Francis dieser Aufgabe zu. Aber Reece musste sich um alles kümmern, denn Francis hatte natürlich keine Ahnung, wie er es anstellen sollte, und seine Vorschläge hätten bloß zu einer Konstruktion geführt, die beim ersten starken Windstoß davongeweht worden wäre.

Sie arbeiteten in der Mittagshitze, die sich anfühlte, als würde einem ein Hammer auf den Kopf geschlagen. Keiner von ihnen hatte je ein solches Wetter erlebt.

»Sie sind sehr praktisch veranlagt«, sagte Livia zu Reece, der unter der Plane darauf wartete, dass sie das Mittagessen servierte. Sie deutete nach oben. »Das macht einen so großen Unterschied.« Sie blickte hinüber zum Unterstand der Pferde, wo ihr Mann nach den beiden Tieren sah, und lächelte. »Mein Francis ist längst nicht so, aber ich bin sicher, sobald wir unsere beiden Sträflinge haben, werden wir hier auch vorankommen. Er hofft, er kann die Sache erledigen, wenn wir oben in Perth sind.«

Reece hatte so seine Zweifel, dass das so einfach sein würde. Nach allem, was er gehört hatte, waren Strafarbeiter weder besonders geschickt im Bauen noch in sonst irgendetwas, und mussten sorgfältig überwacht werden. Männer, die zur Arbeit gezwungen wurden, waren nie die besten Arbeiter. »Nun, zumindest sorgt Mr Southerham mit seiner Jagd dafür, dass wir genug Essen haben.«

»Und selbst in der Angelegenheit waren Sie derjenige, der

die Idee hatte, eine Grube zu graben und das Fleisch in den kühleren Erdschichten unter der Oberfläche aufzubewahren.«

»Das hat mir Kevin beigebracht.«

»Unser Nachbar?«

»Ja. Es ist ein sehr intelligenter Mann, von adeliger Abstammung. Wenn er kein ehemaliger Sträfling wäre, würden Sie sich gut verstehen.«

»Aber er war nun mal ein Sträfling.«

Er war nicht so dumm, auf seinem Standpunkt zu beharren. Für sie gab es nur Adlige und den Rest der Welt. Zwar gaben sie sich freundlich denen gegenüber, die sie für unter ihrem Stand hielten, doch solange es sich vermeiden ließ, würden sie sich niemals mit einem ehemaligen Sträfling abgeben, selbst wenn es zu ihrem Vorteil wäre. Er zog es vor, jeden Mann nach seinem Charakter zu beurteilen – und jede Frau.

Francis kam zu ihnen, wusch sich die Hände im Eimer, und dann servierte Livia das Essen: Damperbrot und Kängurustew vom Vortag. Die Kartoffeln keimten bereits, und sie sprach davon, sie wegzuwerfen.

»Warum pflanzen Sie sie nicht ein?«, schlug Reece vor. »Es geht nichts über den Anbau eigener Lebensmittel.«

»Wenn die Kartoffeln so billig sind, lohnt sich das nicht«, sagte Francis und verzog das Gesicht.

»Dann geben Sie sie mir, wenn sie für Sie nutzlos sind, und ich pflanze sie auf Kevins Grundstück ein.«

Francis zuckte mit den Achseln. »Sie können sie haben, wenn Sie wollen.« Er aß noch einen Bissen und blickte seufzend auf seinen Teller hinab. »Bevor wir aus Perth abgereist sind, habe ich gehört, dass Mitte Dezember wieder ein Schiff ankommen soll. Ich werde hinfahren und schauen, ob ich ein Dienstmädchen finden kann, das Livia hilft, und dann hole ich auch meine Sträflinge ab.«

»Dann komme ich mit«, sagte sie sofort. »Ich möchte mir meine Angestellten gerne selbst aussuchen.«

»Können Sie hier auf alles aufpassen, Reece? Wir werden den Wagen nehmen und Ihnen eines der Pferde hierlassen.«

»Ich muss auch nach Perth. Ich habe einen sehr wichtigen Brief aufzugeben und muss ein paar Sachen kaufen. Ich werde ein Stück Land von Kevin pachten und möchte darauf ein Haus bauen.«

Beide hielten inne und starrten ihn an.

»Sind Sie sicher, dass das eine gute Idee ist?«, fragte Francis. »Es wäre nicht Ihr eigenes Land. Sie könnten Ihr Geld verlieren.«

»Ich werde in erster Linie Rinde verwenden. Das Haus wird nicht viel kosten. Kevin zeigt mir, wie es geht.«

»Wann werden Sie das tun?«

»Sonntags.«

»Ich hoffe, Sie kommen nicht erschöpft zu Ihrer eigentlichen Arbeit zurück.«

»Habe ich Ihnen bisher irgendeinen Grund zur Beschwerde gegeben? Ich arbeite schon jetzt daran, den Boden für das Haus zu ebnen.«

»Ich dachte, Sie wohnen in Kevins Haus? Verstehen Sie sich nicht mehr mit ihm?«, fragte Livia.

»Ich brauche ein Haus, in dem meine Frau wohnen kann – wenn sie mich will. Deshalb ist dieser Brief auch so wichtig.«

»Cassandra?«

»Wer sonst?«

»Ich bin sicher, sie wird annehmen«, sagte Livia herzlich.

»Es wird noch mindestens ein Jahr dauern, bis sie hierherkommen kann, wenn nicht sogar länger, und ich muss herausfinden, wie ich ihr das Geld für ihre Überfahrt zukommen lassen kann. Ich habe meinen Lohn gewissenhaft gespart.«

Livia lächelte. »Ich habe ihr ein wenig Geld dagelassen, genug für eine Überfahrt. Vielleicht kommt sie schon ein wenig eher.«

Reece wünschte, er wäre sich genauso sicher, dass sie seinen Antrag annehmen würde. Er schwankte zwischen Hoffen und Bangen. Edwin Blake war inzwischen sicher gestorben, so traurig das auch war, also würde Cassandra es sich doch wohl gestatten, über ihre Zukunft nachzudenken? Oder würde sie sich weigern, ihre Schwestern zu verlassen?

Er wurde traurig, wenn er daran dachte, wie lange sein Brief bis zu ihr brauchen würde und wie lange es dauerte, bis ihre Antwort ihn erreichte. Er hatte schon einmal den Ausdruck »am Ende der Welt« gehört, aber er hätte sich nie träumen lassen, dass er einmal dort leben würde. Ihm war nicht klar gewesen, wie abgeschieden die Swan River Colony lag und wie wenige Menschen hier wohnten.

Francis' Vetter hatte eine Menge zu verantworten, schließlich hatte er Lügen über diesen Ort verbreitet.

Andererseits gefiel es Reece hier, er genoss das freiere Leben und war begeistert von den Möglichkeiten, die er hier für sich selbst sah. Sogar das wärmere Klima mochte er, so etwas hatte er bisher nicht gekannt. Jeden Tag schien die Sonne, und man brauchte nie einen Mantel. Irgendetwas in ihm freute sich über diese helle Wärme. Schon vorher war ihm klar gewesen, dass er nie wieder in einer Fabrik arbeiten könnte, jetzt wusste er auch, dass er nie wieder in das kühle, regnerische Lancashire zurückkehren wollte.

Kapitel 18

Ein paar Stunden nachdem sie Rottnest Island hinter sich gelassen hatten, ging die *Tartar* in Gage's Road, einem geschützten Gewässer etwa eine halbe Meile vor der Küste, vor Anker. Die Stadt Fremantle lag vor ihnen, verlockend nah, aber noch immer außer Reichweite.

»Das ist ja gar kein Hafen!«, rief Xanthe überrascht. »Nur ein paar lange Anleger.«

»Ich habe gehört, da ist eine Sandbank an der Flussmündung, sodass nur kleinere Schiffe bis nach Perth hinauffahren können.« Pandora seufzte. »Ist das nicht frustrierend? Ich kann es gar nicht erwarten, unser neues … Zuhause zu sehen.« Es fiel ihr immer noch schwer, es so zu nennen. Zuhause würde für sie immer Outham bleiben. Sie konnte nicht einmal mit ihren Schwestern darüber sprechen, wie weh es tat, ihre Heimat zu verlassen.

»Da gibt es eine Menge Wald, aber nicht besonders viele Häuser«, bemerkte Maia. »Ich hatte es mir viel größer vorgestellt. Und was ist das große weiße Gebäude auf dem Hügel?«

»Ein Gefängnis.«

»Ich schätze, man braucht ein großes Gefängnis, wenn so viele Sträflinge hierhergeschickt werden, aber die Schiffsmutter hat gesagt, die meisten von ihnen sind gar nicht eingesperrt, sondern arbeiten an neuen Straßen oder anderen Verbesserungen. Oder sie werden bei guter Führung auf Bewährung entlassen.« Sie runzelte die Stirn. »Glaubt ihr, diese Männer sind gefährlich?«

»Wenn sie es wären, würde man sie doch sicher nicht aus dem Gefängnis entlassen.«

Drei weitere Schiffe ankerten in ihrer Nähe, und sie sahen, wie langsam ein Boot zu ihnen herausgerudert kam. Wie sich herausstellte, befand sich darauf der Gesundheitsinspektor.

Als Nächstes kam ein kleineres Boot heran und holte zwei der Kabinenpassagiere ab, während die Auswanderer sich weiterhin an Deck drängeln mussten und sehnsüchtig aufs Ufer blickten.

Allgemeines Murren erhob sich, als sie an diesem Abend wie üblich um acht Uhr eingeschlossen wurden.

Am nächsten Morgen wurde Cassandra wie jeden Tag zur Kabine der Barretts gerufen, und beinahe hätte sie sich geweigert, so wütend war sie auf Mr Barrett. Aber sie konnte sich ihren Stolz nicht leisten, denn sie hatten ihr immer noch nicht den Lohn gezahlt, den sie ihr versprochen hatten.

Mrs Barrett war allein in der Kabine und steckte ihr eilig einen Brief zu. »Das ist ein Empfehlungsschreiben. Simon findet, wir sollten Ihnen keines ausstellen, aber ich bin anderer Meinung. Sie haben hart gearbeitet, alles getan, was ich von Ihnen verlangt habe. Stecken Sie es schnell weg. Und nun helfen Sie mir mit meiner Frisur und beim Packen.«

»Dürfte ich Sie noch … wegen meines Lohns fragen, Ma'am?«

Mrs Barrett begann, an ihrem Ehering herumzuspielen. »Simon findet leider, unter den gegebenen Umständen ist es genug, dass wir Ihre Überfahrt bezahlt haben.«

»Er hat zugestimmt, mir Lohn zu zahlen!« Cassandra richtete sich zu ihrer vollen Größe auf. »Wenn es sein muss, suche ich mir einen Anwalt und werde diesen Lohn einklagen. Ich brauche jeden Penny, den ich bekommen kann, für mein Kind. Mr Barrett hat mir bereits mein Geld abgenommen – *jeden Penny meiner Ersparnisse.* Will er mir jetzt auch noch meinen Lohn vorenthalten? Was glaubt er, wovon ich leben soll, wenn ich von Bord gehe?«

Mrs Barrett brach in Tränen aus, aber Cassandra versuchte nicht, sie zu trösten, und begann auch nicht mit ihrer Arbeit.

Als die Tür aufging, drehte sie sich um und sah Mr Barrett, der sie zornig anfunkelte.

»Was machen Sie hier, womit regen Sie meine Frau auf?«

»Ich habe nach meinem Lohn gefragt.«

»Was für eine Unverschämtheit! Stehlen Geld und bitten dann noch um mehr.«

Cassandra fiel ein Satz ein, den sie einmal gelesen hatte. »Im englischen Recht gilt die Unschuldsvermutung, bis die Schuld des Angeklagten zweifelsfrei bewiesen ist. Wenn meine Unschuld bewiesen wird, was werden Sie dann mit meinem Lohn machen? Sind Sie dann überhaupt noch in Perth? *Das* nenne ich Stehlen.«

»Wie können Sie es wagen, mir so etwas vorzuwerfen? Und hören Sie auf, hochtrabende Wörter zu benutzen, die Sie nicht verstehen. Das geziemt sich nicht für eine Zofe.«

»Ich verstehe sehr wohl, wovon ich rede. Ich habe vielleicht nicht so viel Geld wie Sie, aber mit meinem Kopf ist alles in Ordnung.« Sie sah, wie seine Frau ihn am Ärmel zupfte.

»Zahl ihr den Lohn, Simon. Sie hat ihn sich verdient. Genau genommen weiß ich nicht, was ich ohne sie getan hätte.«

Entsetzt wandte er sich seiner Frau zu. »Aber wir waren uns einig!«

»Nein. *Du* hast gesagt, was du tun wirst. Du hast dir meine Meinung nicht einmal angehört. Und wenn du sie nicht bezahlst, dann werde ich das tun.«

Es entstand eine bedeutungsschwangere Pause, dann kramte er in seiner Tasche herum. »Das mache ich nur, damit meine Frau sich nicht noch mehr aufregt.«

Er warf Cassandra ein paar Münzen zu, und als einige auf den Boden fielen, musste sie sich bücken, um sie aufzuheben. Sie zählte sie sorgfältig ab. »Da fehlt noch ein Pfund. Wollten

Sie mich übers Ohr hauen?« Sie streckte ihre Hand mit den Münzen aus, um es ihm zu zeigen.

Er sah sie zornig an, fummelte in seiner Tasche herum und holte eine weitere Münze heraus. Diesmal ließ er sie absichtlich auf den Boden fallen.

Sie hob sie auf, denn ein Pfund war viel Geld, aber es machte sie wütend, dass er sich so kleinlich und nachtragend verhielt. Sie wandte sich an Mrs Barrett. »Danke für Ihre Hilfe, Ma'am. Also, was kann ich heute Morgen für Sie tun?«

Er marschierte aus der Kabine, und Mrs Barrett schloss die Augen und schüttelte sich. »Männer! Hat Ihrer auch immer geglaubt, er wüsste alles besser?«

Sie brauchte einen Moment, um sich eine Antwort zu überlegen. Sie vergaß immer wieder, dass sie angeblich verheiratet gewesen war. »Nein, Ma'am. Und mein Vater auch nicht.«

»Dann können Sie sich glücklich schätzen.«

Sie sprachen nicht viel, während Cassandra ihrer Herrin die Haare richtete und ihre restlichen Sachen zusammenpackte. »So. Ich wollte Ihnen auch noch danken, dass Sie mir so viel beigebracht haben, vor allem Stickerei. Ich habe großen Spaß daran.«

»Mir hat es auch Spaß gemacht.« Mrs Barrett legte sich eine Hand auf den Bauch. »Ich wünsche Ihnen alles Gute für Ihr Baby.«

»Und ich Ihnen für Ihres, Mrs Barrett.«

Nachdem Cassandra die Kabine verlassen hatte, wusste sie einen Moment lang nichts mit sich anzufangen und blieb einen Augenblick vor der Tür stehen, erleichtert, ein wenig Zeit für sich zu haben.

Sie öffnete die Augen, als sie die Stimme des Stewards hörte. »Der Kapitän sagt, Sie sollen bei den anderen allein reisenden Frauen warten, sobald Sie hier fertig sind.«

Sie hätte lieber noch ein paar Minuten Ruhe gehabt, aber war schlau genug, ihm nicht zu widersprechen.

Es dauerte noch zwei Tage, bis die letzten Auswanderer von Bord gehen durften, und als sie es taten, wurden die allein reisenden Frauen nach Perth gebracht. Cassandra befand sich unter ihnen.

Sie wurde mit ihren Schwestern im Heim der Armenfürsorge untergebracht, das erst kürzlich renoviert worden war, und wieder einmal befanden sie sich unter der Obhut einer Hausmutter. Warum behandelten diese Matronen alleinstehende Frauen immer wie Kinder, fragte sich Cassandra rebellisch. Sie war offiziell gar nicht alleinstehend, sondern eine Witwe. Sie seufzte, beschwerte sich aber nicht, weil sie sich keinen schlechten Ruf erarbeiten wollte.

Xanthe war nervös geworden, als sie gehört hatte, dass sie in ein Armenhaus gesteckt werden sollten, vor allem als sie sahen, dass es von einer hohen Steinmauer umgeben war, deren Krone aus Glasscherben bestand. »Wollen die Einwanderer so dringend wieder abhauen, dass man sie einsperren muss?«, flüsterte sie ihrer Zwillingsschwester zu. »Dieser Ort gefällt mir nicht, Maia.«

Aber zur allgemeinen Erleichterung stellte sich heraus, dass die bedürftigen Bewohner im Obergeschoss untergebracht waren, während die Immigranten anständige, wenn auch überfüllte Quartiere im Erdgeschoss bezogen.

Der längliche Raum, in den sie geführt wurden, war mit hölzernen Trennwänden in kleinere Bereiche unterteilt, und die Schwestern teilten sich ihren mit einigen anderen jungen Frauen aus Lancashire. Die Bettgestelle waren neu und die Laken sauber.

Die Hausmutter warnte Cassandra eindringlich, gar nicht erst zu versuchen wegzulaufen.

»Ich werde sicher nicht ohne meine Truhen gehen«, erwiderte sie. »Darin befindet sich alles, was ich besitze. Und außerdem möchte ich mein Geld zurück, bevor ich gehe. Mr Barrett hat es mir gestohlen.«

»Mir wurde gesagt, Sie hätten das Geld gestohlen«, entgegnete die Hausmutter unverblümt.

»Nun, das habe ich nicht. Und ich werde es beweisen, wenn ich Mrs Southerham finde, die es mir geschenkt hat. Sie kam auf der *Eena* hierher.«

»Niemand mit diesem Namen hat hier je übernachtet.«

»Nein, das hatte sie sicher nicht nötig. Sie ist eine Adelige. Sie wollten bei Mr Southerhams Vetter unterkommen, bis sie sich selbst ein Stück Land kaufen können.«

»Hm, wir werden ja sehen, ob Sie recht haben. Und in der Zwischenzeit haben Sie eine saubere Unterkunft und genug zu essen, also worüber beschweren Sie sich?« Sie sah Cassandra herausfordernd an. »Ich muss jetzt weiterarbeiten. Da kommen schon Dienstherren, die schauen möchten, ob sie hier geeignete Hausmädchen finden. Aber ich weiß wirklich nicht, woher ich wissen soll, ob ihr Mädchen geeignet seid, wenn ich euch doch gerade erst kennengelernt habe. Also, Sie reihen sich besser nicht mit all den anderen auf, Lawson, bis Ihr Fall entschieden ist.«

Die Hausmutter bestand jedoch darauf, dass ihre Schwestern hinausgingen und sich potenziellen Arbeitgebern vorstellten, und sie duldete keinen Widerspruch. »Ich bringe Ihnen etwas zu nähen«, sagte sie zu Cassandra. »Wir erwarten, dass die Bewohner hier sich ihren Aufenthalt erarbeiten. Sie können doch nähen, oder nicht?«

Sie unterdrückte ein Seufzen. »Ja. Ich hatte im letzten Jahr viel Gelegenheit dazu.«

»Gut. Kommen Sie mit, dann gebe ich Ihnen einen Unterrock zum Zusammennähen.«

Sie kam mit einem Bündel Nähzeug zurück, und Cassandra setzte sich aufs Bett. Als sie die anderen draußen im Garten reden hörte, fühlte sie sich sehr einsam und sorgte sich um ihre Zukunft. Was, wenn sie nicht beweisen konnte, dass das Geld ihr gehörte? Was würde sie ohne es tun, wenn sie nicht mehr würde arbeiten können?

Und was für eine Anstellung würde sie überhaupt finden? Hier gab es keine Baumwollfabriken. Abgesehen davon konnte sie auch keine Stelle annehmen, ohne ihrem Arbeitgeber von ihrer Schwangerschaft zu erzählen, und für einen so kurzen Zeitraum würden sie sicher niemand brauchen.

Wenn das Baby erst da wäre, würde es sicher noch schwieriger, Arbeit zu finden, aber sie würde nicht zulassen, dass ihr jemand das Baby wegnähme. Sie hatte gesehen, was geschah, wenn junge Frauen aus der Baumwollfabrik ihre Babys »aufs Land« schickten, damit sie versorgt wären. Viele dieser Babys waren wegen Vernachlässigung gestorben.

Ihr Stolz hatte ihr geholfen, ruhig und hocherhobenen Hauptes mit der Hausmutter zu sprechen, aber nun, da niemand sie sehen konnte, hielt sie die Tränen nicht länger zurück. Sie tropften auf den Stoff, während sie ihre Nadel einfädelte und die Stoffstücke ordnete.

Reece fuhr für die Southerhams mit dem Wagen nach Perth, und sie ritten auf ihren Pferden, da sie die armen Tiere ohne einen Fluss und eine Weide nicht sich selbst überlassen konnten. Das Gras war braun und knochentrocken in der Sommerhitze.

Weil sie sehr zeitig aufgebrochen waren, konnten sie den Pferden in der Hitze des Tages eine Ruhepause gönnen, und schließlich fanden sie eine Unterkunft für die Nacht.

Am nächsten Tag reisten sie weiter. Sie stellten die Pferde und den Wagen in einem Mietstall unter und setzten mit einer Fähre ans Nordufer des Flusses über. In Perth stiegen sie in dem Hotel ab, in dem sie schon beim letzten Mal übernachtet hatten, denn immerhin war es sauber.

»Es war nicht so schlecht, nicht wahr, meine Liebe?«, sagte Francis zu seiner Frau.

Keiner der beiden dachte daran, Reece zu fragen, wie seine Unterkunft in dem kleinen Hotel gewesen war, und er sagte auch nichts. Er gewöhnte sich langsam daran, an ungemütlichen Orten zu schlafen. *Also wieder die Baracke für mich*, dachte er mit einem schiefen Grinsen, als er seinen Reisesack unter einem Etagenbett verstaute.

Am Morgen jedoch war Francis unpässlich, also ließ Livia nach Reece schicken und bat ihn, seine eigenen Angelegenheiten zu verschieben und mit ihr zu dem Heim zu gehen, in dem die Neuankömmlinge untergebracht waren. »Ich fürchte, wenn ich bis morgen warte, sind die Hausmädchen schon alle weg. Es gibt hier so wenige gute Bedienstete.«

Nachdem Livia gefrühstückt hatte, gingen sie durch die Straßen und ließen Francis im Zimmer zurück, wo er seine Magenverstimmung auskurierte.

»Ich denke, es waren die Krabben«, sagte Livia. »Ich habe keine gegessen, aber Francis hatte zwei Portionen. Ich glaube, einem anderen Hotelgast geht es auch nicht gut. Immerhin muss Francis sich nicht mehr übergeben, aber in der Nacht war es schlimm, und er ist noch nicht wieder kräftig genug, um irgendwohin zu laufen.«

Vor der Migrantenherberge stand eine riesige Menschenmenge, und bei ihrem Anblick blieb Livia für einen Moment verzweifelt stehen. »Es war richtig, heute schon herzukommen. Oje, ich hoffe, es sind überhaupt noch Dienstmädchen übrig.«

»Wenn Sie hinter mir bleiben, dann bahne ich uns einen Weg durch die Menge«, schlug Reece vor.

Sie drängten sich bis zu dem Bereich, wo die jungen Frauen standen. Einige sprachen mit zukünftigen Dienstherren, andere miteinander. Bevor Livia mit irgendjemandem sprechen konnte, ertönte ein Kreischen, und eine der jungen Frauen rannte zu ihnen herüber und warf sich Reece in die Arme.

In sprachlosem Erstaunen sah er Pandora an. »Was zum …«

Als sie einen Schritt zurücktrat und vor Scham über ihr impulsives Verhalten errötete, kamen zwei weitere junge Frauen angerannt und umarmten ihn. »Was macht ihr denn hier?« Er blickte sich um. »Wo ist Cassandra?«

»Das ist eine lange Geschichte, die wir nicht in der Öffentlichkeit erzählen können, und …« Pandora unterbrach sich, als sie die Dame hinter Reece entdeckte. »Mrs Southerham! Oh, ich kann unser Glück kaum fassen. Sie sind genau diejenige, die wir brauchen.«

Livia lächelte sie an und blickte sich um. Auch sie fragte: »Ist Cassandra nicht bei Ihnen?«

»Sie lassen sie nicht nach draußen. Sie glauben, sie habe Geld gestohlen, aber Cassandra beteuert, sie habe es von Ihnen bekommen.«

Die Hausmutter kam zu ihnen. »Ist dieser Mann ein Verwandter?«, fragte sie eisig. »Ich lasse es nicht zu, dass sich Mädchen einem Mann an den Hals werfen, der kein Verwandter ist.«

Livia trat vor. »Mr Gregory arbeitet für mich. Wir kennen diese jungen Frauen beide. Wir kommen alle aus der gleichen Stadt in Lancashire.«

Bei der kultivierten Ausdrucksweise der Dame entspannte sich die Hausmutter ein wenig. Dann kam ein weiterer Mann zu ihnen herüber, und es gefiel Reece überhaupt nicht, wie er die Schwestern angaffte.

Der Fremde drängte sich in ihre Gruppe. »Gute Frau, Sie können hier nicht alle Mädchen an sich reißen. Ich bin auch auf der Suche nach einer Dienstmagd. Meine Frau und ich wohnen draußen in York, und wir zahlen gut.«

Instinktiv wichen die drei Schwestern vor ihm zurück.

»Sie haben doch vor zwei Monaten erst eine Dienstmagd gefunden, Mr Searle«, sagte die Hausmutter. »Was ist mit ihr passiert?«

»Ist abgehauen und hat geheiratet, dieses undankbare Flit… ähm, Wesen. Hier kann man weibliche Angestellte nicht länger als ein paar Monate halten.« Er blickte Pandora an. »Eine so Schöne wie dich würde ich aber auch nicht einstellen. Die Männer würden dich umschwirren wie die Bienen den Honigtopf. Du würdest nicht einmal eine Woche bleiben.«

»Für Sie würde ich auch nicht arbeiten.« Sie blickte ihn finster an. »Es gefällt mir nicht, wie Sie mich ansehen.«

Die Hausmutter schnappte nach Luft und machte ein Geräusch, das wie ein unterdrücktes Lachen klang.

Reece machte sich gar nicht erst die Mühe, sein Lächeln angesichts des empörten Gesichtsausdrucks dieses Mannes zu verbergen. Pandora hatte recht, aber er hatte noch nie gehört, dass eine junge Frau das so unverblümt aussprach. Die Art, wie der Kerl Frauen ansah, war an sich schon eine Beleidigung. Er verabscheute solche Männer. Er wettete, dass die vorige Magd ihren Dienstherrn aus mehr als nur einem Grund verlassen hatte.

»Ich würde auch nicht für Sie arbeiten«, fügte Xanthe hinzu und hakte sich bei ihrer Zwillingsschwester unter.

»Solche hochnäsigen Mädchen wie euch würde ich ohnehin nicht anstellen. Diese Gören aus Lancashire wissen einfach nicht, was sich gehört.« Vor sich hin murmelnd ging der Mann davon.

Als die Hausmutter sich wieder den Schwestern zuwandte, war ihr Lächeln verschwunden. »Ich kann verstehen, dass Sie nicht für Mr Searle arbeiten möchten, aber seien Sie in Zukunft vorsichtig, wie Sie mit den Leuten reden, die Ihnen eine Arbeitsstelle anbieten. Denken Sie daran, Sie sind hier, um zu arbeiten, nicht, um der Regierung zur Last zu fallen.«

»Wir müssen Anstellungen in der Nähe voneinander finden«, sagte Xanthe.

»Sie werden annehmen müssen, was Ihnen angeboten wird«, betonte die Hausmutter. »Es ist nicht sehr wahrscheinlich, dass irgendjemand zwei von Ihnen einstellen möchte. Jetzt muss ich …«

Livia wandte sich an die Hausmutter. »Verzeihung, aber Pandora sagte, es gebe irgendein Problem mit Cassandra und Geld.«

»Ja. Sie behauptet, eine gewisse Dame habe ihr das fragliche Geld in England geschenkt, aber der Dienstherr, der sie hierhergebracht hat, glaubt, sie habe es gestohlen, also wurde es ihr abgenommen. Der Kapitän wollte es dem Gouverneur zur Verwahrung geben.«

»Ich bin Mrs Southerham, und *ich* habe ihr das Geld geschenkt. Was muss ich tun, um es zu beweisen?«

Die Hausmutter musterte sie abschätzig.

»Vergessen Sie das Geld, wo ist sie?«, fragte Reece. »Ich muss sie dringend sprechen.«

»Männer haben keinen Zutritt zur Unterkunft der alleinstehenden Frauen«, erklärte die Hausmutter eisig.

»Dann bringen Sie sie heraus. Ich muss sie sehen.«

»Und wer sind Sie?«

»Reece Gregory.« Er blickte angespannt hinter sie, in der Hoffnung, einen Blick auf Cassandra zu erhaschen.

»Was wollen Sie von Mrs Lawson?«

»Was? Mrs Lawson interessiert mich nicht. Ich möchte Cassandra Blake sehen. Sie ist die Frau, die ich heiraten will. Ich dachte, sie wäre immer noch in England. Ich habe ihr gerade einen Brief geschrieben.« Er strahlte sie alle an. »Ich habe in meinem ganzen Leben noch keine so wunderbaren Neuigkeiten gehört.«

Die Hausmutter sah ihn nachdenklich an. »Ist es schon eine Weile her, seit sie sie zuletzt gesehen haben?«

Er nickte. »Sehr lange.« Es kam ihm vor wie eine Ewigkeit. Aus dem Augenwinkel bemerkte er, wie Xanthe Maia anstieß, aber er blickte sie nicht an, er wollte unbedingt diese Frau überreden, ihn zu Cassandra vorzulassen. Wenn sie hier wäre, würde er sie sofort bitten, ihn zu heiraten. Sie würde doch sicher Ja sagen? Sie könnten sich sein Zimmer in Kevins Haus teilen und … Er bemerkte, dass die Hausmutter sprach, und versuchte, sich darauf zu konzentrieren, was sie sagte.

»Sie können in den hinteren Teil des Gartens kommen, Mr Gregory. Ich bin sicher, Cassandra wird Ihnen die … ähm, Umstände erklären. Aber zuerst muss ich eine kurze Nachricht an das Büro des Gouverneurs schreiben. Einer seiner Beamten wird zweifellos mit Ihnen sprechen wollen, Mrs Southerham, um zu überprüfen, ob das Geld Mrs Lawson gehört. Darf ich fragen, wo Sie wohnen? Gut.« Sie wandte sich wieder Reece zu. »Gedulden Sie sich noch einen Augenblick. Wenn ich den Brief geschrieben habe, schicke ich Mrs Lawson zu Ihnen.«

Als er erneut protestieren wollte, dass er Miss Blake sprechen wolle, gab ihm Pandora einen Stoß in die Seite.

Die Hausmutter drehte sich um und fügte hinzu: »Und was Sie drei angeht, bedenken Sie, dass es äußerst ungewöhnlich wäre, wenn zwei von Ihnen eine Anstellung nah beieinander fänden, geschweige denn drei. Dies ist die Swan River Colony, und die Siedlungen außerhalb der Hauptstadt Perth sind klein und liegen weit verstreut. Hier gibt es keine überfüllten Städte wie in England.«

Nachdem die Hausmutter gegangen war und Reece mitgenommen hatte, räusperte sich Livia. »Eigentlich bin ich auch auf der Suche nach einem Dienstmädchen für allgemeine Tätigkeiten, und ich würde gerne eine von Ihnen einstellen, aber ich kann es mir nicht leisten, alle drei einzustellen. Dennoch würde es bedeuten, dass eine von Ihnen in der Nähe Ihrer

Schwester leben würde, denn sie wird zweifellos Reece' Heiratsantrag annehmen.«

Doch als sie sie ausfragten und erfuhren, wie weit entfernt von Perth und wie abgeschieden der Ort war, an dem sie lebte, blickten sie enttäuscht drein.

Livia sah die anderen fragend an. »Was meinte die Hausmutter damit, als sie Ihre Schwester Mrs Lawson nannte? Hat Cassandra geheiratet?«

Pandora zögerte, dann flüsterte sie: »Das können wir hier nicht erklären.«

Bevor sie der Angelegenheit weiter nachgehen konnten, kamen andere zu ihnen, um sich zu erkundigen, ob die Schwestern eine Anstellung suchten, und so war es unmöglich, weiter über Privatangelegenheiten zu sprechen.

Livia verstand nicht, warum die drei ständig ängstlich in die Richtung blickten, in die Reece verschwunden war, oder besorgte Blicke wechselten. Es war fast, als erwarteten sie, dass etwas schiefginge. Cassandras Gefühle gegenüber Reece hatten sich doch sicher nicht geändert? Er war ein freundlicher und gut aussehender Mann, er würde hervorragend für sie sorgen, und er liebte sie ganz eindeutig immer noch. Was konnte ein Mädchen denn mehr verlangen?

Cassandra nähte gleichmäßig und genoss die warme Luft und das helle Sonnenlicht, die durchs Fenster hereinkamen. Als jemand den Raum betrat, blickte sie auf und bemerkte, wie die Hausmutter sie fragend ansah. »Stimmt etwas nicht?«

»Könnten Sie bitte beschreiben, wie diese Mrs Southerham, die Ihnen angeblich das Geld geschenkt hat, aussieht?«

Sie tat es und bemerkte, wie sich der strenge Blick der Hausmutter milderte.

»Dann kann ich Ihnen mitteilen, dass sie hier ist und bestätigt hat, dass sie es Ihnen geschenkt hat. Lassen Sie das Nähzeug nicht auf den Boden fallen! Legen Sie es aufs Bett.«

Cassandras Hände zitterten, als sie tat wie ihr geheißen. Sie konnte nicht glauben, dass es so einfach sein sollte zu beweisen, dass das Geld ihr gehörte. Das war doch sicherlich ein Zeichen, dass es von nun an aufwärtsgehen würde?

Die Hausmutter wartete einen Moment, bevor sie fortfuhr: Natürlich muss der Gouverneur zustimmen, bevor Ihnen Ihr Geld zurückgegeben wird, aber da sehe ich keine Schwierigkeiten. Mrs Southerham ist ganz eindeutig eine Lady.«

Sollte das heißen, dass nur Ladys vertrauenswürdig waren?

Dies hier war eine ganz andere Welt als die Baumwollspinnereien und die engen Gassen, in denen sie aufgewachsen war. Sie hatte nie viel Kontakt zu Adeligen wie den Southerhams gehabt, war noch nie so offen wie eine Untergebene behandelt worden – und so sah sie sich selbst nicht. Aber jetzt befand sie sich in einer ganz anderen Welt, in mehr als nur einem Sinne, rief sie sich in Erinnerung, und sie verkniff sich die zornige Bemerkung, die ihr beinahe herausgerutscht wäre.

»Da wäre noch etwas.«

»Ja?«

»Sie hat einen Diener bei sich, einen jungen Mann namens Reece Gregory, und … *Geht es Ihnen gut?*«

Cassandra ließ sich aufs Bett fallen, einen Augenblick lang sprachlos, und schlang einen Arm um sich in dem vergeblichen Versuch, das Zittern zu stoppen. Sie hatte gewusst, dass Reece hier in Australien war, aber sie hatte nicht damit gerechnet, ihm schon so bald wieder gegenübertreten zu müssen … Sie war noch nicht bereit für diese Begegnung, hatte sich noch nicht zurechtgelegt, was sie ihm sagen sollte.

Und wäre sie jemals bereit dafür, den ablehnenden Blick in seinen Augen zu sehen, wenn sie es ihm sagte?

»Er möchte Sie dringend sprechen, also habe ich ihm erlaubt, dass er Sie draußen im Garten treffen kann. Aber gehen Sie nicht außer Sichtweite. Ich bringe Sie zu ihm. Beeilen Sie sich. Ich habe heute noch tausend andere Dinge zu tun.«

Cassandra stand auf, sie fühlte sich wie betäubt vor Panik und Entsetzen. Wie sollte sie Reece etwas so Wichtiges sagen, wenn andere Leute in der Nähe waren, die es mitanhören würden, die sehen würden, wie er sie verließ, was er sicherlich tun würde?

Sie konnte das nicht.

Aber … wenn er sie immer noch heiraten wollte, dann würde sie es ihm sagen müssen, um ihm zu erklären, warum sie ihn nicht heiraten konnte. Es wäre falsch, ihn im Unklaren zu lassen.

Ihre Gedanken ein einziges Wirrwarr, folgte sie der Hausmutter nach draußen, und da stand er im Sonnenschein, seine dunklen Haare glänzten, seine Haut war gebräunt, er sah besser aus als je zuvor. Er musterte sie von Kopf bis Fuß, und ein Lächeln erstrahlte auf seinem Gesicht, als er ihr entgegenging. Bevor ihr klar wurde, was er vorhatte, zog er sie in seine Arme.

»Cassandra! Oh mein Liebling, ich kann nicht glauben, dass du hier bist!«

Sie gestattete sich, sich einen Augenblick an seine starke Brust zu schmiegen, dann drang die Stimme der Hausmutter durch den Nebel in ihrem Kopf: »Mrs Lawson! Mr Gregory! Bitte benehmen Sie sich!«

Cassandra löste sich aus Reece' Umarmung und wartete, bis die Hausmutter verschwunden war. »Ich hatte nicht erwartet … dich schon so bald wiederzusehen.«

Er sah sie verblüfft an. »Was ist los?«

Sie blickte sich verzweifelt um, doch überall waren Menschen. »Ich kann dir das hier nicht erzählen.«

»Und warum nennt sie dich Mrs Lawson? Hast du einen anderen Mann geheiratet?«

»Nein, das habe ich nicht. Sollen wir … sollen wir dort drüben in die Ecke gehen? Was ich zu sagen habe, ist nicht für fremde Ohren bestimmt.«

In der Ecke stand eine Bank, und darauf setzten sie sich. Verzweifelt suchte sie nach den richtigen Worten, und wieder einmal fand sie keine, die die Härte ihrer Worte abmildern würden.

»Was ist denn, Liebling?«

Er sprach so sanft mit ihr, dass sie die Fassung verlor. Tränen rannen ihr übers Gesicht. Die Worte sprudelten nur so aus ihr hervor, es blieb ihr nichts anderes übrig, als die nackte Wahrheit zu erzählen.

»Nachdem du abgereist bist, ist Dad gestorben.«

»Ich habe befürchtet, dass er nicht mehr lange leben würde. Ich werde ihn sehr vermissen. Trauerst du immer noch um ihn?«

»Nein, das ist es nicht. Unsere Tante – Onkel Josephs Frau –, niemand hat es gemerkt, aber sie war völlig verrückt. Sie hat unseren Onkel ermorden lassen und …«

»Ermorden!«

Hastig erzählte sie weiter. »Und mich ließ sie entführen.« Irgendwie hatte er ihre Hand zu fassen bekommen, und sie drückte seine fest, unfähig, sich von ihm zu lösen. Er würde sie noch früh genug zurückweisen.

»Was ist passiert? Haben sie … dir wehgetan?«

»Ja. Sie …« Sie konnte es nicht aussprechen, bedeckte nur das Gesicht mit den Händen und schluchzte, ihr war egal, wer sie sehen konnte.

Er stand auf und zog sie in seine Arme. »Haben sie dich … missbraucht?«

Sie wagte es nicht, den Blick zu heben, konnte es nicht ertragen, die Abscheu auf seinem Gesicht zu sehen. Sie nickte.

»Dachtest du, ich würde dich deswegen verachten?«

Sie warf ihm einen schüchternen Blick zu und sah Trauer und Schmerz auf seinem Gesicht, aber keine Abscheu.

»Das ändert nichts, Cassandra, mein Liebling. Es ist vorbei, und ich will dich immer noch heiraten.«

Sie musste für einen Augenblick die Lippen zusammenpressen, sonst wäre sie in Schluchzen ausgebrochen, denn es war nicht vorbei, es würde niemals vorbei sein. »Das ist noch nicht alles. Wegen dem, was sie getan haben … Ich bekomme ein Kind.«

Er sagte nichts, aber Entsetzen zeichnete sich auf seinem Gesicht ab. »Cassandra, nein!« Er ließ ihre Arme los und wich einen Schritt zurück.

Ihr fehlten die Worte, und sie rannte in ihre Unterkunft. Es war ihr völlig egal, wer sie weinen sah.

Sie weinte sogar noch bitterlicher, weil er nicht versuchte, ihr nachzulaufen. Weil er sie tatsächlich angewidert angesehen hatte beim Gedanken daran, dass sie ein Kind erwartete.

Kapitel 19

Blindlings lief Reece aus der Herberge, rempelte Leute an und bemerkte gar nicht, wie ihn die vier Frauen ansahen. Livia fragte sich, was passiert sein musste, um einem so starken Mann einen solchen Kummer zu bereiten.

»Sie hat es ihm gesagt, und er hat sie verlassen«, raunte Maia. »Das hätte ich von ihm nicht erwartet.«

Livia drehte sich zu ihr um. »Ihm was erzählt?«

»Das ist Cassandras Geheimnis.«

»Wenn ich Ihnen helfen soll – und den beiden –, dann muss ich es wissen.«

Das brachte sie für einen Moment zum Schweigen, dann blickten sie einander an und nickten.

»Ich erzähle es ihr. Ihr wartet hier. Die Hausmutter wird zornig werden, wenn wir alle verschwinden.«

Pandora führte Livia nach draußen und ein Stück die Straße hinunter. Dort, abseits der Passanten auf einem staubigen Stück Land, erzählte sie, was Cassandra angetan worden war und warum genau sie alle England hatten verlassen müssen.

Livia sah sie fassungslos an. »Um Himmels willen! Ihre Tante war mehr als verrückt, sie war unfassbar bösartig.«

Pandora nickte. »Nach allem, was passiert ist, braucht Cassandra uns, also können wir keine Stellen annehmen, die uns von ihr trennen. Sie war immer wie eine Mutter für uns, hat ihr eigenes Leben aufgegeben, um uns aufzuziehen. Und wenn das Baby da ist, wird sie uns erst recht brauchen.«

»Sie kann mit Ihnen zu uns kommen«, bot Livia an. »Es ist zwar sehr primitiv, und Sie müssten in einem Zelt schlafen, aber wenigstens könnten Sie zwei zusammenbleiben. Die anderen beiden kann ich leider nicht aufnehmen, und ich kann Cassandra keinen Lohn zahlen, nur ihre Verpflegung. Mein Mann und ich haben weniger Geld zur Verfügung, als wir uns erhofft hatten, und fürs Erste haben wir keine Gelegenheit, mehr zu verdienen.«

»Das ist sehr freundlich von Ihnen. Wir hatten gehofft, Reece würde … ihr vergeben. Nein, nicht vergeben. Sie hat nichts falsch gemacht. Aber akzeptieren, was passiert ist. Das Kind annehmen. Aber ich glaube, *sie* hat sich keine Hoffnung gemacht, dass er das tun würde.«

»Es ist … schwierig.«

Pandora seufzte. »Ja. Wir sollten lieber zurückgehen. Ich werde Cassandra von Ihrem Angebot erzählen. Vielleicht, wenn die Zwillinge etwas nicht allzu weit entfernt finden könnten … Ach, ich weiß es einfach nicht.«

Livia wartete nicht, bis Reece zurückkam, sondern machte sich langsam allein auf den Weg zum Hotel. Dort erzählte sie Francis, was passiert war, und schickte ihn auf die Suche nach Reece. Aber von ihrem Diener war weit und breit nichts zu sehen.

»Morgen spreche ich mit Cassandra«, sagte sie. »Wir müssen ihr Obdach anbieten. Ich sehe keine andere Möglichkeit. Niemand wird Stellen für alle vier haben.«

»Ich weiß, dass du sie magst und schätzt, und ich werde ihr sehr gern Obdach anbieten«, erwiderte er sofort.

»Sie ist eine sehr intelligente junge Frau. Von ihrem Kaliber gibt es nicht viele. Sie würde eine gute Ehefrau abgeben. Warum hat er sie nur verlassen, sie so abgewiesen?«

Er runzelte die Stirn. »Das ist eine Menge zu verarbeiten. Ist dir in den Sinn gekommen, dass sie Reece jeden Tag sehen wird, wenn sie zu uns kommt? Vielleicht ist das das Letzte, was sie will.«

»Sie hat vielleicht keine andere Wahl, als zu uns zu kommen. Sie und ihre Schwestern kennen hier sonst niemanden. Und vielleicht ändert er ja noch seine Meinung.«

»Ich glaube nicht, dass ich das Kind eines anderen Mannes annehmen könnte, schon gar nicht eins, das auf diese Weise gezeugt wurde.«

Reece marschierte durch die Straßen, ohne darauf zu achten, wohin er ging. Zorn loderte heftig in ihm auf. Wie konnte jemand Cassandra so etwas antun? Und welches furchtbare Schicksal hatte dafür gesorgt, dass sie nun ein Kind erwartete?

Wenn er sie heiratete, würde er das Kind eines grausamen Vergewaltigers annehmen. Er wusste nicht, ob er das konnte.

Als er sich am Flussufer wiederfand, hielt er inne und setzte sich an die Böschung, starrte aufs Wasser und versuchte zu überdenken, was passiert war.

Ich habe sie im Stich gelassen, dachte er. *Ich bin einfach gegangen und habe sie im Stich gelassen. Was denkt sie denn jetzt von mir?*

Es war der Schock gewesen, vermutete er. Er war nicht stolz auf sich. Er würde zurückgehen und sich entschuldigen, ihr sagen … Was würde er ihr sagen? Dass er sie immer noch wollte, aber das Kind nicht?

Würde sie das Kind weggeben? Natürlich nicht. Er hatte gesehen, wie sie kleine Kinder auf der Straße angelächelt, mit Nachbarskindern geplaudert und dem unglücklichen Jungen von nebenan ein Stück Brot zugesteckt hatte. Sie war ihren jüngeren Schwestern eine Mutter gewesen, und eine gute obendrein. Nein, Cassandra würde niemals ihr eigenes Kind verlassen oder weggeben, ganz egal auf welche Weise es gezeugt worden war.

Konnte er das Kind annehmen, als sein eigenes aufziehen?

Er wusste es nicht. Nur … Wenn er es nicht täte, würde er Cassandra verlieren.

Er stützte den Kopf in die Hände und stöhnte.

»Alles in Ordnung, mein Sohn?«

Er blickte auf und sah einen zerlumpten alten Mann neben sich stehen. »Ich habe gerade schlechte Nachrichten erhalten.«

»Ach. Das tut mir leid, Junge.«

Der Kerl sah so abgemagert und hungrig aus, dass Reece eine Sixpencemünze aus der Tasche zog und ihm reichte. »Kaufen Sie sich etwas Anständiges zu essen.«

»Danke. Vielen Dank.«

Reece blickte dem alten Mann nach, wie er steifbeinig zurück Richtung Stadt schlurfte, und fragte sich, ob er das Geld für Essen oder für Schnaps ausgeben würde. Was spielte es für eine Rolle? Normalerweise gab er Bettlern nichts, aber der alte Mann war stehen geblieben und hatte sich erkundigt, ob alles in Ordnung sei, und das wusste er zu schätzen.

Manchmal konnte man sich sehr einsam fühlen.

Wie allein fühlte sich Cassandra wohl gerade?

Langsam ging er am Ufer entlang, bis ihm ein Gartenzaun den Weg versperrte. Er drehte sich um und ging zurück.

In der Nähe sah er ein junges Paar spazieren gehen. Sie berührten sich nicht, aber wie sie redeten und lächelten und gestikulierten, wirkten sie so liebevoll und einander zugetan, dass es eine Freude war, ihnen zuzusehen.

Das Baby hat nicht darum gebeten, geboren zu werden, nicht wahr?

Er hätte nicht einfach so weglaufen sollen. Er hatte Cassandra schwer enttäuscht … und verletzt. Sie hatte geweint.

Auch er wollte weinen, sich das Herz aus dem Leib schluchzen. Warum durften Männer eigentlich nicht weinen?

Monatelang hatte er sich danach gesehnt, sie wiederzusehen, hatte er es bereut, sie verlassen zu haben, sich gewünscht, er wäre bei ihr geblieben. Und als sie zu ihm gekommen war, war er fortgegangen und hatte sie verlassen.

Sollte er all seine Pläne und Hoffnungen wegwerfen, nur wegen dem, was passiert war?

Ein Vogel landete in der Nähe und pickte im Unrat. Eine warme Brise umwehte ihn. Draußen auf dem Wasser fuhr ein Boot vorbei.

Würde er es können? Könnte er das Kind annehmen?

Er richtete sich auf. Er musste es. Wenn nicht, würde er Cassandra verlieren.

Er hätte sie nicht verlassen sollen.

Aber er brauchte noch ein wenig Zeit, um sich zu beruhigen, bevor er ihr erneut gegenübertreten würde, also wanderte er weiter ziellos umher, ohne seine Umgebung richtig wahrzunehmen, bis er plötzlich überrascht feststellte, dass es schon dunkel wurde.

Er ging zurück zu dem Heim, aber wegen der späten Stunde verwehrte ihm die Hausmutter den Einlass, und er konnte sie nicht überreden, ein Auge zuzudrücken.

Schließlich ging er ins Hotel zurück und legte sich auf seine Pritsche. Er hatte keinen Hunger, war nur unendlich traurig.

Jemand kam in die Schlafbaracke, aber Reece blickte nicht auf, bis er Francis sagen hörte: »Ist alles in Ordnung?«

Es war dunkel, und darüber war er froh. »Nein. Eigentlich nicht. Ich … habe heute Nachmittag schlechte Nachrichten erhalten.«

»Ich weiß. Ihre Schwestern haben meiner Frau davon erzählt. Das ist wirklich Pech. Sie wäre die perfekte Frau für Sie gewesen.«

Reece sprang auf die Füße. »*Wäre die perfekte Frau gewesen?* Sie *wird* meine Frau!«

»Wollen Sie sie immer noch heiraten?«

»Natürlich will ich das.«

»Sehr edel von Ihnen.«

»Nicht edel. Egoistisch. Ich will sie.«

»Sie zahlen einen hohen Preis. Andererseits, vielleicht verliert sie das Kind.«

Reece stand reglos da, als die Worte in sein Bewusstsein drangen. Francis hatte sie zweifellos aufmunternd gemeint, doch stattdessen weckten sie Erinnerungen daran, wie er sich gefühlt hatte, als seine Frau und sein Kind gestorben waren. »Das hoffe ich nicht. Ich habe schon einmal ein Kind verloren, und das zerreißt einen. Und das Baby hat niemandem etwas getan.«

»Livia hat sich schon gedacht, dass Sie so etwas sagen würden.«

Reece schloss für einen Moment die Augen und versuchte, sich zusammenzureißen.

Er hörte, wie die Tür geschlossen wurde, und wusste, dass er wieder allein war, allein mit seinen Gedanken und Erinnerungen – und einer noch festeren Entschlossenheit, am nächsten Tag zurückzugehen und Cassandra zu bitten, ihn zu heiraten, mit dem Kind und allem anderen.

Er hatte ein Kind verloren. Nun wurde ihm ein anderes geschenkt.

Er würde früh aufstehen und seinen Dienstherren eine Nachricht hinterlassen. Sollten sie ruhig wütend sein, weil er schon wieder der Arbeit fernblieb. Seine gesamte Zukunft stand auf dem Spiel.

Als sie hörte, wie ihre Schwestern zurück in den Schlafraum kamen, wollte Cassandra zu weinen aufhören, aber es gelang ihr nicht. Pandora setzte sich neben sie auf das schmale Bett und versuchte, sie zu trösten, und nach einer Weile beruhigte sie sich. Dies war das letzte Mal, dass sie sich zu weinen gestattete. Es änderte ja doch nichts.

»Mir geht es gut.«

»Natürlich nicht«, sagte Pandora.

»Ich habe alles hinausgeweint. Jetzt muss ich Zukunftspläne schmieden.«

»Ich bin enttäuscht von Reece. Ich hätte gedacht, er würde zu dir halten.«

»Es ist wirklich viel verlangt.« Sie zögerte, dann setzte sie leise hinzu: »Ich habe schon auf dem Schiff verstanden, dass ich von niemandem würde verlangen können, ein solches Baby anzunehmen. Aber ich gebe mein Kind nicht auf. Ich habe darüber nachgedacht, was Dad gesagt hätte, und ich …« Ihre Stimme zitterte ein wenig, aber dann riss sie sich zusammen und sprach weiter: »Ich weiß, er würde sagen, dass das Kind nichts dafür kann und dass alle Kinder Liebe brauchen. Ich darf nicht das Risiko eingehen, dass ein Mann diesem Kind das Gefühl gibt, es wäre … anders, ungeliebt. Wie Timmy. Ich würde es nicht wagen, Reece zu heiraten, egal was er sagt.«

»Ach, Cassandra.«

Sie sah die Zwillinge auf dem Nachbarbett sitzen. Xanthe standen Tränen in den Augen, und Maia weinte unverhohlen. »Ich werde schon klarkommen. Es wird mir viel besser gehen, wenn ich erst mein Geld zurückhabe. Und dann muss ich mir eine Arbeit suchen.«

»Mrs Southerham hat mir eine Stelle angeboten«, erzählte Pandora. »Sie sagt, du könntest auch kommen und dir Kost und Logis verdienen, aber sie kann es sich nicht leisten, dir Lohn zu zahlen.«

»Warum hat sie mir dann in England das Geld gegeben?«

»Wahrscheinlich dachte sie, du würdest es dringender brauchen als sie, oder sie würden mehr von Mr Southerhams Vater bekommen, als er ihnen tatsächlich gegeben hat.«

»Das ist nett von ihr, aber ich kann nicht zu ihr gehen. Reece ist auch dort.«

»Dann sage ich ihr, dass wir das Angebot nicht annehmen können und wir versuchen, etwas zu finden, wo wir zusammen sein können«, sagte Pandora. »Wenn wir nicht alle vier Stellen nah beieinander finden, können die Zwillinge zusammen bleiben und wir beide. Wir drei haben das bereits beschlossen, und du kannst uns nicht umstimmen.«

Cassandra lächelte sie an. Was täte sie nur ohne ihre Familie? »Danke!«

Eine der anderen alleinstehenden Frauen kam in den Schlafraum. »Ich habe eine Stelle«, berichtete sie fröhlich und fing an, ihre Sachen zu packen. »Ich arbeite als Hausmädchen im Haushalt einer Lady. Es ist mir egal, was ich mache, solange es genug zu essen gibt. Sie wirkte sehr freundlich, und die Hausmutter sagte, sie kennt die Familie, also ist es sicher, mit ihr zu gehen. Ach, und das Abendessen ist fertig, ihr solltet euch etwas zu essen holen.«

»Ich habe keinen Hunger«, sagte Cassandra.

Ihre Schwestern bestanden darauf, dass sie nicht ohne Abendessen ins Bett gehen könne, also war es am Ende einfacher, mit ihnen zu gehen und eine Kleinigkeit zu essen. Sie war sich sicher, dass ihre Augen gerötet waren und alle sie anstarrten, also blickte sie hauptsächlich auf ihren Teller hinunter. Sie hätte nicht sagen können, was sie aß. Es kam ihr alles geschmacklos vor, aber wenn sie etwas aß, beruhigte sie ihre Schwestern und hielt sie davon ab, sie zu triezen.

Sie schlief nicht viel in dieser Nacht, aber das hatte sie auch nicht erwartet. Die Nacht war die beste Zeit zum Nachdenken, und es gab eine Menge, worüber sie nachdenken musste.

Am nächsten Morgen kam die Hausmutter durch den Speisesaal auf Cassandra zu. »Mrs Southerham hat für Sie gebürgt, Mrs Lawson. Ich habe die Nachricht erhalten, dass Sie noch heute Vormittag Ihr Geld zurückbekommen werden.«

Erleichtert schloss Cassandra die Augen, bevor sie sich bedankte.

»Bitte, iss doch noch mehr, Liebes«, drängte Pandora,

nachdem die Hausmutter weitergegangen war, um mit einer anderen Gruppe zu sprechen.

Sie blickte auf den Teller hinunter, den sie von sich geschoben hatte, aber sie brachte keinen weiteren Bissen hinunter. »Morgens ist mir immer ein wenig übel.« Da hörten sie auf, ihr zuzusetzen, obwohl in Wirklichkeit die Übelkeit inzwischen einem leichten flauen Gefühl gewichen war, als hätte ihr Körper akzeptiert, was mit ihm vorging.

Im Laufe des Tages erschienen weitere Leute auf der Suche nach Hausangestellten. Die Hausmutter bestand darauf, persönlich mit allen zu sprechen, die eine Arbeitsstelle anboten, um sicherzugehen, dass sie vertrauenswürdig waren.

Reece war einer der ersten am Tor, und Cassandra flehte die Hausmutter geradezu an, sich vor ihm verstecken zu dürfen. Doch dann richtete sie sich auf. Sie hatte sich noch nie für einen Feigling gehalten.

Er sah ernst aus und hatte dunkle Ringe unter den Augen, als hätte er nicht gut geschlafen. Nun, das hatte sie auch nicht.

»Es tut mir leid«, sagte er schlicht.

»Was tut dir leid?«

»Dass ich so reagiert habe, dich so schlecht behandelt habe.«

Er versuchte, ihre Hand zu nehmen, aber sie ließ es nicht zu.

»Es war der Schock, verstehst du? Ich musste allein sein und darüber nachdenken. Es hat keinen Sinn, es schönzureden. Ich musste mir klarwerden, was ich will.«

»Es spielt keine Rolle. Ich wünsche dir alles Gute, Reece. Und da ich nicht mittellos bin, brauchst du dir um mich keine Sorgen zu machen. Ich werde schon zurechtkommen.«

»Das meinte ich nicht, Cassandra. Ich will dich immer noch heiraten.«

»Nein.«

»Ich habe mich an den Gedanken an dieses Baby gewöhnt. Es wird auch meins sein, du wirst sehen.«

Sie sah ihn an und war unendlich traurig. Er glaubte, er könnte es, aber sie glaubte das nicht. Seine Reaktion gestern hatte es bewiesen. »Ich bin schon vor einiger Zeit zu dem Schluss gekommen, dass das zu viel verlangt wäre.«

»Das ist es nicht. Ich liebe dich immer noch, will dich immer noch.«

»Reece, ein Kind, das auf eine solche Weise entstanden ist … Du wirst dich immer fragen, wie sein Vater gewesen sein mag, wirst es immer anders behandeln als … deine eigenen. Und Kinder wissen es, glaub mir, sie wissen, was die Menschen über sie denken.«

»Cassandra, ich …«

Sie stand auf. »Ich war mir noch niemals einer Sache so sicher wie dieser. Für das Wohl des Kindes werde ich dich nicht heiraten, und niemand wird mich umstimmen.« Sie sah, wie er eine Hand ausstreckte, etwas sagen wollte, und lief davon, bevor sie wieder in Tränen ausbrechen konnte.

Sie wusste, es war die richtige Entscheidung, aber ihn abzuweisen war das Schwerste, was sie jemals in ihrem Leben getan hatte, und das Schmerzhafteste.

Die Hausmutter stoppte den Besucher, als er versuchte, Cassandra ins Haus zu folgen. »Ich habe Ihnen gestern schon gesagt, dass Sie hier keinen Zutritt haben, Sir.«

»Ich muss mit ihr sprechen, sie überreden …«

»Cassandra war heute Morgen bei mir und hat mir gesagt, dass sie Sie nicht heiraten will. Offensichtlich kannten Sie einander, bevor sie Mr Lawson geheiratet hat, aber sie trauert noch immer um ihren Ehemann. Sehen Sie, Mr Gregory, es ist noch viel zu früh für sie, über eine erneute Heirat nachzudenken. Vor allem, da ein Kind unterwegs ist.«

Er sah sie an und war versucht, ihr die Wahrheit zu sagen.

Aber ihm war klar, dass es sowohl Cassandra als auch dem Kind schaden würde, wenn die Fakten bekannt würden. Menschen konnten so grausam gegenüber unehelichen Kindern sein, also sagte er nur: »Dabei werde ich es nicht bewenden lassen. Sie braucht mich.«

»Warten Sie, bis das Kind auf der Welt ist. Dann wird sie wieder klarer sehen und über den Tod ihres Mannes hinweg sein. Glauben Sie mir, ich weiß, wovon ich spreche.«

Sie blickte ihm nach, so wie sie alle beobachtete, die hier wohnten oder zu Besuch kamen. Das war schließlich ihre Aufgabe.

Ein Beamter aus dem Büro des Gouverneurs brachte zwei Stunden später den Geldbeutel zurück. Die Hausmutter rief Cassandra zu sich und bat sie, das Geld zu zählen, bevor sie ein Blatt Papier unterschrieb, um den Empfang zu quittieren. Dann fragte sie Cassandra, ob sie einen sicheren Ort hatte, um das Geld aufzubewahren.

»Ich habe mir einen speziellen Gürtel genäht, damit ich das Geld unter meiner Kleidung tragen kann.«

»Gut. Leider gehören einige Leute hier zu der Sorte, die sich leicht zu Fehlverhalten verleiten lassen. Mir wurde berichtet, was während der Reise vor sich ging.«

Später an diesem Tag kamen die Barretts auf der Suche nach einem Hausmädchen. Mrs Barrett gab ihrem Mann einen Stups und deutete auf Cassandra, aber er blickte finster drein und schüttelte entschieden den Kopf.

Die Hausmutter hatte von der Geschichte gehört, dass er ihre Zofe des Diebstahls beschuldigt hatte, und sie hätte Cassandra davon abgeraten, wieder für sie zu arbeiten. Es wäre ohnehin nur eine vorübergehende Lösung gewesen, bis das Baby käme, also stellte sie ihnen einige andere junge Frauen vor, die ihnen alle nicht passten.

Am Nachmittag kam Mrs Southerham herein, um ihr Stellenangebot für die jüngste der Schwestern zu wiederholen. In dem Wissen, dass Pandora es schon einmal abgelehnt hatte, nahm die Hausmutter das Mädchen mit ins Büro, um ihr ins Gewissen zu reden, aber Pandora weigerte sich, ihre Meinung zu ändern.

Die Hausmutter hätte sie am liebsten geschüttelt. »Aber Mrs Southerham bietet auch Ihrer Schwester eine Unterkunft an. Sie werden nie wieder eine solche Chance bekommen, nie wieder.«

Pandora sah sie beide unglücklich an. »Ich weiß. Und es tut mir wirklich leid, Mrs Southerham, aber es ist wegen Reece, verstehen Sie? Cassandra möchte nirgendwohin, wo er auch ist, und wer kann ihr das verübeln?«

Die Hausmutter wartete, bis das Mädchen außer Hörweite war, dann wandte sie sich an Mrs Southerham. »Wenn Sie sich noch einen oder zwei Tage gedulden könnten, dann glaube ich, dass ich sie überreden kann. Ich bezweifle, dass sie noch eine weitere Chance bekommen zusammenzubleiben.«

»Glauben Sie wirklich, sie werden ihre Meinung ändern?«

»Das glaube ich.«

»Gut, ich habe noch eine Menge Dinge zu besorgen, also habe ich nichts dagegen, noch ein wenig länger in Perth zu bleiben. Und mein Mann möchte sich noch um zwei Sträflingsarbeiter für uns kümmern. Ich komme in zwei Tagen wieder und erkundige mich, wie es aussieht. Aber danach müssen wir abreisen.«

Die Hausmutter seufzte, bevor sie sich einem anderen Dienstherrn zuwandte, für den sie eine ziemlich kecke, aber fröhliche junge Frau fand, die nichts dagegen hatte, auf dem Land zu arbeiten. Das Leben dort würde ein Schock für sie sein, denn es war nicht so wie in England auf dem Land, aber wahrscheinlich würde sie recht bald einen Mann finden, denn sie war hübsch.

Am Ende des Tages hatten die Blake-Schwestern mehrere

Angebote, eine von ihnen einzustellen, abgelehnt, und die Hausmutter war ausgesprochen wütend auf sie alle.

Kapitel 20

Am nächsten Tag wurde ein weiterer Arbeitgeber bei der Herberge vorstellig. Die Hausmutter kannte diesen Conn Largan nicht, und als sich herausstellte, dass er ein ehemaliger Strafgefangener war, betrachtete sie ihn gleich weniger wohlwollend. Darüber hinaus war er Ire, seinem Akzent nach zu urteilen.

Er lehnte sich auf seinem Stuhl zurück, seine Mundwinkel zuckten leicht, als könnte er ihre Gedanken lesen. »Meine Mutter war nie im Gefängnis, und sie ist diejenige, die Hilfe braucht. Sie leidet unter einer schlimmen Arthritis, also brauchen wir eigentlich zwei Hausangestellte. Eine, die meine Mutter pflegt und betreut, und eine, die sich in erster Linie um den Haushalt kümmert.«

»Mal überlegen …«, setzte sie an, dann fiel ihr auf, dass das möglicherweise die Gelegenheit für die Blake-Zwillinge sein könnte. »Ich würde Ihre Mutter gern persönlich kennenlernen, bevor ich meine Entscheidung treffe.«

»Das ist kein Problem, sofern Sie sich die Mühe machen möchten, zu unserer Unterkunft zu kommen. Meine Mutter ist leider nicht in der Lage hierherzulaufen.«

Sie zögerte. Normalerweise hätte sie sich wegen eines ehemaligen Häftlings nicht solche Umstände gemacht. Aber wie er selbst sagte, seine Mutter hatte kein Verbrechen begangen, und wenn die Zwillinge auf diese Weise eine Stelle bekämen, würden die beiden anderen Schwestern Mrs Southerhams Angebot sicher ein wenig wohlwollender betrachten. »Wo wohnen Sie?«

»Ich habe ein Grundstück in den Hügeln südlich von Perth erworben.« Er erklärte ihr, wo genau es sich befand.

Umso besser, dachte sie. Etwas anderes, das näher an den Southerhams läge, würden sie nicht finden. »Ich komme sofort mit Ihnen, um Ihre Mutter kennenzulernen. Sie werden verstehen, dass ich auf die jungen Mädchen in meiner Obhut gut aufpassen muss.«

»Ich würde sie gern zuerst kennenlernen. Auch ich bin vorsichtig und möchte nicht, dass meine Mutter von einem Flittchen betreut wird.«

Sie blickte ihn einen Augenblick gereizt an und entschied dann, dass es nur fair wäre. »Warten Sie hier.«

Sie ging zu der Gruppe junger Frauen, die im Garten saßen und nähten. »Maia und Xanthe, ich habe eventuell einen Dienstherren für Sie. Lassen Sie die Näharbeit liegen und kommen Sie mit.« Sie zögerte. »Da wäre nur eins: Er ist auf Bewährung.« Sie merkte, dass sie nicht wussten, was das bedeutete, und fügte hinzu: »Das heißt, er ist als Häftling hierhergekommen.« Sie sah die Überraschung auf ihren Gesichtern. »Wahrscheinlich ein politischer Gefangener, denn er ist Ire. Seiner Mutter geht es nicht gut, und sie braucht Hilfe. Eine Pflegerin für sie und ein Mädchen für den Haushalt.«

»Überlass mir das Reden«, flüsterte Xanthe ihrer Zwillingsschwester zu, als sie ihr durch den Garten folgten.

Der Mann, der ihnen entgegenblickte, war groß, seine Haare hatten einen Farbton, der weder rot noch braun war, sein Blick war wachsam. Er sah aus, als hätte er Schweres durchgemacht, und an seinem Kinn war eine lange Narbe. Er nickte, als sie einander vorgestellt wurden, und musterte sie weiter. »Sie sehen sich nicht wirklich ähnlich«, sagte er schließlich mit einer Stimme, in der nur der Hauch eines irischen Akzents zu vernehmen war.

»Das finden die meisten Leute doch«, erwiderte Xanthe überrascht.

»Nein, Ihr Gesichtsausdruck ist ganz verschieden. Ich könnte Sie niemals verwechseln.«

Sie hörten aufmerksam zu, während er erklärte, wofür er sie brauchte.

»Das muss schwer sein für Ihre Mutter«, sagte Maia.

»Ist es auch.«

»Sie werden in der Nähe Ihrer Schwestern sein, vorausgesetzt, Sie nehmen Mrs Southerhams Angebot an«, ergänzte die Hausmutter. »Das ist die beste Chance, die Sie je bekommen werden, nah beieinander zu sein.«

»Oh, das hört sich …«, fing Maia an.

Xanthe stieß ihr einen Ellenbogen in die Rippen, um sie zum Schweigen zu bringen. »Wie viel werden Sie uns bezahlen, Mr Largan, und werden wir regelmäßig frei haben und die Möglichkeit, unsere Schwestern zu sehen? Wir stehen einander sehr nahe, wissen Sie?«

»Sie erhalten jede zehn Schilling pro Woche sowie freie Kost und Logis. Und ja, Sie werden Zeit haben, Ihre Familie zu besuchen. Es liegt mir fern, mich zwischen Schwestern stellen zu wollen. Ein gutes Verhältnis zur Familie ist heutzutage selten.«

Sie war sich nicht sicher, ob er es ironisch meinte oder ob sie da einen Funken Traurigkeit in seinen Augen gesehen hatte. »Was meinen Sie damit?«

»Wenn sie in Reichweite wohnen, leihe ich Ihnen Pferde, wenn Sie reiten können, oder einen Wagen, wenn Sie fahren können, um sie zu besuchen.«

»Ich bin sicher, wir werden es lernen. Bisher hat uns noch niemand vorgeworfen, wir wären schwer von Begriff.« Sie reckte trotzig das Kinn vor und sah, wie sich ein leichtes Lächeln auf sein Gesicht stahl. Es ließ ihn jünger aussehen, dieses Lächeln, und sie fragte sich, weswegen er wohl inhaftiert gewesen sein mochte.

»Dann werde ich eben mitkommen und Ihre Mutter kennenlernen, Mr Largan, um sicherzugehen, dass alles seine Ordnung hat«, sagte die Hausmutter.

»Können wir nicht auch mitkommen? Wir sind es schließlich, die für Mrs Largan arbeiten sollen, und wir wollen sicher sein, dass wir miteinander auskommen.« Xanthe hörte, wie die Hausmutter scharf Luft holte, als schockierte sie diese Bitte, aber das störte sie gar nicht. Für einen alten Drachen würde sie nicht arbeiten, auf keinen Fall.

»Sicher, warum nicht?« Er stand auf. »Dann erledigen wir das am besten sofort. Morgens geht es ihr immer ein wenig besser.«

Xanthe ging neben ihm her und warf ihm einen verstohlenen Blick von der Seite zu. Er hatte einen verbitterten Zug um den Mund, wenn er nicht redete, als hätte ihm das Leben übel mitgespielt. Als wäre er tief verletzt worden.

Mrs Largan saß in einem Sessel. »Bitte verzeihen Sie, dass ich nicht aufstehe«, sagte sie mit einer tiefen, melodischen Stimme. Sie sah zu jung aus, um derartig von Arthritis verkrüppelt zu sein.

Ich würde mich wundern, wenn sie eine strenge Herrin ist, dachte Xanthe.

»Sie haben außergewöhnliche Namen«, bemerkte Mrs Largan.

Tränen traten Maia in die Augen. »Dad liebte alles, was mit Griechenland zu tun hat, er hat sogar versucht, Griechisch zu lernen. Wir haben alle vier alte griechische Namen.«

»Es ist schwer, jemanden zu verlieren.« Dem Schmerz auf ihrem Gesicht nach zu urteilen, hatte auch Mrs Largan kürzlich einen geliebten Menschen verloren.

Xanthe blickte ihre Schwester Bestätigung suchend an, aber das war gar nicht nötig, da sie immer instinktiv wussten, wenn sie sich einig waren. Sie wandte sich wieder an Mrs Largan. »Wenn Sie glauben, dass wir geeignet sind, und wenn die

Southerhams nah genug wohnen, dann nehmen wir gern die Anstellung bei Ihnen an.«

»Wo genau wohnen sie?«

»Ich weiß es nicht genau – südlich von Perth im Vorgebirge.«

Die Hausmutter zögerte und warf einen Blick auf die Uhr.

»Ich muss zurück. Ich gebe Ihnen die Adresse vom Hotel der Southerhams, vielleicht können Sie drei direkt dorthin gehen und sich nach ihrer genauen Adresse erkundigen?«

»Das ist doch eine gute Idee, nicht wahr, Conn?«

Er nickte. Sein Gesichtsausdruck wurde milder, als er seine Mutter ansah.

Sie trafen Mr und Mrs Southerham vor ihrem Hotel, als diese gerade aufbrechen wollten, um weitere Besorgungen zu machen, und als sie ihnen Mr Largan vorstellten und erklärten, was sie wissen wollten, gingen alle wieder ins Haus.

Nach einer Diskussion, während derer Mr Largan ein wenig ungeduldig mit Mr Southerham wurde, sagte er schließlich: »Ich weiß jetzt, wo es ist. Es ist etwa eine Stunde von uns entfernt, also nah genug, um hin und wieder zu Besuch zu kommen, allerdings nicht bei schlechtem Wetter, denn die Straßen sind nichts als Trampelpfade, und im Winter werden sie manchmal überflutet.«

Er wandte sich wieder den Zwillingen zu. »Nun? Habe ich die Hilfe gefunden, die meine Mutter und ich benötigen?«

Xanthe antwortete. »Ja, Mr Largan.«

»Dann brechen wir morgen früh auf, wenn Sie einverstanden sind.«

»Wir müssen trotzdem noch mit unseren Schwestern klären, ob sie die Stelle bei Mrs Southerham annehmen. Wir lassen uns nicht trennen.«

Er stieß ein leicht genervtes Knurren aus. »Es ist mir noch nie so schwergefallen, Angestellte zu finden, wie hier in Australien. Ich komme in einer Stunde zurück zur Herberge, und dann erwarte ich eine Antwort.«

»Er scheint über irgendetwas verärgert zu sein«, sagte Mrs Southerham, nachdem er gegangen war. »Sind Sie sicher, dass Sie für ihn arbeiten wollen?«

»Wir arbeiten hauptsächlich für seine Mutter«, erklärte Maia. »Und die ist zauberhaft.«

»Sprechen Sie mit Ihren Schwestern? Schicken Sie eine von ihnen zu mir, damit sie mir sagt, ob ich ein Hausmädchen habe oder nicht?«, bat Mrs Southerham lächelnd.

»Ja, natürlich. Aber ich glaube, Sie haben eins.«

Als sie zurück zur Herberge gingen, sagte Maia nachdenklich: »Ich frage mich, was Mr Largan sich hat zuschulden kommen lassen.«

»Er sieht nicht aus wie ein Verbrecher.«

»Nein. Aber Mrs Southerham hat recht. Er sieht aus, als wäre er zornig – tief in seinem Innern.« Sie hakte sich bei ihrer Schwester unter. »Ist es nicht herrlich, dass wir endlich da rauskommen?«

»Ja. Aber jetzt gehen wir besser zurück und sprechen mit den anderen.«

Als Cassandra hörte, dass die Zwillinge vorläufig eine Anstellung bei den Largans angenommen hatten, weil sie damit einigermaßen nah bei den anderen sein würden, sah sie sie bestürzt an. »Aber ich habe es euch doch schon gesagt: Wir werden nicht für die Southerhams arbeiten.«

Stille trat ein, dann sagte Pandora: »Vielleicht müssen wird das, Liebes, wenn das die einzige Möglichkeit ist, wie wir einander nahe sein können.«

»Nein! Nein, ich kann das nicht!« Sie ertrug es nicht, wie sie einander Blicke zuwarfen, sehnte sich nach ein wenig Zeit für sich, also ging sie hinaus und hob abwehrend eine Hand, um die anderen daran zu hindern, ihr zu folgen. Aber auch im

Garten gab es wenig Privatsphäre. Nur im Bett hatte sie Zeit, ihren eigenen Gedanken nachzuhängen, aber sie schlief so schlecht, dass sie nicht einmal dort einen klaren Gedanken fassen konnte.

Sie fühlte sich machtlos, als zerrte das Schicksal sie unerbittlich in eine Richtung, die sie nicht einschlagen wollte. Sie sah, wie Pandora aus dem Haus kam und sich zu ihr gesellte. »Ich nehme an, sie haben dich geschickt, damit du mich überredest, zu Mrs Southerham zu gehen.«

»Ja, aber das ist gar nicht nötig. Du weißt, dass es die einzige Möglichkeit ist, wie wir zusammenbleiben können, oder?«

»Interessiert es denn niemanden, wie ich mich in *seiner* Nähe fühle?«

»Doch, natürlich. Auch wenn ich glaube, dass es falsch ist, ihn nicht zu heiraten. Aber ...«

»Aber ich habe keine andere Wahl.« Cassandra seufzte und war auf einmal zu erschöpft, um noch länger zu kämpfen. »Macht, was ihr wollt. Ich lege mich hin. Ich muss mich ausruhen.«

Sie hatte nicht damit gerechnet, einschlafen zu können, aber ehe sie sichs versah, weckte Maia sie zum Abendessen. In der Zwischenzeit war alles organisiert worden, am nächsten Morgen würden sie aufbrechen.

Obwohl sie mehrere Stunden geschlafen hatte, fühlte sie sich immer noch müde und nicht in der Lage, einen klaren Gedanken zu fassen oder gegen das zu kämpfen, was ihr das Schicksal angetan hatte.

Reece! Sie würde ihn jeden Tag sehen. Wie sollte sie damit umgehen? Warum konnte sie nicht einfach aufhören, ihn zu lieben? Warum sehnte sie sich immer noch nach dem Unmöglichen?

Pandora beobachtete Cassandra, während sie die wenigen

Dinge, die sie aus ihren Truhen geholt hatten, wieder einpackten. Sie sah die Müdigkeit, die ihrer Schwester in den Knochen steckte, und bemitleidete sie. Sie bemitleidete auch sich selbst. Letzte Nacht hatte sie wieder von Outham geträumt, hatte geträumt, sie wäre durch die Moore gewandert, und als sie aufgewacht war und erkannt hatte, wo sie war, war sie traurig gewesen.

Würde dieses Heimweh denn niemals enden? Und wie lange würde sie vor den anderen geheim halten können, wie sehr es sie verzehrte?

Um sechs Uhr morgens kam ein Mann mit einem Wagen, um ihr Gepäck abzuholen. Das Fahrzeug war bereits voll beladen mit Säcken und Kisten. Sie kletterten auf die Ladefläche und setzten sich, weil sonst kein Platz war, auf die Kisten. Dann rumpelten sie durch die Straßen, um die Southerhams abzuholen – und Reece.

Als die drei aus dem Hotel kamen, starrte Reece Cassandra an und sie ihn – dann wandten beide den Blick ab, ohne ein Wort zu sagen.

Sie taten Pandora so leid, als sie die Traurigkeit und Sehnsucht in ihren Augen sah. Sie war sich ganz und gar nicht sicher, dass ihre Schwester das Richtige getan hatte, als sie ihn zurückgewiesen hatte. Wie sie vorgaben, einander gleichgültig zu sein, aber sich doch hin und wieder verstohlene Blicke zuwarfen! Die Liebe in ihren Augen, ihre Gefühle füreinander waren nicht zu übersehen. Pandora hoffte, sie würde eines Tages wieder lieben, so wie sie Bill geliebt hatte, der schon seit drei Jahren tot war, der arme Kerl.

Ihre Tante hatte eine Menge zu verantworten, und sie hoffte, das Schicksal wäre genauso ungnädig zu dieser schrecklichen Frau, wie es zu ihnen gewesen war.

Es hieß, man solle seinen Feinden verzeihen, aber sie wusste, dass sie ihrer Tante Isabel niemals verzeihen würde.

Nicht nur weil sie ihrer Schwester so wehgetan hatte, sondern weil sie sie aus Lancashire vertrieben hatte.

In Outham erhielt Mr Rainey einen höflichen Brief von dem Anwalt. Er las ihn rasch. »Featherworth möchte mich sprechen, meine Liebe.«

Seine Frau blickte auf. »Hat er gesagt, warum? Sein Brief über die Erbschaft kann noch nicht in Australien angekommen sein. Es wird noch Monate dauern, bis wir von den Mädchen hören.«

»Nein, er hat nicht gesagt, warum. Nur dass es dringend sei. Ich gehe jetzt hinüber in seine Kanzlei.«

»Wenn du zurückkommst, bin ich bei der Nähstunde. Es läuft gut, seit wir unsere Leute aus den Fängen des Gemeindepfarrers befreit haben, aber alle sehnen sich danach, dass dieser Krieg endlich zu Ende geht und wieder Baumwolle ins Land kommt. Diese armen Mädchen tun mir so leid. Sie sitzen da und nähen, aber sie sind nicht mit dem Herzen bei der Sache. Früher waren sie immer so fröhlich, wenn wir sie auf der Straße gesehen haben, nicht wahr?«

Er ging in die Stadt und wurde in Featherworths Büro gebeten.

»Ich habe Nachricht von der Anstalt erhalten, wo Mrs Blake betreut wird. Sie verweigert die Nahrungsaufnahme, und es geht rasant bergab mit ihr. Sie redet die ganze Zeit mit ihrem Mann. Die Anstaltsleitung möchte, dass jemand nach ihr sieht, damit ihnen niemand vorwerfen kann, sie würden sie nicht gut behandeln. Kommen Sie mit?«

»Sollte das nicht der Arzt machen?«

»Er sagt, er habe keine Zeit, und außerdem kenne er den Mann, der die Anstalt leite, und vertraue ihm voll und ganz. Dennoch … Ich finde, ich sollte hinfahren, nur dieses eine Mal.«

»Also gut, ich komme mit.«

»Ich werde eine Kutsche mieten. Es ist ein sehr abgelegener Ort. Kein Bahnhof in der Nähe. Erstaunlich, wie schnell wir uns an den Komfort von Zügen gewöhnt haben, nicht wahr? Ist morgen für Sie in Ordnung?«

»Ich muss ein paar Termine verschieben, aber ja. Bringen wir es hinter uns. Ich freue mich nicht darauf, sie wiederzusehen, muss ich gestehen. Und obwohl ich ein Christ bin, kann ich ihr nicht verzeihen, was sie getan hat.«

Gegen elf Uhr am nächsten Morgen erreichten sie das große Landhaus mit einem Schild an den schweren schmiedeeisernen Toren, auf dem zu lesen war: *Erholungsheim für feine Leute.* Ein Mann öffnete die riesigen Eisentore, um sie hineinzulassen, und schloss sie hinter ihnen sofort wieder. Als die Pferde langsam die Auffahrt entlangtrabten, blickten sich die beiden Besucher um.

»Dieser Ort ist gut gepflegt. Sie können nicht knapp bei Kasse sein. Nun, sie verlangen ja auch genug, nicht wahr? Es ist unverschämt teuer.«

Ein weiterer, kräftiger Mann ließ sie ins Haus und führte sie ins Büro des Leiters, eines Arztes.

»Bitte nehmen Sie Platz. Kann ich Ihnen einen Tee anbieten?«

»Können wir zuerst den Besuch hinter uns bringen?«, fragte der Anwalt. »Ich muss gestehen, dass ich mich nicht darauf freue, Mrs Blake zu sehen. Beim letzten Mal war sie richtiggehend gewalttätig.«

»Gewalttätig ist sie jetzt nicht mehr. Wir verabreichen solchen Fällen jeden Tag einen Beruhigungstrank. Es ist besser für sie und macht es uns leichter, mit ihnen umzugehen.« Er ging voraus die Treppe hinauf und wandte sich nach rechts.

»Wir verwahren die gewalttätigen Fälle in diesem Trakt, die harmlosen haben mehr Freiheit.«

Eine Frau, die so kräftig aussah wie die Männer, die sie

gesehen hatten, führte sie zu einem Zimmer und schloss die Tür auf.

Die Frau darin blickte auf. Ihr Haar fiel ihr zerzaust und grau über den Rücken. Ihr Blick war leer gewesen, aber beim Eintreten des Anwalts verwandelte er sich in einen Ausdruck des Hasses, und sie stürzte sich auf sie.

Die Krankenschwester und der Arzt traten dazwischen, und als Mrs Blake anfing zu kreischen, kam eine weitere Frau angerannt.

»Ketten!«, rief der Arzt.

Sie verschwand und kam wenig später mit Handfesseln zurück. Es brauchte drei von ihnen, um sie an Isabel Blakes Knöcheln und am eisernen Bettpfosten zu befestigen.

Als sie gefesselt war, hörte sie auf zu schreien, aber die Art, wie sie sie anschaute, reichte aus, um beide Männer zum Zittern zu bringen. Stumm verließen sie den Raum. Sie hatte kein Wort gesagt, aber ihr Ausdruck war schrecklich gewesen, so voller Hass.

Unten nahmen sie die Erfrischungen an und hörten dem Arzt schweigend zu.

»Wir können ihr nicht helfen«, sagte er leise. »Wir können nichts weiter tun, als sie ruhig und sauber zu halten – und wie Sie sehen, gelingt uns manchmal nicht einmal das. Wir versuchen, ihr die Haare zu kämmen, aber sie verfällt geradezu in Hysterie, wenn wir es berühren wollen, deshalb waschen wir es höchstens einmal in der Woche. Ich weiß nicht, warum sie so besessen von ihren Haaren ist. Anscheinend hat sie Angst, wir könnten sie ganz abschneiden. Aber wenn Sie erlauben, werden wir sie kürzer schneiden, dann ist es einfacher, sie sauber zu halten.«

»Tun Sie, was Sie für richtig halten. Sie ist sehr dünn.«

»Wie ich Ihnen schon geschrieben habe, sie verweigert die Nahrungsaufnahme.« Er zögerte. »Wir können sie zwingen, ein wenig zu essen, aber nicht genug, um sie auf lange Sicht am Leben zu erhalten. Ich wollte, dass Sie es mit eigenen Augen sehen. Ich kann mit Stolz behaupten, dass wir diesen armen Kreaturen hier die beste und menschlichste Behandlung angedeihen lassen, aber … Nun ja, selbst die moderne Medizin weiß nicht, wie man Leuten wie ihr helfen kann.«

Auf dem Rückweg sagte Mr Featherworth unvermittelt: »Es wäre eine Gnade, wenn sie stirbt.«

Gerald Rainey nickte. Er hatte das Gefühl, der Anblick von Isabel mit diesem Wahnsinn in den Augen würde ihn noch lange verfolgen.

»Ich werde für ihre Seele beten. Lassen Sie mich wissen, wenn Sie Neuigkeiten von ihr erfahren.«

Während die Kutsche übers Land rollte, sagte der Anwalt auf einmal: »Was halten Sie von Harry Prebble, dem jungen Mann, der das Geschäft führt?«

»Ich kenne ihn nicht. Er ist kein Mitglied meiner Gemeinde.«

»Er hat irgendetwas an sich, das mir nicht gefällt. Ich weiß nicht genau, was es ist, denn er ist stets höflich und scheint auch seine Aufgabe, den Laden zu führen, anständig zu meistern. Ach, wahrscheinlich bilde ich mir das nur ein. Denken Sie einfach nicht weiter darüber nach.«

Aber Gerald erzählte es seiner Frau, und sie sagte das Gleiche. »Mr Prebble ist immer ausgesprochen höflich, wenn er mich bedient … aber ich muss Mr Featherworth recht geben. Ich mag ihn wirklich nicht.«

»Solange er das Geschäft ordentlich führt, muss man ihn auch nicht mögen.«

»Glaubst du, die Mädchen werden zurückkommen?«

»Sicher werden sie das.«

Zachary beobachtete Harry, der sich aufspielte, seit ihm die Geschäftsleitung übertragen worden war, bis die neuen Besitzerinnen gefunden wurden. Es war wirklich anstrengend, mit seiner wichtigtuerischen Art umzugehen.

Als einer der Jungen, die dieser Tage auf der Straße herumlungerten, einen Brief überbrachte, las Harry ihn und rief Zachary zu sich. »Der Anwalt will dich sprechen.«

»Mich? Weswegen denn?«

»Weiß ich nicht. Aber er will dich augenblicklich sprechen, also zieh dir deine Jacke an und geh!«

Das brauchte man ihm nicht zweimal sagen. Zachary hängte seine lange Schürze auf und ging. Was wollte Mr Featherworth bloß von ihm? Sie würden ihn doch wohl nicht entlassen? Eigentlich brauchten sie mehr Hilfe im Laden, nicht weniger, ohne Mr Blake. Er seufzte. Er vermisste den freundlichen alten Mann. Mrs Blake dagegen vermisste er nicht. Sie war schon immer seltsam gewesen, auch bevor sie verrückt geworden war, und hatte das arme Hausmädchen grässlich behandelt. Zachary mochte es nicht, wenn andere schikaniert wurden.

Er wurde direkt in das Büro des Anwalts gebeten.

»Ah, Mr Carr. Setzen Sie sich, setzen Sie sich.«

»Ist etwas passiert, Mr Featherworth?«

»Nein, nein. Aber ich hatte mich gefragt, ob Sie mir helfen können.« Er erklärte die Situation.

Zachary sah ihn verblüfft an. »Sie wollen, dass ich nach Australien reise?«

»Ja. Ich weiß, es ist eine lange Reise, aber ich brauche jemanden, der Mr Blakes Nichten erkennt, und natürlich werden sie einen Mann brauchen, der sie auf dem Rückweg begleitet. Selbstverständlich werden wir für alle Kosten aufkommen und …«

Zachary dachte einen Augenblick darüber nach, dann seufzte er und schüttelte den Kopf. »Ich würde gern gehen, Sir, wirklich, aber ich bin der Einzige, der meine Mutter und meine Schwester versorgt. Wie wird es ihnen ohne mein Einkommen ergehen?«

Der Anwalt sah ihn nachdenklich an, und Zachary hielt den Atem an. Wenn eine Lösung gefunden würde – oh, er betete dafür –, dann würde er wie der Blitz nach Australien reisen.

»Sind sie wegen der Baumwollknappheit arbeitslos?«

»Nein, Sir. Sie haben nicht in der Baumwollfabrik gearbeitet. Meine Mutter hat den Haushalt geführt, und meine Schwester war noch zu jung zum Arbeiten. Aber mein Vater ist unerwartet gestorben, und auch wenn meine Schwester jetzt siebzehn ist, gibt es in der ganzen Stadt keine Arbeit für junge Frauen, also sorge ich seit ein paar Jahren für sie.«

»Sehr löblich. Ich bin sicher, dass wir es einrichten können, ihnen Ihren Lohn weiterzuzahlen. Wenn wir das tun, würden Sie dann gehen? Ich würde es vorziehen, jemanden zu schicken, den ich kenne und dem ich vertraue.«

»In diesem Fall gehe ich sehr gern.«

»Hervorragend! Ich wusste, ich kann mich auf Sie verlassen.«

Zachary hielt vor dem Büro des Anwalts inne, ihm schwirrte der Kopf. Er wollte rennen, vor Freude jubeln, es der ganzen Welt erzählen, doch dann begnügte er sich damit, ein paarmal in die Hände zu klatschen. Er bemerkte, wie eine alte Frau stehen blieb und ihn anstarrte, und er grinste sie an. »Ich habe gerade gute Neuigkeiten erhalten.«

Sie lächelte ihn an und ging weiter.

Er machte sich wieder auf den Weg, genoss es, sich die langen Beine zu vertreten. Die Sonne lugte hinter den Wolken hervor, doch obwohl es immer noch kalt war, war ihm warm vor Freunde.

Schon viel zu bald kam er wieder beim Laden an. Es waren keine Kunden da, also führte ihn Harry ins Hinterzimmer.

»Also? Was wollte er?«

Zachary erzählte es ihm und freute sich insgeheim, als Harry finster dreinblickte. Die beiden verstanden sich nicht besonders, hatten sie noch nie, aber Harry war gut darin, sich bei Leuten einzuschmeicheln, also war er zum Geschäftsführer ernannt worden, obwohl sie ungefähr gleich alt waren. Und natürlich war Harry gut aussehend, weshalb er es im Leben leichter hatte, während Zachary wusste, dass sein Gesicht zu markant war, um als attraktiv zu gelten. Nun, er konnte es sich ohnehin nicht leisten, einer jungen Frau den Hof zu machen, nicht wenn er seine Mutter und seine Schwester versorgen musste, also spielte das keine Rolle.

»Warum hat Featherworth dich ausgesucht? Warum nicht mich?«

»Du führst doch schon den Laden. Hättest du dir diese Gelegenheit entgehen lassen?«

Harry zuckte mit den Achseln. »Ich hätte diesen armen jungen Frauen jederzeit gern geholfen.«

Das glaube ich dir aufs Wort, dachte Zachary. Du willst dich bei den neuen Besitzerinnen einschmeicheln, noch bevor sie über die Türschwelle getreten sind. Laut sagte er nur: »Er sagte, er müsse jemanden schicken, der die Nichten von Mr Blake erkennt.«

»So gut kennst du sie auch nicht.«

»Ich habe sie oft gesehen. Sie haben früher ganz in unserer Nähe gewohnt.«

»Trotzdem finde ich, dass Featherworth jemand anderen hätte finden sollen. Wie soll ich das schaffen, wenn niemand sonst weiß, wie man hier arbeitet?«

Zachary ließ sich nicht von Harrys schlechter Laune anstecken. Es war ein paar Jahre her, seit sein Vater gestorben war, die Verantwortung für seine Familie lastete schwer auf seinen Schultern. Jetzt sollte er ein Abenteuer erleben, etwas von der

Welt sehen, und konnte trotzdem sicher sein, dass es seiner Mutter und seiner Schwester gut ging.

Der Gedanke, nach Australien zu reisen, begeisterte ihn mehr als alles andere in seinem Leben zuvor.

Die Southerhams und ihre Angestellten brachen um vier Uhr morgens auf, um es innerhalb eines Tages zur Farm zu schaffen. Während der Reise sprach Cassandra kaum ein Wort. Zu Pandoras Überraschung führte Mr Southerham ein fröhliches Gespräch mit seiner Frau, in dem es darum ging, was sie gekauft hatten und wie viel sie dafür bezahlt hatten. Er benahm sich so, als wären die drei Diener im Wagen überhaupt nicht anwesend.

Mrs Southerham war rücksichtsvoller und bezog sie hin und wieder ins Gespräch mit ein, erzählte ihnen von der Farm und dem, was sie und ihr Mann dort erreichen wollten. Sie hatten beschlossen, ihr Anwesen Westview zu nennen, weil es nach Westen hin ausgerichtet war. Ein Name sollte schließlich auch immer eine Bedeutung haben, nicht wahr?

Manchmal stiegen sie aus und gingen ein Stück, um den Pferden ein wenig Last abzunehmen, und zweimal machten sie eine kurze Pause, um ein wenig Brot und kaltes Fleisch zu essen. Jedes Mal entfachte Reece ein Feuer und kochte Tee mit einer Leichtigkeit, die Pandora überraschte. Cassandra jedoch vermied es, ihn auch nur anzusehen.

Als die Reise sich hinzog und sie wieder einmal anhielten, um den Pferden eine Pause zu gönnen, blickte Mrs Southerham in den Himmel. »Es ist schon später, als ich erwartet hatte, also werden wir erst nach Anbruch der Dunkelheit zu Hause sein. Ich hatte Ihnen doch schon erzählt, dass Sie im Zelt übernachten werden, nicht wahr? Reece hat vorher dort geschlafen. Es ist wirklich komfortabel.«

Cassandra sagte nichts, aber Pandora wandte sich an Reece: »Nehmen wir dir dein Schlafzimmer weg, Reece?«

»Nein. Ich wohne jetzt beim Nachbarn. Er ist alt und braucht Hilfe, und ich pachte ein Stück Land von ihm.«

»Was für Land?«

»Ach, nur ein paar Weiden, auf denen ich später ein paar Schafe halten kann, nachdem ich das Land gerodet habe. Hier gibt es einen Mangel an Holz, sodass ich mit dem Verkauf der größeren Bäume, die ich fälle, etwas Geld verdienen kann. Es ist im Pachtvertrag genau festgelegt, wie viel ich jedes Jahr abholzen darf. Kevin will den Wald nicht komplett verlieren, obwohl er ihn ›den Busch‹ nennt.«

Cassandra sagte immer noch nichts, aber ihre Schwester wusste, dass sie aufmerksam zuhörte.

Als sie endlich auf der Farm ankamen, versuchte Pandora, ihre Überraschung zu verbergen, dass Leute wie die Southerhams in einem so winzigen Haus lebten. Und auch wenn es offenbar ein großes Grundstück war, war es in erster Linie ungerodeter Wald, und Westview lag sogar noch abgeschiedener, als sie erwartet hatte. Sie waren seit einiger Zeit nicht mehr an anderen Ansiedlungen vorbeigekommen und dann nur noch an einzelnen Farmen, keinem einzigen richtigen Dorf.

Die langen violetten Schatten, die die Bäume in der untergehenden Sonne warfen, ließen alles unwirklich erscheinen. Sie blickte zurück in die Richtung, aus der sie gekommen waren, und sah die Sonne, die gleich hinter dem Horizont verschwinden würde. Noch während sie zusah, hörte die Sonne auf, wie eine Kugel auszusehen, und schien vom schwarzen Horizont hinabgesaugt zu werden.

Danach wurde es so schnell dunkel, dass sie die Lebensmittelvorräte im Licht zweier Öllaternen abladen mussten, was sofort mehrere große Motten anzog. Mrs Southerham zeigte ihnen, wie man das frische Essen in eine viereckige Kiste legte, deren Seiten aus einem feinen Netz bestanden und deren Füße in Tassen mit Wasser standen, um zu verhindern, dass Ameisen hineinkamen.

»Es gibt kaum Dämmerung auf diesem Breitengrad«, erklärte Reece, als Pandora den schnellen Einbruch der Dunkelheit kommentierte. »Ich fache eben ein Feuer an, um das Wasser zu erhitzen, dann könnten Sie mir vielleicht helfen, einige der Dinge im Lagerzelt zu verschieben, Mr Southerham, um für Pandora und Cassandra mehr Platz zum Schlafen zu schaffen? Diese Kisten sind zu schwer für die Frauen.«

Er redete höflich mit seinem Dienstherrn, wie immer, aber es war seine Stimme, die im Zelt die Anweisungen erteilte. Und er war es, der die Führung übernommen hatte, als sie alles vom Wagen geladen hatten. Eine Zeile, die sie einmal in einem Gedicht gelesen hatte, kam ihr in den Sinn: *Wer ist der Diener, wer ist der Herr?* Von wem war es noch? Dekan Swift, fiel ihr einen Augenblick später wieder ein, und sie war froh, dass sie noch nicht alles aus ihrem früheren Leben vergessen hatte. Wie sehr sie Bücher und Gedichte vermisste! Wie sehr sie … alles vermisste!

Sie bemerkte, dass ihre neue Herrin etwas sagte, und bemühte sich aufzupassen.

»Ich glaube, wir essen einfach Brot und Schinken«, sagte Mrs Southerham. »Und ein wenig Obst. Wir essen hier draußen am Tisch. Ich freue mich schon auf eine Tasse Tee.«

Staunend betrachteten sie die großen Tassen und die riesige Teekanne aus Blech.

Mrs Southerham verzog das Gesicht. »Sie sind nicht besonders edel, aber man wird hier so durstig, dass normale Becher und Teekannen zu nichts nütze sind.«

Sie halfen ihr, so gut sie konnten, und genossen schon bald das einfache Mahl.

Reece und Cassandra setzten sich an die entgegengesetzten Enden des Tisches und wechselten kein Wort miteinander. Pandora hätte sie am liebsten geschüttelt!

Das Bett, so stellten die Schwestern später fest, war eine Decke auf Segeltuch, das auf dem harten Boden lag, mit einer Zudecke und zwei weiteren, die zusammengefaltet danebenlagen.

»Ich habe leider keine anderen Kopfkissen«, sagte Mrs Southerham. »Es tut mir leid. Wir müssen schauen, ob wir irgendwo ein paar Federn herbekommen, damit wir Kissen stopfen können. Ich habe Ihnen ein paar zusätzliche Decken herausgebracht, weil es hier nachts recht kühl wird.« Sie zögerte. »Werden Sie zurechtkommen? Hier habe ich eine Kerze und ein paar Zündhölzer für Sie, falls Sie in der Nacht aufstehen müssen, aber bitte seien Sie vorsichtig, wenn Sie Licht machen. Wenn es zu einem Buschfeuer kommt, kann es alles im Umkreis zerstören.«

»Ja, natürlich.«

Als die beiden Schwestern nebeneinander in der Dunkelheit lagen und die Schatten betrachteten, die die Zweige auf die Zeltwände warfen, stieß Cassandra einen tiefen Seufzer aus.

»Bist du müde?«, fragte Pandora.

»Ja. Sehr.« Schweigen, dann: »Es war schlimmer, als ich erwartet hatte, mit Reece zusammen zu sein.«

»Du liebst ihn immer noch, nicht wahr?«

Cassandra gab keine Antwort, aber Pandora wusste es auch so. Ein Blinder mit Krückstock sah, wie sehr die beiden einander immer noch liebten.

Im Mondlicht ging Reece langsam zurück zu Kevins Haus. Er war müde und verzweifelt. Während der Fahrt hatte Cassandra so gut wie gar nicht mit ihm gesprochen, und doch hatte er ihre Anwesenheit die ganze Zeit über gespürt, selbst als er fahren musste und ihr den Rücken zugewandt hatte.

Die Verbindung zwischen ihnen war immer noch da, würde es immer sein. Eine solch tiefe Liebe hatte er für seine Frau nicht empfunden. Aber was wäre nötig, damit Cassandra ihre Meinung über eine Heirat änderte? Die Art, wie sie sich verhielt, wie sie die Lippen zusammenpresste, wie sie ihm aus dem Weg ging, hatte etwas so Entschlossenes.

Er sah die Laterne auf Kevins Veranda leuchten und fand den alten Mann, wie er draußen saß, eine Pfeife rauchte und auf ihn wartete.

»Hab das Licht in der Ferne gesehen und wusste, dass du zurückkommst.«

»Ja.«

»Wie war es in Perth?«

»Es gab ein paar schockierende Erlebnisse und …« Seine Stimme versagte, und auf einmal saß er auf der rauen Bank und erzählte Kevin die ganze Geschichte, als wäre der alte Mann ein zweiter Vater für ihn. Zweiter Vater! Er hatte ja kaum einen ersten gehabt, denn sein Dad war gestorben, als er noch ein Junge gewesen war. Und wenn seine Wangen feucht waren, nachdem er mit seiner Erzählung geendet hatte, gab es hier niemanden, der es sehen konnte, außer einem alten, weisen Mann, der alles mit einer Seelenruhe hinnahm, sogar dass sein eigener Körper versagte.

»Lass ihr Zeit«, sagte Kevin schließlich. »Zeit heilt alle Wunden. Das arme Mädchen ist schwer verletzt worden, erst von diesen Unmenschen und dann von dir. Es war ein Fehler, sie zu verlassen, aber das brauche ich dir nicht zu sagen, was, mein Junge? Sie braucht Ruhe und Frieden, um wieder zu sich selbst zu finden, bevor sie über dich nachdenken kann.«

»Glaubst du, ich habe eine Chance?«

»Wer weiß? Wenn es sein soll, dann wird es so kommen. Das Schicksal hat die Angewohnheit, unser Leben zu beeinflussen, wie es das will, nicht wie wir es wollen. Aber ich würde sie gern kennenlernen.«

»Ich kann sie und ihre Schwester am Sonntag zum Tee einladen.«

»Nein, ich lade sie ein. Du überbringst einfach den Brief, den ich schreibe. Und gib ihn ihrer Schwester, nicht ihr.«

Sie saßen ein paar Minuten in Stille beieinander, dann wurde Reece von einem Gähnen überrascht. »Es ist schon spät, ich sollte ins Bett gehen.«

»Kannst du mir morgen vielleicht einen Gefallen tun? Ich frage dich jetzt, denn wenn ich aufwache, bist du schon längst weg.«

»Natürlich.«

»Kannst du den Brief, den ich auf den Tisch legen werde, gleich morgen früh Mr Southerham geben? Ich muss ihn um einen kleinen Gefallen bitten.« Reece zögerte. »Ich weiß, er will mit einem ehemaligen Häftling nichts zu tun haben, aber ich glaube nicht, dass er einem alten Mann seinen letzten Wunsch abschlagen wird.«

»Letzten Wunsch? Du hast doch wohl noch etwas Zeit?«

»Das hoffe ich, aber ich werde ständig schwächer. Ich bin so froh, dass ich in dieser Zeit deine Gesellschaft habe, mein Junge. Ich wollte nicht allein sterben.«

Reece nahm Kevins Hand und hielt sie einen Augenblick lang fest.

»Du musst ins Bett. Du hast einen harten Tag vor dir, nehme ich an. Dein Dienstherr ist ein Idiot. Nach allem, was du erzählst, bist du derjenige, der alles erledigt.«

»Verrate ihm das bloß nicht. Wenn er die Dinge in die Hand nimmt, dann bekommen wir überhaupt nichts fertig.«

Kevin lachte leise, und Reece lächelte immer noch, als er zu Bett ging. Der arme Francis. Ein netter Kerl, aber so ein Träumer. Allein würde er es niemals schaffen, seine Farm zum Erfolg zu führen, und Reece hatte nicht vor, sein eigenes Leben aufzugeben, um die Southerhams zu unterstützen. Er konnte es schon jetzt kaum noch erwarten, bis seine Zeit als ihr Diener abgelaufen sein würde.

Kapitel 21

Am nächsten Morgen las Francis überrascht Kevins Brief, den Reece ihm überbracht hatte, dann zeigte er ihn seiner Frau.

»Wir können einem alten Mann nicht seinen letzten Wunsch abschlagen«, sagte Livia. »Gehen wir zu ihm hinüber, am besten gleich, bevor es zu heiß ist. Es ist eine Ewigkeit her, seit ich mir zum letzten Mal richtig die Beine vertreten habe. Man kann das Haus von hier aus nicht sehen, aber es gibt schon einen Trampelpfad, wo Reece jeden Tag hin und her geht. Ich sage bloß eben Cassandra Bescheid, dass wir weggehen.«

Die Mädchen sind tüchtig, dachte er, während er seine Frau dabei beobachtete, wie sie mit den neuen Hausmädchen sprach, die gerade unter erschwerten Bedingungen einen Waschtag abhielten. Jeder Eimer Wasser musste vom Brunnen herübergeschleppt werden. Die Zinnwaschwanne stand auf einer Bank im Freien, die Reece gezimmert hatte, und die beiden jungen Frauen schrubbten eifrig die Wäsche, während sie bei der Arbeit leise plauderten.

Francis drehte sich um und musterte Reece, der die Mädchen ebenfalls beobachtete, oder vielmehr Cassandra. Er hatte eine Leine für die fertige Wäsche gespannt und schnitzte nun aus schmalen, trockenen Ästen, die vom Baum gefallen waren, behelfsmäßige Wäscheklammern. Nicht einmal an solch banale Dinge haben wir gedacht, als wir für unser großes Abenteuer gepackt haben, dachte Francis und grinste schief über seine eigene Unzulänglichkeit.

»Warten Sie mit dem anderen Zelt, bis wir zurück sind«,

rief er seinem Diener zu. »Es ist einfacher, wenn wir es zusammen aufbauen.«

Zur Antwort bekam er nur ein Nicken.

Zusammen folgten Francis und seine Frau dem schmalen Pfad über den sanften Hügel, auf dem sich die beiden Anwesen befanden. Von Zeit zu Zeit blieben sie stehen und betrachteten irgendetwas. Eine Eidechse, die sich auf einem Felsen sonnte, rosa-graue Kakadus, die in den Bäumen kreischten, eine Parade von Ameisen, die eifrig Holzstückchen wegtrugen.

Er trat gegen ein Stück totes Holz, als wäre es ein Ball, und Splitter stoben in alle Richtungen. »Es ist ganz anders hier, nicht wahr? Nicht, was ich erwartet hatte. Das ist kein angemessenes Leben für eine Lady. Ich bin dir ein schlechter Ehemann.«

»Jetzt sind wir aber hier. Und bevor wir aufgebrochen sind, waren wir uns einig: nichts bereuen. Und hier in dem warmen Klima sollte es dir bald besser gehen.«

»Das hoffe ich.«

Ihre Stimme versagte für einen Moment. »Und egal was passiert, wir werden das Beste daraus machen. Es ist schließlich ein Abenteuer.«

Ihre Stimme war ruhig, aber ihm fiel auf, wie bitter seine eigene Stimme klang. Nun, er war auch verbittert. »Gib dir keine Mühe. Ich habe versucht, alles praktisch anzugehen. Ich habe es wirklich versucht. Jedoch mein eigener Diener beschämt mich, weil er immer alles besser kann. Aber er plant schon für die Zeit, wenn er seine eigene Farm aufziehen kann. Was werden wir denn dann machen?«

»Dann finden wir einen anderen.«

»Wir haben nicht einmal die beiden Häftlinge genommen, auf die wir einen Anspruch hatten, weil sie uns nicht gepasst haben. Wir sind wirklich nicht besonders praktisch veranlagt.

Meine Liebe, du hättest dir einen besseren Ehemann suchen sollen.«

»Aber ich wollte nie einen anderen als dich, Francis.«

Sie schlang die Arme um ihn, und ein oder zwei Minuten standen sie so da, eng beieinander, und spendeten einander Trost.

Er hatte jedoch recht, was ihre Situation anging. Francis war ein Träumer. Aber sie hatten beide nicht damit gerechnet, dass es so schwierig werden würde. Für sie war eine Farm grüne Weiden mit Schafen oder Kühen, oder Felder mit grünen Pflanzen, aber nicht so eine Landschaft in Beige, Braun und im verblichenen Grün des australischen Sommers. Sie nahm seine Hand. »Lass uns weitergehen.«

Ihr Nachbar erwartete sie auf der Veranda. Er stand auf und dankte ihnen für ihr Kommen, bat sie, Platz zu nehmen, und wartete, bis Livia sich gesetzt hatte, bevor er sich selbst in seinen Stuhl sinken ließ wie ein Mann, dessen Gelenke schmerzten.

Dann erklärte er ihnen, was er von ihnen wollte.

Auf dem Rückweg sagte Francis nachdenklich: »Lynch war früher eindeutig ein Gentleman.«

»Er ist immer noch ein Gentleman, seiner Rede und seinem Benehmen nach.«

»Er war ein Sträfling.« Sein Ton war verächtlich.

Sie mochte es nicht, wenn Menschen einander geringschätzten. »Sollen wir die Hälfte der Bevölkerung in dieser Kolonie wegen ihrer Vergangenheit verachten?«

»Wir brauchen sie nicht unbedingt zu verachten, aber ich möchte nicht, dass meine Frau mit solchen Menschen verkehrt.«

Seine Einstellung ärgerte sie, aber sie wusste, dass sie ihn nicht würde ändern können. Im Vergleich zu ihrer war seine Familie von einem hohen sozialen Stand, und er war mit einem Gefühl der eigenen Überlegenheit gegenüber Menschen niedrigeren Standes aufgewachsen.

Sie hätte sich vorstellen können, mit Cassandra befreundet zu sein, während Francis sie lediglich als Dienstmädchen betrachtete. Doch diese junge Frau hatte einen wachen Verstand, und sie war eine interessantere Gesprächspartnerin als alle Ladys, die Livia zu Hause gekannt hatte. Sie hatte gehofft, die Gesellschaft hier würde freier sein, und in gewisser Weise war sie das auch, aber Männer wie Francis hatten ihre Vorurteile mitgebracht und versuchten, die gleiche Art von Gesellschaft nachzubilden wie die, die sie verlassen hatten. Und die Frauen waren genauso eingeschränkt in dem, was sie tun konnten, wie eh und je. Das ärgerte sie.

Sie fragte sich, ob sie mit der Farm Erfolg haben würden. Wenn sie Reece ansah, der so fähig und klug war, und ihn mit Francis verglich, der von einer Aufgabe zur nächsten schlitterte, ohne auch nur eine davon fertigzustellen, dann glaubte sie nicht daran, selbst wenn sich die Gesundheit ihres Mannes verbesserte. Nun, im größten Notfall würde seine Familie sie schon nicht verhungern lassen.

Schweigend gingen sie eine Weile nebeneinanderher und blieben einvernehmlich stehen, als ihr eigenes Haus wieder in Sicht kam.

Seit einiger Zeit brannte ihr etwas auf den Nägeln, und nun war der beste Zeitpunkt, um es anzusprechen. »Wir müssen ein oder zwei Räume anbauen, bevor der Winter kommt, sonst werden die Kisten auf der Veranda nass. Ich weiß, wir wollten nicht unnötig Geld ausgeben, aber …«

»Wir brauchen mehr Platz. Ich denke darüber nach. Ich schätze, für die Pferde dürfte in den kälteren Monaten der Unterstand aus Rinde ausreichen. Hier gibt es anscheinend keinen Frost. Wir werden jemanden aus Perth herholen müssen, um die zusätzlichen Zimmer anzubauen, nehme ich an.«

»Ist dir aufgefallen, dass am Haus von Mr Lynch auch

Zimmer angebaut sind? Reece könnte von ihm in Erfahrung bringen, wie es gemacht wird, und vielleicht gibt es jemanden in der Nähe, der es billiger machen kann.«

»Gut möglich.« Francis verscheuchte eine Fliege. »Schon seltsam. Es muss schrecklich sein, allein alt zu werden, keine Familie mehr zu haben – oder zumindest keine, die mit dir zu tun haben will. Lynch sah sehr gebrechlich aus, findest du nicht?«

»Ja. Er tat mir leid. Können wir ihn nicht mal zum Tee einladen? Er muss sehr einsam sein. In vier Tagen ist Weihnachten. Da sollten wir uns für die Einladung revanchieren.«

»Livia, wir können nicht jeden streunenden Hund aufnehmen, der uns über den Weg läuft. Und er ist ein Sträfling, wenn ich dich daran erinnern darf. Er zahlt den Preis für ein *Verbrechen.*«

Sie seufzte.

»Ich würde dich gern hin und wieder nach Perth mitnehmen, aber wir müssen das Geld, das wir haben, für die Bauarbeiten sparen. Wir haben schon jetzt eine Person mehr zu versorgen, als wir geplant hatten, und wenn wir unsere Sträflinge bekommen – es muss doch welche geben, die nicht so bösartig aussehen –, werden es noch zwei mehr sein.«

»Ich hätte Cassandra in diesem fremden Land niemals allein gelassen. Das konnte ich einfach nicht.«

»Ich weiß. Und solange die beiden im Winter mit dem Zelt zurechtkommen, ist es ja auch in Ordnung. Die Frau kann hart arbeiten und hat sich ihr tägliches Brot mehr als verdient, das muss ich ihr lassen. Aber wir können es uns nicht leisten, ihnen ein richtiges Haus zu bauen, nicht in diesem Jahr. Vielleicht kann Reece ein Rindendach über das Zelt bauen, so ähnlich wie beim Pferdeunterstand.«

Sie widersprach ihm nicht. Wenigstens hatte er zugestimmt, ihre Hütte auszubauen. Sie würde Reece um Rat bei der Unterbringung der Mädchen fragen, wenn Francis nicht da wäre. Sie wollte nicht, dass sie im Winter frieren mussten oder es ins Zelt hineinregnete.

Während die Schwestern mit dem Waschen beschäftigt waren, sagte Cassandra leise: »Du hast immer noch Heimweh, nicht wahr, Pandora?«

»Woher weißt du das? Ich habe nie etwas gesagt.«

»Ich kenne dich besser als alle anderen. Du *hast* Heimweh, richtig?«

»Ein wenig. Das geht vorbei. Was bleibt mir anderes übrig, als hierzubleiben?«

»Du könntest in einen anderen Teil Englands zurückkehren.«

»Ganz allein? Oder willst *du* mit mir zurückgehen?«

»Ich weiß es noch nicht. Mir gefällt das warme Klima hier und die Weite. Das hätte ich nicht gedacht, aber sieh dich doch mal um.« Sie machte eine ausladende Handbewegung in Richtung der Bäume hinter dem Haus. »Ich mag die unbekannten Bäume und Pflanzen, das Graugrün der Eukalyptusblätter, die heruntergefallenen Äste und Blätter. Es ist wunderschön.«

»Findest du das wirklich? Ich nicht. Mir macht das Angst. Meilenweit keine Nachbarn, außer einem alten Mann. Und die Leute reden über Buschbrände. Was machen wir, wenn es hier einen gibt?«

Cassandra streichelte ihr mit einer nassen Hand über den Arm und wartete. Wenn man Pandora Zeit ließ, nicht zu sehr nachbohrte, erzählte sie einem normalerweise, was sie bedrückte.

»Ich vermisse Lancashire, nicht England. Das ist … meine Heimat. Aber selbst wenn wir zurückwollten, wovon sollten wir die Fahrpreise für uns alle vier bezahlen?« Sie verkniff sich weitere Worte und versuchte, ruhig zu sprechen. »Es hat keinen Sinn, mir darüber Gedanken zu machen, Liebes. Ich bin sicher, ich werde mich damit abfinden, nun, da wir endlich Unterkunft und eine Arbeit haben.«

»Wir schlafen in einem Zelt. Das wird sich nie wie ein Zuhause anfühlen.« Cassandra blickte zum Haus. »Und ihr Haus ist nicht viel besser, oder? Ich bin erstaunt, dass Menschen ihrer Klasse in einer solchen Hütte leben. Hier, fass mal mit an.«

Sie nahmen jeweils ein Ende eines Lakens und drehten es, bis sie so viel Wasser wie möglich ausgewrungen hatten, dann hängten sie es über eine der Leinen und benutzten die neuen Wäscheklammern, um es festzumachen.

Reece stand auf. »Möchtet ihr eine Tasse Tee?«

»Sehr gern.« Cassandra ärgerte sich über sich selbst, weil sie so freundlich geantwortet hatte. Sie hatte sich geschworen, kühl mit ihm umzugehen, und nun hatte sie diesen Schwur innerhalb weniger Stunden gebrochen.

»Gib mir zehn Minuten.«

Sie wandte sich wieder der Wanne mit dem Waschwasser zu und tauchte ein weiteres Laken hinein, ohne Rücksicht darauf, dass sie ihre Schürze und ihren Rock nass spritzte, da sie bei diesem heißen Wetter fast augenblicklich wieder trockneten. »Ich weiß einfach nicht, wie wir die Wäsche bei diesem Wetter stärken sollen.«

»Ich glaube, das brauchen wir gar nicht erst zu versuchen. Außerdem hat Mrs Southerham sowieso keine Stärke gekauft. Sie hat so einiges vergessen.«

»Sie weiß einfach nicht, was man braucht.«

»Dann muss es eben reichen, dass die Kleidung und die Wäsche sauber sind.« Pandora kicherte. »Das ist ziemlich viel Unterwäsche, was? Ich glaube, sie haben seit Ewigkeiten keine Wäsche mehr gewaschen.«

»Sie sind es gewohnt, dass Diener es für sie erledigen. Und sie haben so viel zum Anziehen, dass es nicht dringend war.«

Reece hängte den Wasserkessel übers Feuer und kam zu ihnen herüber. »Wenn ihr das nächste Mal noch etwas warmes Wasser übrig habt, kann ich dann meine eigenen Sachen mitbringen und sie kurz darin waschen?«

Die Frage konnte sie nicht übergehen. »Warum legst du deine Sachen nicht mit allen anderen raus? Wir waschen unsere Sachen genauso wie die der Southerhams, dann können wir deine gleich mitwaschen. Deine Aufgabe ist es im Moment, uns jede Menge Wäscheklammern zu schnitzen.«

Sein Lächeln war so warm, dass sie spürte, wie sie errötete, und sie beugte sich eilig wieder über die Waschwanne. Als sie wieder aufblickte, war er zurück zur Feuerstelle gegangen, die sich zwischen sorgfältig angeordneten Steinen befand. Sie beobachtete, wie er nach dem Damperbrot sah, für das er heute Morgen den Teig gemacht hatte, und den Dutch Oven von der heißen Glut wegrückte. Dann nahm er den Kessel vom Metallhaken und goss das kochende Wasser in die große Teekanne. Er bewegte sich so geschickt und präzise, dass es eine Freude war, ihm dabei zuzusehen. Er füllte den Kessel wieder auf und hängte ihn erneut über die Flammen.

Seufzend holte sie das letzte Laken aus dem Wasser und wrang es mit Pandoras Hilfe aus. Dann tauchten sie den nächsten Kleiderhaufen zum Einweichen ins Wasser und setzten sich zu Reece an den Tisch.

»Wir brauchen bald mehr heißes Wasser«, sagte Pandora.

»Ich habe schon neues aufgesetzt. Ich hole einen Eimer frisches Wasser, wenn wir unseren Tee getrunken haben. Wir brauchen mehr Eimer und mehr Waschsachen.«

»Dürfen wir die Arbeit einfach unterbrechen?«, fragte Cassandra. »In der Fabrik gab es immer feste Pausenzeiten.«

Er lächelte sie an. »Wir arbeiten alle hart. Eine Tasse Tee können sie uns nicht verübeln, und wir wissen besser als jeder andere, wann wir eine Pause brauchen. Außerdem ist es so schwer, Dienstmädchen zu finden, dass sie selbst schuld wären, wenn sie euch schlecht behandeln würden. Ich finde es eine Schande, dass sie dir keinen Lohn zahlen, Cassandra.«

Was wieder einmal zeigte, dass er alles mitbekommen hatte.

Sie zuckte mit den Achseln. »Ich bin einfach froh, dass ich eine Unterkunft habe, bis … es so weit ist.«

Er rührte in seinem Tee herum und blickte ihr nicht in die Augen, als er fragte: »Wann genau soll das Baby kommen?«

»Mai.«

»Es gibt keinen Arzt hier in der Nähe. In dieser Kolonie mangelt es an Ärzten. Aber wenn wir die Leute kennenlernen, die auf den Farmen hier in der Nähe leben, finden wir vielleicht eine Frau, die dir bei der Geburt helfen kann.«

Sie starrte ihn fassungslos an. Er sprach, als ginge ihn diese Situation etwas an.

»Ich werde mich für dich umhören«, sagte er leise. »Ich treffe mehr Menschen als die Southerhams. Etwa eine Stunde von hier gibt es ein Geschäft, von dem Kevin mir erzählt hat. Ich habe dort einmal für sie eingekauft und fand die Besitzer sehr hilfsbereit. So wie es aussieht, muss ich bald wieder hin. Mrs Southerham ist ein wenig patenter als ihr Mann, aber nicht sehr. Die Dinge, die sie in Perth eingekauft hat, waren hauptsächlich für sie selbst, nicht für den Haushalt.«

»Danke.« Cassandra leerte eilig ihren Becher und machte sich wieder an die Arbeit. Es war zu einfach, mit Reece vertraulich zu werden, viel zu einfach. Sie hatten sich von Anfang an gut miteinander unterhalten können.

Und wenn Pandora ein Wort über die Situation sagte, irgendetwas andeuten würde … dann wüsste sie nicht, was sie tun würde. Aber zu ihrer Erleichterung sagte ihre Schwester nichts.

Als ihre Arbeitgeber zurückkamen, lobte Mrs Southerham sie für ihre Arbeit und seufzte dann. »Ich bin keine besonders gute Köchin, aber im Wäschewaschen bin ich noch schlechter, also mache ich heute das Essen. Wir müssen noch eine Ladung Damper backen, und das schaffe ich dank Reece' Anleitung. Francis tötet ein Känguru, wenn wir frisches Fleisch brauchen.« Sie schaute lächelnd zu Reece hinüber, der am Tisch saß und schnitzte. »Ich glaube, Sie werden eine Menge Wäscheklammern machen müssen, Reece. Wir haben so viel zu waschen.«

Cassandra beobachtet, wie Mr Southerham sich an den Tisch setzte und sein Taschenmesser zückte.

»Vielleicht kann ich Ihnen mit den Klammern helfen?«

Aber er erwies sich als nutzlos beim Schnitzen und war es schon bald leid, es zu versuchen, also machte er sich auf, um ein weiteres Känguru zu erlegen.

Das Einzige, worin Mr Southerham gut war, waren der Umgang mit den Pferden und die Jagd. Cassandra sah, wie Reece seinem Dienstherrn mit einem resignierten Gesichtsausdruck nachblickte, dann drehte er sich um, ertappte sie dabei, wie sie ihn ansah, und zwinkerte ihr zu.

Sie beugte sich wieder über die Wäsche, aber schon bald tat ihr der Rücken weh. Wie sollte sie in den letzten ein oder zwei Monaten so schwere Arbeit bewältigen? Ihr Bauch war noch nicht besonders dick, aber das Kind war gewachsen und in ihren Gedanken schon zu einer richtigen Person geworden. Immer wieder fragte sie sich, ob es ein Mädchen oder ein Junge würde, wie es aussehen würde, ob es klug wäre – oder grausam wie sein Vater.

Sie stand auf und streckte sich, legte sich eine Hand auf den Rücken, wo er vom Beugen über die Wanne schmerzte. Sie spürte, dass Reece sie beobachtete, spürte ihn in jeder Minute, die sie zusammen verbrachten. Sie hatte gewusst, dass das passieren würde, wenn sie so nah beieinander wohnen würden. Aber wenn sie erst unansehnlich und unbeweglich wäre, dann würde er seine Meinung sicher noch ändern. Dann würde er ihren Anblick nicht mehr ertragen können.

Xanthe und Maia saßen abwechselnd neben Conn auf dem

Kutschbock. Er hatte seine Mutter mit nach Perth nehmen müssen, weil es auf seinem Hof niemanden gab, der sich um sie kümmern konnte. Für einen Mann musste es schwer gewesen sein, die Dinge zu tun, bei denen Mrs Largan Hilfe brauchte. Nach einer Stunde blickte er Xanthe an und sagte: »Sagen Sie bitte Conn zu mir. Ich mag es nicht, wenn man mich Mr Largan nennt.«

»Das können wir nicht, Sie sind doch unser Dienstherr.«

»Das können Sie, wenn ich es verlange.«

»Warum mögen Sie es nicht, wenn man Sie Mr Largan nennt?«

»Weil sich das nach meinem Vater oder meinem Bruder anhört, und ich bin weder dem einen noch dem anderen sonderlich zugetan.«

Bei dieser seltsamen Bemerkung drehte Xanthe sich um und warf ihrer Schwester einen überraschten Blick zu. Dabei bemerkte sie, wie Mrs Largan ihren Sohn traurig ansah, als wusste sie genau, warum er das sagte.

Was war aus der Familie geworden? Was hatte er sich zuschulden kommen lassen, dass man ihn deportiert hatte? Waren sein Vater und sein Bruder tot? Sicher waren sie es, sonst wäre seine Mutter doch nicht hier bei ihm in Australien.

Sie fuhren vorsichtig, und sie konnte sehen, wie Conn sich bemühte, den ebensten Teil der Straße zu wählen und langsam zu fahren, um seiner Mutter keine Schmerzen zu bereiten. Er war auch auf das Wohlergehen der Pferde bedacht, drängte sie nicht zu sehr und gewährte ihnen Ruhepausen.

Als sie anhielten, halfen sie und Maia seiner Mutter. Sie schliefen auch auf dem Boden in ihrem Zimmer in dem einfachen Gasthaus, wo sie die Nacht verbrachten.

Xanthe brannte darauf, die Situation mit ihrer Zwillingsschwester zu besprechen, aber nie waren sie allein, nicht etwa weil sie unter strenger Aufsicht gestanden hätten, sondern weil Mrs Largan bei allem, was sie tat, ihre Hilfe benötigte, die arme Frau.

»Die Reise nach Perth hat sie erschöpft«, sagte Conn unvermittelt, während er und Xanthe den Wagen für seine Mutter vorbereiteten, Decken ausbreiteten, auf denen sie sitzen oder sich ab und zu hinlegen konnte.

»Reisen ist hier nicht so einfach, nicht wahr? Es ist so seltsam und rückständig, dass es hier keine Eisenbahnen gibt.«

»Das ganze Land erscheint mir seltsam«, sagte er, beinahe mehr zu sich selbst als zu ihr. »Und doch hat es etwas. Sehen Sie nur, wie klar und funkelnd die Luft ist.« Er machte eine Handbewegung. »Zu Hause in Irland wäre es regnerisch oder nebelig.«

»In Lancashire auch. Ich mag die Sonne.«

Als er seine Mutter zur Kutsche getragen hatte, schlug Maia vor: »Ich glaube, es wäre am besten, wenn ich hinten mitfahren würde. Ich kann mich besser um Leute kümmern als meine Schwester.«

Er blickte Xanthe mit hochgezogener Augenbraue an: »Also werden Sie das Hausmädchen?«

Sie zuckte mit den Achseln. »Ja. Ich werde mein Bestes geben. Ich weiß, wie man ein kleines Haus in Ordnung hält, aber ich habe noch nie für den Adel gearbeitet.«

»Ich würde mich nicht mehr als adelig bezeichnen.« Er klang so bitter, dass sie darauf nichts erwiderte.

Etwa eine halbe Stunde lang fuhren sie schweigend dahin, dann fragte er unvermittelt, als könnte er die Stille nicht länger ertragen: »Warum sind Sie hierhergekommen?«

Sie haderte kurz mit sich, dann beschloss sie, die Wahrheit zu sagen. Sie hasste es, andere anzulügen. »Unsere Tante hat uns gezwungen.«

»Sie wirken auf mich nicht wie Frauen, die man leicht zu etwas zwingen kann. Sie haben beide so etwas Eigenständiges an sich.«

Sie lächelte. »Lancashire-Manieren hat das auf dem Schiff mal jemand genannt – und das war kein Kompliment.«

»Also, wie hat Ihre Tante sie gezwungen?«

»Sie hat unsere älteste Schwester entführen lassen und damit gedroht, ihr etwas anzutun, wenn wir die Stadt nicht verlassen.« Als er nichts erwiderte, fügte sie hinzu: »Ich weiß, es klingt seltsam, aber es ist die Wahrheit.«

»Ich habe am eigenen Leib erfahren, dass Verwandte viel grausamer sein können als Fremde«, sagte er schroff. »Und außerdem glaube ich Ihnen. Sie haben ein ausdrucksstarkes Gesicht. Es würde Sie verraten, wenn Sie lügen würden.«

»Das hat Dad auch immer gesagt. Ach, ich vermisse ihn so. Er starb, kurz bevor wir abgereist sind. Ist Ihr Vater auch tot?«

»Nein.«

Er blickte so finster drein, dass sie es nicht wagte, die naheliegende Frage zu stellen, warum seine Mutter dann hier war, wenn ihr Mann noch lebte.

Am späten Nachmittag ihres zweiten Reisetages verließen sie kurz hinter einer Holzhütte, die Conn zufolge ein Laden war, die Hauptstraße. Nun befanden sie sich auf nicht viel mehr als einem Trampelpfad. Conn wurde langsamer, und dennoch war das Holpern schmerzhaft für seine Mutter, und ihr Gesicht war kreidebleich.

Das Haus befand sich etwa eine Meile diese Straße hinunter. Auf einem großen Holzschild stand *Galway House*. Sie war überrascht, wie groß es war.

Ein älterer Mann kam herausgehumpelt. Er begrüßte sie, streichelte den Pferden über den Kopf und murmelte ihnen auf Gälisch etwas zu.

»Das sind Maia und Xanthe, die sich um meine Mutter und das Haus kümmern werden«, stellte Conn sie vor. »Das ist Sean, der die Tiere versorgt. Er spricht auch Englisch, allerdings nicht gern.« Er hob seine Mutter hoch und trug sie, als wäre sie federleicht. Sie blickten einander liebevoll an, und er sagte: »Wir sind zu Hause, und da bleiben wir auch.«

Sie strich ihm über die Wange, nur einmal, und beim Anblick dieser Zärtlichkeit stiegen Xanthe Tränen in die Augen.

»Kann bitte jemand die Haustür öffnen?«

Xanthe eilte voraus, während Maia Mrs Largans Decken einsammelte.

»Letzte Tür links. Bereiten Sie das Bett vor«, befahl er, als er das Haus betrat.

Xanthe nahm sich keine Zeit, um sich umzusehen, lief voraus und betrat ein komfortables Schlafzimmer, das auf eine Veranda auf der Rückseite des Hauses hinausging. Sie schlug die Decken zurück und fand darunter eine weiche, mit Federn gestopfte Matratze.

Als Conn seine Mutter auf das Bett legte, seufzte sie erleichtert und lehnte sich in die Kissen zurück.

»Ich glaube, wenn ich diese Reise noch einmal machen müsste, Conn, Liebling, würde es mich umbringen.«

»Das verlange ich auch nicht, Mutter.« Er sah die beiden Neuankömmlinge an. »Jedenfalls nicht, wenn unsere neuen Helferinnen uns nicht im Stich lassen.«

Sie lächelte die beiden Dienstmädchen an. »Das werden sie sicher nicht. Wenn ich ein friedliches Leben führen kann, geht es mir viel besser, also werde ich nicht immer so anstrengend sein, Mädchen. Willkommen in Galway House. Ich hoffe, Sie werden hier glücklich. Wenn du uns jetzt allein lassen würdest, Conn, dann können mir die jungen Frauen beim Ausziehen helfen.«

Als Mrs Largan schließlich im Bett lag, kümmerte Maia sich weiterhin um sie, während sich Xanthe auf die Suche nach der Küche machte.

Dort fand sie Conn, der auf einem richtigen Herd Wasser aufgesetzt hatte. Rechts vom Feuer gab es einen Warmwasserspeicher, links davon einen Backofen und oben eine Kochplatte. »Ich kann jetzt übernehmen, wenn Sie möchten.«

Er drehte sich um und nickte. »Durchsuchen Sie einfach die Schränke nach allem, was Sie brauchen. Wir haben noch etwas von dem Brot übrig, das wir in Perth gekauft haben, auch wenn es jetzt trocken ist. Milch gibt es heute nicht, aber ich werde es einrichten, dass wir ab morgen welche von unseren Nachbarn kaufen.«

»Sie haben Nachbarn? Ich dachte, Ihr Haus wäre das einzige an dieser Straße.«

»Sie leben etwa vierhundert Meter von hier entfernt.« Er deutete in die Richtung. »Wir kaufen Milch und Eier von ihnen, bis wir unseren eigenen Viehbestand aufgebaut haben.«

»Was ist mit dem Abendessen heute? Was soll ich vorbereiten?«

»Im Keller hängt ein Schinken. Dort unten ist es viel kühler als hier oben.« Er deutete auf eine Tür. »Kerzen sind in dem Regal am Anfang der Kellertreppe.«

Dann war er fort und ließ sie in dieser seltsamen Küche allein. Einen Moment lang stand Xanthe einfach da und sah sich um. Dieser eine Raum war so groß wie ihr ganzes Haus in Outham und diente offenbar als Küche, Esszimmer und Wohnzimmer, als wäre er das Herz des Hauses. Hier musste mal gründlich geputzt werden, aber das würden Maia und sie schon schaffen.

Zum ersten Mal, seit sie in Australien angekommen war, hatte sie das Gefühl, zu Hause zu sein.

War das nicht seltsam? Vielleicht lag es daran, dass Mrs Largan so eine liebe, freundliche Frau war. Oder dass dies so ein hübsches Haus war.

Vor sich hin summend suchte sie den Schinken und schnitt ein paar Scheiben ab. Das Fett benutzte sie, um das trockene Brot zu braten. Sie nahm an, dass sie auch Sean verpflegen würde und dass er genauso herzhaft zulangen würde wie sein Herr.

Conn sah ihr von der Tür aus zu. Er bemerkte, dass sie nicht nachlässig wurde, sobald sie sich unbeobachtet wähnte, und ihm gefiel ihr Summen.

Xanthe hatte schon ein Tablett für seine Mutter vorbereitet, ein kleines Spitzendeckchen darauf ausgebreitet und einen der guten Teller daraufgestellt. Das würde seiner Mutter gefallen.

Beim Duft des gebratenen Brotes knurrte sein Magen, also ging er zu ihr in die Küche. »Das riecht wunderbar.«

Xanthe keuchte auf und fuhr herum, eine Hand auf die Brust gepresst.

»Entschuldigung, ich wollte Sie nicht erschrecken. Das riecht so gut.«

»Haben Sie Hunger?«

Sie sagte nicht »Sir«, schien sich überhaupt nicht bewusst zu sein, dass sie das sollte, aber was spielte das schon für eine Rolle? Sie tat das, wofür er sie hergeholt hatte, kümmerte sich um das Haus und seine Mutter. Vielleicht konnte er jetzt damit anfangen, Pläne für dieses seltsame Anwesen zu schmieden, das von einem Mann erbaut worden war, der mehr Geld als Verstand besaß, einem Mann, der ein riesiges, weitläufiges Haus gebaut hatte, bevor er das Land gerodet und Weiden für seine Tiere angelegt hatte. Der Kerl war jetzt nach New South Wales gezogen, aber Conn bezweifelte, dass es ihm dort besser erging. Manche Leute waren einfach zum Scheitern geboren.

Immerhin hatte er das Anwesen billig erworben, weil niemand so abgelegen wohnen wollte, niemand außer einem ehemaligen Häftling, der die Einsamkeit den verächtlichen Blicken anderer vorzog und der vorhatte, das Geld, das er hatte, gut anzulegen.

Im Gegensatz zu seinem Vorbesitzer war er fest entschlossen, Erfolg zu haben. Er hatte sorgfältige Pläne geschmiedet, auch praktische, Dinge, die ein Mann Schritt für Schritt erledigen konnte. Die erste Phase war unterbrochen worden, als seine Mutter ihm unerwartet nach Australien gefolgt war, nachdem sie ihr Zuhause und ihre Familie im Zorn darüber, was sie ihm angetan hatten, verlassen hatte.

Nun, da er zwei Hausmädchen hatte, würde er seine Pläne weiterverfolgen können. Er fragte sich, ob den Schwestern klar war, wie dringend er sie brauchte. Er musste unbedingt sicherstellen, dass sie sich hier wohlfühlten.

Er lächelte beim Anblick des Tellers mit einfachem, aber appetitlichem Essen und setzte sich mit Xanthe an den Küchentisch. Es war ihr gar nicht in den Sinn gekommen, für ihren Dienstherrn den Tisch im Speisezimmer zu decken, und er hatte nicht vor, sie zurechtzuweisen. Es wäre viel einfacher, wenn sie alle in diesem großen Zimmer lebten.

»Maia hilft Ihrer Mutter mit dem Essen«, erklärte sie fröhlich, während sie ihr Besteck aufnahm. »Ich hoffe, das Essen schmeckt Ihnen.«

Er schnitt ein Stück Schinken ab und steckte es sich in den Mund. Seltsam, wie viel besser er schmeckte, wenn er gebraten war – und wenn man ihn in Gesellschaft essen konnte.

Er war müde, aber so hoffnungsvoll wie schon lange nicht mehr.

Und seine Mutter, seine wunderbare Mutter, bekam die Pflege, die sie verdiente.

Kapitel 22

»Er liebt dich immer noch, weißt du«, sagte Pandora leise, während die beiden Schwestern am großen Tisch in einer Blechwanne das Geschirr vom Abendessen abwuschen.

Cassandra wusste nicht, was sie sagen sollte, sie war es leid, immer wieder betonen zu müssen, dass sie nichts mit Reece zu tun haben wollte.

»Du solltest ihm eine Chance geben.«

»Ich muss an das Baby denken.«

»Und zwei Menschen unglücklich machen wegen eines Babys, das niemals zu erfahren braucht, wie es entstanden ist.«

»Warum kannst du nicht einfach damit aufhören?«

»Weil Reece mich gebeten hat, mit dir zu sprechen, dich anzuflehen, ihn anzuhören. Und das mache ich gern. Ach, Cassandra, Liebes, bitte rede mit ihm. Du hast das über seinen Kopf hinweg entschieden, nicht mit ihm. Dad hat immer gesagt, die Leute sollen ihre eigenen Entscheidungen treffen dürfen. Er hat uns dazu erzogen, sogar als wir noch ziemlich klein waren. Kannst du Reece nicht das gleiche Recht zugestehen?«

»Nein. Das … kann ich einfach nicht. Dem Baby zuliebe.«

Pandora öffnete den Mund, als wollte sie widersprechen, dann schloss sie ihn wieder.

»Ich bin sicher, Reece wäre gut zu deinem Kind.«

»Es gibt aber keine Garantie.«

»Du gibst Reece nicht einmal eine Chance.«

»Vielleicht hätte ich das, wenn er anders reagiert hätte, als ich es ihm erzählt habe. Aber so wage ich es nicht … Ich wage es einfach nicht.«

Am nächsten Abend ging Cassandra zur Abfallgrube, um die Überreste des Tages wegzuwerfen. Als sie nach der Schaufel griff, um Erde über den Abfall zu streuen, packte sie jemand am Arm. Sie drehte sich um und sah, dass Reece neben ihr stand.

»Gib mir eine Chance«, sagte er leise. »Hör mir wenigstens zu.«

Verzweiflung schnürte ihr die Kehle zu, aber sie hatte Angst, das zu tun, was er wollte. Als sie sich umdrehte, um zurück zur Kochstelle zu gehen, packte er sie erneut am Arm, und diesmal ließ er nicht los.

»Ich werde dich nie wieder zwingen, etwas zu tun, aber du bist unfair, also werde ich darauf bestehen, dass du mir richtig zuhörst.« Sie wollte sich losreißen, aber sein Griff wurde fester, nach all den Monaten harter körperlicher Arbeit war er stärker als sie. Sie sah sich um und wollte um Hilfe rufen. Die Southerhams standen auf ihrer kleinen Veranda und starrten sie an.

»Machen wir einen Spaziergang, das ist die einzige Möglichkeit, ungestört zu sein.« Er wollte sie mit sich fortziehen, aber sie wehrte sich und bemerkte, wie Mr Southerham einen Schritt auf sie zutrat, als wollte er eingreifen. Aber Pandora eilte zu ihm und redete eindringlich auf ihn ein, und dann griff Mrs Southerham nach dem Arm ihres Mannes und hielt ihn fest.

Mr Southerham hob die Hände, schüttelte den Kopf, als wäre er nicht einverstanden, dann ging er ins Haus, gefolgt von seiner Frau.

Pandora trat zurück an den Tisch und machte mit einer Hand wedelnde Bewegungen, wie um Cassandra zu drängen, mit Reece zu gehen.

Sie gab den Kampf auf, aber als er versuchte, sich bei ihr einzuhaken, schüttelte sie ihn ab. »Ich höre dir zu, aber du wirst mich nicht überzeugen.«

»Hier entlang.«

Ohne ein Wort folgte sie ihm über den schmalen Pfad, den er jeden Abend nahm.

Bei einem großen umgestürzten Baum hielt er an. »Könnten wir uns setzen?«

Sie zögerte, aber nach ihrem langen Arbeitstag war sie müde, also setzte sie sich auf den Baumstamm, schlang die Arme um ihre Knie und sah ihn nicht an. Seine Stimme war so nah, dass sie sie einzuhüllen schien.

»Wir hatten keine echte Gelegenheit zu reden, seit ich mich in der Herberge in Perth so unfreundlich dir gegenüber verhalten habe.«

»Deine Reaktion war genau das, was ich erwartet hatte.«

»Meine Reaktion war vor allem Entsetzen. Ich konnte nicht glauben, dass so etwas in Outham geschehen könnte. Oder dir.«

Sie starrte weiter den Hang hinunter auf die dunkle Landschaft, die von einem riesigen Sternenhimmel gekrönt war. Selbst so nah am Haus fühlte es sich an, als wären sie die einzigen Menschen auf der ganzen Welt. Und dieses Gefühl von Raum und Frieden beruhigte etwas in ihr, gab ihr ein Gefühl von Freiheit.

»An jenem Tag ging ich in Perth am Fluss entlang«, erzählte er, »und es dauerte eine Weile, bis ich das alles verstanden und verarbeitet hatte. Ich war so wütend auf diese Männer, auf das, was sie dir angetan haben, aber ich war nicht wütend auf dich, nie auf dich.«

»Trotzdem hat es dich von mir fortgetrieben.«

»Ich musste nachdenken, und als mein Ärger verflogen war, wurde mir schließlich klar … Verstehst du es nicht, Cassandra? Durch dein Kind habe ich eine zweite Chance bekommen.«

»Das verstehe ich nicht.«

»Ich habe meine Frau und mein Kind verloren. Das Baby war winzig, weiß und schlaff, aber vollständig ausgebildet. Er hat nie geatmet, der arme Kleine. Sie haben versucht, seinen Leichnam vor mir zu verstecken, wollten ihn wegwerfen wie Abfall, aber ich habe darauf bestanden, meinen Sohn zu sehen. Und dann …« Seine Stimme zitterte. »Ein paar Stunden später ist auch Nan gestorben … einfach verblutet. Sie konnten sie nicht retten, und so habe ich beide verloren. Erst als ich dich kennengelernt habe, war ich wieder glücklich, als wäre meine Welt wieder ins Gleichgewicht geraten. Und ich Narr habe dich verlassen. Diese verdammte Baumwollknappheit. Sie hat so viele Menschen aus Lancashire vertrieben, Familien und Liebende auseinandergerissen.« Er hob eine Hand. »Nein, warte. Nicht Lancashire habe ich vermisst, nicht einmal Outham, sondern *dich.*« Er führte Cassandras Hand an seine Lippen und küsste sie zärtlich. »Nun habe ich die Chance bekommen, ein anderes Kind zu lieben, eines, das dringender einen Vater braucht als die meisten. Aber dieses Kind braucht mich nicht halb so dringend, wie ich dich brauche.«

Sie holte tief Luft, es war fast schon ein Schluchzen, und spürte, wie ihr Tränen in die Augen stiegen.

»Du glaubst, ich würde das Baby hassen oder zumindest verachten. Aber das werde ich nicht. Das verspreche ich dir. Denn wer auch immer sein Vater sein mag, *du* bist die Mutter. Und weil ich immer noch bedauere, dass mein Sohn gestorben ist. Seltsamerweise wollte ich ihn Edwin nennen. Wenn deines ein Junge wird, fände ich es schön, wenn er auch diesen Namen bekäme. Nach deinem Vater und nach meinem toten Sohn.«

Eine Träne rann ihr über die Wange, aber sie versuchte

gar nicht erst, sie wegzuwischen. Es gab keinen Zweifel an Reece' Aufrichtigkeit. Konnte sie ihm glauben, wagte sie es?

»Kaum dass unser Schiff England verlassen hatte, wusste ich, dass ich der größte Dummkopf auf Erden war, weil ich dich zurückgelassen hatte.« Er griff in seine Tasche und zog einen Umschlag heraus. »Das ist der Brief, den ich dir geschrieben habe, in dem ich dich bitte, hierher zu mir zu kommen.« Er drückte ihn ihr in die Hand »Lies ihn. Du wirst sehen, wie sehr ich dich brauche.«

Sie blickte auf den Brief hinunter, überrascht, wie dick er war.

»Ich werde nicht aufgeben, bis ich dich davon überzeugt habe, mich zu heiraten, also gibt es noch etwas, worüber du dir Gedanken machen solltest: Wo möchtest du leben? Mir gefällt es hier, ich glaube, ich kann mir und meiner Familie hier ein gutes Leben ermöglichen. Aber wenn du nach England zurückkehren möchtest, dann komme ich mit. Ich werde alles tun, um dich glücklich zu machen – *alles!* –, denn ich brauche dich als meine Frau so dringend wie die Luft zum Atmen.«

Nun flossen die Tränen. »Ach, Reece.« Sie blickte auf den Umschlag und dann zu ihm hinüber. Auch auf seinen Wangen sah sie Tränen, den liebevollen Blick in seinen Augen. Die Anspannung, als er sie ansah. Auf einmal waren alle Zweifel verflogen. »Das brauche ich nicht zu lesen. Ich habe noch nie eine eloquentere Rede gehört oder gelesen.«

Seine Stimme war rau. »Was soll das heißen?«

»Das heißt, dass ich dir glaube … und dich heiraten werde.« Mit einem Aufschrei zog er sie an sich und bedeckte ihr Gesicht mit Küssen. Sie lachte unter Tränen und küsste ihn zurück.

Als er sie auf die Füße zog, um sie richtig zu umarmen, fiel der Briefumschlag unbeachtet zu Boden.

Es fühlte sich gut an, ihn zu halten und gehalten zu werden, so gut, dass sie die Umarmung gar nicht lösen wollte. Seine Berührung schien sie zu heilen, machte, dass sie sich wieder ganz fühlte.

Auch er rührte sich eine Weile nicht. Schließlich löste er sich schwer atmend von ihr. »Ich verspreche dir, dass ich alles dafür tun werde, dass wir hier ein gutes Leben haben. Aber wir warten, bis wir verheiratet sind, bevor wir uns richtig lieben. Ich will mehr von dir als nur deinen Körper. Ich will dich als Frau, Freundin, Mutter meiner Kinder, angefangen bei diesem hier.« Er legte ihr zärtlich eine Hand auf den Bauch.

»Wir werden *zusammen* dafür arbeiten, ein gutes Leben zu führen«, berichtigte sie ihn. »Und das alles will ich auch. Es gefällt mir hier schon jetzt, nur …«

»Nur was? Sag es mir! Es darf keine Geheimnisse, keine Hindernisse mehr zwischen uns geben.«

»Es ist wegen Pandora. Sie hat schreckliches Heimweh. Dir ist bestimmt aufgefallen, wie unglücklich sie manchmal aussieht, wie dünn sie wieder geworden ist. Ich mache mir wirklich Sorgen um sie.«

»Ich dachte mir schon, dass etwas nicht in Ordnung ist. Ich habe gesehen, wie traurig sie schaut, und manchmal, wenn sie glaubt, dass niemand in der Nähe ist, wischt sie sich Tränen vom Gesicht. Wir werden ihr irgendwie helfen, sich hier einzuleben – oder wir schicken sie zurück.« Er beugte sich nach dem Brief, wischte den Staub ab und drückte ihn ihr in die Hand. »Lies ihn trotzdem.«

Sie hielt ihn fest, während er ihre Hand nahm, und zusammen gingen sie zurück zu den anderen, um ihnen von ihren Neuigkeiten zu berichten.

Mr Southerham war der Einzige, der sich darüber offenbar nicht freute. Andererseits freute ihn in der letzten Zeit überhaupt nichts. Irgendetwas schien ihm Sorgen zu machen.

Nun, Cassandra würde nicht zulassen, dass er ihr die Freude verdarb.

Sie wartete, bis Reece zum Haus seines Freundes zurückgegangen war und die anderen schlafen gegangen waren, bevor sie den Brief las. So saß sie mit der Öllampe vor sich am Tisch und las, um sie herum eine Welt voller Sterne und sanfter, warmer Brisen. Sie brauchte lange, bis sie ihn ganz gelesen hatte, weil sie immer wieder innehielt und zärtlich die Seiten anlächelte oder einen Abschnitt noch einmal las.

Nicht eine der Liebesgeschichten, die sie gelesen hatte, glich ihrer eigenen, nun, da sie die Worte gelesen hatte, die das Herz Reece diktiert hatte. Da war sie sich ganz sicher. Sie hatte nicht nur einen Ehemann gefunden, sondern auch einen Seelenverwandten.

»In zwei Tagen ist Weihnachten«, bemerkte Livia am nächsten Morgen. »Das müssen wir feiern.«

»Ich könnte einen Kuchen backen«, bot Pandora an. »Ich weiß, dass Sie Rosinen, Mehl und Zucker haben. Und ich backe gern.« Sie lächelte ihre Schwester an. »Und ich glaube, ich kann es besser als Cassandra. Aber ohne Butter ist es nur ein schwacher Abklatsch von einem Kuchen.«

Francis' Miene erhellte sich. »Jede Art von Kuchen wäre eine große Freude. Süßes vermisse ich hier wirklich.«

»Und am Abend können wir Kirchen- und Weihnachtslieder singen«, schlug Reece vor.

»Gute Idee.« Livia warf ihrem Mann einen Blick zu. »Ich finde, wir sollten Mr Lynch zu uns einladen.«

Francis schaute sie finster an, aber sie blickte trotzig zurück. Als er nichts sagte, fügte sie hinzu: »Ich kann den Gedanken nicht ertragen, dass jemand an so einem Feiertag allein ist.«

Francis vergrub die Hände in seinen Taschen. »Ach, mach, was du willst!«

Reece wartete einen Augenblick, aber als niemand von ihnen etwas hinzufügte, sagte er: »Wenn Sie sicher sind, frage ich ihn heute Abend.«

»Ich bin mir ganz sicher«, betonte Livia. »Pandora und ich werden unsere Vorräte durchsehen und schauen, welche Leckereien wir zaubern können.«

Zwei Tage später fuhren Reece und Kevin auf dem längeren Weg zu den Feierlichkeiten.

»Ich bin immer noch überrascht, dass sie mich eingeladen haben«, sagte Kevin, während die hässliche Stute den sanften Hang zur Farm hinaufklapperte.

»Mrs Southerham hat dich eingeladen. Mr Southerham tut normalerweise, was sie sagt.«

Kevin grinste. »Nun, ich freue mich jedenfalls über die Gesellschaft, ganz zu schweigen von einem guten Abendessen. Und wenn du und deine junge Lady ab und an mit mir sprecht, dann bin ich zufrieden, einfach ruhig dazusitzen und meinen Gastgeber nicht allzu sehr aufzuregen.«

Nachdem Reece ihm vom Wagen geholfen hatte, nahm Kevin die Flasche Portwein, die er als Gastgeschenk mitgebracht hatte, und überreichte sie seinem Gastgeber mit einer leichten Verbeugung.

»Vielen Dank«, sagte Francis steif.

»Genau das, was wir brauchen, um unsere Feier zu krönen«, sagte Livia.

Es war das seltsamste Weihnachtsfest, das Reece jemals gefeiert hatte. Es war ein heißer Tag, viel zu warm für Mantel und Schal, selbst nachdem die Sonne untergegangen war. Sie aßen draußen, an dem Tisch, auf dem zur Feier des Tages eine weiße Tischdecke ausgebreitet worden war. Keine Kirchenglocken waren zu hören, nur das Rauschen der Bäume und der gelegentliche Ruf eines Kuckuckskauzes, der sich tatsächlich mehr nach einem Kuckuck als nach einer Eule anhörte.

Reece stimmte in das Kirchenlied mit ein, und sein Blick traf Cassandras, während ihre Stimmen schön zusammenklangen.

»Mir geht das Herz auf, wenn ich die beiden zusammen sehe«, flüsterte Kevin Livia zu, als das Lied zu Ende war. »Reece ist ein guter Kerl.«

»Ja. Sie passen gut zusammen, finde ich.«

Als die beiden Männer durch die mondhelle Nacht zurückfuhren, sagte Kevin leise: »Ich mag deine junge Dame.«

»Ich auch! Ich hoffe bloß, dass ich hier ein gutes Leben für uns aufbauen kann.«

»Wenn man es mit harter Arbeit erreichen kann, dann wirst du es schaffen.«

»Manchmal macht einem das Schicksal einen Strich durch die Rechnung.«

»Das stimmt.« Kevin schwieg, und Reece hätte sich für seine Bemerkung ohrfeigen können.

»Ist schon gut, mein Junge.« Kevin tätschelte Reece die Hand. »Es liegt nicht daran, was du gesagt hast. Weihnachten weckt immer Erinnerungen in mir. Es war die letzte Mahlzeit, die ich mit meiner Familie eingenommen habe, weißt du. Danach habe ich sie nur noch einmal wiedergesehen, und das war im Gerichtssaal.«

Zwei Wochen später reichte Mrs Southerham Reece eine lange handgeschriebene Liste.

»Wir Frauen haben die Köpfe zusammengesteckt, und wenn wir komfortabel leben wollen, brauchen wir eine Menge Dinge. Bitte schauen Sie, was davon Sie in dem kleinen Laden am Highway bekommen können.« Sie warf ihm ein verschwörerisches Lächeln zu. »Und nehmen Sie Cassandra mit. Manche Dinge kann eine Frau einfach besser aussuchen. Ach, und dann könnten Sie sich auch gleich erkundigen, wo Sie heiraten können. Vielleicht müssen Sie dafür bis nach Perth fahren.«

»Danke, Mrs Southerham«, flüsterte Cassandra ihr zu, als sie sich auf den Weg machte.

»Ich möchte Ihnen gern helfen. Ich habe den Mann geheiratet, den ich liebe, und trotz all seiner Fehler bin ich glücklich mit ihm. Wenn Sie unterwegs sind, finden Sie heraus, wie nahe Ihre Schwestern wohnen, damit Sie ihnen nächste Woche Ihre gute Nachricht überbringen können.«

»Das ist freundlich von Ihnen, so freundlich.«

»Es freut mich einfach, Menschen glücklich zu sehen.«

Der »Laden« war bloß ein kleines Holzhaus mit einem Verkaufsraum voll mit Säcken und den wichtigsten Haushaltsgegenständen. Viehfutter, landwirtschaftliche Geräte sowie Werkzeuge und Nägel gab es in einem nahe gelegenen Schuppen, also ging Reece hinaus, um zu sehen, was er finden konnte, während Cassandra sich um die anderen Posten auf der Liste kümmerte.

»Ihr Mann sieht heute so glücklich aus«, sagte die Frau, die sie bediente, ganz eindeutig in der Hoffnung auf ein wenig Tratsch.

»Er ist noch nicht mein Mann, aber wir wollen heiraten, sobald wir jemanden finden, der uns traut. Ich wollte Sie noch fragen, wie die Leute hier in der Gegend heiraten.«

»Es gibt einen reisenden Geistlichen, der jeden ersten Sonntag im Monat herkommt. Er hält den Gottesdienst in unserer Scheune ab. Die meisten Leute nehmen daran teil, ganz egal welcher Religion sie in ihrer Heimat angehört haben. Schließlich beten wir alle zum selben Gott. Er wird Sie trauen, und Sie brauchen nicht einmal zu warten, bis das Aufgebot bestellt ist, denn er kommt wie gesagt nur einmal im Monat.«

»Das sind wunderbare Neuigkeiten. Das werde ich Reece

erzählen. Wir kommen im Februar. Ähm … kennen Sie einen Ort namens Galway House? Ist es hier in der Nähe?«

»Zehn Minuten mit der Kutsche. Dieser Mr Largan ist ein seltsamer Kerl. Lächelt nie, obwohl er einigermaßen höflich ist, das muss man ihm lassen. Kennen Sie ihn?«

»Meine Schwestern arbeiten in seinem Haushalt. Ich hatte gehofft, ich könnte sie besuchen.«

»Ah, ich habe eine der beiden kennengelernt. Er war mal mit ihr hier beim Einkaufen. Einen komischen Namen hatte sie, fing mit Z an, glaube ich.«

Tränen stiegen ihr in die Augen. »Xanthe.«

In diesem Augenblick kam Reece herein, und die beiden Frauen hörten auf zu plaudern, während sie die letzten Einkäufe heraussuchten und bezahlten. Einige Dinge mussten in Perth bestellt werden, was Mrs Southerham enttäuschen würde, und sie mussten die Hälfte sofort anzahlen, um sicherzustellen, dass die Ladenbesitzer nicht darauf sitzen bleiben und Verlust machen würden.

»Bist du so weit?«, fragte Reece. »Ich lade nur noch diese Sachen auf den Wagen.« Draußen sagte er: »Wenn du möchtest, können wir jetzt deine Schwestern besuchen. Ich habe die Wegbeschreibung. Es ist nicht weit, aber wir können nur eine Stunde oder so bleiben.« Sie schlang die Arme um ihn und kümmerte sich nicht darum, wer sie so sehen konnte.

»Das wollte ich dich auch gerade fragen. Ach, es geht mir so viel besser, seit ich weiß, dass sie in der Nähe sind.«

Als sie auf dem Weg waren, sagte er: »Und wir heiraten …«

»… am ersten Sonntag im Februar«, beendete sie lächelnd den Satz für ihn.

»Danach können wir bei Kevin wohnen. Ich habe ihn schon gefragt. Du kannst trotzdem noch eine Weile für die Southerhams arbeiten, aber nur, wenn sie dich bezahlen.«

»Ich glaube nicht, dass sie sich das leisten können.«

»Dann schlage ich ihnen vor, dass sie es mit den Monaten verrechnen, die ich ihnen noch verpflichtet bin.« Er strahlte sie an. »Das wäre mir tatsächlich am liebsten. Es gibt so viele Dinge, die ich für mich erledigen möchte. Ach, und Kevin möchte dich und Pandora am Sonntag zum Tee einladen. Ich hoffe, du hast nichts dagegen, mit einem ehemaligen Häftling zusammenzuwohnen. Ich baue ein neues Schlafzimmer für uns an das Haus an. Er wurde aus politischen Gründen nach New South Wales gebracht, aber begnadigt, nachdem er Irland verlassen hatte.« Er zögerte. »Ich weiß, ehrenwerte Leute verkehren nicht mit Sträflingen, aber ich mag ihn.«

»Ich auch. Und *ich* blicke nicht so auf andere Menschen herab wie Mr Southerham.«

Galway House war eine riesige Villa, auch wenn das Dach und einige der Verandapfosten etwas schief waren und viele der Fernster dringend geputzt werden mussten.

Als der Wagen davor anhielt und Reece Cassandra beim Absteigen half, kam Conn Largan gerade um die Ecke, aber bevor er etwas sagen konnte, ertönte ein Kreischen und Xanthe kam aus der Haustür geschossen und fiel ihrer Schwester um den Hals.

Es war ein ausgesprochen fröhliches Wiedersehen, und die Zwillinge waren begeistert, dass Cassandra und Reece heiraten würden. Conn stimmte zu, sie zur Hochzeit zu begleiten, als sie ihn darum baten, ebenso wie seine Mutter, falls es ihr gut genug ginge. Sie sah auf jeden Fall viel besser aus, seit Maia sich um sie kümmerte.

Cassandra fand, dass eine Stunde noch nie so schnell vergangen war, als Reece seine Taschenuhr zückte und sagte, sie müssten nun gehen. Es kam ihr vor, als seien sie nur ein paar Minuten da gewesen, und es fiel ihr schwer, sich loszureißen.

Am nächsten Sonntag ging Pandora mit den Brautleuten auf

einen Tee hinüber zu Kevin. Sie stieß einen tiefen Seufzer aus, als sie außer Sichtweite der Southerhams waren. »Ich bin so froh, von dort weg zu sein! Ich glaube nicht, dass ich zum Dienstmädchen geschaffen bin. So wie Mr Southerham mir seine Befehle entgegenschleudert, möchte ich ihm gern etwas Bissiges über Manieren sagen.«

»Oder ihn daran erinnern, dass wir nicht dumm sind«, fügte Cassandra hinzu.

»Ganz im Gegenteil«, sagte Reece mit einem Lächeln. »Und manchmal behandelt er sogar seine Frau, als wäre sie nicht besonders schlau. Ich verstehe nicht, warum sie sich das gefallen lässt. In England erschien er mir nicht so schlimm.«

»Sie liebt ihn sehr, und ich glaube, er braucht es, sich jemandem überlegen zu fühlen, denn er ist nicht besonders praktisch veranlagt, nicht wahr?«

Pandora balancierte mit weit ausgebreiteten Armen über den Baumstamm, wo Reece um Cassandras Hand angehalten hatte. »Mrs Southerham ist viel umgänglicher. Ich glaube, unter anderen Umständen hätte sie eine Freundin sein können.«

Reece grinste. »Er würde es nie zulassen, dass sie sich mit Leuten *unserer Klasse* anfreundet, genauso wie es ihm gegen den Strich ging, dass er Kevin zum Weihnachtsessen zu Gast haben musste. Ich bin froh, dass sie zugestimmt haben, Kevins Testament zu bezeugen. Es schien ihn zu beruhigen. Er sagt, er hat mir »ein bisschen was« hinterlassen, weswegen ich es nicht selbst bezeugen durfte. Er hat mir gezeigt, wo sein Testament aufbewahrt wird, damit ich mich darum kümmere, wenn er stirbt. Aber er sieht jetzt viel besser aus, seit ich bei ihm wohne und dafür sorge, dass er anständig isst. Ich habe vor, ihn so lange wie möglich am Leben zu halten. Einen so guten Freund wie ihn will ich nicht verlieren.«

»Wem hat er das Grundstück vermacht? Verlierst du deine Pacht, wenn er stirbt?«

»Ich weiß nicht, wem er es vermacht hat. Vermutlich seiner Familie. Aber meine Pacht ist für fünf Jahre gesichert, dafür hat er gesorgt. Bis dahin habe ich hoffentlich genug gespart, um ein größeres Anwesen zu pachten.«

Die Teeparty verlief genauso gut wie der Besuch bei den Zwillingen, mit viel Gelächter und dem einen oder anderen weisen Ratschlag von Kevin. Sie besichtigten das Haus und den halb fertigen Raum, der ihr Schlafzimmer werden würde. Reece versprach Cassandra, ein Bettgestell zu zimmern und genug Stroh zu kaufen, um damit eine Matratze auszustopfen. Es würde keine besonders gute sein, aber sie würde genügen. Cassandra würde Vorhänge aus einem der alten Laken nähen, die Kevin ihnen angeboten hatte.

»Wir werden leider nicht viel haben«, sagte Reece, als sie kurz vor Sonnenuntergang zurückgingen.

»Das macht nichts. Wir haben einander.«

Während sie von der Farm fort gewesen waren, war Pandora viel fröhlicher gewesen, weil sie die Planungen für das erste Heim ihrer Schwester als verheiratete Frau abgelenkt hatten. Als sie jedoch zurück nach Westview kamen, wurde sie schweigsam.

Cassandra warf Reece einen verstohlenen Blick zu und sah, dass auch er bemerkt hatte, wie die Traurigkeit auf das Gesicht ihrer Schwester zurückgekehrt war.

An manchen Sachen ließ sich eben nichts ändern.

Epilog

Zur Hochzeit trug Cassandra ihren besten Rock und ihr gutes Mieder, obwohl sie zugenommen hatte und beides hatte ändern müssen. Sie waren von einem zarten Blau, und in Hildas Truhe hatte sie ein wenig cremefarbene Spitze gefunden, die sie an das Mieder angenäht hatte. Sie war jeden Tag bei Morgengrauen aufgestanden und hatte eine Stunde lang genäht, bevor sie sich ihren eigentlichen Aufgaben gewidmet hatte, denn sie musste auch noch den Drillich für die Strohmatratze nähen, für ihr Ehebett.

Sie lächelte, weil Pandora einen solchen Wirbel um sie machte. Sie hatte darauf bestanden, ihr am Abend vorher in der Waschwanne die Haare zu waschen und ihr morgens beim Anziehen zu helfen, bevor sie aufbrachen. Dabei spielte es gar keine Rolle, wie sie aussah. Cassandra war sich ziemlich sicher, dass Reece sie in Sackleinen genauso lieben würde wie in Seide.

Jedes Mal, wenn sie an ihn dachte, wurde sie von einem Gefühl der Wärme und des Staunens erfüllt, und sie freute sich auf das gemeinsame Leben mit ihm. Nach all den Grausamkeiten, die sie erfahren hatte, war sie selbst überrascht, dass sie sich nach seinen Berührungen sehnte, und er hatte ihr versprochen, dass es ganz anders sein würde, wenn man jemanden liebte.

Schon jetzt hatte sie einen Großteil ihrer Angst verloren. Reece war so zärtlich, so sehr darauf bedacht, sie nicht zu verunsichern, dass seine Küsse und seine Zärtlichkeit nichts gemein hatte mit den Taten, die ihr noch gelegentlich Albträume bescherten. Einander zu lieben, sagte er, habe keinerlei Ähnlichkeit mit brünstigen Tieren.

Sie strahlte, als sie zu der Scheune fuhren, in der einmal im Monat der Gottesdienst abgehalten wurde. Sie genoss das heiße Wetter und den Sonnenschein, während die arme Pandora und Mr Southerham völlig ermattet waren.

Reece hatte darauf bestanden, auch Kevin zur Hochzeit einzuladen, worüber Francis Southerham mürrisch das Gesicht verzogen hatte, aber da Livia auf ihrer Seite war, akzeptierte er die Anwesenheit des alten Mannes.

Die Fahrt verlief sehr angenehm. Die Frauen benutzten ihre Regenschirme als Sonnenschutz, während die Pferde gemächlich dahintrabten – einen Wagen lenkte Mr Southerham, den anderen Reece.

Die vier Schwestern umarmten und küssten einander, dann traten sie für ein kurzes Gespräch ein paar Schritte beiseite.

»Man sieht, dass sie Schwestern sind, nicht wahr?«, sagte Livia zu Reece. »Es muss schön sein, Schwestern zu haben. Haben Sie Geschwister?«

»Nur einen älteren Bruder. Er lebt in Yorkshire, und wir haben so gut wie keinen Kontakt. Meinen Vettern stehe ich viel näher.«

Die Zeremonie war kurz, da es eine von drei Trauungen war, die der Pfarrer an diesem Tag abhielt.

Danach trat Cassandra an Reece' Arm aus der Scheune und versuchte, sich verheiratet zu fühlen. Aber mit ihm zusammen zu sein fühlte sich nicht anders an als früher. Er war einfach … Reece, ihr Liebster, der Mann, mit dem sie den Rest ihres Lebens verbringen wollte.

Nach der Zeremonie führte Conn Largan alle ein kurzes Stück den Weg entlang zu einer Lichtung, wo Baumstümpfe als Sitzplätze dienten und im Halbschatten unter den Bäumen ein Picknick vorbereitet war.

»Glücklich, Mrs Gregory?«, flüsterte Reece.

»Sehr glücklich, Mr Gregory«, antwortete Cassandra mit einem Lächeln.

»Ich werde mir die Finger wund arbeiten für dich und dieses Kind und alle anderen Kinder, die wir hoffentlich noch bekommen werden«, sagte er zärtlich. Dann hob er seine Tasse Tee, als wäre es der beste Wein in einem Kristallglas.

»Wir arbeiten gemeinsam. Ich werde ...«

»Jetzt küss die Braut endlich richtig, Reece!«, rief Xanthe. »Nach der Trauung hast du ihr nur ein Küsschen auf die Wange gegeben.«

Als Cassandra protestieren wollte, brachte er sie mit einem Kuss zum Schweigen, und alle ihre Freunde und Verwandte brachen in Jubel aus.

Cassandra errötete, aber auf einen plötzlichen Impuls hin zog sie ihn wieder an sich und küsste ihn noch einmal, um allen zu zeigen, dass seine Liebe voll und ganz erwidert wurde. Sie würden ein gutes Leben zusammen führen, da war sie sich ganz sicher.

Lesejury